大国顶梁柱

——“央企楷模”报告文学作品集

国务院国资委党委宣传部　编

（第四辑）

图书在版编目（CIP）数据

大国顶梁柱：“央企楷模”报告文学作品集．第四辑 / 国务院国资委党委宣传部编．-- 北京：中国经济出版社，2021.11

ISBN 978-7-5136-6667-1

Ⅰ．①大… Ⅱ．①国… Ⅲ．①报告文学 – 作品集 – 中国 – 当代 Ⅳ．① I25

中国版本图书馆 CIP 数据核字（2021）第 199889 号

项目统筹　李煜萍
责任编辑　王　帅
责任校对　李若雯
责任印制　巢新强

出版发行　中国经济出版社
印 刷 者　北京富泰印刷有限责任公司
经 销 者　各地新华书店
开　　本　710mm × 1000mm　1/16
印　　张　24
字　　数　351 千字
版　　次　2021 年 11 月第 1 版
印　　次　2021 年 11 月第 1 次
定　　价　80.00 元
广告经营许可证　京西工商广字第 8179 号

中国经济出版社 **网址** www.economyph.com **社址** 北京市东城区安定门外大街 58 号 **邮编** 100011
本版图书如存在印装质量问题，请与本社销售中心联系调换（联系电话：010-57512564）

目录

“三个 100”杰出人物

// 杰出革命英雄

// 杰出建设楷模

// 杰出时代先锋

央企楷模

“三个 100”杰出人物

“我头可断，血可流，工不可复！”

——中国工人运动的先驱林祥谦

◎文/中车长江车辆有限公司　李　剑

习近平总书记说：“一个有希望的民族不能没有英雄，一个有前途的国家不能没有先锋。”在创立和建设新中国的伟大历程中，有一位为了工人阶级和人民大众解放事业英勇地献出了宝贵生命的英雄，他就是全国100位为新中国成立做出突出贡献的英雄模范之一，中国工人阶级的杰出代表和中国工人运动的先驱、中车长江公司早期员工——林祥谦。

出身贫寒　不畏强暴

位于福建省福州市闽侯县东南部的尚干镇，是一座历史悠久的古镇。这里三面环江，河湾密布，盛产稻谷、番薯、蔬菜、水果和鱼虾。1892年10月19日，林祥谦就出生在这里的一户贫苦农民家庭，父亲林瑞和以家族辈分给他取名元德，后来改名林祥谦。

林祥谦的出生，为这个饥寒交迫的家庭带来了不小的喜悦。然而，就在他出生的当年，林瑞和又一次欠下地租，被地主收回了租田。生活实在维持不下去了，林祥谦的父亲林瑞和只好背井离乡，来到位于马尾的造船厂，当了一名锅炉工，母亲翁氏则留在村里继续耕种，照料年幼的孩子。

由于家境贫寒，林祥谦6岁就懂得为家庭分忧。他不仅在家照看弟弟妹妹，帮忙淘米洗菜，生火做饭，还经常跟随母亲上山砍柴、下地除草，做些力所能及的田间劳作，深得父母的喜爱和亲友、邻里的称赞。

艰苦的岁月，不仅磨炼出了这个穷苦孩子的强健体魄，也让他少年时代就传承了父辈勤劳朴实的品质，养成了坚毅不屈、不畏强暴的品格。他注视着周围的一切，观察着这个充斥着不平等不合理的旧世界。那些穿着绫罗绸缎的地主少爷，整天东游西逛什么正事也不做，只会横行乡里、鱼肉百姓的冷酷现实，都在林祥谦幼小的心灵里埋下了反抗阶级压迫的种子。因为只有反抗，生活才有希望。

1905年的夏天，正是龙眼成熟的季节。一家人盼着家里那棵祖传的龙眼树早点成熟，可以用它换取粮食，解决秋收前的缺粮问题。赶上好的行情，还能多换点银钱，给孩子们置办一些过冬衣服。

妈妈特意嘱咐林祥谦："龙眼快熟了，你要注意看着点……"林祥谦体会到母亲的苦心，他用竹竿绑上布条，制成驱赶鸟儿的武器，和弟弟妹妹们轮流守护在龙眼树下。每天他都会往龙眼树的方向多看上几眼，望着龙眼枝头一串串沉甸甸的果实，心中充满了期待。

一天，地主林万山家绰号叫"西瓜蛋"的大崽子和另外两个地主崽子，趁林祥谦家里人都到田里干活，偷偷爬上龙眼树，他们肆无忌惮采摘尚未成熟的龙眼，边摘边吃边扔。

"你们快给我滚下来，这是我家的。"林祥谦气愤地怒吼道。

几个恶少刚开始吓一跳，待发现只有林祥谦一个人时，不再害怕，纷纷将手中的龙眼扔在地上，从树上跳下来，团团围住林祥谦，摆出一副打架的样子。其中最大的那个更是叫嚣："摘你几颗龙眼尝尝鲜，算啥？"

望着被他们糟蹋得不成样子的龙眼树，林祥谦怒不可遏，冲上前去，一把揪住"西瓜蛋"的衣领。

恶少们仗着人多势众，一拥而上将林祥谦一顿拳打脚踢。很快林祥谦被打得鼻青脸肿、嘴角出血。但他忍着疼痛，一声不吭，趁着恶少们攻势减弱的当口儿，抓起路边的一根木棍。三个恶少见他拿出拼命的架势，吓得四散奔逃。

傍晚时分，回家看到林祥谦的样子，母亲既生气又心疼，搂着孩子流下伤心的泪水。依偎在母亲的怀抱里，林祥谦忍不住抽噎起来，他不明白，为什么像他们这样的穷人总是受人欺负。

“难道穷人就该受欺凌吗？”

望着窗外那深沉的黑夜，他想：“不！这笔账总有一天要算清！”他咬紧嘴唇，一头扑进母亲的怀中，一串热泪沿着腮帮淌下，滴落在母亲的衣衫上。

1905年9月，13岁的林祥谦搭乘一条小船离开尚干来到马尾，怀着对家乡的眷念，林祥谦从此远离了那个生他养他的小山村，走向一个更加广阔的世界。

船厂徒工　远走汉口

马尾地处闽江、乌龙江和马江三江交汇口，是福州地区历史悠久的港口小镇。坐落在这里的马尾造船厂，不仅是当时远东地区最大的造船企业，也产生了像林祥谦父亲林瑞和这样中国近代最早的一批产业工人。

林祥谦见到父亲，将家中发生的一切告诉了父亲，并对父亲说还要回去报仇。林瑞和担心孩子回去又会闯出什么祸来，打算送他进船厂当学徒，但因年纪太小，体形瘦弱，厂方不肯接收。没有办法的父亲，接受了好心工友的提议，在大家的支助下，把林祥谦送到附近一个学堂去读书，让孩子学点文化。长到13岁，林祥谦第一次走进学堂念书，终于实现了他梦寐以求的愿望，开始了他短暂的读书生涯，也为他后来参加革命工作打下了良好的文化基础。

一年后的1906年，马尾造船厂的境况已非常艰难。不断降低的薪水，也使得工人们的生活更加窘迫。林祥谦很清楚父亲的处境，尽管父亲对他只字未提，但他知道自己的学业已经很难维持，于是主动拜别了老师。

恰好此时，厂里贴出招收学徒工的告示。于是，又一次在工友的帮助下，林瑞和凑足了保证金，找到了“铺保”，立下了契据，让林祥谦在马尾造船厂的轮机车间当上了钳工学徒。

当时正值寒冬腊月，林祥谦成天穿着单衣、光着脚板，和一批学徒工一起干着成年人的活，每天干活时间十几个小时，换来的不过是咸菜和一碗稀粥。而监工时常守在他们身边，稍有不满，非打即骂。

尽管每天的劳动异常繁重，脚也被冻得裂开了口子，但林祥谦从不向父亲诉苦，仍然抓住机会向师傅们刻苦学习钳工技术。在他心里，一直有一个信念支撑着，那就是：一定要为穷人争口气！

一晃五年时间，林祥谦的钳工技术已经学得很不错，但他性格耿直，经常顶撞工头，使得他做了5年学徒，也未能出师转为正式工人，不得不回到家乡，准备另谋出路。

1911年底，林祥谦送妹妹到武汉办婚事。当时正值革命党人发动武昌起义不久，辛亥革命给“首义之区”的武汉三镇带来新气象，也让第一次走出家门的林祥谦开阔了眼界，给他留下了深刻印象。他抱着对未来的憧憬，决心去汉口闯一闯，他那炯炯有神的目光中，充满着对新生活的向往和信心。

1912年，林祥谦告别家人来到了汉口江岸。在妹夫周连城和几位在江岸当工人的福建老乡的帮助下，借到一笔钱买了送工头的礼物，找好了“铺保”，参加了京汉铁路江岸机厂（新中国成立后的武汉江岸车辆厂，现在的中车长江车辆有限公司）的招工考试。

当时的招工考试非常严苛，要求工人背起一两百斤重的机件，腰不弯、腿不颤地走一百米路。此时19岁的林祥谦已经长成一个壮实的小伙子，他不仅练就了强健的体魄，还熟练地掌握了钳工技术，因此，顺利通过考核，成为京汉铁路工人中的一员。

饱受压迫　自发抗争

1906年4月，连接北京与汉口全长1200公里的京汉铁路全线贯通。这条铁路很快成为帝国主义、官僚买办和封建军阀的摇钱树，也使广大铁路工人遭受了残酷的压榨。

林祥谦所在的江岸机厂是法国人于1901年建成的，由法国人杜拉克任厂长。当时的工人，每天劳动时间都在10小时以上，但每月领取的工资却十分微薄，厂方大小头目还巧立名目敲诈勒索工人，层层盘剥工人那点微薄的工资。此外，厂方还会利用各种办法克扣工人工资，只要上工汽笛停下，工人的姓名牌没有挂上就算迟到，工人就要受罚，甚至工人上厕所也会受到严格限制，超过规定时间也要受罚。

林祥谦住在江岸车站附近的福建街，这里居住的大部分是福建籍的工人和他们的家属。狭窄杂乱的小街，低矮歪斜的茅草房，阴暗潮湿的环境……这里的一切时常让人感到压抑。生活在这里的人们已近乎麻木，不知道为什么而活，也不敢起来抗争，更不知道如何去抗争。

福建街是当年江岸铁路工人生活状况的一个缩影，也是整个中国工人阶级和广大劳动人民生活的一个缩影。生活把林祥谦抛进了无产阶级的队伍，而共同的命运，又使得他获得了与这些阶级兄弟共同的感受和共同的语言。

每当傍晚，他喜欢和工友一起来到长江边，看着江上点点渔火，和着阵阵江涛，低声吟唱起在京汉铁路工人中广为流传的歌谣：

成年累月做牛马，
吃喝如猪穿如柳。
军阀刀鞭沾满血，
工人何时能出头！

在这低沉的歌声中，林祥谦思索着：怎样才能让自己、让自己身边的工友不受欺压、不再受穷？

有着坚强斗争性格的林祥谦，哪能忍受工人们如此悲惨的遭遇。为了改善劳动条件、提高工资待遇，林祥谦和工友们经常用“怠工”的方式进行斗争。工头不在场时，大家就放下手中活，坐着休息聊天。工头一出现，大家就很快恢复劳动状态。为了保证“怠工”顺利进行，他们还设立“观察哨”，一旦发现工头有过来的迹象提前预警，大家各归各位，该干吗干吗。这样，工头虽然发现工效越来越低，但抓不到什么把柄，却也无可奈何。

尽管自己的生活非常艰难，但林祥谦从小养成乐善好施的品质，但凡听说有老乡遇到困难，他都会想尽办法替他们解决。哪家孩子生病，他就去帮忙请医买药；哪家屋顶漏雨，他就组织人加草添瓦；哪家缺粮断炊，他就想法借钱送米。几年下来，林祥谦在同乡中树立了较高的威信，被推举为“福建帮”的老大，成了“主心骨”，大家有话喜欢找他说，有事愿意找他商量。

斗争的实践使林祥谦认识到，只要把大家团结起来，人多心齐，事情就好办了。但让林祥谦感到困惑的是，无论是“怠工”的斗争方式，还是“帮口”的组织形式，都没能从根本上改变工人的处境，大家仍然生活在比寒冬还要严酷的深渊里，找不到通向光明的道路。但林祥谦没有消极，没有悲观，他在追求光明的道路上，思考着、摸索着……

领悟真理　追求光明

1921年7月，中国共产党第一次全国代表大会在上海召开，宣告中国共产党成立。党的一大把发展工人运动确立为党成立后的中心任务，会后，专门成立了领导工人运动的机构——中国劳动组合书记部。

武汉是当时中国近代产业工人较多的城市，这里的工人运动受到了党的重视。武汉党组织负责人陈潭秋、林育南等经常深入江岸铁路工人当中，开展工人状况的调查研究，进行大量的宣传教育工作，通俗地讲解马克思主义基本原理，启发工人的觉悟。他们很快就发现了在工人中威信高、有斗争精神的林祥谦。

1921年12月的一个星期日，早上，林祥谦、杨德甫、黄贵荣、曾玉良等六个工人，来到武昌黄土坡下街27号。这里是中共武汉区委秘密机关所在地，陈潭秋、包惠僧、李汉俊等早早就等候在这里。一见面，陈潭秋就关切地询问起江岸铁路工人的境况，并向他们介绍了世界各国工人运动的情况，谈到中国劳动组合书记部的工作宗旨，以及京汉铁路工人组织起来的必要性。

听说长辛店工人成立俱乐部组织工人斗争的消息，林祥谦等异常兴奋，他们希望能像长辛店的铁路工人一样成立自己的工会组织，同时也担心横亘在工人间的帮派意识对工人团结产生影响。

原来，江岸机厂的铁路工人大多是来自各省的农民、小手工业者以及失业工人，尤以湖北、福建和三江（江苏、浙江、江西）的居多。由于传统的小农意识根深蒂固，同乡观念非常强，这些工人往往根据各自的地域或者籍贯，结成带有浓厚封建色彩和狭隘地域观念的帮派组织，俗称“帮口”。这些帮口在为工人提供保护的同时，也形成一个个小团体，如“湖北帮”“福建帮”“江南帮”，帮口之间因为各自利益存在不少的矛盾，特别是厂方为了方便控制，极力从中挑拨离间、制造事端，更是加深了这种对立。

针对帮口间不和睦问题，陈潭秋耐心细致地开导说：“劳动者要团结起来，如果我们工人阶级自己都不能团结起来，内部都四分五裂，又怎么能够和资本家们斗争呢？”

林祥谦等频频点头，他们深受教育，也从中得到启发：“一定要克服帮口观念，把大家团结起来，这样我们工人就有力量了。”

陈潭秋拿出一本《湘江评论》创刊号，指着毛泽东写的宣言，一字一顿轻声念着：“什么力量最强？民众联合的力量最强。什么不要怕？天不要怕，地不要怕，鬼不要怕，死人不要怕，官僚不要怕，军阀不要怕，资本家不要怕。”

听着听着，林祥谦心潮激荡起来，这振聋发聩的宣言，为他拨开了迷雾，让他看到了光明，更给了他无穷的力量。

夜深了，林祥谦捧着白天从陈潭秋那里带回来的《共产党宣言》，如饥似渴地读完了。书中的革命思想强烈地冲击着林祥谦的大脑，让一直在晦暗中摸索的林祥谦感到，中国工人翻身做主人的日子不远了。

屋外，北风呼啸，鹅毛般的大雪纷纷扬扬地飘落，大地已是一片银装素裹，林祥谦却心潮澎湃，热血沸腾，浑身暖融融的。

消除隔阂　联合起来

在陈潭秋、林育南等的启发教育下，林祥谦的思想觉悟有了很大提高，他深深懂得，工人要想翻身解放，必须加强团结。

在党组织指导下，林祥谦这个原先沉默寡言的青年活跃了起来。白天一有机会，他就与工人兄弟谈心，传播革命道理，晚上也是走街串巷，向工友们宣传成立工会的好处。他的身上仿佛有使不完的力气，就这样奔走在宣传革命道理的路上，就这样一步一步成长为一名坚强的无产阶级斗士。

一天，一位湖北工人的孩子患了绞肠痧，病情十分危急，送到教会医院，却因为缴不起医药费，被赶了出来。得知这一消息，林祥谦匆匆忙忙回到家中，抱起一床棉被就送去了当铺，换来的几个钱一把就交到那位工友的手中。那位工友十分感动，但因为受帮会的影响，又有些疑虑地说："你不是福建人吗？怎么却……"

林祥谦一把拉起就要跪下的工友，握着他的手亲切地说："怎么还分福建人、湖北人啊，地主资本家压迫剥削我们的时候，从来不分我们是哪里人。他们富人只会帮富人，欺压我们穷人，我们天下的穷人才是一家，大家应该团结起来拧成一股绳。"那位工友听了感动得热泪盈眶，连连点头称赞。

又有一次，林祥谦一进家门就找布袋，然后将家中所剩无几的大米装上，背上米袋准备出门。父亲不解地问："你一不抽烟，二不喝酒，三不赌钱，每个月挣的钱不交家里，现在又拿米去做什么？"他回答："爹呀！穷人有难要相帮，我们家三餐还能喝得上粥，人家可是断粮几天了。"深明大义的父亲知道情况后马上表示支持儿子的义举。

就这样，林祥谦用自己的实际行动，向工友们宣传破除狭隘地域观念、"全世界无产者联合起来"的革命道理，用自己的人格力量，为工人俱乐部的成立打下了坚实基础。

1922年1月22日，江岸刘家庙老君殿张灯结彩，江岸京汉铁路工人俱乐部成立大会即将在这里举行。会场正中高悬"劳工神圣"红漆匾额，两边对联写着："劳动创造世界，机器巧夺天工。"

这一天，尽管细雨蒙蒙，泥泞满地，但坏天气阻挡不了参会人员的热情。中共武汉地方委员会书记和中国劳动组合书记部的代表包惠僧，武汉市政督办公署总工程师李汉俊应邀参加。到会祝贺的还有郑州、信阳等站的工人代表、汉口租界人力车夫工会代表、江岸地区部分工厂厂长。

上午10点，大会正式开始。中国共产党代表、厂长法国人杜拉克等先后上台讲话。大会民主选举杨德甫、黄贵荣、林祥谦、周天元、曾玉良5人为干事，聘请施洋为法律顾问。

工人俱乐部的成立，像一块巨大的磁铁，吸引了广大工人群众。每当夜幕降临，工人们就涌进俱乐部，大家看书下棋，拉琴唱戏，参加夜校文化学习……那些在厂里饱受压迫的工人，在这里充分享受着民主，真正感受到什么是自由、什么是平等。

每天晚饭后，林祥谦也会到俱乐部，和工人们一起参加各种活动，了解工人的情况，耐心劝说一些工人改正过去沾染赌博、酗酒和吸鸦片的恶习。林祥谦等代表工人利益，同厂方进行斗争，原来病假不发工资，斗争后病假14天以内仍发全薪，原来工人出厂要搜身，交涉后废除了搜身。这一切都让工人们感到，只要把大家组织起来、抱成一团，就可以发挥出惊人的力量。

在陈潭秋等共产党人的帮助下，经过工人运动的实践，林祥谦觉悟提高很快，思想达到了新境界。1922年夏天，经过陈潭秋、项英的介绍，林祥谦加入了中国共产党，从此成为中国共产党的早期成员之一。入党后的林祥谦更加积极地投身于争取工人阶级解放的事业中。

在1922年7月中共二大召开时，全国党员总计195人，其中工人党员仅21名，而林祥谦就是这凤毛麟角的中共早期工人党员之一。

团结战斗　初显锋芒

在陈潭秋等的支持和林祥谦等的努力下，工人俱乐部办得红红火火、有声有色。这引起了反动派的恐慌，总想寻找借口，制造事端，破坏工人俱乐部的活动。

1922年6月1日，江岸机厂工人黄宝成带着妻子，由汉口玉带门搭乘铁路工人上下班的交通车回江岸，总查票程炎非要黄宝成买票。黄宝成出示了江岸机厂工人的证件，表示按照惯例，铁路工人乘坐交通工具可以不用买票。可程炎百般阻挠，非要黄宝成买票。黄宝成据理力争，说："如果实在要买票，可以按照乘客无票章程，到江岸站补票。"

向来仗着权势作威作福的程炎，哪容得人顶撞，当即指使铁路护车三等巡长姜道生对黄宝成大打出手，还把他捆绑起来押送到大智门车站关押。

当天晚上，得知黄宝成夫妇被扣押的消息，林祥谦在工人俱乐部召开骨干会议商议对策。大家纷纷表示，咱们工人俱乐部就是给工人撑腰的，在这件事上不能退缩，一定要为自己的工友出头！经过充分讨论，大家拟定了七项条件，强烈要求路局答复，否则将全体罢工。

面对工人们的斗争热情，项英、林祥谦感到，俱乐部绝不能辜负工人们的信任和希望，必须给予还击。于是，他们当即拟定了《京汉铁路江岸工人俱乐部宣言》，连夜发往武汉三镇，愤怒声讨程炎、姜道生殴打、关押黄宝成的野蛮行径。

第二天一早，宣言已经贴满江岸的大街小巷。在施洋的奔走、呼吁下，整个事件经过的新闻很快出现在汉口的报纸上，得到社会各界的广泛关注和同情。

同时，江岸工人俱乐部派出代表，向京汉铁路南段车务处处长汪奎龙提出了强烈抗议，要求当日必须答复宣言提出的条件，否则，江岸全体工人马上罢工。

得知这一消息的京汉铁路南段段长冯沄又惊又怒，他担心事态会进一步扩大，如果工人们真的闹起罢工，势必会损害更多利益，当即电话指示车务处处长汪奎龙，答应工人俱乐部提出的全部条件。

平日在工人面前作威作福惯了的汪奎龙，当天不得不硬着头皮来到工人俱乐部，被迫答应了工人们提出的条件，但却提出免去“从大智门放鞭炮到江岸”这一条件。林祥谦斩钉截铁地告诉他：“七项条件是工人们提出的，一项都不能少！”万般无奈，汪奎龙只好答应了全部条件。

不久，不甘失败的反动派，借故解雇了三名俱乐部会员。工人俱乐部闻讯后，强烈要求将三名工友复职并开除肇事者。如果三日内得不到解决，就要罢工。工人们的团结再次显示出威力，铁路局被迫答应了工人们的要求。

批判的武器代替不了武器的批判。一系列斗争的胜利，不仅维护了广大工人的利益，也使广大工人看到了自身的力量，进而认识到组织起来的重要性，同时也极大提高了工人俱乐部在工人中的威信。

1922年底，京汉铁路沿线主要城市相继成立了工会。江岸工人俱乐部也在这时改名为江岸京汉铁路工会，林祥谦被推选为江岸分工会的领导成员。不久，林祥谦接替杨德甫担任了江岸分工会的委员长。

在那个风雨如晦的年代，腐朽势力与进步力量的斗争就像长江之水汹涌澎湃。1922年，中共二大制定了彻底反帝反封建的民主革命纲领，党领导下的工人运动更加蓬勃。在此前后，爆发了香港海员大罢工和长辛店铁路、粤汉铁路工人罢工，以及安源路矿、开滦煤矿工人大罢工。

风雷激荡　山雨欲来

为了适应全国工人运动日益高涨的形势，京汉铁路总工会的各项筹备工作也加快了步伐。

1922年4月9日，京汉铁路总工会第一次筹备会议在长辛店召开，江岸分工会代表杨德甫当选为筹备主任。8月10日，第二次筹备会议在郑州召开，会议决定正式成立京汉铁路总工会筹备委员会。1923年1月5日，全路总工会筹备会议再次在郑州召开，决定于2月1日在郑州举行京汉铁路总工会成立大会，并在北京、上海、武汉、广州等地报纸刊登京汉铁路总工会成立的启事，邀请各地、各铁路兄弟工会派代表出席。

第三次筹备会议结束后，筹委会就将召开总工会成立大会的事宜，派专人报告了京汉铁路管理局局长赵继贤。赵继贤当面爽快地答应了代表们的请求，转身却找人密谋起对付工人的手段，暗中则与吴佩孚密电往来，积极策划破坏京汉铁路总工会成立大会的罪恶勾当。

当时，在1922年直奉大战中取得胜利的吴佩孚，刚刚成为北洋军阀的首要人物。在他把持下的京汉铁路，不仅是他重要的军事交通工具，也是军饷的主要来源。为了收买人心，他假惺惺发表通电，表示赞成劳动立法，此外还设立劳工局，接见工人代表，企图达到笼络人心的目的。然而，当他看到京汉铁路总工会即将成立，工人组织日益扩大，局势的发展将无法控制的时候，他终于按捺不住撕下“保护劳工”的面具，暗中磨刀霍霍。

他决定不惜一切手段，对付日益壮大的工人组织。

1月28日，郑州警察局长黄殿辰突然来到总工会筹备处，宣布禁止在当地举行京汉铁路总工会成立大会。29日，吴佩孚电令驻郑州十四师师长靳云鄂制止集会，密切监视工人。30日，吴佩孚又故作姿态，致电总工会，请总工会派代表到洛阳商议。

经过讨论，京汉铁路总工会筹委会决定派出杨德甫、凌楚藩、李震瀛、史文彬、李焕章五人，希望通过谈判打开僵局。然而，在谈判过程中，吴佩孚软硬兼施，威逼利诱，妄图迫使工人就范，而工会代表们针锋相对，据理力争，寸步不让。谈判最终不欢而散。

面对这样一个结果，林祥谦预感到，一场不可避免的、事关生死存亡的斗争就在眼前。他深深地吸了一口迎面吹来的北风，暗暗地下定决心，不管怎样，一定要坚持斗争！

在当晚召开的全路代表紧急会议上，赴洛阳的代表报告了与吴佩孚交涉的经过，对于是否如期成立总工会，大家意见不一。经过激烈讨论，会议最后通过决定：总工会成立大会一不换地点，二不更改时间，按原计划召开。

1923年2月1日，天空阴云密布，预示着一场狂风骤雨即将来临。

这一天，黄殿辰派出大批荷枪实弹的军警，对郑州实行了紧急戒严。一时间，商店关闭，行人绝迹，气氛十分紧张。

上午10点，林祥谦和全体代表一起，从五洲大旅馆出发，排着整齐的队伍，雄赳赳、气昂昂地向着普乐园会场进发。行进的队伍中不时发出响彻云霄的口号声，传到千家万户，传到广大劳动人民的心坎里。队伍行进到距会场不远处，被反动军阀预先布置的军警阻拦。工人派出代表交涉，双方相持近两个小时，仍无结果。

林祥谦看到反动军警蛮横无理的行为，压抑不住满腔的怒火，高呼着“劳工神圣”的口号，与工友们手挽手一齐向前。大家一拥而上，冲垮了军警封锁，与郑州铁路工人会师在普乐园门口。撕去封条，砸开铁锁，洪流一般的队伍，一下冲进了会场。

鞭炮声、军乐声齐鸣。

“京汉铁路总工会万岁！”

“劳动阶级胜利万岁！”

京汉铁路总工会在雷鸣般的掌声和欢呼声中，正式宣告成立了。

京汉怒涛 血洒江岸

吴佩孚接到总工会成立的报告恼羞成怒，一把撕下“保护劳工”的假面具，下令动用武力对付手无寸铁的铁路工人。2月1日下午，代表所住各旅馆即被驻军监守，总工会在菜馆所订的饭菜也不准出售，工人代表的行动受到限制，各团体赠送的匾额礼物也被毁弃，总工会会所已被重兵占驻，禁止工人出入。

京汉铁路总工会连夜召开秘密会议，研究对策。会议决定，将总工会由郑州迁移到汉口江岸，并于1923年2月4日举行全路总同盟大罢工，林祥谦被指定为江岸地区罢工总负责人。

返回江岸的林祥谦，向工人们控诉了敌人的暴行，传达了总工会的决定，号召工友们：“用最大的力量，反抗军阀暴行。争取自由，争取人权！”

3日，京汉铁路总工会迁移江岸办公，江岸成为党领导京汉铁路总同盟罢工的斗争中心。身为江岸分会委员长的林祥谦日夜奔忙，义无反顾地投入斗争的最前线，他组织江岸工人成立了宣传队、纠察队、调查队等，紧张沉着地做好了罢工准备。

4日，京汉铁路总工会印发的《京汉铁路总工会全体工人罢工宣言》和《敬告本路司员》《敬告旅客》等传单被张贴到各站段和街头巷尾，郑重陈述罢工理由，提出要求和条件。

2月4日上午9时刚过，林祥谦便接到总工会转来的一张纸条：“耳聋眼瞎，无食可求，急！急！”这是总工会指示罢工的暗号，林祥谦当即下达罢工命令。江岸机厂锅炉房烧火工黄正兴早已做好准备，此时，他紧握汽笛拉杆，拉响了大罢工汽笛。伴随阵阵汽笛响彻武汉三镇，在不到3个小时的时间里，铁路沿线3万多工人一致实行了全路总同盟罢工。

这次大罢工像一把利斧，砍倒了帝国主义和封建军阀的摇钱树。1200多公里的京汉铁路，像条“死蛇”一般，毫无生气地“躺”在从南到北的原野上，使敌人惊恐万状。

随着罢工的持续，反动势力更加恐慌，镇压的手段更加凶残。在江岸，军警绑架了2名司机和3名纠察队员；在长辛店，当局逮捕并严刑拷打史文彬等工会干部；在郑州，靳云鄂悍然逮捕并残杀了郑州分工会委员长高斌。在帝国主义势力的支持下，吴佩孚决定以武力血腥镇压京汉铁路工人大罢工。

林祥谦意识到危险即将来临。2月7日中午，他把分工会的图章带回家中，藏在炭火盆里。妻子陈桂贞问道："听说总局要下毒手，真的吗？"林祥谦坚定地说："我们工人结团体，立工会，争自由，争人权，是正大光明的事。军阀不甘心，肯定会下毒手，我们要有思想准备。"

林祥谦的判断很快得到印证。当日下午5时，汉口镇守使署参谋长张厚庵带领反动军警包围江岸分工会，突然开枪射击，工人们毫不畏惧，前仆后继冲向敌人。在这场血腥屠杀中，32名铁路工人英勇牺牲，200多人受伤，酿成震惊中外的"二七"惨案。江岸分工会委员长、共产党员林祥谦不幸被捕。

就在这天晚上，林祥谦和其他13位被捕工人，被五花大绑押解到江岸车站站台，林祥谦被单独绑在站台东边的电线杆上。

此时，张厚庵提着一盏马灯来到林祥谦面前，问林祥谦："你还是不下达上工的命令？"

林祥谦轻蔑地看了他一眼，回道："没有总工会的命令，就是不能上工！"

张厚庵恶狠狠地命令刽子手朝林祥谦左肩上砍去，鲜血顿时染红了林祥谦的对襟蓝上衣。

张厚庵号叫道："上不上工？"

林祥谦怒目圆睁，坚定回答："此事乃全路三万工人生死存亡所系，非总工会命令，不能上工！"

张厚庵气急败坏，命令刽子手朝林祥谦右肩砍去，歇斯底里狂叫："到底下不下复工令？"

此时的林祥谦已经浑身是血，但仍然斩钉截铁地回答："我头可断，血可流，工不可复！”

剑子手往林祥谦身上又砍一刀，林祥谦顷刻晕厥过去。但当他从昏迷中醒来后，仍以惊人毅力，顽强地挺立在刽子手面前。

“现在怎么样？”张厚庵冷笑着问。

林祥谦拼尽力气，咬牙切齿痛骂：“现在还有什么话可说？可怜一个好好的中国，就断送在你们这帮混账王八蛋手里！”

张厚庵气得浑身发抖，没等林祥谦说完，就慌忙命令刽子手对他下了毒手。

林祥谦，这位中国共产党的优秀党员，坚定的工人运动领袖，为了工人阶级和劳苦大众的解放，为了共产主义事业，英勇献出了自己宝贵的生命。牺牲时年仅31岁。

“我头可断，血可流，工不可复！”

这个凛然的声音，是中国工人阶级登上历史舞台的呼号与呐喊。这个凛然的声音，恰似沉沉黑夜中的一道闪电惊雷，响彻长江两岸，照亮中华大地。这个凛然的声音，在那一晚呼啸而出，穿越时空，激励了一代又一代的中国人民，为争取民主自由而前仆后继。

发出这呐喊的，是林祥谦。

尽善尽美尽芳华

——王尽美冀东播火记

◎文/中铁山桥集团有限公司　杨瑞峰

引　子

六百年古城山海关，历来是兵家必争之地。北有燕山巍峨高耸，南邻渤海白浪滔天，雄伟的天下第一关犹如一把巨锁，而绵延的长城如同一道坚固的锁链，紧紧扼住了华北、东北的咽喉。

就在山海之间，坐落着一家百年老字号——中铁山桥集团，被誉为“中国钢桥的摇篮，中国道岔的故乡”。始建于1894年的中铁山桥集团，是中国民族工业的先行者，这里也是中铁工业的始发地。中铁山桥集团历经两个甲子的艰难岁月，横跨三个世纪的漫长坎坷，如今已经在风雨中挺立了127年。漫长的历史征程总是伴随着可歌可泣的传奇故事，一百多年来，在中国广袤的大地上，中铁山桥集团创造过一个又一个的中国奇迹，获得过一个又一个世界第一。

尤其值得自豪的是，中国冀东地区第一个党组织也是从这里横空出世的，这里是中国中铁的红色起源，这里是中国工人运动的发祥地。而点燃这些精彩的红色历史瞬间的播火者，

就是党的一大代表、中国共产党创始人之一王尽美。

王尽美在24岁的时候，就肩负着宏济天下、拯救苍生的历史重任，在中国劳动组合书记部北方分部主任李大钊的指示下，只身来到号称天下第一关的雄关脚下，走进了中铁山桥的前身——山海关铁工厂。他用自己的青春热血激活了中铁山桥的红色血脉，把红色基因深深根植于山桥人的大企兴邦的强国梦想之中。

有些记忆即使被岁月掩埋，但拂去历史的灰尘，依然会震撼人心。能够历久弥坚的，一定是经历了岁月的千锤百炼；可以行稳致远的，一定是战胜了征途的万险千难。沿着王尽美闪光的遗迹，我们一起追寻……

一

王尽美，1898年6月14日出生在山东诸城枳沟镇大北杏村。王尽美是个遗腹子，父亲在他出生前4个月不幸病故，家里只有祖母和母亲两位亲人。孩提时代，会讲许多历史故事的母亲，成了他人生中最早的导师，从杨家将到岳飞传，从水泊梁山到义和团，一个个英雄好汉的形象，深深地扎根在王尽美的心底，让幼小的王尽美从小就充满侠义之气。由于家境贫寒，王尽美本没有机会读书，但母亲并没有放弃，而是另辟蹊径，让王尽美去给地主家的儿子做陪读。王尽美十分珍惜这宝贵的学习机会，没有纸和笔，他就在地上练字。私塾先生看到王尽美天资聪颖，心下十分喜欢，便给他起名为王瑞俊，字灼斋。不到一年的陪读，让王尽美增长了知识，学会了独立思考，为他后来进一步求学、为中国寻找出路打下了坚实的基础。

1911年10月，孙中山领导的辛亥革命爆发，推翻了几千年封建王朝的统治。进步的精神和思想给封闭了几千年的神州大地带来一片生机，思想界的一潭死水也被搅动出波澜。此时的王尽美正值少年，知识丰富了，眼界也随之开阔。在学校里的一次辩论会中，王尽美见解犀利，语出惊人：杀死一个袁世凯，还会有另一个袁世凯，在中国还有比炸弹更厉害的武器，那就是劳苦大众。只有唤起他们，依靠他们，才能战胜反动势力和外国列强。当时，王尽美只有16岁，16岁就有如此胆识、如此见地，不愧是少年英才！

推翻了几千年封建王朝的辛亥革命虽然获得了成功，但帝国主义和封建主义两座大山依旧压在中国人民的头上，让老百姓在水深火热中苦苦挣扎。窃国大盗袁世凯篡夺辛亥革命的胜利果实后，为实现他那个疯狂的皇帝梦，竟然在1915年5月9日，秘密签署了日本帝国主义伺机灭亡中国的"二十一条"。丧权辱国的屈辱条约，把苦难的中国一步步逼向民族存亡的紧要关头。

外侮内乱，国将不国。百姓苦不堪言，是当时中国社会最真实的写照。生逢乱世，有的人醉生梦死，有的人得过且过，有的人怨天尤人，但也有人在黑暗之中寻找着黎明的曙光。1918年春，王尽美就怀揣着这样一颗救国救民的初心，告别家乡到省城济南求学。临行前，他登上村前的乔有山，鸟瞰自己满目疮痍的家乡，脱口吟出了一首小诗："沉浮谁主问苍茫，古往今来一战场。潍水泥沙挟入海，铮铮乔有看沧桑。"这是20岁的王尽美向这个世界发出的天问！积贫积弱的苦难祖国，何为出路？阴霾笼罩的苍茫大地，谁主沉浮？

1919年巴黎和会上，中国代表提出废除帝国主义国家在中国的一切特权、取消"二十一条"、收回日本在山东的特权等合理要求，却遭到把持巴黎和会议程的帝国主义列强的无理拒绝。消息传到国内，有识之士无不义愤填膺。学生、工人、商户纷纷罢课、罢工、罢市，然后竞相走上街头，高举"取消二十一条""还我青岛"等标语，高呼"外争主权，内诛国贼""誓死力争，保我主权"等口号，举行声势浩大的示威游行，伟大的五四运动由此爆发。

五四运动爆发期间，王尽美积极响应济南学联发出的外籍学生回各县开展运动的号召，带领几名学生骨干回到家乡。他们于6月5日在山东诸城举行了数千人参加的反日救国大会。王尽美身披写有"还我河山"四个大字的白布，在大会上愤怒声讨帝国主义侵略中国和北洋军阀政府的卖国罪行。为更好地发动群众，他还用《长江歌》的曲调创作了《保护我山东》的歌曲："看看看，滔天大祸飞来身边。日本强盗似狼贪，硬立民政官，此耻不能甘。山东又要似朝鲜，攫我祖国，攘我主权，破我好河山。听听听，山东父老同胞愤怒声。送我代表赴北京，质问大总统！反对卖国二十一条，保护我山东。堂堂中华，炎黄裔胄，主权最神圣。”歌词铿锵有力，吟唱震撼人心，极大地振奋了参加抗议行动的学生、工人们的精神。

五四运动让王尽美更进一步认清了中国积贫积弱的根源，找到了可以让中国走向新生的马克思主义。在斗争中，王尽美结识了邓恩铭，两人年龄相仿、志趣相投，很快就成了肝胆相照的战友。二人并肩走上了马克思主义道路，成为照耀党史的山东双子星。

1921年6月，王尽美、邓恩铭接到共产党上海发起组的通知，邀请他们去上海，参加党的一大会议。7月初，王尽美、邓恩铭二人携手登上南下的火车。这一年王尽美23岁，邓恩铭21岁，一个风华正茂，一个朝气蓬勃。可谓恰逢其会，正当其时。

王尽美此次参加党的一大受益匪浅。他与这13名代表中的大多数人都是头一回见面，但却是神交已久，相见恨晚。他与毛泽东同住在法租界博文女校的二层楼上，休会期间，二人时常就理想抱负、工人运动等交流经验，并就时局阐述自己的观点。两个人一南一北，一个操浓重的湖南腔，一个讲标准的胶东话，但并不影响两个人的交流。28岁的毛泽东沉稳有度、观点深刻，23岁的王尽美热情洋溢、抨击时弊，二人相互欣赏、惺惺相惜。以至于28年后，新中国成立时，毛泽东回忆起王尽美的音容笑貌，还印象深刻。

7月31日，在嘉兴南湖的一条小小的游船上，举行了中国共产党第一次代表大会的最后一次会议。会后，这些青年才俊、民族精英，带着红色的种子走下红船，走向中国广袤的大地。

有一种力量，能够超越生死；有一种力量，能够跨越时空；有一种力量，能够铸造信念。苍茫大地谁主沉浮？中国共产党的应运而生，让一直探索救国救民道路的王尽美，坚定了走马克思主义指引的道路的决心。会议期间，他提笔写下《肇在造化——赠友人》一诗，以诗言志：“贫富阶级见疆场，尽美尽善唯解放。潍水泥沙统入海，乔有麓下看沧桑。”尽善尽美是他的远大抱负，唯有解放是他的奋斗目标。为了时刻警醒自己，王尽美把自己原来的名字“瑞俊”改为“尽美”。从那一刻起，“王尽美”这个伟大的名字就一直在中国共产党党史上熠熠生辉。

二

党的一大结束后，王尽美、邓恩铭二人迅速回到济南，着手建立中共山东支部，随后根据工作需要，又建立起中共山东省委员会，年轻的王尽美成了第一任书记。

由于王尽美倾心于宣传马克思列宁主义，把大量时间用于参与社会活动，引起山东首立第一师范学校的不满，他们觉察出王尽美身上的“危险”气息，多次警告他，放弃“不切实际的幻想”，安心读书。但王尽美却觉得社会动荡，国运衰落，哪里能安放下一张潜心读书的课桌呢？1921年初冬，王尽美在学校的板报栏里，洋洋洒洒写下一篇名叫《饭碗问题》的讽刺文章，戳穿了学校校长、学监之流自诩清高，实际上却为饭碗到处钻营的丑恶行径，入木三分的讽刺，让深受其害的学生们拍手称快，令学校领导颜面扫地。王尽美此举无疑成了学校处罚他的导火索。以反动学监徐禹臣为首的一班人处心积虑，以一张告示，将王尽美开除出校。

王尽美虽然人已离开，却始终心系学校。在他的帮助下，山东省立第一师范建立起了党的组织。王尽美与广大师生亲密无间，因他长着一对特别显眼的耳朵，同学们都亲昵地称他为“王大耳朵”。王尽美每每面带微笑，自我解嘲说：“我的智慧和才思，都在这一对大耳朵里呢！”

早在山东共产主义小组成立之初，王尽美就时常到被称为“红房子”的铁路大厂宣传马克思主义，同工人兄弟交朋友，发现和培养骨干分子。1921年6月，他以“红房子”为基地，成立了津浦铁路大槐树机厂工人俱乐部，举办工人夜校，吸收进步工友参加。1922年6月18日，津浦铁路大槐树机厂工会正式成立，这是山东首个企业基层工会组织。“红房子”孕育出的红色火种，不仅点燃了济南工人运动的烈火，而且影响和推动了津浦铁路沿线工人运动的发展。

1921年年终，王尽美和邓恩铭再次登上远行的列车，只不过这一次不是南下而是北上，应邀参加莫斯科远东各国共产党及民族革命团体第一次代表大会。大会对中国的共产主义运动给出了预言，说：中国将有极其伟大的前途，因为世界上没有一个国家拥有如此丰富的资源和稠密的人口，在襁褓之中的中国工人运动，必将成长壮大。当晚举办的各国代表联欢晚会上，多才多艺的王尽美走上舞台，一曲《梅花三弄》艺惊四座。

会议结束后，王尽美等并没有立即回国，而是继续留在莫斯科进行了3个多月的参观学习。他们深入工厂、矿山，与苏联干部、工人交流学习。苏联十月革命的伟大胜利，社会主义国家的崭新面貌，人民当家做主的喜悦与自豪，更坚定了王尽美将中国革命进行到底的决心！

白驹过隙，转眼就到了1922年的夏天。7月中旬，王尽美接到党的指示赶赴上海，参加了中共第二次代表大会。8月中旬，王尽美赶赴北京，与时任中国劳动组合书记部主任邓中夏会合，邓中夏要求王尽美大力开展京奉铁路工人运动。重任在肩，王尽美以中国劳动组合书记部北方分部副主任的身份，从北京出发，一路向东。这一次，目的地直指京奉铁路咽喉——六百年古城山海关。

三

8月下旬，正是北方秋老虎肆虐的季节，24岁的王尽美第一次踏上了古城山海关的土地。

“您是从北平来的刘先生吧？”一个声音打断了王尽美的思绪，他点点头，警惕地看着铁路工人打扮的来人。二人一番简短交流，确定身份后，那人便领着王尽美，七拐八拐很快隐入一片贫民区中。

长城脚下，一处破旧的四合院门前，一个敦实的汉子正焦急地向街口方向眺望，看到王尽美二人过来，上前几步，一把握住了王尽美的手。“可把你盼来了，刘先生！”

王尽美上下打量着敦实汉子：“您是杨先生？”

“是，我是杨宝昆。”

杨宝昆，年长王尽美9岁，原来是北京长辛店铁路机车厂的铁匠，1921年7月加入中国共产党。同年10月，受党委托只身来到山海关开展工人运动。这一年来，杨宝昆在山海关铁工厂做了不少的革命工作。他深入工人之中，看到工人们在官僚资本家和封建势力层层盘剥下，过着食不果腹、

衣不蔽体的悲惨生活，切身体会到了工人受到的压迫。他借助各种机会，广泛地在工人之中传播“劳工神圣”的理念，宣传革命道理，并以学文化之名，率先办起了工人夜校，培养出刘武、佟惠庭、景树亭等一批积极分子。为了让工人弟兄有一个学习交流的场所，筹建工友俱乐部，王尽美曾三上“禀帖”，终于将理想化作了现实。1922年8月15日，山海关京奉铁路工友俱乐部在山海关南门外庆福里一幢居民楼里正式挂牌。从那时起，俱乐部就成了我党领导山海关工人运动的革命阵地，团结了一大批工人积极分子，为后来秦皇岛地区第一个党组织的建立打下扎实基础。

为了掩护身份，王尽美化名为刘瑞俊，以翻砂学徒工的名义，走进了中铁山桥集团的前身——山海关铁工厂，一个烟熏火燎的厂房。当年的山海关铁工厂，已经有职工1300多人，在北方也算是数一数二的大厂了。

王尽美白天和工人一起劳动，晚上就在山海关南门外庆福里的工人夜校里，给工人兄弟当识字先生，夜晚就住在老工人李耀东家里。王尽美是从农村出来的苦孩子，为人朴实热情，手脚勤快，又能说会道，很快就和工人兄弟打成一片。

深入最底层，王尽美更深刻地了解了工人的现状。当时，铁工厂里工人的工资分四个等级：最高的是工匠，每个月20多块钱；其次是长工，每个月

8块到10块钱；再次是杂工，每个月6块钱；最后是学徒工，每个月三四块钱。而当时英国总管包孟每月的工资是1000多块钱，高级职员的工资一般是工人平均工资的20多倍，最高时曾高达61倍。工人每天累死累活，要工作十几个小时，而那些高管却过着花天酒地的奢侈生活。工人不仅收入微薄，受到英国总管的剥削，还时常被封建把头层层剥皮。

当时，山海关铁工厂里派系分割十分严重，分为天津帮、南皮帮、大沽帮和唐山帮四大帮派。天津帮有个叫赵壁的大把头，对英国总管马首是瞻，言听计从，对待工人却极其狠辣，欺诈搜刮，动辄打骂，克扣工人的血汗钱，无所不用其极，是个不折不扣的狗腿子、恶把头。工人们对他恨之入骨，但迫于他的权势和淫威，没有人敢说一个不字。

王尽美看在眼里，痛在心上。要唤醒这些忍辱负重的劳工，让他们尽快觉悟起来，自己还有很长的路要走，任重而道远！

有一天，同工房的工人老张，因为干活儿时动作稍稍慢了一些，就被把头指使着打手打得满脸是血。王尽美强忍心头怒火，走上前扶起老张，替他擦去嘴角的血迹。老张摇着头，自言自语道："唉，都怪自己命不好。"

王尽美心下一怔：怎么还扯到命运上了？他耐心开导："张师傅，这和命有什么关系，没有人天生就吃大鱼大肉，也没有人天生就该吃糠咽菜。人与人都是平等的！"

"小伙子，哪有平等啊，我挨打受穷，这是老天爷在惩罚我啊。唉……"

老张慢慢站起身，忍着浑身的疼痛又劳作起来。晚上到了夜校，王尽美以老张挨打这事为契机，宣传"劳工神圣""平等自由"的道理，并以故事的形式深入浅出地给他们讲自己在苏联的所见所闻，告诉他们苏联的工人、农民是如何生活的。王尽美不愧是天生的演说家，台下的工人个个听得聚精会神，满脸都是向往之色。

晚上回到家，王尽美辗转难眠。大多数工人都没有文化，如何才能让他们更好地理解革命和斗争的意义呢？他想起自己在五四运动时编写歌谣的事情，忽然灵机一动，挥笔写下好几首有针对性的歌谣。比如："对工人：工人白劳动，厂主吸血虫。工人无政权，世道太不公。工人站起来，革命打先锋。""对农民：穷汉白劳动，财主寄生虫；贫穷并非命，世道太不公；

农民擦亮眼，革命天才明！”“对店员：店员白劳动，财东吸血虫；人穷并非命，世道太不公；工商联合起，革命无不胜！”

四

1922年9月，古城山海关秋意渐浓。此刻，表面上风平浪静的铁工厂，却在孕育着一场红色风暴。这一天，上过几年私塾、写得一手好字的工人崔玉书，被大把头赵壁召去做抄写工作。赵壁好吃懒做，常常会把抄写报表之类的活儿安排给崔玉书。崔玉书心细如发，在抄写工人工资花名册时，发现赵壁不仅仅是欺压工人那么简单，竟然还营私舞弊、大吃空额。崔玉书背着赵壁，又偷偷抄写了一份，然后把证据带到了工友俱乐部，交给了王尽美、杨宝昆等。众人见状，无不义愤填膺。脾气火爆的刘武更是破口大骂，立马就想找这个可恶的东西算账。众人好说歹说才算把刘武劝住。

刘武气呼呼地说："咋的？难不成咱们就这样算了？"

杨宝昆："这事得从长计议。"

王尽美点点头："老杨说得对，咱们得当众揭露他，然后集体上书，把这个欺压工人的恶把头彻底清除出去，咱们工人才能扬眉吐气！"

第二天一早，王尽美、杨宝昆、佟惠庭、景树亭、刘武几个人早早来到厂房，悄悄把赵壁营私舞弊、大吃空额的事讲给大家听，赵壁的恶行在工人中间迅速传播，整个山海关铁工厂就如同热油里倒水一般炸开了锅。赵壁来到厂房就被众工人围了个水泄不通，你一言我一语，纷纷揭露赵壁的恶行！大家有理有据，不容他狡辩。看到人们眼里的怒火，看到越聚越多的工人，一向颐指气使的赵壁也慌了神，丢下一句"这事儿你们管不着"，就灰溜溜地跑出了厂房。王尽美见状，组织十多名工人，直接把状告到了英国总管包孟那里。但赵壁是他们豢养的一条忠实走狗，与充当洋奴的工程师陈宏经关系也十分密切，厂方几句不痛不痒的话，就把工人们给打发了。

众人都有些灰心，不知道下一步怎么办。王尽美沉着冷静，和众人商议告状事宜，并立即着手撰写控告赵壁的罪行的状子，15名工人骨干集体签名，然后委派景树亭连夜赶往天津，到京奉铁路局总部告状。当时，正值长辛店工人罢工胜利、各地工人运动的热情日益高涨之时，京奉铁路局生怕山海关工人受其影响也罢工，迫不得已同意了山海关铁工厂工人呈状上的要求。但英国总管包孟以及工程师陈宏经对路局开除赵壁的通知拒不执行，反而把送呈状子的景树亭开除了。

王尽美和杨宝昆等马上开会研究应对措施。他一边鼓舞工人士气，一边决定视“谈判场”为战场，让景树亭和佟惠庭二次赴津，强烈要求路局派人前来督办。9月14日，厂方在无奈之下，被迫宣布将赵壁开除，此次斗争获得了初步胜利。这一次的胜利，给工人们以巨大的鼓舞，也让工人们对未来充满了希望：团结就是力量！不可一世的赵壁，如今也成了丧家之犬，咱们工人只要抱成团，就没有什么是不可战胜的。此次斗争，王尽美小试牛刀，不仅丰富了自己的革命斗争经验，也让他在工人中的威望越来越高。这为他以后更好地开展工人运动奠定了坚实的基础。

这是山海关工人运动高潮到来前夕，1922年9月中旬的一个夜晚。这个夜晚看似寻常，但对山海关铁工厂，乃至整个冀东地区，都有着非凡的意义。两名追求真理脚步的一线工人，成了中铁工业党史上第一批共产党员。

古城秋夜，星光灿烂。星光掩映下的天下第一关，如一个看遍岁月沧桑的老者，默默地关注着长城脚下崭新的红色故事。山海关南马道幽深的胡同里，一间半西厢房的窗户上隐隐透出一丝亮光。一盏昏黄的油灯，把人们的影子映在粗糙的土墙上，一面镰刀斧头的旗帜悬挂正中，映红了四张年轻的脸。房间的低矮，越发映衬出王尽美个子高大。他庄严地举起右拳，浓重的山东口音，并不影响众人对誓言的理解与信仰。杨宝昆、刘武、佟惠庭也跟着举起了右拳。中国共产党冀东地区第一批党员、第一个党组织，就在这样一个暗夜里悄然诞生了。雄伟的天下第一关与王尽美、杨宝昆、刘武、佟惠庭一起，见证了这个伟大的历史瞬间。

仪式完毕，王尽美走上前紧紧握住刘武、佟惠庭的手说：“刘武同志、佟惠庭同志，祝贺你们，从今天起你们就是光荣的中国共产党党员了！以后，咱们就是一个战壕里的战友，同甘共苦，并肩作战！”

“同志”——这个称谓那么陌生，又那么崇高！威武高大的汉子刘武，眼里隐隐有了泪光：“请组织放心，我们会永远听党的话，永远跟党走！为党奋斗终生！”

红色的种子一旦播下，便很快在长城脚下、渤海岸边形成星火燎原之势。山海关铁工厂党组织的诞生，不仅填补了冀东地区党组织的空白，还开启了中铁工业波澜壮阔的百年红色之旅。

从那时起，鲜艳的党旗红就成了中铁工业最鲜明的标志；从那时起，力争民族振兴、肩负实现工业强国的历史使命的中铁工业，终于找到了一条布满荆棘但注定充满希望的人间正道。

五

冀东地区第一个党组织的建立，给山海关铁工厂注入了新的生机。从此，它拥有了一个光荣的名字——红桥。党组织的建立也为王尽美、杨宝昆更好地开展工人运动、进一步完善和扩大党组织打下了良好的基础。

自从驱逐了赵壁，原来整天受人欺负的工人也有了扬眉吐气的感觉。但英国总管包孟和工程师陈宏经，对失去赵壁这样俯首帖耳的狗腿子并不甘心，二人串通一气，很快就把赵壁的一个死党提拔上来。死党为了给赵壁报仇，上台没多久，就以“上厕所超过5分钟”为由，让厂方开除佟惠庭。没想到事情捅到陈宏经那儿，陈宏经不仅同意这个无理要求，还借故把景树亭一并除名。这样明显的打击报复，让工人们怒火中烧，他们强烈要求厂方收回成命。王尽美闻讯后，马上以俱乐部的名义坚决支持工人们的正当要求，然后奋笔疾书，向厂方提出六项具体要求。这六项要求中，除了“速开除陈宏经，请我们的代表佟惠庭、景树亭二君复职”外，还包括“每星期日及各种假日，均要休息，并须发给全薪”“凡工人一律加薪，按十五元以下者加三成，十五元以上者加二成，五十元以上者加一成”等，均是在为广大的工人兄弟争取权益。由此也可以看出，王尽美思谋已久，而此刻，他敏锐地判断出时机已经成熟，工人运动的高光时刻正在到来。

王尽美马上派人前往天津，将六项要求送至京奉铁路局。为了扩大影响力，还登报声明。为了确保此事一举成功，王尽美还通过劳动组合部北方分部，将此事通知其所属各地工人组织。各地工人组织闻风而动，迅速响应。唐山南厂还派来工人代表帮助铁工厂组织工人斗争。京汉铁路总工会来信表示声援。一场史无前例、轰轰烈烈的工运风暴，即将爆发！

可京奉铁路局的答复却迟迟没有下来。9月24日，更深夜重，天气寒凉，坐落在山海关南门外庆福里的俱乐部灯火通明。王尽美、杨宝昆、刘武、佟惠庭等几个人，有的坐，有的站，有的烦躁地来回走动。

刘武看看这个，又看看那个，一脸焦急："哎呀，急死我了，你们倒是拿个主意啊？"

坐在桌前抽烟的杨宝昆率先开口："咱们可不能这样等下去，时间越长越难处理。"

站在窗前的王尽美回过头来："咱们不能把希望寄托在路局身上，毕竟他们和厂方是一体的，怎么可能那么痛快地答应条件？"

佟惠庭问："那咱们应该怎么做？"

"咱们得加大力度，把声势造得更大一些，明天，咱们就召集全厂工人集会！"

9月25日下午6时，露天集会在山海关铁工厂北厂门外的空地上召开，空地上聚集了1000多名工人和群众。王尽美在大会上第一个发言，一针见血地揭露了帝国主义资本家及其走狗的阴谋，最后声情并茂地号召大家说："一切幸福都是由生命热血换来的。只要我们团结起来，誓死力争，就没有办不到的！"然后他高高地举起手臂，高呼："团结起来，誓死力争！"

会场上，工人群众积极响应，呐喊声一浪高过一浪。随后，唐山等地的工人代表纷纷发表声援讲话，大家一致表示："当局再不答应我们的条件，我们就罢工！"

9月30日，京奉铁路局终于给俱乐部回复了批复公文，但公文对驱逐陈宏经、恢复佟惠庭和景树亭的工作只字未提，只对工人最低的经济要求做出答复，不及十分之一，还拿关闭工厂进行威胁。这样的答复，显然是远远达不到工人要求的。王尽美立即召集俱乐部会议，决定第二天再次召开露天大会，进一步发动工人，进行再动员。

10月1日，第二次露天大会如期举行。会上，佟惠庭将路局的批文当众宣读出来。面对这样毫无诚意的批复，工人们群情激愤，齐声高呼："罢工！罢工！罢工！"

唐山和秦皇岛工友俱乐部的工人代表，也表示愿同山海关工人"义同生死，一定采取一致行动"。兄弟单位工人代表的声援，更加坚定了铁工厂工人斗争到底的决心。大会选出杨宝昆、佟惠庭为工人代表，带着《工人请愿书》再次去天津与路局进行谈判。要求三日内答复，否则就坚决罢工！

临走前，王尽美跟杨宝昆面授机宜，说："谈判不是向路局乞求，而是要戳穿帝国主义者、资本家及其走狗的假面具，我们不能对路局抱有幻想。态度一定要坚决，记住，你们的身后，有党、有工人兄弟！"

杨宝昆、佟惠庭赴津的结果，果然不出王尽美所料。路局根本就没有谈判诚意，它们明修栈道，暗度陈仓，一边在谈判中敷衍搪塞，一边策划如何镇压工人罢工。

10月3日一早，杨宝昆、佟惠庭返回山海关，向王尽美详细汇报谈判经过。王尽美在听完汇报后，安慰二人道："我们早就料到，他们是不会轻易答复的。"看到大家情绪低落，王尽美鼓舞大家说："一切帝国主义者、资本家及其走狗，都是一丘之貉。我们只有团结起来，彻底地打倒他们，工人阶级才能得到解放。现在已经到了'箭在弦上不得不发'的最后时刻，明天咱们就罢工！"

王尽美一夜未眠，终于把罢工宣言撰写出来。站起身，推开窗。窗外，乌云中曙光初现。远方的燕山，峰峦叠嶂；长城如龙，展翅欲飞！

六

就在众人全力以赴筹备罢工的时候，京奉铁路局警务处处长吴达挺来到山海关，美其名曰来调解工人与厂方纠纷。吴达挺一到铁工厂，就和英国资本家包孟、洋奴陈宏经密谋策划，企图诱骗工人再次谈判。王尽美早就看穿了吴达挺的把戏，他一方面安排代表与他们周旋，另一方面落实好罢工事宜。

谈判的结果可想而知，最终不欢而散。

10月3日，刚刚吃过午饭，厂方突然要召开全体工人大会，显然他们已经得知了工人要罢工的消息，企图通过召集工人开会，来阻止更多的工人参与。

此刻，工厂大门紧闭，大门里挤满了准备参加罢工的工人，吴达挺带着几个全副武装的随从，堵在大门前，高声威胁聚集在门前的工人："你们这群不知死活的东西，长几个脑袋，敢跟铁路局叫板？工厂停工一年半载的没关系，工厂有的是钱，随随便便就能雇得到人，到时候我看你们这帮臭苦力咋活？"

工人们听着他的威胁，更加义愤填膺，刘武冲上前，大声喊道："我们决不妥协！不答应条件，就罢工！"众人一拥而上，很快就把工厂大门挤开了，几百名工人迅速冲了出去。大门外，王尽美带领许多工人，早就等在外面准备接应。此时，两方人群会合成一股势不可当的洪流，声势浩大的示威游行第一次出现在古城山海关安静的街头。游行队伍沿着马路，浩浩荡荡地向城里行进，队伍前面一条横幅格外引人注目，上面写着几个鲜红的大字：争取自由平等。

安静的古城大街上，工人们的口号声此起彼伏，响彻云霄。

"打倒帝国主义！"

"劳动神圣！"

"劳工万岁！"

这是在沉寂几百年的古城山海关，觉醒后的工人阶级发出的第一声怒吼！这声怒吼，如同一声激昂的号角，吹响京奉铁路工人大罢工的序曲。

10月4日早晨，工厂上班的汽笛拉响好久，却还是看不到上班的人流，往日早已热闹起来的工厂，此刻门可罗雀。工厂里，英国总管包孟和陈宏经如热锅上的蚂蚁，坐卧不安。包孟更是不停地用英文大声咒骂着："Fuck！Fuck！"早把所谓的绅士风度抛到九霄云外了。

这一天，不仅铁工厂工人罢了工，周边的铁路工人也积极响应，参与到罢工斗争中。

同时，庆福里工人俱乐部门前一片喧哗。工人纠察队队长刘武，胳膊上带着纠察队的红袖标，门神一样威风凛凛地守在俱乐部大门前。到这会儿，他已经拒绝了好几拨前来说合、威逼、利诱、恐吓的人。最后，俱乐部为了表明工人立场和罢工决心，干脆在大门口贴上了“一切调停谢绝，必须答复条件”的字样。

10月6日，工人罢工第三天，厂方还没有答应工人的条件，双方处在较量与对峙的关键时刻。王尽美为争取获得全国各界的支援，又起草了第二次罢工宣言，以示誓死坚持罢工的决心。他义正词严地指出：“不罢工也要冻死饿死被压迫死，与其受辱死，不若奋斗死。”“所有的条件，一丝一毫，不让步！”并在原六项要求的基础上又附加了三个条件。宣言拟定后，王尽美让工人在全城散发，与此同时，发给全国的报纸和各地工会等组织。

二次罢工宣言首先在上海的《民国日报》上发表，长辛店、唐山等地的工人组织纷纷来人、来电、来信表示支援。京汉铁路总工会在来电中说：“你们的举动不单是为你们自己，也是为我们全无产阶级争体面、争光荣！”唐山开滦煤矿工人俱乐部在电报中称“如十三日当局再不与山海关工友圆满解决，就与山海关工友取一致行动罢工”，且每人捐献了一天的工资，支援山海关工人。

10月8日，罢工进行到第五天，京奉铁路局继续采取拖延的办法，想以此来消磨工人斗志。王尽美等也感到罢工持续越久，面临的困难和压力也越大。该如何应对，才能解开这个死结呢？

10月9日清晨，1000多名工人高举“劳工神圣”“坚持斗争”等横幅，浩浩荡荡地向火车站进发。这是王尽美领导工人进行的最坚决、最果断的斗争：卧轨截车！刘武和俱乐部委员率先冲上铁路路基，1000多名工人纷纷效仿，一下子占据铁路线几千米，场面甚是壮观。

8点35分，经由山海关开往北京的4次快车已经出站，车轮滚滚，汽笛声声，呼啸着向卧轨的工人队伍冲过来！站在最前面的刘武手举大旗，铁塔一般，巍然屹立在铁轨之上。这是一场坚守与退缩的斗争，这是一场生存与死亡的较量！

开车的司机是中国人，当他看到火车前面黑压压一片都是参与罢工斗争的工人兄弟时，就把手放在了刹车拉手上。而一边的机务科英国纠察见状，一把抢过火车的手把，咬牙切齿想轧死罢工的工人。车轮滚滚，火车呼啸着朝卧轨的工人冲了过去。千钧一发之际，司机“呼”地站起身，用力推开英国纠察，敏捷地抢回了手把。

随着一声尖厉的刹车声，滚滚向前的列车滑出好远，才在距卧轨的工人十几米的地方停了下来。生死存亡的关键时刻，站在最前列的刘武，就仿佛是一尊雕像一般，临危不惧，大义凛然。

截车斗争一直持续到下午1点多钟，致京奉铁路停运4小时之久。在临榆县长担保三天之内一定答复工人要求后，工人们才有组织地从火车站撤离。

10月12日，迫于工人运动的强大压力，京奉铁路局不得不答应了工人的全部要求。持续9天的京奉铁路工人大罢工取得圆满成功！

七

京奉铁路工人大罢工，成为中国共产党早期工人运动成功范例之一，给全国各地的工人运动带了个好头，起到了鼓舞和示范作用。在罢工斗争中，王尽美表现出了卓越的领导和组织才能。之后，王尽美又深入秦皇岛港口、唐山开滦煤矿等地，指导和发动了秦皇岛港码头工人大罢工、开滦五矿同盟大罢工。随之而来的、轰轰烈烈的工人运动，在全国风起云涌，呈燎原之势，全国迎来了工人运动的高潮。

进步与落后，自由与专制，光明与黑暗，从来都是此消彼长。工人运动蓬勃发展，自然会引起反动军阀的恐慌与仇视，1923年初春，反动军阀开始了大肆反扑。

2月7日，京汉铁路工人大罢工，上演了中国工运史上最为壮烈的一幕。血雨腥风弥漫中原大地，白色恐怖笼罩九州苍穹。随着军阀的破坏和镇压，全国的工人运动暂时陷入低谷。山海关反动当局也不例外，恶狠狠地向工人运动领袖举起了屠刀！

2月下旬，临榆县警察署以涉嫌“赤党”为由，在王尽美、杨宝昆、刘武下班途中突然将三人逮捕。消息传出，工人们十分震惊。幸免于被捕的佟惠庭，立刻召集工人中骨干分子研究对策，然后集合数百名工人，拿着撬棍、锹镐等工具直奔县衙。众工友高声呐喊：“立即放人，否则就把县衙砸烂！”

压力之下，临榆县张县长不得不出面调停。佟惠庭、宁潜湘等针锋相对。佟惠庭上前一步，高声说：“张县长，我们要求你马上下令放人，否则我们还要截火车！罢工！”

众工人一起高喊：“截火车！罢工！”“放人！放人！”

张县长虽然不甘心就这么把人放了，但更害怕事情闹大了没法收场，最后只好妥协，命令警察马上放人。看到王尽美、杨宝昆、刘武三人毫发无损地走出监狱大门，众人一片欢腾。

王尽美三人的被捕，也给众人敲响了警钟。为了王尽美的安全，秘密党小组开会，建议王尽美尽快撤离山海关。

王尽美却不同意离开，他说：“不能公开活动，我可以转入地下，我还有许多工作没来得及开展。我要留在山海关和大家一起斗争。”

此时，抓捕王尽美的通缉令已经下达到山海关，残酷的现实已经不允许他再留下来了。虽然王尽美还想坚持，但随着中央令他迅速转移的指示下达，王尽美不得不移交手头的工作。

1923年2月下旬的一个傍晚，风雪交加，大地一片银白。趁着夜色，一群人护着一个身材瘦高的人，步履匆匆地离开了老工人李耀东家，然后沿着铁工厂栅栏外的小路，朝石河方向而去。这个人头脸都遮掩得严严实实，看不清面容，身形却与王尽美有几分相似。几个守在角落里的人相互打着手势，悄无声息地跟了上去。

十几分钟后，又有几个人从李耀东家隔壁快速走出来，里面同样是一个身形清瘦的人。一行人在城里的胡同里七拐八拐，绕到了角楼湾，直到认定身后确实无人跟踪，才改道火车站。

奔向石河方向那群人，走到石河岸边时，被后面那群人截住，一个领头的上下打量着那个瘦高个：“刘先生，您这是要去哪儿啊？”

“什么刘先生啊，我姓田。我这是回家啊。”瘦高个除去头上的围巾，目光炯炯地看着对方。此人四方大脸，并不是他们要找的王尽美。

山海关火车站站台前，王尽美一袭长衫随风舞动，单薄的衣衫让他越发显得消瘦。一列绿皮火车即将启动，两条银亮的钢轨伸向铅云低垂的远方。在古城山海关生活战斗了半年之久，已经深深爱上这片土地的王尽美，与前来送别的杨宝昆、刘武等人一一握手道别。看到众人眼中的不舍，王尽美坚毅的双眸中现出少有的柔和，他拍着工友的肩头，动情地说：“咱们虽然不能并肩战斗了，但咱们的心却永远在一起，等革命成功了，咱们再一起喝庆功酒！”

面对此情此景，刘武这个铁打的汉子也禁不住声音哽咽：“刘先生，你这一走，我们像失去了主心骨，今日一别，不知什么时候还能再见！”

王尽美的眼圈也隐隐发红：“老刘，说不定哪天我就回来了。再说了，我走了，但党还在！”他环视着众人，鼓励道：“你们要团结起来，好好工作，坚持斗争，为全人类的解放和共产主义的彻底实现而努力奋斗！”

工人们握住他的手，郑重地承诺：“请党放心，我们一定会坚持到底的！”

这些工友都希望有机会再次聆听王尽美的谆谆教诲，再次与王尽美并肩战斗！但，谁也没有想到，此去即成永别！

一声长鸣，列车缓缓启动，王尽美向跟着列车奔跑的众人挥手告别。别后天南地北，从此山高水长。王尽美望着窗户，古城山海关慢慢远去，最后隐入苍茫的夜色之中。但王尽美的眼前却有许多场景，电影一般闪过：驱逐赵壁，上书路局，建立工会，组织罢工。这一桩桩一件件，哪一桩不是轰轰烈烈？哪一件不是慷慨激昂？但前路茫茫，征途漫漫，要想中国像苏联那样真正实现人民当家做主，中国共产党还有很长的路要走。重任在肩，王尽美再次握紧了拳头。

虽然王尽美在山海关生活战斗的时间只有短短的半年，但他组织和领导的工人运动光耀华夏，他播撒的红色种子在冀东大地薪火相传。山河为证，岁月为名。王尽美的名字，将与山河共在，将与党史同辉！

尾 声

济南的三月春寒料峭，辗转返回山东的王尽美，以“育英名小学”教员身份做掩护，来往于淄川、博山、青岛等地，领导全省的工人运动。

1923年5月1日，王尽美、邓恩铭领导组织了山东省第一次纪念五一劳动节大会。

1923年5月5日，马克思诞辰105周年之际，王尽美精心策划了纪念大会的召开。大会主席台正中悬挂着的马克思巨幅画像栩栩如生，格外引人注目，那是多才多艺的王尽美亲笔所绘。

1923年8月，王尽美主持的《晨钟报》出版。他多次撰稿主笔，有时还亲自上街卖报。《晨钟报》出版两年时间，成了传播党方针政策的重要阵地，唤醒了一大批青年学生和工人参加革命。

1924年1月，王尽美同李大钊、毛泽东等人赴广州参加国民党第一次全国代表大会。大会期间，王尽美那富有才华的言谈、充满活力的举止、朴实英俊的外表，赢得了孙中山先生的好感，两人经过深入交谈，成了忘年之交。

由于长时间的劳累和忘我工作，一次演讲时，王尽美吐血晕倒在地，众人马上把他送往医院。但此时，正值工人运动如火如荼之际，住院没几天，他就放弃治疗，拖着病重的身躯，再次投身到火热的斗争中。

1925年4月19日，重病中的王尽美强忍病痛，和邓恩铭一道组织发动了日资企业大康纱厂大罢工。

病重期间，意志异常坚定的王尽美，以羸弱之身，不停地奔走呼号，为党工作。从济南到青岛，从北京到广州。在宣传演讲大会上，在领导工人运动中，他不断咳血，却一直隐忍坚持，从未退缩，一直战斗到生命的最后一刻。

弥留之际，王尽美再一次从昏迷中醒来，断断续续，口授遗嘱：“全体同志，你们要好好工作，为无产阶级及全人类的解放和共产主义的彻底实现奋斗到底！”

1925年8月19日，王尽美在青岛溘然长逝，伟大的人生永远定格在年轻的27岁！

噩耗传到千里之外的古城山海关，京奉铁路工人俱乐部里悲声一片。众人说什么也不敢相信，年纪轻轻的王尽美就这样为国捐躯了！他们敬爱的刘先生，他们人生的领路人，就这样永远地离开了他们！

“男儿有泪不轻弹，只因未到伤心处！”回忆起当年王尽美的音容笑貌，那一举手、一投足，仿佛还在眼前。可“想见音容空有泪，欲听教诲杳无声”！这群流血流汗不流泪的铮铮铁汉，此刻，都禁不住泪流满面！

当年，王尽美亲手创立的山海关铁工厂3人党小组，已经发展壮大为山海关铁路特别支部。王尽美虽然永远地离开了，但他用生命播种和浇灌的红色种子，却已在古城红色沃土上根深叶茂，在冀东平原广袤大地上连片成林。

新中国成立后，党和人民都没有忘记尽善尽美、鞠躬尽瘁的王尽美。1949年9月21日，全国政协第一届全体会议在京召开，毛泽东接见山东代表时说：“革命胜利了，可不能忘记老同志啊！你们山东要把王尽美烈士的历史搞好，要收集他的遗物。”在以后的多次会议上，毛泽东说到革命先烈，第一个提到的名字常常是王尽美。

王尽美的大多数遗物都在动荡年代里遗失了，但万幸的是，王尽美母亲从老房子的土墙中扒出一个发黄的纸包，里面竟然是王尽美的正面照！这也是王尽美留给后世唯一的一张照片。俊朗的面容，深邃的目光，一对大耳朵，让老母亲仿佛与久别的儿子重逢！

1961年，曾与王尽美同时参加党的一大会议的董必武同志挥笔写下《忆王尽美同志》一诗，以表达怀念、敬重之情：“四十年前会上逢，南湖舟泛语从容。济南名士知多少，君与恩铭不老松。”

穿过世纪风雨，跨越百年沧桑，王尽美留下的红色基因，让中铁工业四季芳华，王尽美激活的红色血脉，让中铁工业岁月留香。尽善尽美唯解放，王尽美用他绚丽多彩的奋斗故事，用他磅礴壮美的传奇人生，鼓舞和激励着一代又一代中铁工业人薪火相传、前赴后继，勇敢地肩负起传承民族工业血脉、打造中国制造品牌的历史重任，为中国和世界铁路的进一步发展贡献自己的力量，在实现民族复兴的道路上砥砺前行。

入党誓词就是我的座右铭

——记“毛主席的好工人”“最美奋斗者”尉凤英

◎文/《中国兵工报》记者　王　瑾

穿着一身干净整洁的素衣，胸前佩戴着党徽，声音清晰且洪亮，精神矍铄，她就是有着88岁高龄的尉凤英。我们的聊天从进门最引人注目的、客厅墙上挂着的两幅照片开始。尉凤英一一介绍道：一幅照片是1964年，她出席第三届全国人民代表大会第四次会议时受到毛主席的接见；另一幅照片是2013年，她作为全国劳动模范代表进京开座谈会时，习近平总书记亲切地握着她的手。从“毛主席的好工人”到“最美奋斗者”，太多有关荣誉的证书、照片，记载着尉凤英那些多姿多彩的往事，浓缩着那段激情燃烧的岁月，映照着她满载幸福的奋斗历程。尉老向记者娓娓道来，一幅幅令人心潮澎湃的过往画面逐渐浮现……

艰苦生活　在苦难中磨砺

尉凤英，1933年6月12日出生于辽宁省抚顺市一个普通的煤矿工人家庭。彼时的东三省正值日伪统治时期，尉凤英一家与绝大多数东北民众一样，过的是亡国奴般的悲惨生活，痛苦不堪，屈辱和仇恨如影随形，日子苦难且漫长。当时，尉凤英的父亲在日本人经营的矿山工作，煤矿的条件极为恶劣，工人们既没有足够的衣服穿，也没有足够的粮食填饱肚子，工作和卫生条件恶劣，忍受着虐待和危险日夜劳作。在她3岁那年，当煤矿工人的父亲积劳成疾，撒手人寰，这让本就十分清贫的家，更是举步维艰。

三个未成年的孩子全靠母亲一人做零工养活，吃了上顿没下顿，要饭、拾煤核、挖野菜……对于小凤英一家来说，能活着就不容易，吃一顿饱饭自然成了一种奢求。用一贫如洗来形容她们的生活一点都不为过，四面透风的房屋，夏天酷热，冬天异常寒冷。天气冷的时候，母亲用棉絮做的套裤就派上了用场，出门的时候穿它御寒，到天暖和了，把破棉絮取出，放在热水中煮一煮，晾干后，等待下一个冬天再用。那时候不只没有棉裤，也没有棉被可以御寒，用烂麻袋捆在身上挡风当作被子；穿的是利用废旧物品织成的粗糙的更生布，满是油污和尘土，没有换洗的；没有吃的，就吃橡子面、高粱糠、稻糠……很多都是发霉的，味道很苦。在吃饱就是幸福的年代里，令她不能忘却的还有某一年春节的那顿年夜饭。在最重要的传统节日里，本应一家人围在餐桌前其乐融融地吃一顿团圆饭，可尉凤英家却无米下锅。面对孩子们的期盼，母亲含着眼泪，迫不得已去日本人的垃圾箱里翻找了很久，捡了三个鱼头回家。母亲用白水和盐煮一煮鱼头，算是给三个孩子做了顿年夜饭。

这样苦难的生活直到1948年11月沈阳解放才得以终结。尉凤英说："解放之后，我家分到了 100 斤高粱米，还有 10 元钱的补助，我们终于过上了梦寐以求的生活，吃上了饱饭。是共产党和毛主席让我们过上了吃饱穿暖的好日子，是共产党和毛主席把我们从水深火热中解放出来，翻身做了主人。"寒冷、贫穷、疾病……回忆起从前窘迫的生活，尉凤英一次次红了眼眶。在"苦水"中"泡"大的尉凤英在日记中写道："不知昔日苦，哪知今日甜？不懂得剥削和压迫，就不懂得革命。恨得透，才能爱得深。越恨旧社会，就会越热爱新社会。"那些艰难岁月的磨砺，让尉凤英从小就很懂事，内心也慢慢变得强大，她的心里满满的都是对党的感激之情，她的脑中只有一个念头——报恩！

心无旁骛　技改创新报党恩

尉凤英的梦想很快就实现了！1952年8月，通过考试，尉凤英来到东北机器制造厂（现中国兵器工业集团辽沈工业集团有限公司）进行入厂前的学习。1953年1月27日，20岁的她进入东北机器制造厂当上了学徒工。

入厂前，母亲叮嘱她："会秋(尉凤英的小名)，上班后，你要好好跟师傅学，要嘴稳、手稳、腿勤、手勤，人品端正，不能给爹妈丢脸。你要记住，你是穷人家的孩子，要永远报答共产党和毛主席的恩情。"报恩的思想深深地根植在尉凤英的脑中，让她总是忘我地工作着，再苦、再累、再难，她都义无反顾地向前。天生就带着东北姑娘热辣辣血性的她，热爱挑战，永不言败。"我总觉得自己身上有股使不完的劲。"尉凤英说。

怀着这颗迫切的感恩之心，尉凤英进入了人生的另一个阶段。第一天到车间上班，她对师傅说的第一句话就是："师傅，你分配我干啥都行，我有力气，不怕脏，不怕累。"师傅看着这个洋溢着青春气息，"虎劲"十足的高个子女孩，笑着对她说："我相信你，只要说到做到，你就肯定会有出息。"

当时，车间的车床大多数是皮带车床，开工前，工人们要给车床挂皮带、注机油，这是必要的准备工作。于是，尉凤英每天天不亮就到车间，做好开工前的准备工作。在生产过程中，她仔细观察老师傅的每一个动作，不懂就问，虚心求教。不仅如此，下班后，她依然不会松懈，还要回忆一天所学的技术，遇到不懂的地方再三请教，直到弄懂、记牢才肯罢休。面对如此好学的尉凤英，老师傅都会倾囊相授。在学徒时期，眼快、手勤、苦学的她取得了好成绩，就是在这样的努力下，入厂仅三个月的尉凤英，很快拔得头筹，赢得了领导和工友们的认可，被评为模范徒工，在那一批新人中，第一个被批准进行独立操作。当被问及为什么当初会选择兵工厂，当年又很快脱颖而出，是凭借着怎样的内心动力时，尉凤英的回答干脆利落："报党恩，没有共产党，就没有我尉凤英。"

要知道，东北机器制造厂是军工企业，生产的产品都是火工品，对工艺要求都是极高的，如果操作不规范，制造出不合格的产品，可能会发生炸膛事故，后果无法想象。

1953年，正值抗美援朝战争的关键阶段，沈阳更是志愿军武器装备供给的要地，尉凤英身处的兵工厂担负着繁重的生产任务，全厂开展了“红旗检查”“蓝旗监督”的满堂红竞赛，工人们夜以继日不下火线，产品一出来就昼夜兼程运往前线。当时，初出茅庐的尉凤英使用的是日本人留下的旧皮带式车床，加工一个产品需要扳动几次扳柄，产品又和铝末混在一起，得用手一个一个拣出来，又耗时又费力。彼时的她操作技术还没有达到熟练的程度，所以无论她怎样加班加点地干活，都赶不上老师傅的进度，废品从她的机床上不断出现。“那时是流水生产线，每人一道工序，因为我的不熟练，有几次还影响了小组的进度，拖延了下道工序的时间。”心急如焚的尉凤英自责难过，有一天干活时“吃刀过量”，只听“咔嚓”一声，刀“打”了，活也废了。“我当时心里难过，就哭了。”尉凤英说。师傅李玉书见状温和地对她说：“你光有猛劲不行，必须得想办法找窍门，只有改进工具和操作方法，才能多出活。”师傅帮她找出了效率低的原因：一是卡活慢，二是从铝末里挑活费时间。最后师傅还说了句“贯口”：“窍门满地跑，看你找不找。别看窍门小，找着就是宝。”师傅的一席话让尉凤英受益匪浅。怎么才能又好又快地完成任务？用什么办法把产品和铝末分开？窍门在什么地方？自那以后，尉凤英时时刻刻想着技术革新，想要提高生产效率，到了忘我的境界。只要醒着，她的脑子想的就都是怎样提高生产效率，她在车间里想，在宿舍里想，上下班走路也在想，所有工作以外的时间都在想，甚至在吃饭时，灵光一现，拿着筷子蘸上菜汤就在桌子上开始画图……经过反复的细心观察和冥思苦想，功夫不负苦心人，尉凤英终于从一个个日常看到的场景里找到灵感。

她看到食堂的师傅用簸箕簸黄豆将豆、皮分离，看到建筑工地的工人用筛子筛沙子将细沙和沙粒分离，从平日里开关弹簧门的门弓子反弹中都会受到启发，并将日常观察得出的原理用于技改模型。在下班结束了一天的正常生产任务后，加班加点把模型安装在机床上，往往是边干边改进，反反复复，很多时候不知不觉间，天就亮了。那时候尉凤英住在职工集体宿舍，刚开始工作晚了还回去睡觉，后来有时回去得太晚，尉凤英怕打扰了姐妹们的休息，便会坐在宿舍门口睡到天亮。再后来她干脆就不回宿舍了，太困太累了就找块砖头当枕头，在车间厂房里睡一小觉。每到快要上班的时间，她就赶快把未改进好的模型取下，再把机床按正常生产需求调整好。这股废寝忘食的干劲让工友、领导赞叹不已。最终，尉凤英在老师傅们的帮助下，完成了半自动扳把和自动分料器的攻关，提高生产效率80%，提前118天完成了1953年的全年生产任务。从此以后，她迷上了找“窍门”解决问题，尉凤英的技术革新之路自此开始。

时间来到1955年春，工厂车间发生了一件令尉凤英终生难忘的事情。同车间的一个姐妹在送料时，一个不小心，手指被冲床无情地轧断了一节。彼时，工厂车间里有不少冲压车床都是手工送料，功效低，又不安全，稍不留意就会发生断指的事故，就好似老虎嘴巴那样充满危险，很容易使人遭受意外伤害。因此，手工送料车床被工友们称为“老虎口”。上冲床的工人们对“老虎口”都十分忌惮，效率始终难以提高，任务的完成一直都有难度。“我的战场，就是我的工作岗位，就是我们的生产线。我的敌人，就是阻碍完成任务的困难和生产上的关键、不安全的因素等。”尉凤英看到同事受伤，心情非常沉重。她暗暗地告诉自己，一定要做出一个自动送料器来制服这只“老虎”。说来也巧，当天，车间工会主席就通知她，第二天去参观沈阳市技术革新展览会。尉凤英当下心想，“太好了，我一定去好好学习”。展厅里的一台自动化机床吸引了尉凤英的目光，她围着机床仔细地看了一遍又一遍，希望从展品里记住更多的细节，学习到更多的先进设计，一直到肚子咕咕地叫了，她才想起忘记吃午饭了。当晚，尉凤英头脑中过了一夜的“自动化电影”，满脑子都是自动车床，一遍又一遍。从展会回来后，尉凤英提出了研制自动送料器的建议。车间党支部和工会非常重视，开会讨论她提出的建议，并找经验丰富的老师傅来帮助她进行技术改革。

尉凤英始终认为，只要肯用心，就没有克服不了的困难。从绘制图纸到做模型，执拗的尉凤英又开始一门心思地琢磨自动送料器的革新。没有多余设备，不能耽误正常生产，尉凤英就又开始日日加班，她丝毫不觉得辛苦，不放过任何一个可能突破的机会，哪怕是睡到半夜突然醒来，她也会在有一点思路时从床下拿出模型，研究半天。在老师傅们的帮助下，她做成了自动送料装置。开车试验那天，很多人都来看这只“老虎”能不能被尉凤英制服。然而冲压机床一开动，“咔嚓”一声，不仅料没送进去，自动装置也被压扁了。当下就有人窃窃私语：“不会走就想跑，真是异想天开啊……”尉凤英非常难过，脑子里特别乱。支部书记看出了她的窘迫，和她谈心，用“吃一堑长一智”“失败乃成功之母”鼓励她。尉凤英想，书记讲得对，干革命就不会没有困难，真正勇敢的人是在困难和失败中成长起来的。想到这里，她反而轻松了一些，心里也没那么难受了。压力依然在，她没有选择退缩，而是暗下决心，不论遇到什么困难，都一定把它搞成功。

自动送料机革新的关键在于装置上的“拐轴”问题。尉凤英下班后就去观察分析运动中的火车头的大轮子是如何转动的，在草丛中捉跳跃的螳螂、蚱蜢来研究它们的腿是如何打弯的，就连妈妈给她买的猪蹄也成了研究的对象，她发现猪蹄上也有拐轴，所以才能弯曲，生活中的这些物品给了尉凤英启发。她就这样，不断思考，通过生活现象寻找灵感，之后在技改中不断尝试，经过五个多月的十余次失败，终于彻底征服了“老虎口”，将自动送料器安装到了冲床上，实现了自动化生产。这一次，仅用了21天，车间就完成了全年的生产任务，还确保了生产的安全无事故。

1956年，出于节省时间和人力成本、提高生产效率、改变小组生产任务紧张情况的考虑，尉凤英提出了把打毛刺与切底两道工序合并为一道的建议。在老师傅和工友们的帮助下，想法变成现实，几次试验都成功了。这项技改报告报到厂部审批时，专职工程师认为苏联资料规定的工序不可轻易改变，一压就是几个月。有人觉得，不批准就按原工序生产吧，可尉凤英认为，事物是不断发展的，苏联资料也是前人劳动经验的总结，随着生产不断发展，不适合生产需求的部分就要改进，就要革新。初生牛犊不怕虎的她找到了厂领导说明了情况，厂领导决定第二天去生产线上实地考察再下结论。那一天下着瓢泼大雨，厂领导还是带着专职工程师来到了车间。尉凤英现场做了改进后的生产演练，在事实面前，工程师批准了她们的革新项目。“那一天开心极了，懂得了工作就是斗争的真正意义。”尉凤英说。

在第二个五年计划的前夕，工厂接到一项新的任务——制造当时具有国际先进水平的“纱锭轴承架”。尉凤英承担其中的“保持架切口”项目。于她，这无疑又是一次新的挑战。这项任务对产品精度的要求比之前提高很多，高要求需要更精密的仪器，而工厂里却只有陈旧落后的设备，这样的矛盾使最初生产产品的废品率高达10%以上。此时的尉凤英已经有了比较丰富的经验，她想，既然党交给她这个任务，困难再大也要想办法完成。她与老师傅、工友们讨论，思考实践，大胆地将旧机床传统的单刀切削改成四把刀切削，这一突破性的改革将产品日产量从800个提高到12000个。不仅让生产量大幅提升，质量也更有保证，为国家节省了大量外汇。大家都称赞她在生产上总是跑步前进。魏凤英说：“跑得越快，社会主义建设越快，离共产主义也就越近。”她在日记中写道：“干革命、搞革新，不能不遇到困难。主要问题是看我们怎样对待它，是在困难面前退却，还是迎着困难前进？我们是革命者，不应该怕困难，应该以愚公移山的精神去战胜困难，只有这样才能达到预想的目的。”

屡次改革的成功经验让尉凤英尝到了革新攻关的甜头，她明白，想要提高生产效率、节约原材料，就必须不断地从实际需要出发，坚持不懈地革新攻坚，提高创新链整体效能。可一个人的能力总是有限的，一个人搞革新只是单枪匹马，回想每一次的革新都离不开老师傅和工程技术人员的帮助，尉凤英悟出一个道理，那就是必须集智攻关，把大家组织起来，发挥集体的智慧和力量，攻关的时间才能更短，效果才能更好。她的想法得到了车间党支部书记的大力支持，1957 年尉凤英所在的工厂车间成立了红专小组。此后，类似的小组如雨后春笋般在工厂内纷纷成立，先后成立了130 余个红专技术革新小组，有千余人参加。1958 年，共青团沈阳市委书记张鸿钧建议把技术革新的红专小组改为“尉凤英红专大队”。

集智聚力进行技术攻坚的成果显著，1957—1965年，红专大队进行技术革新和设备改造共707项。此后，红专大队名声大噪，有到工厂取经的，也有邀请他们到兄弟单位帮忙技改的。大队不断突破关键技术，共同取得了可喜的经济效益和社会效益，对军工企业和国有企业的生产起到了积极的推动作用。后来，红专大队被市、省、团中央等多次授予先进集体荣誉称号。他们还将几年来所得的奖金，作为革新大队的活动基金，为厂里购买了科研材料、技术书籍，在车间设了一个小型图书室，供职工学习。不仅如此，他们还将部分奖金用于帮助厂里生活困难的职工。他们的所作所为赢得了领导和广大职工的赞许。

1964年，尉凤英被评为工人工程师，后被任命为工程师。

作为军工企业的一线工人，“我们把厂房当战场，机器当刀枪，我们是不穿军装的革命战士。为什么要革新？革新是为了建设社会主义。技术革命就是生产的革命，我们要用旧床子，做出好的产品，做出质量好、数量多的产品，多生产一个产品就多消灭一个敌人”，尉凤英说。尉凤英正是凭借着积极向上、甘于奉献的精神状态和工作劲头，很快地脱颖而出。“要进行技术革命，首先进行思想革命；要改造客观世界，首先要改造主观世界。只有这样才能永远做革命的促进派。”尉凤英在日记中写道。无论是在努力增加生产、支援抗美援朝的热潮中，还是顶住苏联撤走专家带来的困难，以及经受三年自然灾害的考验时，尉凤英一直不怕艰苦、不怕挫折，与大家团结奋战，不计个人得失，为国家做贡献。1952年，入厂的第一年，尉凤英就被评为厂模范徒工；1954年4月25日，光荣加入中国共产党，同年被评为沈阳市劳动模范；1955年，被评为全国青年建设社会主义积极分子；1953—1965年，尉凤英带领厂里的技术人员共实现技术革新177项，其中重大革新58项，仅用了434天就完成了第一个五年计划的工作量，用120天的时间完成了第二个五年计划的工作量；1956年、1959年，两次被评为全国劳动模范，两次被评为全国三八红旗手；1965年4月，被党中央授予“毛泽东主席的好工人”称号，并先后13次受到毛泽东主席的接见；1965年5月9日，人民日报发表社论《向毛主席的好工人尉凤英学习》……

不负韶华　奋斗点亮幸福路

1955年9月28日下午3点，是尉凤英此生都不会忘却的幸福时刻。作为全国青年社会主义建设积极分子代表，尉凤英在北京中南海怀仁堂第一次见到了毛主席。那一年，她刚满22岁。

尉凤英清楚地记得，接到毛主席要接见会议代表的通知时，她一下子就激动地跳了起来！为了以最好的精神面貌接受主席的接见，她用搪瓷牙缸倒满滚烫的热水做成简易熨斗，将裤子“熨”了好几遍。当天晚上躺在床上时，尉凤英却怎么也睡不着，一夜无眠，睁着眼睛盼天亮……终于盼到了接代表的汽车，大家在车上一路欢声笑语。来到中南海怀仁堂，大会主持人将代表按姓氏笔画排序，让大家等候毛主席的接见。尉字笔画多，尉凤英排在了最后一个。“当时我这个急呀！我想，我怎么姓这个姓？姓丁、姓于有多好，笔画少，站在前排，离毛主席近，那可多幸福呀！”当雄壮的《东方红》的音乐声响起，毛主席走进接见大厅，尉凤英站在队伍里使劲地鼓掌，手都拍红了还觉得拍得不够响，激动的泪水止不住地流。

周总理向主席介绍说，尉凤英是军工厂工人。毛主席握着尉凤英的手，问：“你从哪里来？干什么工作？叫什么名字？”尉凤英哽咽着一一回答。毛主席亲切地说：“工人阶级是领导阶级，你是工人阶级的先进分子，要好好学习，努力工作。”听了毛主席的这番话，尉凤英非常激动。“我觉得这话不仅是对我个人的要求，也是对工人阶级和年青一代的殷切希望。”尉凤英总觉得自己为党和人民做的贡献不够多，可是党和人民却给了她很高的荣誉，她是辽宁、沈阳工人中最幸福的那一个。毛主席接见过尉凤英13次，每一次都给了她无穷的力量，对她都是一次鼓舞和鞭策，毛主席的教导让她刻骨铭心，也是她一生努力工作的力量源泉。往后余生，无论是何种情况，尉凤英始终告诫自己，决不辜负党和国家的期望，要为工人阶级争光。

尉凤英不只受到过毛主席的接见，22岁的那一年，她又多了一个周总理起的新名字——“大尉”。1955年第二届全国人大会议，周总理在东北组参加小组讨论。当介绍到尉凤英时，周总理问她是哪个“尉”，她说是军官大尉的“尉”，总理说：“你应该姓复姓‘尉（音‘玉’）迟’吧，让大家叫白了吧？”周总理又说：“看你这么高个子，那就叫你大尉好了。”尉凤英欣然接受，自此，大尉的名字就叫开了。“每当想起这些，当时的情形总是记忆犹新。”尉凤英回忆道。

“我们这代人，付出的是艰辛，讲究的是奉献，过的是俭朴生活，但我们的精神生活却是无比充实的。”尉凤英说，她也有偶像，她的偶像是铁人王进喜、共产主义战士雷锋、钢铁战线的老英雄孟泰、党的好干部焦裕禄、全国劳模时传祥……还记得有一年作为代表到北京参会，尉凤英和王进喜同住前门宾馆。一天午饭后，他们透过玻璃看到前门大街上开过一辆顶着“煤气包”的公共汽车。当时因为没有汽油，公共汽车只能靠烧煤气转换成动能，“煤气包”代表的是国家的贫穷和落后。时至今日，尉凤英都清楚地记得那天看到“煤气包”的那一幕，王进喜对她说：“大尉，我一定要把石油打出来，没有石油，国家有压力，我要尽自己的努力摘掉‘煤气包’，摘掉国家贫油的大帽子。”果然，隔年就传来了喜讯。“那时候的人把为社会主义建设而辛勤劳动、创造性地劳动看成是党和人民对自己最大的信任，看成是生命中最宝贵的、最神圣的使命。我们这代人始终保持艰苦朴素的生活作风和谦虚谨慎的工作作风。这一点，我不仅没有丝毫遗憾，而且充满自豪。周总理教诲我们要忠诚于党，忠诚于国家，严格要求自己，好好为人民服务，鞠躬尽瘁，死而后已。我受益终生。”尉凤英说。

尉凤英是这么说的，也是这么做的。在妥善处理好个人与国家、个人与集体、工作与家庭的关系方面，她的心中更多的是报国家的恩情，奉献自己。说起家庭生活，尉凤英说：“我是个不合格的儿媳、不合格的妻子、不合格的母亲，但我是一名合格的共产党员，是个问心无愧的劳模。”

1954年，尉凤英在沈阳市社会主义建设积极分子大会上认识了本厂先进生产者卢其昌，他们谈工厂、谈生产，情投意合，逐渐建立了感情，经过四年的恋爱，终于修成正果。说是恋爱，四年的时光里，他们却很少花前月下。有一次，两人约好了一起出去散步，但是，赴约前尉凤英在新华书店发现一本书上介绍的技术经验对她正在研究的技术革新很有启发，她马上就回家做起了模型，全然忘记了约会。还有一次两人相约看电影，偏巧原本计划可以顺利完成的技术攻关遇到了一个新问题，尉凤英忙起来就把约会看电影的事情完全忘记了。卢其昌在相约的地点左等右等，都没有等到尉凤英，于是又急又恼地跑去找她，果不其然看到了她忙碌的身影。可是，卢其昌一句埋怨的话都没说，也跟着尉凤英一起做起试验来。卢其昌对尉凤英的支持一直都是这样无声却有力的。四年的恋爱生活，虽然在一起的时间很少，但他们之间的感情却随着工作、学习日益深厚。

时间来到1958年1月1日，这一天是尉凤英和卢其昌结婚的日子。只知道一心扑在工作上的尉凤英，选定这一天有一个特殊的意义——迎接国家第二个五年计划的到来。结婚那天凌晨，尉凤英刚下夜班，和前来祝贺的领导、工友们一起拍了一张“结婚照”，大家吃着喜糖，聊着开心的话，在领导和工友们的祝福声中，尉凤英开启了新生活。

尉凤英说，女同志的事业前途要“过三关”，即“恋爱关、结婚关、生育关”。当时流行着这样一句顺口溜：“一恋爱，下坡儿快；结了婚，事缠身；生了孩子懒出门儿。”对于婚后的尉凤英，它却是不成立的。在尉凤英的心里，只要是为了工作，其他的一切事情都可以放下。卢其昌一直以来对尉凤英全身心地投入工作更多的是理解和支持。他俩商定，决不能把自己拴在舒适的小家庭里，要互相帮助，有计划地学习。要妥善安排家务，既不影响工作、学习，又不麻烦老人，同时要计划开支，积极储蓄，支援国家建设。

婚后柴米油盐的日子让一心扑在工作上的尉凤英吃了不少苦头，工作、学习和技术革新几乎占据了她的全部时间。发面蒸馒头忘放碱、炒菜忘放盐，甚至煮饭忘放米……闹出了好多笑话。不仅如此，尉凤英生孩子的事情至今老伙伴们还当笑话说。原来，尉凤英怀孕后，为了不让大家照顾她，为了安心工作，她做了件又肥又大的衣服，再经过她巧妙地装扮和严格地保密，怀孕6个月时还照样登高工作，整个孕期没有被看出任何异常，也没引起任何的怀疑。前一天工友们还看到她推料，第二天就接到了医院打给车间的报喜电话，大家才知道，尉凤英生小孩了。

56天的产假，尉凤英仅休了30天。休产假的那段时间，她依然没有停止思考，没有停止技改的工作，为了给党代会献礼，休产假的这段时间她提出6项技术革新建议，其中一项是由原来的机械化加工改成自动化加工，提高生产效率8倍，用31天完成252天的生产任务。

产假休完，要上班了，尉凤英又做出一个决定，给孩子断奶。这个决定婆婆开始并不同意，说：“没有奶也就罢了，哪有有奶不给孩子吃的？”尉凤英给婆婆算了一笔账：一天送奶两次，每次一小时，一年就等于三个月没上班。如果婆婆给孩子喂牛奶，尉凤英不耽误这三个月，就等于婆婆也参加了社会主义建设，社会主义建设的成就也就有了婆婆的一份。婆婆听完高兴了，说："好，我同意，就喝牛奶，长大像你一样，有牛劲。"

遇到难题就废寝忘食的尉凤英每天想的就是工作，几乎没有自己，可是她的这股劲头也难免让家人产生误解。一次，因为革新项目试验不顺利，晚上回到家后，她脑子里还在想工作的事情，情绪不高，一副看起来不高兴的样子，这让辛苦了一天帮忙带孩子的婆婆产生了误会。尉凤英发现后，向婆婆耐心解释，用诚心化解了老人的误会。婆婆后来非常理解她，嘱咐她安心工作。而她也反省自己，从那以后，再忙再累，事情再多，她也会在进门前处理好自己的情绪，让家人看到一个开心的她，避免误会的产生。

1961年，尉凤英因病住院做大手术，手术很成功，但是术后的恢复也十分重要。当时正处于三年经济困难时期，粮食是定量的，非常有限。患难见真情，为了让尉凤英能够休养好，吃得好一些，丈夫卢其昌背着尉凤英，宁可自己饿着，去地里捡菜叶果腹，也舍不得吃，给她攒了50多斤粮食。性命攸关时，丈夫又一次选择了默默地做她最坚实的依靠。

正是凭着舍小家为大家的无私的集体主义精神和家人的理解与默默的支持，尉凤英一步步成长为时代的楷模，成就了一番不平凡的事业，在她耀眼的光环背后是对家人深深的愧疚，这也成为她无法消弭的遗憾……即便是这样，尉凤英依然觉得自己做得还不够，不够多，也不够好。

老当益壮　永不褪色的初心

1993年，尉凤英退休了。

从入厂时的普通工人到从领导岗位退休，从沈阳到北京再回到沈阳，尉凤英转战了多个岗位，扮演着不同的角色，唯一不变的，是她一直以做工人、当劳模为荣耀，始终保持着忠诚于党、爱岗敬业、无私奉献的初心，保持着工人阶级和劳动模范的本色。尉凤英常说："一个人美不美，不在于穿什么、戴什么，而在于他的思想是什么，做的是什么。人要美在心灵、美在品德，生活上要低标准，工作上要高标准、严要求，要像心里美萝卜那样，从心里往外红才是真正美；不能像水萝卜一样，外面是红的，里面是白的。人活在世，都要有所追求，共产党员、共产党的干部追求的是为老百姓办实事，为社会发展、企业发展多做贡献。用一颗红心，对党、对国家、对人民、对待一切。”

退休后的尉凤英依然过着有规律的生活，每天定时读书看报，看新闻联播，做家务、练书法，积极参加社会公益活动。看到如今国家繁荣富强，社会和谐发展，人民安居乐业，尉凤英觉得非常幸福、非常自豪。虽然年事已高，尉凤英仍在发挥余热，她经常走进政府部门、企业、部队、学校和社区作讲座、讲党课、讲传统，传承爱岗敬业、争创一流、艰苦奋斗、勇于创新、淡泊名利、甘于奉献的劳模精神。她还担任了几十所中、小学的名誉校长、校外辅导员、德育老师、客座教授和英雄中队辅导员等职务，向青少年进行社会主义核心价值观和爱国主义教育。她常说：“作为工人可以退休，但作为党员永远不能退休，只要是对社会和谐发展有利、对下一代成长有利的事，我都愿意尽自己的一点微薄之力。作为辽宁这块热土上成长起来的老军工战士，我还要尽心尽力为振兴东北多做一份贡献。”

2009年，尉凤英被全国总工会评为“时代领跑者——新中国成立以来最具影响的劳动模范”。

2013年4月28日，尉凤英作为辽宁的劳模代表应邀参加了全国总工会组织的全国劳动模范座谈会，见到了习近平总书记。总书记来到代表中间，亲切地与大家一一握手。握着总书记的手，尉凤英激动得热泪盈眶，她说："总书记提出实现中国梦，也是我们老劳模的心愿。在党中央的领导下，中国梦一定能实现！"总书记听了很高兴，嘱咐尉凤英多保重身体。

2014年，尉凤英被评为辽宁省关心下一代"五老"志愿者标兵，同年11月被中宣部和全国老龄办评为"最美老有所为人物"。

2015年8月，尉凤英被中国关心下一代工作委员会、中央精神文明建设指导委员会办公室授予"全国关心下一代工作先进工作者"荣誉称号。

2019年4月，在庆祝中华人民共和国成立七十周年的辽宁省劳模大会上，尉凤英再次获得"劳模纪念证书"和奖章。同年9月25日，她又被中央九部委授予"最美奋斗者"称号，并成为新中国成立七十周年阅兵式中群众游行第三方队中的一员。

参加新中国成立七十周年阅兵式时，尉凤英的腿已经疼得基本走不了路了。可是她依然坚持着去见证了祖国的这一盛事。同年12月，尉凤英双腿做了膝盖置换手术，那一次，她排队挂号、看病，谁也没有告知，她说因为不想给组织添麻烦。手术后，膝盖不疼了，又能站起来了，尉凤英开心地说，我又能为党继续工作了！

在那个火红的年代，尉凤英在历经磨难后尽力地拥抱自己所看到的美好和阳光，对技术革新入了迷、着了魔，不断拼搏，发挥着不怕困难、迎难而上的大无畏精神，以实际行动践行着劳动最光荣，汇磅礴之力量。"党和人民给了我地位和荣誉，永远感谢党，听党话、跟党走，我做得还不够，我要为党和人民继续工作，为党的事业奋斗终生。"这是耄耋之年的尉凤英最大的心愿。

采访的尾声，记者问及尉凤英的人生座右铭是什么，想以此来作为她对充满荣誉和勋章的人生历程的总结。

"入党誓词就是我的座右铭！"她说。

动情而有力的回答震撼了记者、震撼了每一个人。生命的价值蕴含在人生的轨迹之中，风雨无阻的心态、风雨兼程的状态，尉凤英矢志奉献，诉说着对党的无限忠诚、对祖国的无比热爱，在不懈奋斗中书写人生华章。

马万水：全国矿山冶金战线上一面永不褪色的红旗

◎文/中国五矿所属中冶集团　于　博　仲　珺　侯宪台

引　子

习近平总书记指出："幸福都是奋斗出来的。"奋斗的目的，有千万重，奋斗不只是响亮的口号，更是在做好每一件小事、完成每一项任务、履行每一项职责中见精神。马万水"站在排头不让，把住红旗不放"的精神，就是在奋斗中升腾的一种积极向上的意识，一种爱党、爱国的精神追求和崇高境界。

马万水精神是对以马万水为代表的产业工人崇高理想和优秀品质的高度概括，是中华民族精神的重要组成部分。马万水精神，正是我们今天时代精神的写照，也是新时代建设中国特色社会主义事业的需要。经过70多年的风雨洗礼，马万水精神在一代又一代人的诠释下不断升华，享誉全国，成为中华民族巨大的无形资产之一。无论过去、现在、将来，马万水精神都有着不朽的价值和永恒的生命力。

作为新中国第一代矿山冶金建设

者，在共和国创立之初百废待兴的年代，马万水带领他的英雄集体用铁锤和钢钎一次次改写矿山掘进纪录，被原冶金部授予“矿山英雄掘进队”称号，用血汗甚至生命谱写了催人奋进的英雄赞歌。马万水是新中国第一批全国劳动模范，第一、第二届全国人大代表，也是“100位新中国成立以来感动中国人物”和“新中国成立以来最具影响的劳动模范”之一。1950年10月，马万水被评为新中国首批“劳动模范”并出席了第一届全国工农兵劳动模范、战斗英雄代表大会，受到了毛泽东、朱德、周恩来等党和国家领导人的亲切接见。马万水和他的英雄集体所铸就的“站在排头不让，把住红旗不放”精神，数十年来一直在矿山冶金建设领域代代传承弘扬，深深融入了我们的骨髓里、血脉里。“站在排头不让”，就是攀高峰、破纪录、争第一，不断超越，永远当先进；“把住红旗不放”，就是始终遵从党的号召，忠党爱国，不忘初心、牢记使命，砥砺奋进，永葆工人阶级本色。

在马万水离开我们60周年之际，让我们再次走近他及其以他的名字命名的英雄群体，去追寻他热爱党、热爱祖国、热爱社会主义的高尚品质，重温他不怕艰苦，干一行、爱一行、钻一行，干就干好的敬业精神，或许，你会体会到新中国成立初期，以马万水为代表的共和国的建设者们为新中国奋斗的青春风貌，体会到老劳模们当年的热情和劲头，并受到感染；或许，你会看到新中国50年代这面冶金工业战线的旗帜仍在飘扬，新中国第一代劳模树立的红旗没有褪色……

“煤黑子”出身的马万水

马万水，1923年出生在河北深县马家庙村一个贫苦农民家庭。从小就饱受封建地主和反动派的剥削和欺压，过着饥寒交迫的苦日子。一家六口人，靠租种地主五亩贫瘠的土地，饥寒度日。

1935年秋，因深县一带连年遭灾，马万水家种的几亩地只收了不满一口袋的谷子。可是，没等谷子装进口袋，地主带着狗腿子已来到场地逼租要债。马万水的父亲苦苦哀求，狠毒的地主却说：“你家死活我管不着，卖老婆、卖儿女也得交租子。”地主指使狗腿子把谷子抢走了，马万水的父母亲哭着死死拖住不放，黑心肠的地主伸手一棍，就把万水父亲的腿给打拐了。地主临走时还恶狠狠地说："租子限期交齐，不然就要抄家告官。"万般无奈的马万水父母，只好忍着悲痛把亲生的大女儿卖了，母亲领着马万水沿村乞讨。这些苦难的生活，在马万水幼小的心灵上打下了深深的烙印。

1937年1月，马万水的母亲积劳成疾终于倒下，小弟弟因饥饿而身体日渐消瘦，得了病又无钱医治，以致全家人眼睁睁地看着他死去。为了活命，父亲忍痛把妹妹给人家当了童养媳。14岁的马万水心灵受到了极大的创伤，他不明白人世间为什么会有这些不公平的事。

就在一家人被逼得走投无路的时候，马万水的父母决定给大儿子马万水找一条活路，托人把马万水送到日本统治下的北平，在"隆顺号"一家小油漆店当学徒。旧社会店铺里的小学徒，多数是店掌柜的小佣人。马万水也是一样，一天到晚除少量的时间干点油漆活外，多数时间都从事繁重的家务劳动。除给老板扫地、做饭、打杂以外，根本没有学到什么手艺。每天像牛马似的起早贪黑地给老板卖命，可是连顿饱饭也吃不上，连双布鞋也穿不上，光足赤脚苦熬了好几年。名曰学徒工，活像小乞丐。在苦水里泡大的马万水默默地忍受着这一切，但自己多了个心眼，暗地里偷着学会干油漆活的各种技艺。

1940年，三年学徒期满，17岁的马万水还真成了一名技术不错的油漆匠。谢师后他心想，这回学了手艺，总可以养家糊口了。但日本统治下的北平，经济萧条，民不聊生，各种店铺不断倒闭。马万水跑遍了北平大大小小的油漆店，没有一家肯雇佣他。无奈，他只好走街串巷，做点零星苦活，自己勉强糊口，挣钱养家的指望落空了。

1942年冬，19岁的马万水走投无路，只得到门头沟煤矿下窑背煤。日本统治下的煤矿是一座人间地狱。矿山四周用铁丝网围起来，大门口有日本鬼子端着明晃晃的刺刀站岗，还有几条狼狗龇牙咧嘴，非常吓人。日寇和汉奸把头都是凶神恶煞，把矿工当成奴隶，看着不顺眼就找茬打人，轻者打个皮开肉绽，重者打个半死不活，扔进废坑道里。

下了煤窑真是进了"鬼门关"。由于战事吃紧，日寇对煤炭进行掠夺性的开采，强迫工人每天干12小时甚至14小时的活，200多斤重的大煤筐压在背上，四肢伏地从低矮阴森的斜井里一步一步往外爬，背压破了，膝盖磨破了，身上的血往外流，眼中的泪往肚里咽，马万水积下了一身伤疤和满腿“筋疙瘩”。劳动异常繁重，而生活又不得温饱。工人们吃的是发了霉的混合面，住的是不见天日、阴暗潮湿的破工棚，一些工友经受不住煎熬而死去。马万水在人间地狱里苦苦挣扎着，盼着有一天能从这里走出去。

1945年8月，日本投降了，工人们想这回该过上好日子了。没想到，国民党派大员抢先接收了门头沟煤矿，昔日的汉奸把头摇身一变成了煤矿的管事人，工人们过的仍然是每天都要进行繁重劳动的牛马不如的生活。残酷的旧社会，痛苦和屈辱的非人生活，在马万水心里埋下了刻骨的阶级仇恨。直到1948年底，人民解放军来到门头沟，马万水才从苦难中获得解放。

在废墟上，他树起一面红旗

1949年，马万水终于迎来了新中国的诞生。马万水如同孤儿找到了亲生的母亲，第一次享受到人间的温暖，他那被压抑的青春活力开始焕发出来。

1949年秋天，国家从全国各地抽调了一批懂矿山技术的干部和工人到河北龙烟庞家堡铁矿工作。当时，在北京门头沟背煤的马万水被选中，成为新中国的第一批矿山工人。马万水被派到掘进五组当组长兼技术指导。这一年，他已经是26岁的小伙子，身材高大魁梧，性格坚毅豪爽，眉宇间透着睿智与灵气，浑身有使不完的劲儿。

河北龙烟铁矿作为华北地区最大的地下黑色冶金矿山和生铁基地，是新中国建设初期第一批恢复生产的大型冶金企业之一，在计划经济时期，为我国钢铁工业的发展做出了历史性的贡献。当时，龙烟铁矿遭到了敌人的严重破坏，坑道坍塌，设备被劫洗一空，剩下的厂房全是断墙瓦砾。矿山没有一间现成的宿舍，马万水和工友就住在土窑、破庙里，上面漏雨，四面透风。吃的是小米饭拌盐面，盖的是百洞千孔的破棉被。劳动条件更是艰苦，不要说机器设备，就连一件像样的工具都没有。他们只好从废渣堆上找来生锈的钢钎和铁锤头，到山坡上砍树干当锤把；没有吹风机，他们就脱掉衣服往外扇炮烟。在这块废墟上，马万水和他的战友一起，开始了他的战斗生活。

当时，矿山上没有机器，运矿靠牲畜，打眼用铁锤。身强力壮的小伙子，操起十八磅大锤抡上几十下就会全身酸痛，马万水却能左右开弓一口气抡上四五百大锤。尽管已汗流浃背，但他仍然谈笑风生："给自己干活，就是痛快！"在恢复生产的日子里，他在伙伴们的心里留下了不怕吃苦、积极肯干的良好印象。

为了加快矿山建设，为国家快出矿、多出矿，马万水不仅自己拼命干，还毫无保留地向工友们传授技术。他常说："旧社会我是个煤黑子，被迫给资本家干活。现在解放了，我们成了国家主人，就得拿出工人阶级的气派来，再苦再累都是为我们自己干活!"

马万水到掘进五组后，发现效率不高不仅是因为工人的技术水平低，劳动组织也不合理。当时，全组18人在一个班里干活，人多地盘小，谁也放不开手脚，不仅拥挤窝工，而且忙闲不均，影响效率，干一天活，只放一茬炮。于是，马万水倡议分班干活，把18个人分成两班，班与班之间开

马万水工程队施工作业面

展竞赛。这样，庞家堡铁矿首创分班干活和开展爱国红旗竞赛活动，不仅解决了窝工问题，而且班与班之间互相促进，大大提高了工作效率。后来这被称为马万水自己的发明。

但是，分开干活后，新的问题又出现了。因为有的工人技术水平低，不能独立操作，导致有的班经常完不成任务。马万水就亲自到掌子头给工友把钎传授技术。他白天上甲班做技术指导，夜里上乙班当技术教练。一会儿给这个看炮眼方向，一会儿给那个看装药量，还亲自指点把钎、打锤、铲装。初学的工人打锤没个准，锤打偏了，砸在他手上，砸出了血，工人便不敢再打了。马万水忍着痛鼓励新工友："接着打，再来！"经过马万水的"传帮带"，工友们很快掌握了凿岩技术。仅一个多月时间，掘进五组由月进尺1.7米提高到6米，工效提高了四五倍。

随着巷道的延伸，地下水从岩石缝隙中渗漏出来，巷道中像三月下小雨般淅淅沥沥不停。大家的棉衣淋透了，鞋子里进水了。淋头水浇在工友的身上，痛在马万水的心上。他想，不能让工友们穿着湿衣服干活。第二天，马万水从伙房借来三条麻袋，当"雨衣"用。但人多麻袋少，轮不过来。他总是把"雨衣"让给工友，自己却站在淋头水最大的地方带头干活。后来，矿领导又送来6双胶鞋，他还是让给工友们穿，自己却悄悄在破布鞋里垫上麦秸当"胶鞋"穿。直到今天，"一把大锤、两根钢钎、三条麻袋轮着披、六双胶鞋换着穿、手抡大锤拼命干"的故事，仍然是马万水工程队的"传家宝"。

在马万水的带动下，全组同志艰苦奋斗，提前完成了30号石巷的任务。马万水领导的掘进五组于1950年6月创造了手工凿岩独头月进23.7米的全国纪录，被龙烟铁矿正式命名为"马万水小组"。马万水被选为全国"劳动模范"，"马万水小组"被评为全国"劳动模范小组"。

受到毛主席亲切接见

1950年9月25日至10月2日，全国第一届工农兵劳动模范、战斗英雄表彰大会在中南海怀仁堂召开，马万水代表小组出席了会议。这是马万水人生中最辉煌的一页。

“旧社会，我是被剥削阶级踩在脚底下的‘煤黑子’，新社会，我对国家做出一点微薄的贡献，就享受这样崇高的荣誉……”想到这里，马万水情不自禁地流下热泪：“党啊，毛主席啊，你真是咱穷人的再生父母！我要永远做你忠诚的儿子，把一生精力全部献给祖国的矿山事业……”

他终生也忘不了参加全国第一届工农兵劳动模范、战斗英雄代表大会那激动人心的场面：1950年9月25日下午4时，第一届全国工农兵劳动模范和战斗英雄代表会议在北京中南海怀仁堂隆重开幕。毛泽东、刘少奇、周恩来、朱德、李济深、林伯渠等在京的中央领导同志出席了会议。伟大领袖毛主席代表中共中央向英模们致辞，称赞英模们“是全中华民族的模范人物，是推动各方面人民事业胜利前进的骨干，是人民政府的可靠支柱和人民政府联系广大群众的桥梁”，并号召全体共产党员和全国人民向英雄模范们学习。

朱德总司令在会议上语重心长地对代表们讲道：“你们的努力获致了人民的尊敬，得到了国家的爱护。荣誉是属于你们的。但是，你们绝不应因此而产生任何松懈和骄傲的情绪。人民解放事业是长期而艰巨的。为了始终能够保持英雄、模范这个荣誉的称号，你们就要更加坚定终身为人民服务的革命意志，永远跟着共产党和毛主席走，并且要戒骄戒躁，虚心向群众学习，继续努力提高自己的各项本领，始终和群众站在一道，并带领着群众努力把各项工作做好，出色地完成国家所给予的任务！”

当日，正值中秋佳节，晚上，毛主席在北京饭店宴请了参加会议的英模们。朱德、刘少奇、周恩来、董必武等党和国家领导人与英雄们共度佳节。全体代表还参加了国庆节庆祝活动，并受邀在天安门观礼台观看阅兵仪式和国庆游行活动。这充分体现了党和国家领导对英模的关心，也体现了人民群众对英模的热爱和崇敬。

更让马万水想不到的是，在大会期间，朱德和康克清夫妇特地请他到家里吃饭，席间还跟他拉家常，询问他工作和生活情况。临走前，朱德忽然叫住马万水：“小马，等一等，我送你一样东西。”

朱德回身进了书房。一会儿出来了，手里拿着一张照片，上面墨迹未干，那是朱德的亲笔签名。这张珍贵的历史照片后来一直挂在马家客厅，见证着一位共和国开国元勋和一位开国劳模的情谊。朱德还指示有关部门，全面总结马万水小组经验，在全国矿山推广。如今，当年朱德委员长送给马万水的“亲笔签名照片”成了马万水遗孀张淑云以及子女们的永久珍藏。

全国劳模大会结束后，马万水小组以惊人的成绩一次又一次刷新着矿山的掘进纪录，50年代连创9次新纪录，在全国冶金矿山的历史上，刻下了一个又一个高度。他所探索的一整套矿山掘进经验，将挖矿的掘进功效提高了43倍，吸引了联合国有关机构对他的先进技术进行专门研讨。从此，以马万水名字命名的“马万水小组”成为全国冶金工业战线的一面红旗。

1950年8月24日，马万水光荣地加入了中国共产党。站在党旗前，举起右手宣誓的那一刻，他暗下决心：我要一辈子听党的话，跟党走，为党努力工作，贡献出我的一切。

组织上为他介绍对象

马万水成了远近闻名的劳动模范，同时也是年近30岁的大龄男青年。1953年，在组织的安排下，一位名叫张淑云的姑娘走进了他的生活。当年，张淑云是个搞曲艺的大鼓书演员，长得俊秀。

今年86岁的张淑云老人，回忆起当时与马万水见面的情景，一脸幸福地说：“虽说是全国闻名的劳动模范，但马万水长得眉清目秀，一表人才，没有什么架子，处事大大咧咧，说话随和，呈现着地地道道的工人本色。”在劳动模范的光环之外，张淑云看见了一个朴实、热情的马万水。两人第一次见面，对对方都打心眼儿里喜欢。一来二去，两人便产生了感情。1953年8月18日，张淑云与比她大11岁的马万水结为夫妻。

如今回忆当年，张淑云说：“当时结婚也没什么好东西，很简单。结婚时姐妹同事们帮着做了两床被子，准备了点糖、瓜子什么的。组织上也给我们分了一间半房。”

“我们结婚那天，不像现在的年轻人，在大酒店里，有婚礼主持和音乐伴奏，没这个场面。但也很热闹，除了马万水下井工作的工友们以外，能来的人几乎都来了，预先准备的三四斤水果糖、二三斤瓜子很快就分了个一干二净。”就这样，马万水有了真正属于自己的家，开始了他甜蜜而温馨的生活。

据张淑云回忆：“我们结婚新家离矿很远，要翻过两个大山头，再走一个大斜坡才能到，大概有十几里路远。那时，没有什么班车之说，自行车也没有，更不用说汽车了，就是靠步行走过去。由于马万水工作时间不固定，虽说我俩在一个矿上工作，但是几乎没有一块儿上过班，各走各的，饭也在食堂各吃各的。”

当时，马万水已经是龙烟铁矿井巷公司副经理（主管生产），整天忙着安排施工和施工调度，忙得不亦乐乎。结婚后，马万水依然一心扑在工作上，张淑云为了照顾马万水，主动放弃了自己的工作，来到了张家口庞家堡铁矿。

第二年，他们便迎来了第一个孩子。这时，正赶上龙烟庞家堡铁矿第一平峒贯通。为了减小误差，保证工程质量，马万水在工地上亲自开钻打眼，昼夜不下火线，困了歪在机房打个盹儿，饿了啃几口干粮，一连三天三夜，直到平峒贯通。

孩子出生几天后，马万水才拎着一包糖赶到医院。见到刚出生的儿子，马万水高兴极了。他看着儿子可爱的样子，心里充满了喜悦，干活的劲头更足了。他高兴地对爱人张淑云说，我马万水也有儿子了，感谢你为我生了个小矿工，辛苦你了。我工作太忙，井下还有许多事情等着我处理呢。说罢，就匆忙离开了医院。

马万水走后，张淑云打开纸包一看，原来是包白糖。同病房的人都说：“哎呀，这个老马咋这样啊，连产妇产后需要喝红糖水都不知道？”让张淑云又好气，又好笑。

张淑云说，结婚后，马万水就一心想着多进尺、攀高峰。他带领组员们于1955年勇攀月进128.5米高峰；1957年两次摘取月进150.1米和170.1米的桂冠；1958年又一连攀登了4次高峰……

张淑云说：“我和马万水结婚后，马万水心思依然全部放在工作上，连家都顾不上回，准时准点回来更少。我知道在井下工作很危险，每次见他安安全全地回家了，我的心才放到肚子里。”

站着指挥无人听，干着说话话才灵

马万水常说：“喊破嗓子，不如做出样子。”他是这么说的，也是这么做的。马万水早在1952年就当了干部，1954年当选全国第一届人大代表，1959年当选全国第二届人大代表，并多次当选全国先进生产者，先后任工人工程师、工程处主任、龙烟钢铁井巷工程公司副经理、全国有色金属工业矿山科学院特约研究员。身兼多职，加上多个荣誉的光环，马万水成为远近闻名的人物。但他本色不变，战塌方、过断层，哪一仗也少不了他。

在地下矿山，人们流传着这样一句话：“掘进工人有三怕：断层、塌方、大流沙。”

1961年，马万水小组的任务是开凿850大平峒。从年初到年末，小组整整跟最坚硬的白石英岩打了一年交道。一年来，他们先后遇到七次断层……

龙钢庞家堡铁矿850平硐地质构造复杂，岩石极度破碎。刚刚掘进20多米，就遇上了石英岩与黏板岩交接带，顶板碎如豆腐渣，淋头水倾泻如注。

大家刚刚清完地下浮渣，顶板上的碎石就如泥石流一样连泥带水倾泻而下，工人稍不注意，就有被泥石流埋住的危险。有时一落就是几十立方米，几乎堆满掌子面，只见工人们往外运渣，不见工程前进一步。最后掌子面落空区成了“大礼堂”，十几米高不见顶，碎石、淋头水还是不住地往下泻。

面对这种险情，有的工人发愁了：“照这样下去，哪年才能打通巷道啊？”有的工人害怕了：“这比虎口拔牙还难，稍有不慎，连小命都保不住。”特别是年轻工人，有的吓得两腿打战，躲在老工人身后不敢进掌子面。因病正在疗养院休养的马万水，闻讯后焦急得坐不稳、睡不安，一再要求院领导让他返回生产岗位。医护人员没有批准他的要求，他着急地说：“大伙都在第一线上和断层搏斗，让我在这里睡病床，我怎么能躺得住呢？”最后，他还是悄悄地跑了出来，来到井下。

马万水说：“没有过不去的火焰山，党让我们来了，我们就钉在这里啦！我们就不信活人治不了死石头！”针对这种情况，马万水和大家一起制定了过断层和塌方的方案，展开了一场制服断层的紧张战斗。顶板破碎，他们就紧贴着掌子面支棚子，前进一步，支护一步。岩石松散，他们就打浅眼，小循环，小步快跑。装岩机手和支柱工要站在淋头水最大的地方干活，穿着两套雨衣都被淋透，冰凉的地下水从脖子、袖筒流遍全身，又从裤腿流出来，他们满不在乎，照样干活。

就在这时，突然发觉顶板压力加大，开始出现甩渣，岩石深处传来闷雷声和哗哗的流水声。具有十几年井下工作经验的马万水知道有大的地压袭来，大塌方即将发生，马上大喊一声："不好，要塌方，快撤！"

话音刚落，伴随着轰隆一声巨响，涌水夹杂着泥沙、碎石，如山洪暴发，倾泻而下。瞬时，堆积的泥沙堵住了半个巷道，就连几吨重的装岩机也被泥石流冲出几十米远。当人们从惊恐中清醒过来后，才发现组长郭进才和支柱班长甄成计被堵在塌空区内。

工友们心急如焚，用手扒，用锨铲，用装岩机、矿车运，一车、两车……拼命地装，拼命地运，但见矿车来回跑，不见巷道积渣少，许多人急得哭出声来。突然，马万水看到了巷道顶板一侧悬挂的风筒，似有所悟，急中生智地说："快!敲打风筒和他们联系，如果他们还活着，就会有回音!"

这一招还真灵。敲打风筒的声音传到塌空区后，困在里面的郭进才、甄成计果然听到了声音，急忙敲打风筒向同志们报信。等候进行抢救的领导和工友们听到塌空区传来的声音后，高兴得跳起来互相拥抱，激动地喊："他们还活着，他们还活着，赶快抢救!"于是，大家在马万水的指挥下投入了紧张的扒渣、运渣抢救战友的战斗中。

时间一分一秒地过去，积渣一车车运出，可是只见车来车往，不见泥沙减少，这可把大家急坏了。这样下去，时间长了，塌空区里的同志会被活活饿死。马万水焦急万分。

突然，马万水又两眼盯着风筒，心生一计："风筒既然能把风送进去，能不能把馒头也吹进去？"工人们听他这么一说，觉得有理，忙把馒头放进风筒用风吹，真的把馒头送进了塌空区，解决了塌空区战友的吃饭问题，赢得了抢救时间。经过五天五夜的苦战，终于使积渣和巷道顶板有了空隙，让郭进才、甄成计沿着风筒爬出了塌落区。人被救出来了，但大战塌方的战斗并没有停止。他们还要运出积渣，支护好顶板，继续前进。

积渣清除了，但顶板还在不停地冒落，压力也在不断增大，碗口粗的圆木架上去，不久就被压弯、压断。马万水一看危险，忘记了自己是个“病号”，甩掉拐杖，大手一挥说：“共产党员跟我上！”

马万水第一个冲向流沙，刚用身体堵住流沙的出口，就被强大的泥石流冲了下来，他擦了一把脸上的泥水，又冲上。在马万水的带领下，所有的共产党员都冲了上去。大家手挽手、肩并肩形成了一堵钢铁般的人墙，用血肉之躯堵住了倾泻而下的流沙。工人们趁机支架护梁，挡住顶板上的大块落石。

经过4个多月的苦战，工人们最后采用马万水制定的“穿梁护顶，打撞楔，快速充填”施工方案，把一根根粗实而且戴“铁帽”的木桩，密密麻麻地打进流沙、岩层中，卡住碎石，堵死了流沙。大家快速掘进，终于闯过了这个罕见的大断层。

一双双长满老茧的手紧紧握在一起，一双双充满热泪的眼睛互相凝视着，大家用这种简单而朴素的表达方式传递着胜利后的喜悦之情。这时，大家才想起马万水还是个“重病号”。在塌方面前，马万水为大家留下了“难不倒，吓不倒，夸不倒。工人三班倒，班班见领导”的以身作则名言。

刻苦钻研技术，成为“工人工程师”

“苦干加技术，石头变豆腐”，这是马万水的口头语。马万水说，加快矿山建设，攀登全国冶金矿山掘进新纪录，光靠苦干拼体力是不行的，必须把苦干实干与巧干结合起来。

20世纪五六十年代，“马万水小组”在马万水的带领下，就是依靠创新和科技进步，不断创造冶金矿山井巷掘进新纪录的。可以说，在那个年代，马万水是技术创新的带头人和技术革新的模范。所以，“马万水小组”成为全国黑色冶金矿山乃至全国冶金战线学习的榜样。

1950年10月，国家将第一批凿岩机调拨给庞家堡铁矿。

为了保护职工身体健康，矿山又开始推广湿式凿岩新方法。这是进一步提高生产效率的极好机会，也是对马万水小组工友们的严峻考验。

因为“马万水小组”大部分人来自农村，文化水平低，只会卖力气，对机器设备一窍不通，要使用新机器、采用新工艺，就要学习新知识、新技术。

为了帮助工友们学技术，马万水总是先学一步。晚上工友们都入睡了，马万水还在捧着书本学技术、记笔记。为了让工友们学会凿岩机的使用方法，他从矿上借来一台旧式凿岩机研究琢磨，拆了装，装了拆。有时还把凿岩机扛到山上，对着岩石进行练习。

功夫不负有心人。马万水很快掌握了凿岩机的构造、性能及使用技术，并及时把这些技术传授给小组工友们。这样，在凿岩机还没有分配到小组以前，小组工友们就基本上掌握了它的使用技术。采用机器打眼后，凿岩爆破效率大大提高了。

凿岩爆破效率提高了，可运输出渣速度又跟不上了。那时没有装岩机，全凭铁耙子、铁锹人工装渣，每装一车都得十几分钟，又慢又累，效率极低。

为了思考如何改变这种状况，马万水吃不香睡不稳。一天，马万水从煤厂路过，看到工人在铁板上用锹掺和煤，效率高，又省劲，由此从煤厂煤工那里得到启示。他想，如果崩落岩石前先铺上铁板，让石头崩落在铁板上，再用铁锹装车不是快多了吗？他马上赶到工地，找来一块大铁板铺在掌子面前。结果，第一次由于铁板铺得不得法，放炮后，先把铁板崩翻了，白费了劲。这时有的人还泄气地说：“算了吧，别想歪门邪道了。”马万水不信邪，还是坚持试验，把铁板一头固定住。放炮后，铁板虽然未被崩翻，但是被崩卷了，里一半，外一半，铲起来更费劲。有的工友边装车边嘟哝：“癞蛤蟆想吃天鹅肉——竟想高口味，这比簸箕装车还慢呢。”

面对两次失败，马万水仍然不死心。他一边坚持继续试验，一边给大家做工作：“咱们是国家的主人了，是给自己干活，要把全身的劲都拿出来。毛主席让咱们起带头、骨干和桥梁作用，我们不仅要动手，还要动脑，老用耙子簸箕怎么行呢？”

经过反复试验，“铁板装渣”终于取得成功，这一下平顺多了，装车时间一下缩至2.5分钟。虽然是个简易的改革，但是不仅使装车效率提高一倍，而且大大减轻了劳动强度，使劳动效率大大提高，深受工友们欢迎。

1954年，马万水和他领导的小组承担了开凿庞家堡矿第一平峒的任务。当时，国内打平峒采用的是先打出小巷道，然后再刷帮、使其成为符合要求的大巷道的两次掘进法，这种方法进度慢且费时费力。

马万水是个不甘落后爱琢磨的人。难道这两步不能并成一步走吗？他反复推敲，冥思苦想，终于研究出了平巷掘进一次推进法。征得上级领导的同意后，他立即召集老工人和技术人员，在巷道开始了试验。几次试验失败后，有些人开始灰心丧气，认为还是老办法保险，甚至还有人说这是瞎胡闹。困难和讥讽没有使马万水退却，他多方调查，全面分析，终于找到了症结所在，在改进了打眼装药方法后，一次推进法终于试验成功了，大大提高了平峒掘进速度。

马万水还注重研究爆破效果，摸索针对各种岩石的作业法，利用岩石的节理、层理和裂隙，创造出“中间楔形掏槽法”“旁楔形掏槽法”“稀眼深孔作业法”等十多种不同的“掏槽法”。勇于创新的精神决定了马万水“站在排头不让，把住红旗不放”精神的形成和发展。

据马万水小组的马明（马明是马万水小组扩建为马万水工程队后的首任队长，是马万水群体的第12任队长，1972年担任冶金部副部长）回忆：“马万水虽然是个‘粗人’，没上过两年学，但他却有一种刻苦钻研的科学态度，这种不断创新的态度和不甘落后的劲头，促使他在井巷掘进中创造了上百种矿山快速掘进经验。”

马明说：“当时龙烟铁矿的岩石非常复杂，有石英岩、矽质板岩、千页岩及软硬不同的赤铁矿石。面对不同的矿石，马万水在每次爆破后，都要从中总结经验；遇到陌生的岩石，他总是先放几炮试试岩石的性质。”经过长期的摸索总结，马万水创造了上百项掘进方法。

“苦干加技术，石头变豆腐”是马万水的口头语，也是对他和他的战友们几十年来依靠技术进步不断攀登新高峰的生动概括。

马明列举了马万水搞研究发明的几个案例。1954年，他们开凿1080平峒时，松散的沙石岩层使他们遇到意想不到的困难，马万水和战友们创造了"超前支架密集棚子开口法"；开凿1850平峒时，遇到了流沙大断层，马万水又创造了"打撞穿楔法"；等等。其中很多方法还被写进了教科书。

1958年初，马万水小组在庞家堡铁矿华家梁巷道施工时，遇到了罕见的坚硬岩石大白石英岩，硬度系数高达18，钢钎打上去，只溅火花、不进尺。原来十几分钟能打成的炮眼，现在半小时也难打成。为了对付这种坚硬岩石，马万水白天研究岩石的纹理结构，观察打眼的进度；晚上查看相关资料，吃饭时还把窝头翻过来当作掌子面布眼演练。最后他不仅研究出战胜坚硬岩石用的"中间楔形掏槽法""深孔作业法"，还针对深眼难打、速度慢、效率低的问题，创造了"浅眼多循环"的施工方法。

刚攻克了硬岩石，他们又遇到了结构松散的片麻岩，硬度系数只有6~10，炮眼好打，但如何在同一掌子面上同时布置多台风钻打眼就成了进一步加快掘进速度的关键问题。过去已经创造了在14平方米断面上同时布置9台风钻打眼的纪录，还能不能再增加？有些技术人员翻开书本查阅资料后说："风钻台数已经到了极限。"

但是，马万水反复琢磨，想挑战极限。他说："要创造新纪录、攀登新高峰，就是要不断突破极限，勇于实践。"

他根据自己的实践经验，大胆地提出了新的想法，经过反复试验，他终于在14平方米的断面上创造出"长短钎相互交叉、分前后两排同时作业"的方法，摆开11台风钻同时打眼，大大提高了掘进速度。

为了再攀新高峰，他又大胆实践"一次成巷"的施工工艺，即把打眼放炮、出渣、铺道、巷道支护、发碹一次完成。由于凿岩爆破技术的改进和水平的提高，掘进速度大大加快了，但发碹工序跟不上，成了影响施工速度的主要原因。

怎么办？马万水经过研究分析，结合本组的特点，把原来单一掘进小组改编为掘进、发碹、砌水沟等十多个不同工种的综合施工队，工种之间协调作业、互相支援，解决了发碹工序拖后腿的问题。同时，为了减少窝工，让大家放开手脚大干，又将原来的"三八作业制"改为"四六交叉作业制"，把全组人员由三班分为四班，每班由原来的8小时改为6小时。劳动组织方式的不断改进，大大提高了劳动生产率，这一年，他们连续两次创造了独头“一次成巷”全国黑色冶金矿山新纪录。1958年，马万水亲自组织和筹划小组苦干实干、创造冶金矿山掘进新纪录，结果，仅在这一年，马万水小组就先后4次创造了独头掘进月进尺新纪录。1958年1月，在龙烟铁矿创造了独头掘进月进尺212米的新纪录；1958年4月，在龙烟铁矿创造了多头掘进月进尺514米的新纪录；1958年6月，在龙烟铁矿创造了独头掘进月进尺260米的新纪录；1958年9月，在龙烟铁矿创造了独头掘进月进尺290.7米的新纪录。他们平均每2个月就刷新由马万水小组自己保持的全国新纪录。

1959年11月1日《人民日报》的一篇报道这样写道：“目前，马万水小组的掘进效率比1949年提高了180倍，每一个班(全组四个小班)一天掘进的进尺，比那时全组一月的还多。他为国家培养了160多名技工和73名生产管理干部，对祖国的冶金矿山事业做出了可贵的贡献，是冶金战线一面光辉的红旗。”

马明回忆道：“那个时代，大家都能吃苦奉献。但这份创新精神，不是谁都能有的。”也恰是这些创新，使马万水这个“大老粗”在1960年4月被授予“工人工程师”称号，同年，被有色金属矿山研究院聘为特约研究员。

马万水作为一个普通工人，在20世纪五六十年代，带领全组工人先后十二次创造全国黑色金属矿山掘进的最高纪录，将挖矿的掘进功效提高了43倍，吸引了联合国有关机构对他的先进技术进行专门研讨。

正是靠着这种艰苦奋斗、顽强拼搏、坚持不懈的精神，马万水小组一直保持着冶金矿山掘进的先锋队荣誉，多次创造独头巷道月掘进的全国新纪录。冶金工业部在龙烟庞家堡铁矿召开全国矿山建设现场会，号召把马万水小组快速掘进红旗插遍全国矿山，为我国钢铁工业的发展再立新功。

对待工友胜似亲人

在工作中，马万水手把手地传授技艺；在生活上，马万水时时处处想着工人的疾苦，对待工人像家人和亲人一般。

马万水对待工友的一个特点是言传身教。共产党员、组长、老工人都以自己言行一致的模范行动来教育与培养新的一代，把光荣传统的“接力棒”传给下一代。工人们都亲昵地称他们为“老带头”。

“言传”必须以“身教”为前提，“身教”是“言传”的基础。“口说十遍不如带头一干”。在这个小组里，共产党员、组长、老工人都是好样的，既是政治上的先进分子与积极分子，又是生产上的能手，担子挑得最重，工作做得最出色，事事给青年工人做出表率。他们讲得少、做得多，说一句算一句，从来不指手画脚、说空话。他们在困难面前从不退缩，使全组的青年工人都能从他们的实际行动中得到启示，懂得应该怎样去建设社会主义，应该用什么样的态度去对待革命斗争和建设事业，应该怎样正确处理国家、集体和个人三者之间的关系，并且模仿他们的样子去做。这种“身教”在斗争最尖锐、困难最大的时候，对激励士气、鼓舞斗志、完成任务有着决定性的作用。

小组里的工友都知道，马万水有个私人存折，上面存着全国人大常委会每月发给他的津贴和一些出差补助，这个存折里的钱不列入他的家庭生活用项，是专门资助工友们的。谁家有急事、难事，他就把钱送到谁手中。

多年来，马万水家里积攒了700多斤粮票。他对大家的情况都了如指掌，谁家的子女多粮食不够吃，他就随时给予帮助。1961年的一天，当妻子发现粮票不见了，问起马万水时，马万水笑着说：“找不见就算了，不要再找了。”妻子后来才知道，这些粮票都被他接济了工友们。

马万水关心工友胜过关心自己。对那些伤病职工和工伤家属，他们谁也说不清马万水到他们家中探望了多少次，只记得马万水到他们家就像串门一样，无法计算，就连逢年过节用自己的钱买去的慰问品都不计其数。

人们不禁要问，为什么马万水小组会具有高尚的革命风格，充满正能量？最根本的一条是马万水小组有一个很好的“传家宝”，这就是阶级教育。马万水小组并不是从天上掉下来的、完美无缺的小组，而是与其他的班组一样存在着先进与落后的矛盾、无产阶级思想与资产阶级思想的斗争，既有积极因素，也有消极因素。只是由于马万水一贯重视政治思想工作，多年来坚持不懈地在小组内进行极其深刻而又生动活泼的阶级斗争教育，发扬了积极因素，克服了消极因素，使马万水小组充满了正能量，保持了“站在排头不让，把住红旗不放”的忘我奋斗精神。

创立这个小组的马万水同志，在新中国成立前受过残酷的剥削与压迫，对旧社会有着刻骨的仇恨。这个小组的第一批工人也都是给地主扛长活的贫苦农民，每个人都有一段伤心史。党的教育使他们提高了阶级觉悟，他们牢记血泪仇、不忘阶级苦，参加社会主义建设的劲头都特别大。这是马万水小组抵制资产阶级思想、克服生产中困难的法宝，代代相传，永不丢弃。

马万水小组另一个传统是进行组史教育，小组有这样一项不成文的规定：每当一个或一批新工人进组，总要向他们讲讲小组的创业史，讲讲小组创业老英雄们艰苦奋斗的事迹。每当小组在生产上碰到了困难，他们总要请老工人们讲述当年克服困难、力保生产的精神，鼓舞大家去战胜困难。工人们纷纷说：当年创业时，老一代碰到了多少困难，既没有胶鞋，又没有雨衣，用手钎打眼，用衣服当风扇，就在那样的情况下，他们还连创生产新成绩。咱们现在有这样好的生产条件，再不好好劳动，怎么对得起党和创业的老英雄呢？

有一段时期，组里的青年工人们，在业余时间经常津津有味地谈吃喝、比穿戴，个别人甚至连穿布鞋都觉得不体面，连吃饭花样少，都认为是苦差事。马万水发现后，组织小组里的老工人们反复向他们讲旧社会的苦，讲艰苦朴素的重要意义。老工人曹永顺说：旧社会我给地主扛活时，没穿过一双新鞋，没吃过一顿饱饭。现在咱们人人有新鞋，顿顿吃好饭，这样的好日子还觉得苦，真有点身在福中不知福。青年工人们在老工人帮助下思想觉悟逐渐提高，形成了谈生产、比勤俭的新风气，在生产上也和老工人们比着干。

马万水不仅是生产的能手，还做到了言传与身教相结合，经常以自己的模范行动给青年工人们做出样板，通过“无声的语言”，把工人阶级的气质，把小组的光荣传统传给新的一代。

马万水十分重视集体，重视团结，关心小组每一个工人，关心工人家属。他说：“生产越紧张，越应该关心人的生活。”因此，他经常深入小组工人家中，了解他们的生活情况，帮助安排家务，同时，教育家属要体贴亲人，配合小组搞好生产。马万水在小组成立了“经济互助储金会”，组员家中经济上发生了困难，有时不等本人提出要求，就主动帮忙解决了。有些工人家在外地，有时家中来信，因病、因事急需用钱，马万水得信后，不通知本人就悄悄把钱给寄回家去了。这些工人深受感动，生产干劲越来越足。十几年来，小组里没人因为生活问题影响工作情绪，出勤率一直保持在90%以上。小组已经形成了不成文的规矩，工人生病住院，小组长就领着大伙，带着糖果等物前去探望。每年过春节，组里带家属的工人总要邀请单身工人去家里过节。

1957年冬天，有个工人的爱人来到矿山，组里的工人们一齐帮助他安家，马万水冒着风雪亲自把煤送到他的家里。这个工人深受感动地说：“这真和到了家里一样。”有个青年工人要结婚了，伙伴们一齐忙着筹办喜事，马万水亲自给他粉刷房子，大家帮助布置新房、购买东西。像这样的事在马万水小组里是经常有的。所以，他们组始终充满着团结互助、阶级友爱的浓厚气氛。小组的每一个成员都感受到了集体的温暖，谁也舍不得离开这个小组。

马万水最早重视工友的职业病。20世纪50年代，国内矿山井巷掘进由手工凿岩发展为使用风钻在坚硬的岩石上打眼。风钻打在坚硬的岩石上，粉尘飞扬，对面看不清人，60瓦的灯泡，只能看到一点红光。一个班下来，工人们灰头土脸。“要以先进的技术，改变这种恶劣的环境，让工人少受伤害”，马万水暗暗地琢磨着门道。

随着科学的发展和凿岩机具的不断改进，矿山又陆续增添了风动支架、电动装岩机、风动装岩机与合金钢钻头等新式机具。为了改善工人的劳动条件，当时地下矿山普遍推广“湿式凿岩、机械通风”等新的工艺方法。这是矿山巷道掘进中的一次技术革新，使技术水平有了很大的提高。

尤其是推广湿式凿岩时，由于工人们习惯于打干眼，搞湿式凿岩，稍不留神泥水就喷到脸上、衣服上。掌子面也被凿岩机喷出的雾气笼罩着，工作起来很不方便。很多工友嫌麻烦，觉得又累又慢，难以接受，仍然偷着打干眼。

马万水看到后，又气又急，下令让各值班长监督执行，他自己也时时出现在工地上。工人们同领导玩起了“捉迷藏”，常常是前边工人打干眼，后边有人看水门，一发现领导进坑赶紧换成湿打。这些没有瞒过马万水，他从工人的柳条帽上看出了端倪。

几次劝说无效后，马万水火了：“谁再这么不要命地干，我就停他的工。”随后，他又苦口婆心地说：“推行新工艺，这是党和国家对我们的关怀，不能为了方便不要命。要相信科学，就是慢点、麻烦点，也要推广新工艺。”从此，马万水每天盯在井下，给工人讲解、示范、授艺，手把手地教工友们如何掌握湿式打眼的技术，直到工友们熟练地掌握了湿式打眼和其他新式机具的操作技术，亲眼看到利用新设备既能提高工效、减轻劳动强度，又能保护身体健康，他才如释重负。新工艺应用成功了，从此，马万水小组工人摆脱了超浓度的粉尘吸入。

始终保持着艰苦朴素的工人本色

1952年以后，马万水被提拔当了领导干部，先后担任采矿部副主任、工地主任和井巷工程公司副经理等领导职务。职务变了，待遇变了，可是他普通劳动者的身份始终没有变，他经常在生产第一线和工人们一起劳动，在生活上也一向艰苦朴素。

这些都给广大职工留下了深刻的印象，大家说：“别看老马当了领导干部，可没有一点架子，还和当工人时一样。”因此，大家都乐意和他亲近，他也始终和群众保持着紧密的联系。

马万水当了人大代表后，一直保持着工人本色，从未脱掉工作服，没有离开掌子面，时刻工作在施工第一线。组织上为了照顾他，曾多次批准他到外地疗养，但他都婉言谢绝了，把休养的机会让给了别人，自己仍然坚持工作。

有的工人对马万水说：“你是领导干部，少干点活多动点嘴就行啦！”马万水却说：“领导干部更应该多动手、多干活，老动嘴不动手就会脱离群众。”

马万水对自己始终严要求。领导考虑他身体不好，专门嘱咐食堂单独给他做些饭菜，但每次他都谢绝，还是到大食堂同工人们一起吃咸菜就饭。为方便工作，上级给他配了一辆小车，但他上下班从来不坐，有时坐车外出开会回来，遇到下班的工友，他就心疼地将工友拽上车，自己则步行回去。他的这辆车大部分时间都用在了方便职工、家属上，成了大家的服务车。

在担任工地主任的那几年里，马万水为了坚持和小组工人一起劳动，把铺盖搬到了集体宿舍，白天和大家一起干活，晚上和大家睡在一个炕上。业余时间，他也很少休息，不是和伙伴们凑在一起谈笑风生地拉家常，就是默默地给大家扫屋子、打开水，再不就是组织小伙子们赛篮球。工人们说："和老马在一块，心里真痛快。"

1960年以后，马万水担任了井巷工程公司副经理，行政业务工作更多了。但是，这仍然没有把他拴在办公室里。为了能有较多的时间深入一线参加生产，他始终坚持在现场吃住，抓紧时间处理行政事务，只要能抽出身来，就下坑参加生产、指挥生产。有时白天工作忙，实在下不去，夜间也要下坑看看。熟悉他的伙伴至今提起这些来，总是赞不绝口地说："老马呀！那可真是个实干家，真是个好领导。"

马万水在长期参加体力劳动的过程中，坚持进行调查研究，坚持进行科学试验，不断摸索和丰富领导生产的经验。长期参加体力劳动，非但没有影响他做好领导工作，反而使他的领导工作做得更加深入、更加扎实。

马万水同志由一个普通工人成为干部，并被选为全国劳动模范、全国人民代表，但是，不管职位有多高、荣誉有多大，他都没有失去艰苦朴素的本色。

马万水的遗孀张淑云说："他就是这样的人，自己的事情从来不说，一心扑在工作上，心里总是想着别人。"

从1952年开始，马万水的一条蓝布裤子和一条灯芯绒裤子穿了十年，洗了又洗，补了又补，一直穿到逝世前。他经常在集体食堂吃饭，工人们吃啥，他吃啥，毫不搞特殊。有时下班出坑晚了，错过了开饭时间，炊事人员要给他单做点菜，他执意不肯，随便吃个馍就算一顿饭。

上级开会或有事，多数时候都必须到工地去找他。有时，他连满身泥浆的工作服都不换，坐下就开会，开完会就走。

见他经常外出开会，连件像样的替换衣服都没有，马万水的妻子张淑云就为他做了一套劳动布制服，他知道后批评妻子："工人嘛，打扮有什么用，就不知道什么叫艰苦朴素？"

在他临终前三天，由张淑云和老组员郭进才做主，为他买了两件好点的衣服。他们想：这辈子他就穿这回了，总不会说什么了吧？哪知老马还是生气了。他说："你们这是浪费，人死了就完了，穿什么不行？你们想没想到国家，想没想到咱们工人？"

马万水无论是当工人还是当干部，一直保持着劳动人民的本色。马万水这种工人阶级的本色，深深地影响了一代又一代的接班者。马万水小组历任组长都以马万水同志为榜样，在组时和出组担任领导工作后，仍然经常参加体力劳动，这成了小组领导的一条规矩。

弥留之际，马万水对工友说："回去转告小组的同志们，要永远争先进，把党交给咱的红旗……保住……"

1961年，共和国处于内外交困时期，又遇灾年，粮食歉收。就是这一年，马万水小组一年中又创造了3次冶金矿山掘进的全国新纪录。

纪录刷新了，马万水却累倒了。1960年底，马万水两腿疼痛，病情日趋严重。但是病魔并没有把这个征服过重重困难的英雄吓倒，他忍受着一阵阵的疼痛，始终不吭一声，在领导和战友面前装得若无其事。

病魔一步步地向他进逼，1961年初，他的病情急剧恶化。龙烟井巷工程公司党委专门召开会议，研究了他的病情，决定立即送马万水到北京住院就医。党委书记严肃地向马万水说："老马，让你去治病，这是党的决定，也是党交给你的任务。你是共产党员，应该坚决执行党的决定，接受党的任务。"

矿上专门派了一辆吉普车，送马万水到北京看病。积水潭医院给他做了腿部切片检查，确认马万水同志患的是骨癌。

马万水同志被送进了北京肿瘤医院。周总理得知马万水患病住院的消息，亲自嘱咐工作人员，把马万水安排到当时全国最好的医院高干病房。肿瘤医院党委把全院的专家组织起来为马万水治疗。全国人民代表大会常务委员会秘书处、冶金工业部和龙烟钢铁公司等有关单位的领导同志，都亲自去医院探望他。

手术过后，马万水的病情未见好转。一夜夜的锥心疼痛，折磨得他身形消瘦。马万水小组的老战友，也被派来轮流守护他。马万水以强烈的革命乐观主义精神和病魔搏斗着。尽管疼痛时时在折磨着他，但他很少想到自己，时时刻刻挂念着集体、战友和工作。每当战友们前来探望，他总是急切地询问组里和公司里的生产情况，并在病床上帮助伙伴们琢磨治涌水、过断层的办法。每到病势稍好、神志清醒的时候，病房里总是充满着欢乐的气氛，他不是和病友们谈他苦难的童年和党的恩情，就是和守护他的伙伴们讨论矿山未来的建设远景和自己今后的打算。每当病势转重、昏沉睡去时，他在梦呓中也常常喊着："点炮！装渣！"

为马万水陪床的工友赵广顺回忆说："我一生永远不能忘记的一件事，就是1961年8月，马万水同志因患癌症，住在北京肿瘤医院。我去陪床时，问大夫：'马万水同志的病情怎么样？什么时候能好？'大夫说：'只能延长时间，减少痛苦。'我听后悲痛极了。可是，马万水同志却非常乐观。我想，他是知道自己患了什么病症的。他还问我：'850平峒1号流沙大断层过得怎么样？有什么困难？'当他病情十分严重时，还念念不忘生产，说梦话时讲的也是生产。我在为他陪床的十七天中，每当同志们来信慰问时，他都问谈没谈生产情况。甚至在他逝世的前两天，仍然有说有笑，听不到低沉的调子，看不到丝毫的愁容。他还对我说：'我不能死，我还要为党做更多的工作。过去，我是一个煤黑子，新中国成立后，在党的培养下，成了一个共产党员。可是，我为党做的事情太少了。小赵啊，等我病好了，咱们回去好好干一场，非超过西方国家不可！'我望着他那消瘦的面庞和被疾病折磨着的痛楚表情，尤其是想到医生的话，一阵心酸，眼泪簌簌地滚了出来。我极力控制自己的情绪说：'对呀，你出院后，我们一定好好干！'"

1961年的五一国际劳动节这一天，马万水和往年一样，早早就起了床，刮了胡子，洗了脸，打开收音机收听节日的盛况，他的心情舒畅极了。他回想起了十年前第一次进京见到毛主席的情景，耳边仿佛又响起了毛主席的亲切教导，他激动地把病友们招呼在一起，在病房里开起了小型座谈会。会上，他对大家说："旧社会我是个当牛做马的煤黑子，新社会党和毛主席把我培养成有用的人。我一定要好好养病，争取早日出院，给党做更多的工作。"

马万水平素最爱吃饺子，当他病重垂危的时候，爱人张淑云几次和他商量，让医院给他做一顿饺子，但每次都被马万水拒绝了。他说："党和国家这样关心我，咱不能再给医院里添麻烦，大家吃啥，我吃啥。"

据马万水爱人张淑云回忆："平时，马万水就是一个革命乐观主义者。在他面前好像没有克服不了的困难。这种革命精神，就是在他病危时也未改变。他总认为自己不会死，还能给党做很多工作。"当著名的京剧艺术家梅兰芳逝世时，他看着报纸说："梅兰芳享年六十八岁，我今年才三十八岁。活到六十八岁，还能为党干三十年工作呢。我不能死，坚决要活下去，为我国的矿山建设事业再创几个新纪录！"

尽管医院采取了最先进的技术为他进行治疗，党和国家给予极周密的照顾，但是由于马万水的病情严重，已经无法挽救。

1961年8月12日早晨，北京肿瘤医院一间高干病房内一片紧张气氛，各种医疗仪器出现了异常现象，马万水生命濒于危境，连喘息都已经非常艰难了。

其实，在医院护理马万水这一段时间，也是马万水和张淑云交流最多的时间。平时，马万水从井下回来，就已经很累了，夫妻间也没有时间说那么多话。据张淑云回忆，马万水在弥留之际痛苦地喘着粗气留下了下面的话："哦，小张啊，我没睡。我正和工友们一起推车、拉石头呢。铺轨……快打眼……装车，快！快！创纪录！使劲，快推，你怎么不使劲儿啊……"

他紧握张淑云的手，深情而激动地说："小张，你看我得了病，还惊动了周总理，组织上给咱安排这么好的医院治病。这要在旧社会，一个工人得了病怎么可能有这样的待遇啊。"

张淑云说："老马啊，你又疼昏迷了，你要是疼得忍不住啊，你就喊出来吧，别忍着了，啊！"

马万水说："小张，我不疼，不疼。（突然剧烈疼痛）啊！小张啊，这些年，让你跟着我受苦了，我对不起你啊！连你坐月子我都没时间陪你。"

张淑云说："老马啊，说这干吗，我知道你心里有我。"

马万水说："小张啊，以后，孩子会拖累你的——"

张淑云连忙用手轻轻捂着马万水的嘴："我不允许你安排我以后的生活。"

马万水紧握张淑云的手，一字一句断断续续地对她说："小张子记住！要永远听党的话，跟着党走。教育孩子不要忘了本，将来当个好矿工。"

张淑云深情地望着马万水，拼命地点头，眼里浸满了泪水。

接着，马万水示意前来看望他的工友郭进才、高长坡到他床前，马万水嘴唇翕动着，一字一顿地说："回去转告……小组和同志们，要……永远……争先进，把党交给……咱的……红旗……保……保住……"

此时，病房的监视器已出现一条直线，马万水呼吸停止，心脏停止了跳动。那一刻，他走得平静而安详。他英年早逝，时年只有38岁。

新华社当日发布了消息："新华社讯　全国人民代表大会代表、龙烟钢铁公司井巷工程公司副经理马万水同志，因病于8月12日上午11时在北京逝世，享年38岁。马万水同志是河北省深县人，中共党员，全国著名工业劳动模范。他领导的著名的快速掘进队，曾经十二次创造了全国冶金矿山掘进的最高纪录。"

马万水的追悼会在北京召开，全国人大常委会等单位为他送了花圈。作为一种政治待遇，马万水安息在北京八宝山革命烈士公墓，开创了普通劳模的先例。

"站在排头不让，把住红旗不放"是马万水提出来的口号，天天向上、永不满足，是马万水同志的一贯风格。马万水以虚心好学的精神，实现了自己的誓言。

马万水逝世的噩耗传到龙烟庞家堡铁矿，工友们沉浸在极度的悲痛中，人们将马万水的遗物——脱漆的茶缸、钉掌的布鞋、落满补丁的衬衣细致地保存了起来，以寄托无尽的思念和永久的怀念。马万水的妻子张淑云又何尝不这样想，但当她手中仅剩下丈夫的一件棉袄时，工友毛永良又来到她的面前，他含泪对张淑云恳求道："就把这件棉袄给我吧，我穿着下坑，就会觉得老马还和我们在一起，就不会忘记老马艰苦创业的作风，它会激励我永远前进啊！"一席话说得张淑云热泪涟涟，只好默默地由着毛永良将棉袄"争"走了。

1961年9月，马万水快速掘进组全体矿工沉浸在无限的悲痛之中，小组全体成员深切缅怀马万水，学习马万水同志的优秀品质。

马万水的精神和作风被工友们永远地继承了下来。组建七十多年、当初18人的马万水小组已发展为300多人、产值达几亿元的马万水工程分公司。

这支队伍从塞外燕山到西北戈壁，从祁连山脉到长白山下，从中原大地到雪域高原，转战南北，足迹踏遍祖国四方。在马万水精神鼓舞下，他们不仅以独头月进尺1403.6米的成绩，攀上了全国冶金矿山平巷掘进第20个高峰，并且由单纯的矿山井巷掘进转入铁路、交通、水利、电力等行业，成了一支有着高科技含量的综合型大型施工队伍。

马万水去了，但他留下的"艰苦创业、严细求精、拼搏奉献、勇攀高峰"的精神却将永存，"站在排头不让，把住红旗不放"的精神也将继续传承！

金凤翩跹舞九天

◎文/中航集团中国国际航空公司　王川虎

二十七年，一个台阶；二十七年，一个飞跃；二十七年，一段征程；二十七年，一季辉煌。

情洒蓝天二十七载，国航金凤乘务组把雷锋的名字镌刻在金凤成长的年轮里，爱国忠诚、大爱担当的理想信念始终不变；爱岗敬业、精益求精的追求始终不变；学习雷锋、诚信友善的诺言始终不变。国航金凤乘务组传承红色基因，传承雷锋血脉，把爱国、敬业、诚信、友善融入服务理念之中，用服务向社会传递正能量，用行动谱写社会主义核心价值观的美丽华章，被誉为“蓝天上的雷锋班组”。

2014年7月28日，在中央电视台时代楷模发布厅，国航金凤乘务组被中共中央宣传部授予“时代楷模”荣誉称号。2021年恰好是金凤乘务组成立27周年，一路走来，金凤乘务组获得了全国“青年文明号”、中华儿女优秀集体、全民航五一劳动奖状、全国五一劳动奖状、全国巾帼文明示范岗、全国工会系统先进集体、全国民航精品航线服务样板优秀集体等荣誉。被授予“时代楷模”称号，标志着金凤乘务组又上了一个新台阶。

“事业方新，大鹏九万里。”在立足新发展阶段、贯彻新发展理念、构建新发展格局，推进高质量发展的进程中，在中国从民航大国向民航强国努力奋进的过程中，在国航向着世界先进航空水平迈进的征程中，金凤乘务组将发展使命感和社会责任感深深融入团队的血脉之中，以社会主义核心价值观和金凤“牢记使命，爱岗敬业，真情奉献”时代精神为引领，踏着国航改革发展的时代鼓点，在蓝天的舞台上彰显引领风范、大局意识、大爱情怀，带领国航乘务队伍不断经受时代的洗礼，再立新功，让金凤精神代代相传、历久弥新。在金凤乘务组荣获“时代楷模”荣誉称号7周年之际，让我们走进国航，走进金凤组，去探寻是什么让一个经历了27年时间洗礼、人员流动分散的基层服务班组始终走在时代的前列，其背后的奥秘何在；去潜心感受和倾听金凤发展的足音，努力探寻国航乘务队伍发展之道。

服务，于平凡中见奇迹

金凤组的出现，源于一场有关服务的竞赛。

1994年，中国民航掀起了服务质量上台阶、创建“精神文明号”的热潮，国航成立了若干“青年文明号”创建班组。当时中韩航线准备开通，引来了韩亚航空、大韩航空等多家国内外航空公司的申请，为迎接挑战，国航将一支在“青年文明号”创建中表现优异的班组配备到中韩航线上，以创建带服务，打造中国服务名片。承担重任的中韩航线乘务组严格标准、创造特色，提出了四个“更”字诀，即比服务标准更热情、更周到、更细致、更主动，在这场服务竞赛中，取得了明显的优势。之后，国航将中韩

航线乘务组与另一个表现优异的乘务班组进行了优势资源整合，正式定名为“金凤组”，并将其发展目标定位为“空中服务的典范，对外竞争的名牌，服务新产品的试验田，培养人才的基地”。

国航为全面提升服务品质，于2002年首次提出“放心、顺心、舒心、动心”的“四心”服务理念，在实践中推行并取得显著成效。国航客舱服务部总经理李俊告诉记者，不能给旅客留下深刻印象的服务、不能拨动旅客心弦的服务不是最好的服务，也不是国航的服务，更不是金凤组的服务。

那么，金凤组服务的第一要素是什么？令人动心的服务体现在哪里？2013年，金凤组传承新中国第一代乘务员“十八姐妹”优良服务传统和作风，兼收并蓄国航客舱服务队伍与金凤组几十年服务实践精髓的理念和经验，提炼总结出以“真诚、优雅、睿智、创新”为内涵的国航客舱服务名片，把真诚作为客舱服务第一要素，从人的情感需要出发，去尊重人、关心人、服务人。金凤人坚信，无论是关注细节的服务方式，还是热情积极的服务态度，所有的源头活水都应该来自真诚。这些年来，国航的机型变得越来越先进，机舱内饰也越来越具有文化特色，但国航乘务员发自内心的真诚永远不会改变，真诚永远是国航品质服务的原动力。

从此，用心思索、以情动人，打造空中服务标杆、引领服务发展潮流，在平凡的服务岗位上创造卓越的业绩，成为金凤组不断传承的事业追求。耿丽萍是金凤组的第一任乘务长，见证了金凤组成长的全过程。她这样描述金凤组创立伊始的服务基调：“永远都站前排，永远肩挑大梁，永远专注旅客的需求……就是因为有这种共同积淀和创造的独具特色的金凤文化和金凤精神，才有后来金凤组一系列的成绩。”

服务工作看似简单，其实学问多多。国航是一家365天24小时全球运营的国际化航空公司，航点遍布四大洲，国际和地区航线多达90条，为来自不同国家、不同文化背景的成千上万的旅客提供服务。随着时代的发展，服务的内容、旅客的需求也在不断地改变。20年来，对于金凤组成员来说，客舱可能是一个比家还要熟悉的环境。她们分析研究空中服务的每个环节、每个步骤，向登机的旅客致以笑容和问候，提醒旅客系紧安全带，为熟睡的旅客轻轻盖上毛毯，为看书的旅客打开阅读灯……在每个微小的细节上，去确立严格的服务标准，寻找提升服务品质的途径。

在国航，有一个不成文的惯例，每当新开国际航线，金凤组都会首先执飞，在服务中总结航线特点，帮助制定更加适合该航线的服务计划。普通舱餐饮同步配送、高舱位旅客姓氏服务、飞机起降环节广播致谢……许多服务标准，都是金凤组以类似的方式从实际工作中总结提炼出来的，最终确立为客舱中的标准服务。另外，金凤组还根据旅客的需求，在产品设计上进行了一系列的创新，阳光咖啡屋、空中酒廊，甚至全聚德烤鸭都走入机舱，丰富了旅客的空中旅途生活。2008年，她们率先提出了主题航班的概念，每逢重要的节日来临、新的航线开通，金凤组都会结合当班的主题，设计独特的活动。春节航班上，她们与小朋友共编中国结，北京—维也纳首航航班上，她们开展文化之旅活动，唱响中国之音……如今，主题航班概念已经在中国民航业成为新风尚。金凤组行业标准代言人和潮流引领者的形象，是用一点一滴的努力汇聚出来的，是用服务中更多的思考与钻研换来的。金凤组资深乘务长杨金荣经常用一句“我是走到美国的”与朋友们开玩笑，但其实，这并不是个玩笑：“在常人眼里，我们是飞到美国的，可我们真是走过去的。年轻的时候，我还会在换班的时候休息一下，等我成为一名带班乘务长，基本一路都不睡觉。我要用缓慢移动的脚步和搜寻的目光，去发现需要帮助的旅客。虽然这个过程是两点一线，但在这个过程中，我真的是用我的脚量过去的，用我的眼睛看过来的，用我的嘴说完的，用我的手来做完的。”

然而，金凤组在旅客中的良好口碑，并不仅仅来自服务的高标准。服务归根结底是发生在人与人之间的，国航一直倡导的“四心”服务理念中，作为最高追求的动心，就是用真诚服务感动旅客，以心换心，以情动人，使服务升华到更高的境界，这就需要乘务员在工作中真情投入。金凤组乘务员吕小飞这样描述工作中的感受：“对于我们金凤组组员来说，客舱便是我们的家。一年365天，我们约有2/3的时间是在客舱里度过的。每当看到怀抱初生婴儿的旅客，我们的爱便会油然而生，立即帮她们放好行李，带位坐好，帮母亲冲好牛奶，帮宝宝盖好毛毯。每当看到年迈的老人坐着轮椅来到客舱，我们就感觉他们就是我们的长辈和亲人，我们会立刻递上一块湿巾和一杯温水。”

有一个金凤组的服务微故事至今还在微信朋友圈热传。

2017年4月2日，CA1858航班07：50从上海浦东准点起飞。乘务长尹宁观察到，吴先生登机时一脸疲惫，飞机还没起飞就沉沉进入梦乡，这一觉就睡到了下降广播响起。尹宁思忖，北京的地面温度只有5度，与上海相差了整整13度，航班起飞很早，吴先生肯定没吃早饭，饥寒交迫怎么受得了。于是，她把早餐打包，送到吴先生的座位上：“吴先生，北京天气很凉，您下飞机前，多加上件衣服。这些面包您带上，饿的时候就垫垫。”

吴先生愣住了，看着尹宁的眼神有些异样，眼角慢慢地湿润了。尹宁有些纳闷时，吴先生开口了：“乘务长，您让我想起我母亲了。我爱人都习惯了我的粗线条，只有我妈妈，天儿冷了嘱咐我添衣服，看见我没吃早饭，塞给我一个馒头。我这次就是回来给她扫墓的。”些许停顿后，尹宁对吴先生说：“您给阿姨带句话儿，让她老人家放心，她儿子以后在飞机上，就由我来照顾了。”含着泪，吴先生开心地笑了。

有人说服务是一种技术，但在金凤人心中，服务是一门艺术。有人说乘务工作是一种职业，但在金凤团队的意识里，乘务工作是一项事业。她们用真诚的态度和贴心的温度诠释了乘务服务的精髓，树立起国航服务的口碑。

就是这样的服务认识，给金凤组的服务工作带来了更多互相理解与关爱的人性化色彩。一次金凤组执行的航班上，一位老先生从卫生间出来后突然昏倒，大小便失禁，乘务组立刻组织进行机上急救。强烈的自尊心和身体不适使这位老人不愿让乘务员靠近，但他和老伴的衣物都在托运行李中，细心的乘务长与他的老伴沟通，说服老人在卫生间脱下脏衣裤，用毛毯裹住他的身体，调整座位安顿他们休息，其他乘务员在将卫生间擦拭干净的同时，还为老人洗干净弄脏的衣裤。当乘务长把烘干的衣裤拿过来时，两位老人惊呆了，他们紧紧地握着乘务长的手说：“儿女都不见得能做到洗屎洗尿啊，你们胜过了我的儿女……”

金凤组乘务长钟莉有一个让旅客动心的美食法宝——帕尼尼。“有一次一位公务舱旅客想吃米饭不吃面食，但当时航班上没有配米饭，旅客有些恼火。我灵机一动，用面包、奶酪和火腿，为他制作了一份特殊的点心———帕尼尼，旅客一吃到，就竖起了大拇指。随后的旅途中，这位旅客用完洗手间出来正好遇到我，他退了回去，打开卫生间的门给我看，我心想洗手间很干净啊，他得意地对我说：'上次我看见你们乘务员戴手套清洁，特别不落忍，这次，我要求自己一定要收拾得和你们的标准一样才出来。'”回想这段故事，钟莉十分感慨：“我们的用心没有白费，会换来旅客的动心，当我们真诚的服务被旅客认同时，他们就是我们服务的支持者和拥护者。”

真情，有时也会给平凡的服务工作增添神奇的色彩。常规的服务工作在极特殊情况下也会面临生死的挑战。金凤组乘务长付亚莉就曾面对过这样的突发险情：一次她执飞的北京—旧金山航班上，一个6个月大的女婴因呛奶发生窒息，脉搏微弱，奄奄一息，在机上的一位医生判断恐怕难以救治。付亚莉回忆说：“我当时想，我也是做母亲的，不能眼睁睁地看着一个小生命在我们身边消失！于是我从母亲怀中接过婴儿，把婴儿呈倒立状抱好，一边推揉婴儿的腹部，一边拍打婴儿的肩胛骨，坚持做了大概5分钟后，婴儿嘴里吐出大量的呕吐物，缓了过来。孩子妈妈泪流满面，不停地对我重复：'您救了她，非常感谢！您救了她，非常感谢……'”有时，金凤组也会面临生的喜悦，中国民航史上第一个在国际航班上出生的婴儿，就是在金凤组组员执飞的北京—罗马航班上诞生的。当时一名孕妇在机上出现早产征兆，金凤组员把头等舱变成了空中临时产房，消毒的毛巾、烧好的开水、毛毯、氧气瓶、急救箱、剪刀，机上有限的物件都派上了用场，经过一个多小时的努力，一个可爱的小婴儿诞生了。当航班紧急备降在莫斯科机场，医护人员做好急救的准备上了飞机，却见到母子平安，他们惊愕地一直在重复一个词——奇迹。后来，这个孩子得名“天凤”，近二十年过去，当年的婴儿，大概已经上大学了吧，相信她妈妈一定会给她讲名字来源的这个美丽故事。

时隔2年，金凤组员陈晓玲还清晰地记得那个钱包“漂流”的故事。2019年5月，北京至德里的航班在德里落地下客时，一位印度客人急切地告诉陈晓玲他的钱包丢在了酒店里，包里有他的加拿大驾照和2张信用卡。陈晓玲上了机组车后第一时间上网查到客人入住酒店的电话，请酒店帮忙查找。数小时后酒店回复找到钱包，陈晓玲约定数日后飞回北京后去取。因为客人匆忙所留电话号码不正确，无法打通，陈晓玲只好选择发邮件，告诉他钱包已找到，商讨后续联系方式。第一封邮件发出后，无回复。

回到北京后，陈晓玲立即发出第二封邮件，依旧石沉大海。她脑海里总是浮现客人焦急而失望的表情，坚持每天发出一封邮件，一有空就翻看手机邮箱里有没有回信。没有，还是没有……在她发到第22封邮件的时候，终于等到了客人的回复，陈晓玲高兴得跳了起来。出于客人邮箱设置的原因，陈晓玲所发邮件全部进入垃圾箱，导致他完全没有看见。当他偶然看见那么多封邮件后大为惊喜，感动不已，但此时他已经回到温哥华了。陈晓玲后来几经周折找到飞温哥华的同事，请她帮忙把钱包带到了温哥华，历时一个多月，钱包终于回到主人的手里。客人后来在邮件中回复说，他出行一直选择国航，就是因为乘务员真诚地把每一位旅客的事情都当成自己的事情去尽力解决，这件事情更坚定了他的选择。

近年来，金凤组把“时代楷模”殊荣作为持续进步的新起点、新机遇、新征程，志存高远，把“时代先锋、服务标兵、文明使者、人才摇篮”作为新时期金凤组的发展定位。持续强化岗位知识和业务技能，争当响当当的“爱服务先锋、会服务标杆、用心服务楷模、引领行业发展的服务标兵”。同时，把“出理念、出标准、出产品、出人才”作为金凤组的工作目标，创新客舱服务理念，完善业务管理标准，丰富服务产品形式，加大人才培养力度，以更高标准为中外旅客提供安全优质的服务，致力打造世界航空服务的知名品牌。

为将口碑服务升华为具有国航特色的大众化、国际化服务品牌，金凤组将“没有标准创造标准，有了标准超越标准”作为服务理念提升标尺，聚焦“真诚、优雅、睿智、创新”国航客舱服务名片内涵，出台了“四新、四力、多一点”服务理念深耕思路，即围绕国航新形象、新流程、新产品、新机型，大力提升乘务员的亲和力、乘务长的领导力、两舱乘务员的呈现力和普通舱乘务员的执行力，比服务标准流程规范多一点主动、多一点热情、多一点微笑、多一点体贴、多一点沟通、多一点推荐、多一点提示，每天感动一个旅客，以员工的小进步带来客舱的大变化，让国航的服务口碑无形地融入向登机的旅客致意问候、提醒旅客系紧安全带、为看书的旅客打开阅读灯等细微的日常服务中去，使国航服务如空谷幽兰，暗香浮动，沁人心脾。

2018年12月12日，金凤组执行CA981北京飞往纽约航班。这是一班既普通又特殊的航班，240名旅客中有一支让所有乘务员怜爱的小队伍，就是来自广东省福利院的十一位残障儿童。这支队伍的小朋友大多步履蹒跚，还有两名坐轮椅的小旅客，只有两位已过中年且身材瘦小的老师陪伴。带班乘务长和组员们没有丝毫犹豫，用一如既往的热情和笑容一一引导小客人们入座。当乘务组看到他们的座位被安排得比较散，迅速用最快的时间将这些孩子都集中安排在45排附近，这样既便于老师管理又便于孩子们去洗手间。虽然这些小朋友没有其他孩子健康和聪慧，但是他们眼睛里的纯真、嘴角的浅笑、对未来生活的向往，和普通的孩子没有什么两样。面对漫长的飞行，乘务员深感责任重大，他们不仅要让飞机上每位旅客满意，更要让这些特殊的小旅客和老师满意。

在起飞前，区域乘务长与老师做了细致的沟通，介绍了各种设备的使用方法，还着重介绍了长途飞行的一些注意事项。他们抓紧时间帮助孩子们脱去羽绒服放进他们各自的书包里，用简单的问候拉近了与孩子们的距离，并向老师承诺，每一位乘务员都愿意随时随地配合老师的工作。在飞行的前八个小时，疲惫的老师早已睡去了，孩子们依旧兴致勃勃。当看到老师熟睡的样子时，乘务组不忍去叫醒她们，全体乘务员自动放弃休息，替代老师照顾孩子，了解孩子们的需求，及时提供餐饮，帮助年纪较小和行动不便的孩子去卫生间，协助他们整理个人卫生，给孩子讲童话故事。落地前40分钟，乘务长进行了合理的分工，有的乘务员做好下降前的准备工作，有的帮助老师叫醒小朋友，协助他们穿上羽绒服，对于那些在睡梦中尿裤子拉裤子的孩子，乘务员就像对待自己的孩子一样，耐心细致地为他们换尿片换裤子。乘务员的悉心照顾，换来了孩子们的回应，有的孩子亲切地称呼乘务员为“妈妈”。

金凤人对真诚的坚持来自哪里？“在国航飞行，在金凤组飞行，我觉得时间过得飞快，心里充满感动。以真心相待，以诚意相待，用心感动旅客，而最终获得旅客的信任和尊重，必将收获旅客温暖的真心和真情。”已经在金凤组飞行了14年的主任乘务长董明给出了她的答案。这份坚持，植根于国航人本、担当、进取、乐享飞行的价值理念，植根于国航做全球领先航空公司的高远愿景，植根于安全第一、四心服务、履行责任的崇高使命。

使命，永无休止的追求

也许，依然有人不曾听说过金凤组的名字，但一定曾在某个镜头中见过金凤组的身影。因为国家许多重大的历史时刻，金凤组都曾参与其中，扮演属于自己的光荣角色。

国航是载国旗飞行的航空公司，使命是金凤组成员经常提到的一个词语，很多金凤组员都以不同的方式表达过这样的心声：“每一次抬头看到飞机上鲜艳的五星红旗和大红的凤凰，骄傲与自豪就会油然而生，当国家和人民需要的时候，我们一定会挺身而出，主动承担起责任。”27年的发展历程中，金凤组用实际行动，兑现着她们的承诺。

1999年，以美国为首的北约轰炸我国驻南斯拉夫大使馆，造成重大人员伤亡，金凤组跟随包机飞往贝尔格莱德，在战火纷飞中运回烈士忠骨。

2003年，“非典”疫情肆虐，非常时期，金凤组坚持为旅客服务。平时微笑的脸庞，在厚厚的口罩遮掩下只能露出一双眼睛，乘务员便在口罩上用口红画出了充满笑意的嘴唇。

2008年5月12日，汶川地震，金凤组跟随中国民航第一架救援包机，当夜降落在余震未停的成都机场。

2020年初，新冠疫情汹汹来袭，金凤组兑现了“永远站在前排”的最初诺言。

…………

与祖国和人民同呼吸、共命运的经历，给金凤人留下了很多值得记忆一生的故事。2008年北京奥运会前，金凤组主任乘务长杨金荣亲历了有史

以来行程最长的奥运圣火传递，带领金凤组执飞“圣火号”包机，在外连续飞行达33天，飞越五大洲、四大洋，抵达19个国家和地区的21个城市，创造了中国民航史上多个“之最”。但她最津津乐道的，不是这些令人震撼的数字，而是一件有关鞋子的事情：“当时的环球飞行，夜航是最鲜明的特点，夜晚起飞，凌晨落地，天一亮就是火炬接力仪式，乘务员的生物钟完全被打乱，白天她们尽可能逼迫自己睡觉，晚上她们要精神抖擞地工作。火炬传递中几次遇到雨雪，护跑队员们的鞋全部被打湿了，他们回来一上飞机，乘务员就把毛巾和拖鞋递过去，帮助他们去除脚上的湿气。等他们入睡后，乘务员再摸黑把湿鞋拿回来，轮流不间断地擦、挤鞋内的积水，之后用手举着，用吹风机吹，左胳膊举累了，换右胳膊，一名乘务员站累了，另一名乘务员及时替补，直至完全烘干为止……就像一个大家庭一样，互相付出。”杨金荣对此感慨不已：“最后告别的时候，有位队员的话让我特别感动，他说：‘这些日子里，你们给了我们家的感觉。’这可能是对我们金凤组工作最好的认可吧。”

金凤组主任乘务长王建兵参加了中国历史上最大规模的海外撤侨行动——利比亚撤侨，机舱里的情景让他终生难忘。他这样描述当时的情景：“上飞机时，他们看上去有些心神不定甚至张皇失措，眼神里流露出急切回家的渴望和深深的疲惫感。我们说，欢迎回家。他们不停地说：‘谢谢。’‘要回家了。’‘太好了。’‘同胞们，我们受党和国家的委托，来接你们回家’的广播词一播出，机舱里掌声、‘祖国万岁’的欢呼声、哭声、笑声都有……考虑到许多人几日未进食，过度饥饿后进食太快不舒服，乘务组先递上温热的八宝粥、小烧饼，还有提味儿的小咸菜，让他们的肠胃渐渐适应。一路上的细心照顾、嘘寒问暖，终于让他们放松了，客舱里灯光暗下来，同胞们酣然入睡，安静的客舱里只有一种声音此起彼伏——鼾声。我想这是这么多天以来，他们睡的第一个安稳觉吧。”这次任务对王建兵的触动很大，他回忆当时的心情说：“当看到同胞回国后激动地亲吻祖国大地，我感受到了这身制服的特殊价值所在，国航人就是要在祖国需要的时候，成为一名战士，招之即来、来之能战。”

2020年刚刚开局，新冠肺炎疫情开始快速“侵蚀”多个省市，突袭大江南北。国航客舱服务部62个基层党组织、1764名党员闻令而动，2833份请战书表达了党员们上一线、战疫情的决心，116支党员和团员突击队共筑疫情防控的堡垒，凝聚起客舱服务部上下抗击疫情的强大合力。金凤组第一时间递交集体“请战书”，争相执飞高风险地区保障任务。金凤组主任乘务长刘婷婷在请战书中写道：“作为一名共产党员，我郑重请战，报名执行包括武汉在内的任何困难地区的任务，家人已全部安排妥当，我已做好万全准备！望组织批准！”请战书上鲜红的手印格外醒目。

2020年5月11日，刘婷婷接到了护送中国（湖南）专家医疗组前往非洲津巴布韦和接当地华侨旅客回国的任务。连续30多个小时的执勤时间，19个小时身穿密不透风的防护服，刘婷婷却丝毫没有觉得这是一场艰辛的旅途，因为她护送的是肩负祖国的重托来到万里之外的津巴布韦、分享中国抗疫经验和湖南救治特色、和津巴布韦人民携手抗疫的白衣天使。当飞机平稳抵达津巴布韦哈拉雷机场后，为避免交叉感染等，飞机上百余件麻袋大小的防疫物资只能由刘婷婷带领其他3名组员搬运到机门口处再递送到机场货运工作人员的车上。身为主任乘务长，同时也是乘务组中唯一女性，她带头扛起物资一件一件搬运至舱门口。防护服早已被汗水浸透，因大口喘气护目镜上也布满雾气。但在她的带领下，全体组员没有一个人喊累、喊苦。接下来，14个小时的回程路上他们仍然需要保持自身状态迎接回程的中国同胞。搬运完物资后，刘婷婷及时提醒组员抓紧时间休息，确保以最好的状态投入接下来的“战斗”。回程的13位中国同胞都有发热迹象，刘婷婷没有丝毫恐惧，她沉着冷静地严格落实机上防疫防控的要求，时刻关注每一位旅客的状态，最终圆满完成保障航班任务。当飞机平稳降落，她看到客人兴奋和难掩激动的心情时，早已忘却了全程滴水未进的艰辛和疲惫。此次航班中，她收到了专家医疗组的一封名为《抗疫远航、携手同行》的感谢信，信中满是共同抗疫的决心与信心。

在结束津巴布韦的援非保障任务集中隔离后，刘婷婷不畏艰险砥砺前行再启航，再一次执行了北京—三亚—刚果金沙萨—刚果布拉柴维尔—三亚—北京的援非包机任务。金沙萨除了有新冠肺炎疫情，还是埃博拉病毒暴发较为严重的疫区。刘婷婷说道：“我执行过援非的任务，我更有经验，也有能力，更有信心圆满完成此次任务。出征非洲，团结协作，携手抗疫，我义不容辞！”又一次连续执勤近36小时，身着密不透风的防护服22小时，因防疫要求，她还需带领组员承担全部卫生清洁工作。此次他们安全护送19名援非医疗专家组抵达刚果金沙萨，并接回滞留同胞116人，圆满完成此次包机任务。当飞机平稳抵达三亚凤凰机场的那一刻，一股热浪席卷而来，此时40度的地表温度似乎在热情地欢迎大家回到祖国。近一个小时的时间里，刘婷婷耐心地等待检疫防控相关安排后有序地组织下客，此时汗水已把防护服浸湿成了“紧身服”。等脱下防护服，换装的那一刻，她才发现脚早已肿得没了知觉。执飞航班的当日是刘婷婷的生日，但是她却没有告诉别人，航班结束后，她充满自豪地跟同事说：“今天是我37岁生日，是这辈子过得最有意义的一次！”

客舱就是方舱，机场就是战场，航线就是火线。在执飞高风险地区航班时，航班人员的防护、检验、消杀工作要求十分严格，真情服务在口罩和厚厚的防护服之下却显得越发真诚可贵。在这场人民生命保卫战中，载旗航空公司中胸佩党徽的金凤人用自己的实际行动诠释共产党员不畏艰险、无私奉献、舍小家为大家的敢于战斗精神和不怕牺牲精神。

刘婷婷在执行北京—温哥华—北京的航班时，旅客基本上都是中国留学生，她从他们的眼神中读出了回家的渴望。航程中，她发现有一个留学生小姑娘在偷偷流眼泪，经了解后她才知道，原来因为机票紧张，她没能和一起来上学的好朋友坐上一个航班一起回国。刘婷婷走到她身边，握了握她的手，说："别怕，我们是祖国派来接你回家的，分别是短暂的，有很多和我一样的国航乘务员，她们会把你的好朋友接回家。我们共克时艰，等白衣天使们打败疫情的那一天，我们摘下口罩，拥抱彼此。"刘婷婷是用实际行动践行了对旅客"真情服务"承诺，展现出国航人勇于担当的动人一幕。

大江流日夜，慷慨歌未央。2020年9月8日，刘婷婷参加了全国抗击新冠肺炎疫情表彰大会，与来自各行各业的众多抗疫先进一起，接受了党中央、国务院、中央军委的表彰。刘婷婷作为抗疫战士，用勇当先锋、敢打头阵、夺取胜利的精神，展现出一名普通共产党员的爱国情怀，诠释了精忠报国的中航精神，彰显了共产党员不忘初心、牢记使命的坚定信仰！

在全国抗击疫情最吃劲的关键时期，在国航客舱服务部近万人的乘务队伍里，有很多普普通通的青年乘务员，继承和发扬着"时代楷模"的金凤精神，他们纷纷向组织表达上一线、保生产、爱人民、爱祖国的强烈愿望。2412份请战书，116支突击队，117次疫情防控志愿服务，18班圆满完成的包机保障任务，其中都有客舱服务部青年一代的身影，她们用迎难而上堪大任的实际行动展现出"平时看得出来，关键时刻站得出来，危险时刻豁得出来"的金凤精神硬核！

金凤组乘务员张颖珊就是他们当中普普通通的一员。

2月5日正值国内疫情最为严重的时期，湖北籍同胞在日本滞留，返乡受阻。国航临危受命，派出由金凤乘务组执飞的CA081包机从日本大阪直飞武汉，接滞留在大阪的223名湖北籍旅客回家。当金凤组乘务员张颖珊接到任务的那一刻，她骄傲又激动地拍了拍丈夫的肩膀，说道："老公，我要替你接咱老乡回家啦！"原来，张颖珊的丈夫是武汉人，自疫情暴发后，他们俩每天都在关注着疫情的发展状况，希望可以为家乡人做点什么。就这样，张颖珊带着组织委派的使命、丈夫的嘱托，和同事们踏上接老乡回家的路。

当飞机顺利落地大阪，第一位旅客登机，迎客的张颖珊用武汉话说了一句：“您好老乡，欢迎回家！”那一刻，这一声乡音，让旅客哽咽了，一直在说：“谢谢，谢谢你们不远万里接我们回家！终于可以回家了！”飞行中，张颖珊一直关注着因为多日奔波而非常疲惫的旅客们，落地后为配合当地检疫部门的检查工作，本应该数小时完成的航程花了整整十三个小时。这十三个小时里，张颖珊和她的同事们身着密不透风的防护服，精神一刻都没有放松，走出机场时，夜已经深了。来到集中隔离点，张颖珊打开手机和一直等待她平安落地的丈夫视频，她骄傲地说起在飞机上的点点滴滴，说到隔离期间有组织关怀可以放心时，这个平日里高高大大的武汉男人落泪了，说：“武汉媳妇，好样的！”

所有这些，都成了金凤组引以为傲的红色基因，她们把忠于祖国、热爱人民熔铸到了血脉之中。即使她们脱下制服，对责任与使命的思考也未曾停止：如何以行动向社会传递出更多的正能量？舞台，不仅仅是在蓝天之上，工作岗位之外，她们走向更广大的社会。

金凤组里，有一个颇具声誉的志愿者团队——绿丝带。最初，7位骨干成员出于回馈社会的意愿，组织了这个公益活动团队，在展开各类扶贫扶幼活动的同时，也积极通过自媒体的力量去传播、感染其他的人。两年的时间，7个人变成了300多人，范围覆盖了飞行员、管制员、安检员，甚至感染到了一些国航白金卡、金卡旅客。河北省保定市涞源县斜山村的留守老弱妇孺扶贫活动、北京东方儿童福利院救助活动、“绿丝带50元在行动”筹款募捐，她们走过很多地方，为需要的人提供帮助。这样的志愿活动，在金凤组中屡见不鲜。顺义赵全营太阳村居住着一些因父母服刑而无人照顾的孩子，金凤组组员利用休息时间多次为他们带去学习文具、生活用品、玩具，为他们带去国航金凤人的关怀。在北京新世纪儿童医院，她们把亲手叠制的数百只千纸鹤送给生病的小朋友们，鼓励他们放飞未来的梦想。绿丝带团队在一次国航内部活动中，代表金凤组留下过一段经典的阐述：“我们始终相信，爱心是没有疆界的，只要矢志不渝地坚持传递正能量，我们的社会一定会更加和谐与美好，有爱的地方，就有充满阳光的美好明天。”

现在很多人都知道了金凤组这个名字，但人们并不知道，金凤组还有另外一个名字——“金凤妈妈”。首都机场南竺园社区的姜思然小朋友3岁时，父母被一场意外夺走了生命，金凤组主动与街道办事处联系，与她结成了长期帮扶对象，并主动承担她的入托费用。从2006年至今，已经15年时间，金凤组人员几经更替，对小思然的照顾却从来没有间断。她们定期与机场社区沟通联系，密切关注小思然生活、心理和学习情况，每年的春节、母亲节、六一和开学前夕，金凤组必去探望她，并为她带去礼物。金凤组乘务长魏莉娜的女儿和小思然年龄相仿，与小思然的接触中自然多了一些感同身受的意味：“我第一次去看思然，是2011年，听说思然喜欢画画，就给她挑选了小黑板，带去彩色粉笔，当时正好是暑假，我把女儿也带上了，姐妹俩很快熟悉起来。告别时，思然依依不舍，在黑板上写下一行字：空姐妈妈，我要考100分。当我看到妈妈这个词时，真的很感动。我抱住她，怀里这个瘦瘦的小女孩仿佛就是我自己的女儿。对于孩子，当家长的永远都是不放心、不舍得，只要小思然有需要，我就会一直做她的‘妈妈’。”如今，小思然已经成长为一个端庄娴静的女生，每当有人问起小思然将来的愿望，她都会不假思索地回答：“我要成为一名乘务员。”

在金凤人的心中，承担社会责任、传递无私大爱，始终是一个不变的主题。在工作岗位之外，她们依然秉承真情服务的理念，让爱心延伸到更广阔的舞台。金凤乘务组响应国家和中航集团扶贫工作的号召，多次奔赴广西昭平与内蒙古苏尼特右旗开展扶贫支教“中航蓝天课堂”和“扶贫招聘”工作，为当地小学生带去内容丰富、贴近需求的各类课程。为了让定点扶贫地区广西昭平县的扶贫招聘乘务员迅速进入角色，开设专场“融入客舱”金凤小课堂，帮助她们增强自信心，融入客舱大家庭。金凤乘务组6名优秀乘务长成了她们的带飞教员、业务导师和生活家长。作为“蓝天上的雷锋班组”，金凤组始终坚持以雷锋为榜样，做无私奉献、履行社会责任的忠实践行者，与雷锋班联合发起“锋（凤）行万里”潮汕慈善公益精准扶贫等活动，前往潮汕开展公益活动，为四所学校捐赠图书并建立了国航金凤图书角。

沃土，金凤振翅的根源

一个团队，走过27年，人员不断更迭，依然长盛不衰，从一个成功走向另一个成功，始终走在时代前列，这一定不是偶然，其背后必定有着深厚的积淀。

党建引领、忠诚保障，是金凤组红色基因的内核价值。1957年10月5日，周恩来总理曾对新中国民航作出批示："保证安全第一，改善服务工作，争取飞行正常。"虽然64年过去了，但总理的教诲依然深深地铭刻在金凤人的脑海中。随着金凤党支部的成立，金凤组的党组织建设得到了进一步完善，党组织的凝聚作用和战斗堡垒作用得到了更充分的发挥。在中共十九大精神的引领下，金凤组树立和持续强化"领头雁"意识，从实践中提炼出《金凤党支部工作法》，将一线党员的责任与使命落实到实际工作中。持续抓安全业务学习、岗位技能练兵、英语能力提升等中心工作，将党建与业务相融合，进一步提升一线党员的先锋意识和服务能力；不断发挥品牌优势，与其他优秀乘务组一道，构成了国航标杆品牌谱系。通过"走出去、请进来"，与雷锋班组、国家羽毛球队、国家电网、鲁能集团等单位交流共建，共同探索实践党建发展新举措。

为加强党支部建设，凝聚党员力量，金凤组根据工作流动性大的特点，成立流动党小组开展学习和活动，切实做到执行任务有组织、学习过程有记录、活动结果有声音。在执行飞行任务时，党员主动"亮身份"，驻外期间，积极落实组织生活要求，党小组长组织党员学习讨论、贯彻执行上级党组织的决议，党员们进行思想汇报和工作汇报。在驻外航休时安排东西方文化学习，飞莫斯科时追忆"十月革命"，飞伊斯兰堡重温"一带一路"，以讲故事的形式调动学习热情。在每一次的学习和活动中，金凤流动党小组都会以图片和文字等多种形式记录全过程，不仅记录了党建工作成果，更宣传了党员活动的风采风貌。这种新颖的基层党组织模式，使一个个蓝天上的流动小组成了活跃灵动的党建阵地，为党员教育管理工作注入了新活力。"每时每刻、全球各地，都有我们的红色基因"，成为金凤组新时期基层党建工作的生动实践。

为打造世界级航空服务品牌，金凤组持续推进职业化队伍建设，以“高标准、高质量、高品质”为品牌导向出台《金凤工作法》，在传承中不断发展，在发展中不断进步。2020年更新完善了新版《金凤组管理办法》，通过综合考量乘务员思想政治素质、绩效表现等，将原来的各层级组员改为“两长”团队，即由25名主任乘务长和75名乘务长组成百名乘务长金凤团队。制定“阶梯式”培养方案，通过金凤导师制、班组管理制、标杆培养制助力员工快速提升业务水平及综合能力，为金凤组储备人才。几代金凤人共同铸就了具有自身特色的文化内涵，凡是有过金凤组飞行经历的同志，无论到了哪个岗位，都会带去积极向上的思想作风、带去出色的业务技能、带去优秀的金凤文化。

班组是国航的基础管理单元和服务的最前端，国航有2600多个基础班组，如何把班组建设成为有战斗力的团队，是国航党委不断思考的问题。为此，国航在基层班组建设上，设计了一整套的制度，明确责任，齐抓共管，建立标准，严格考核，班组建设推进工作有平台、有载体、有抓手，通过“安全、服务、学习、文化”的“四型”班组创建，使“安全生产、服务提升、学习创新、文化塑造”四个维度的内容深度融入基层班组之中，实现班组的不断成长与超越。金凤组就是其中涌现出来的佼佼者，她们不同时期的成长，都贯穿着班组成长这样一条主线，而班组建设工作规范化和长效化，也成为金凤组不断超越的最有力保证，成为使像金凤组这样的班组不断涌现的肥沃土壤。

同样，金凤组组员传承的忠于祖国、爱岗敬业、团结友善、服务社会的精神品质，也离不开国航长期积淀的精神传统与文化氛围。国航致力于把社会主义核心价值观与国航企业文化中的“人本、担当、进取、乐享飞行”的价值观紧密融合，去塑造一种积极追求进步、追求卓越的企业氛围，通过“只有让员工满意，才能让旅客满意，只有服务好员工，才能更好地服务旅客”的“双服务、双满意”理念，去关爱和鼓舞员工，使他们将自己的感受积极地传递出去，服务好旅客，影响和帮助更多的人。金凤组的自豪感和荣誉感、承担使命的决心、乐于助人的品质，无不受益于国航这种总体的精神传承与文化氛围。

同时，为精心培树典型，国航还积极为金凤组创造了很多学习提高的机会。她们曾走进雷锋班，近距离地感受、学习雷锋精神；走进国旗班，参观国旗护卫队和三军仪仗队，领会“钢铁般坚毅、执行无借口、荣誉是生命”的神圣理念；曾先后去汉莎、国泰、韩亚等世界著名航空公司交流和学习，切身体验不同航空公司的特点所在和成功之处，为自身能力的增强提供借鉴；也曾赴杭州向茶艺师学习龙井茶的冲泡技巧和文化内涵，国航“春萌、夏暑、秋收、冬藏”四季主题特色养生茶饮就源于此。此外，时尚专家、调酒专家、心理专家，都做过金凤组的老师。经过这些学习，金凤组的思想认识和职业技能得到了提升，不断地完善自我，超越自我。

在这样的土壤中，金凤组的破土、成长与绽放显得顺理成章。以金凤组这样的典型为示范引领，带动更多先进班组的涌现，是国航不懈的追求目标。

金凤组被誉为国航的人才摇篮。从建组开始，先后有千余名乘务人员经历过金凤组的锻炼，她们“聚是一团火，散是满天星”，很多人从金凤组走出，进入其他部门，走上了管理岗位。据国航客舱服务部统计，从金凤组出来的组员成长为总经理6人、高级经理23人、项目经理21人、主任乘务长41人。

经过多年的发展，金凤组成为一个拥有强劲号召力和影响力的空中服务品牌，带动了空中服务水准的整体提升。国航以金凤组为标杆，形成了一大批具有专业水准、富有自身特色的金凤姊妹乘务组：西南分公司的芙蓉组、浙江分公司的西子组、重庆分公司的红岩组、内蒙古分公司的昭君组、天津分公司的彩虹组、上海分公司的玉兰组……她们共享着服务品牌的建设经验，构成了国航优秀乘务组的强大谱系。同时，金凤组因为服务上的良好口碑，使国航空中服务标准的影响力辐射到了其他服务行业，近十几年来，邮政、饭店、铁路、公路运输、银行、医院、保险、电信等许多企事业单位大量的服务人员都曾来国航乘务部门交流或接受培训，国航的服务标准和质量得到各行业的广泛学习，为整个社会服务水准提升做出了贡献。

因为金凤组这个品牌的独特影响力，国航把一些富有社会意义的工作交给她们，创造机会向社会传播正能量。为汶川地震灾区学生进行机上零钱募捐的公益活动，就是由金凤组承担的，后来延续到了儿基会全国“孤儿保障大行动”的机上募捐，通过客舱这个平台，唤起人们对公益的关注。另外，在倡导绿色飞行、运送灾区孤儿出国疗养等任务中，也活跃着金凤组的身影，从金凤组这样一个班组身上折射出的，是国航努力推动社会和谐进步的信息。

27年前，金凤组只是一个“青年文明号”创建班组、一个中韩航线上的优秀班组。在中国民航大发展的机遇面前，历代金凤人默默耕耘，用心思索，担当进取，传承发展，终至扶摇万里，使金凤组成为“空中服务的典范，对外竞争的名牌，服务新产品的试验田，培养人才的基地”。如今，金凤组矢志成为“时代先锋、服务标兵、文明使者、人才摇篮”，再次振翅高飞，又一次站在了建设民航强国这个更大的机遇面前，重新踏上追求卓越的征程。续积跬步，金凤组将夯实目标系统，铸造团队核心价值观，不断提高共同价值追求，修炼团队国际服务引领能力，形成国航口碑共性展示；建设动力系统，培养出一大批内驱力强劲的团队和个人，使服务品牌呈现专业信赖、国际品质、中国风范；优化管控系统，谋划金凤组“十四五”规划指导书，制定一系列金凤管理保障制度，靠服务提升奠定底气，靠管理提升抓住机遇，靠人才培养赢得发展，用实际行动展示时代楷模的风采，谱写空中服务崭新华章！

再回首，是那匆匆追梦的脚印，段段风雨无阻的征程。那些艰与难、苦与累，正是金凤的来处。

展未来，27年再出发，或冬寒夏曝，或白衣执甲，新的梦想伴随新的征程再次放飞，正是金凤对信仰坚守的重音。

从此，或身处万米高空，或脚踏异国他乡，只要抬头看向五星红旗，金凤就在那里。

央企楷模

仰望星空

——记北斗二号、北斗三号卫星总设计师谢军

◎文/中国航天科技集团五院　孔晓燕　张　旭　王　健

【人物小传】谢军，我国导航卫星设计和研制领军人物，北斗二号、北斗三号卫星总设计师，北斗卫星导航系统专项工程副总设计师。他长期从事卫星导航技术、空间无线电载荷技术研究，带领团队突破混合星座导航卫星设计、星载高精度信号测量与播发、导航星间链路构建等关键技术，成功完成了30余颗北斗卫星的研制和发射，首次建立了我国天基高精度时空基准，为北斗工程建设和技术跨越式发展做出重大贡献。曾获国家科技进步特等奖1项，军队和部级科技进步一等奖3项、三等奖3项，出版专著4部，发表论文40余篇，授权发明专利11件。先后获国家高技术装备发展建设工程重大贡献奖、“全国优秀科技工作者”、全国创新争先奖牌、“央企楷模”、“感动中国2020年度人物”、航天功勋奖、航天重大项目奖等奖励。

夏日的夜空，繁星挂悬天边，像一双双孩童的眼睛，在注视着美丽的人间。

而在地球上的一个小院里，有一个孩童正注视着星星。他一边用稚嫩的小手指着，一边数着：1颗、2颗、3颗……

像每个孩童一样，孩提时代的他也总喜欢数天上的星星。但数呀数，怎么数也数不清，记也记不住。

每当这时，坐在一旁的妈妈总会轻摸孩童的头，笑着说：傻孩子，哪有人能够数得清天上的星星呢？

他摇摇头，一撇小嘴，不服气地说：妈妈，我能！长大后，我就能数

得清了……

50多年过去了，那个孩童如今已是满头白发。但孩童时代数星星的记忆依然那样清晰。

50多年过去了，那个孩童也兑现了孩提时代在妈妈跟前的“诺言”。今天的星空，他和同事共同造的北斗导航之“星”目前已达55颗。

他就是谢军，中国航天科技集团有限公司五院北斗二号、北斗三号卫星总设计师，北斗卫星导航系统专项工程副总设计师。

直到今天，夜深人静时，谢军还会仰望星空，细数天上由他和团队造的“星星”：1颗、2颗、3颗……55颗。每一颗星星，都火热地烙印在他的心上，融入他的生命脉搏中。

与孩童时代不同的是，如今的他多么希望，由他和同事一起设计建造的“星”数也数不清啊……

2021年2月17日，《感动中国2020年度人物颁奖盛典》在央视播出，曾经的“数星少年”，今日的“北斗总师”谢军获评“感动中国2020年度人物”。

在北京北五环外的航天城，夜晚星光璀璨，一座座灰色的大楼灯火通明，谢军的办公地点就在这里。CCTV-2的一台摄像机从玻璃窗的倒影中拍摄下了谢军和他的团队在讨论新一代北斗系统后续规划的画面，真实而唯美。

走进谢军的办公室，一张堆满了各种文件和材料的书桌、一组装着他常用书籍的木质书柜、一张醒目的与北斗团队的合影、一张简易的皮质沙发和几把椅子……

北斗三号成功组网后，不少国家级媒体通过航天科技集团公司联系到这里，期待拜访这位为国家卫星事业做出突出贡献、让人敬仰的“北斗总师”。

记得有一次，笔者带一名记者到他的办公室。因为加班修改一篇“4·24”中国航天日的讲稿，他没来得及吃晚饭，他指着还未来得及收拾的方便面，说刚吃了点东西填下肚子。也许是没有完全吃饱，在采访的间隙，他还从书柜里拿出一根火腿肠边吃边聊，一位功勋卓著的专家朴素的样子赫然在目。

自2004年初担任北斗二号卫星首席总设计师以来，谢军已在这样的办公室工作了17年。17年来，办公室陈设从未改变，太空中的“北斗星座”却已熠熠生辉：

2004年，北斗二号系统工程建设启动；2012年12月，北斗二号开通亚太服务；2018年12月，北斗三号基本系统完成建设，开始提供全球服务；2020年6月23日，北斗三号第30颗组网卫星发射升空，北斗卫星全球导航系统建设完美收官。

经过17年的艰苦奋斗，谢军和他的团队把北斗卫星打造成了一张享誉全球的“中国名片”。经过两代北斗卫星的研发历练，谢军也成为一位世界知名的卫星专家。

眼前的谢军，一头白发，衣着朴素，说话虽轻声细语，却温和有力。坐在他的面前，你不由自主地想听他说话，听他讲几十年来仰望星空的故事……

所谓成长的路，不仅是在你的前面，更是在你的身后

10月，似乎还没度过夏天的炎热，“秋老虎”抖着最后的威风，带着热死人的节奏。

这里是湖南长沙。晚上，一个十八九岁模样的后生，满头大汗，拖着

行李，站在空旷的火车站广场。正值大学入学季，这儿有多所高等院校的新生接待站。20多小时的绿皮火车车程，让这个即将进入大学的学生疲惫不堪。

他就是谢军。40多年前长途奔波的求学往事，一直刻在他的心尖上。直到今天年逾花甲，那个炎热夜晚的学子模样依然时不时掠过他的心头。

好在大学校园，离车站并不算太远。

在梦寐以求的大学门口，当看到“国防科学技术大学”这8个大字时，从陕西西安奔赴而来的后生谢军，疲惫之感一扫而空，从内心涌出来的巨大兴奋感蹿了上来。

这是1978年，改革开放元年。对于中国来说，这是一个划时代的年份。党的十一届三中全会在这一年召开，中国人民共同致富奔小康的梦想从此启航。

也正是在这一年6月，在邓小平同志的直接关怀下，流淌着“哈军工”血脉的国防科学技术大学正式成立。

而在这前一年，国家恢复高考，千千万万的学子才有机会通过高考奔向自己的梦想大道。

但对谢军来说，梦想还不是很清晰。他似乎来到一个十字路口，不知道哪里是即将要去的地方。

谢军在铁路职工家庭长大，虽然在老师和同学心中他一直很有主见，但对高考后去哪里读书，他并没有明确的想法，在填报志愿时拿不定主意。

父母似乎也没把这事放在心上。在朴实的铁路职工心里，儿子只要能够考上大学成为国家栋梁，干哪一行都行。

好在一位老师读懂了谢军的内心。眼看填报志愿的时间到了，谢军还没有决定好去向，这位老师不淡定了，找到谢军说：“你可以考虑选国防科学技术大学，它是‘哈军工’的前身。”

谢军抬起头，似懂非懂地望着老师，他显然没有猜透为什么老师会给他这样一个建议。

那位老师盯着他看，说：“报吧，相信老师！这个学校好，以后可以有大工程干！”

大工程是什么？多年后，谢军非常感慨地说：那时哪知道什么是大工程啊！就感觉老师说得对，报就报吧，反正有个好大学上就行。

直到走进国防科技大学校园，被分到电子技术系，谢军心中仍然没有明确的概念。

那时，他不知道，就在他入学那一年的10月6日，大洋彼岸的美国成功发射了世界上第一颗GPS导航卫星。他也不会想到，26年后，自己将作为卫星总设计师打造中国自己的导航卫星。

4年寒窗苦读，谢军以优异的成绩毕业。留校读研究生、去工业部门、去建设航天基地……面对多个方向的选择，他仿佛又来到了一个十字路口。

入学时不知何谓梦想，4年后毕业去哪里，谢军好像也没有明确的方向。从小在西安长大的他，选择了航天科技集团五院504所（以下简称“504所”），也就是如今的航天五院西安分院。

在航天系统，成立于1965年6月29日的504所绝对是如雷贯耳。自成立以来，504所参与铸造了中国航天事业的“三大里程碑”，承担了我国近300颗（艘）卫星、飞船有效载荷的研制任务，代表着我国通信卫星技术发展的最高水平，是我国卫星导航系统建设的主力军，是我国卫星遥感技术领域的领跑者，是我国地面、海上、天基测控技术领域和星间链路技术领域的开拓者，也是我国星载天线、空间数传产品、空间微波产品研制的核心力量，创造了我国航天事业发展史上的多个“第一”。

来到这里，谢军才知道，20世纪80年代，我国北斗计划一起步，504所就担负起了北斗卫星早期相关技术的预先研究和设计工作。

本想选一条离家更近的路，却由此走上一条离星空更近的路，但这也注定是一条披星戴月、荆棘与鲜花并存的路。每当回顾起自己当年的这一人生选择，谢军都会由衷感慨，那种满足感溢于言表：“真是赶上了好时代，我感到自己是幸运的，也是幸福的！”

毕业那年的夏天，学有所成的谢军进入504所，不久后又被分到了天线技术研究室工作，那时的研究室由承担不同任务的工程组组成，办公室和实验室在一起。

见他刚入职，一位老员工指着两间房子，笑着说："年轻人，这里不像你们大学那样，没有办公室和实验室的区别。这个小房间是学习的地方。旁边那个大房间，还有两排实验桌的房间，你随时可以进去做实验。"

谢军点了点头，虽然环境比较艰苦，但一想到要面对全新的工作，他内心还是充满了期待。也许他就是这样的人，喜欢挑战，喜欢前未所有的新鲜事物。

但他也有不喜欢的挑战，比如说，爬高。虽然胆子很大，但他天生就恐高。这对做天线测试来说，无疑是"要命"的短板。第一次爬上几米高的天线测试架，他浑身出汗、头昏目眩，不敢低头看地面，这让他异常尴尬。

那是一段令谢军至今难以忘怀的日子。当时的谢军只觉得自己年轻，应该上塔架，但一爬到高高的测试塔架上他就感觉头昏目眩，浑身没劲儿，老同志知道后才强制不让他上测试塔架。

但谢军骨子里有一股倔强。一有机会，他还是坚持训练，希望自己能早点克服恐高心理。不能上高处的测试塔架，他就在地面上负责转动转台上的天线，那时转动转台天线只能靠手一度一度地转和测。烈日炎炎下，他一蹲就是一下午，等到起身时，天旋地转。

一段时间下来，谢军的皮肤黑了，手也糙了，那个初出大学校门皮肤白皙的大学生变成了一个地道的科研工作者。同事们从他的变化中看到了这个年轻人的不一般，他身上具备科研工作者那种"钻"的劲头。

还有一次，通信天线产品需要进行缩比试验，谢军和同事要加工出一个抛物面，但找工厂加工周期太长，严重影响进度，老师傅就和他商量，琢磨着能不能自己动手解决呢?

琢磨了一段时间，他们决定自己干。谢军按照老师傅的意见，在地上挖出一个凹透镜轮廓的土坑，再拿一块平整的铝板放上去，用木槌一槌一槌地敲，最终敲出了一个合格的抛物面，表面形状和精度都能满足试验要求。

直到今天，谢军仍然觉得，这种面对任务要求，克服困难、主动作为的思想和动手加工也要做到极致的作风对自己影响很大。

后来，他去了所里的测试中心。当时测试中心配置了大量先进的微波测量仪器，很多是国内少有的贵重精密仪器。他到测试中心后，十分认真地学习这些仪器的使用与操作方法。学习产品说明书时，“一个功能键的定义和作用都不会漏过”。再后来，他把这种“极致攻关”的精神和作风也带到了北斗卫星研制团队，身边的年轻人也受到影响。

谢军还记得，当年在504所参与研制的第一件卫星产品，叫作波导同轴转换设备。受当时条件限制，在研制过程中需要对不同尺寸的模片进行反复调试，一次次地记录数值、一次次地调整，不可谓不单调、枯燥，但谢军却有自己的心得：“每一次试验，我都认认真真地去做。后来发现，这些工作对理解课本上的理论基础知识非常有帮助，通过反复试验验证的原理，一辈子都不会忘。”岁寒，然后知松柏之后凋也。正是那段岁月的历练，让谢军养成了认真、刻苦、严格、踏实的工作作风，也让他坚定了要从老一辈航天人手中接过“接力棒”的决心。

在504所工作的22年，他踏实奋进，从所里最年轻的高工，到最年轻的研究员，再到副所长。20多年的光阴，汇聚成一个个生动的字符，十几本工作笔记密密麻麻地记录着谢军参研10多颗卫星和飞船的工作体会。

有很多人说，作为对北斗导航卫星做出卓越贡献的科研工作者，谢军

是引领时代的。但谢军却感觉是时代推着自己走，确切地说，他没有刻意畅想过未来，有的只是扎扎实实做好手里的每一件事。

走过万水千山，难忘启程之艰。现在，每当一批新员工入职时，谢军对他们的教育引导和别人总是不一样，他总是告诫年轻员工，“所谓成长的路，不仅是在你的前面，更是在你的身后。路是你走过的足迹，不是你的设想，更不是你的人生设计”。其实，这些道理，正与航天人“仰望星空、脚踏实地”的座右铭高度一致。

领衔冲锋，他带队与时间进行一场“百米冲刺”

仰望星空，我们能看见两个“北斗”。一个有7颗星，已在宇宙间存在亿万年之久，自古以来为人类指位定向；另一个有30颗星，从无到有诞生发展不过26年，在浩渺太空中却能为人类提供精确到10米的定位。

前者名为“北斗七星”，是宇宙的馈赠；后者名为“北斗三号全球卫星导航系统”，是一项由中国航天人创造的奇迹。

领衔创造这个奇迹的就是谢军。人生如梦，对谢军来说，儿时每一次仰望星空总听到北斗七星的故事，如今成了伟大的现实。

人生也总有很多奇妙际遇。在浩瀚的太空中，由谢军和他的团队建造的“北斗”正年复一年地运行着，热烈地改变着人类生活。谢军从未想到，他的生命能与“北斗”成长如此紧密地联系在一起。

2003年10月的一个晚上，谢军正在和上级机关的领导汇报讨论504所相关任务的进展情况与后续工作节点，被一阵电话铃声打断了，电话是时任五院院长袁家军打来的，他开门见山地说：“院里考虑把你调入北京，担任北斗二号卫星系统的技术负责人，卫星总设计师。北斗二号卫星的立项工作迫在眉睫，有许多工作要全力推进。”谢军听后既高兴又不安，高兴的是国家的重大任务选择了自己，自己需要面对、承担并完成它；不安的是，当时担任所长才3年，自己在所里还有很多想法和计划没有实施完成。思虑片刻，谢军回答道：“十分感谢院领导对我的关心和信任，考虑当前所里的情况，我与其他所领导商量研究一下。”

几天后，谢军的老领导，五院原副院长、北斗一号卫星总指挥李祖洪又打来电话，告诉谢军：“北斗一号第三颗卫星已经发射成功，双星定位系统运行更加稳定。北斗二号区域系统很快就要启动，我们院作为卫星系统研制单位，北斗卫星攻关任务非常艰巨。”

作为研制骨干力量，谢军曾被调到504所测试中心参与北斗一号卫星的技术攻关，其中的艰辛让他非常感慨，他动情地说：“是啊，北斗二号组网需要十几颗卫星，是北斗一号的好几倍。工作量和技术难度可非同寻常啊！”

李祖洪说：“所以说嘛，北斗二号卫星系统总设计师人选非常重要。你个人有什么意见没有？还有没有什么困难？”

其实，谢军之前听说过关于他的任免消息，但当接到正式通知时，他的内心还是泛起了一片涟漪。是啊，作为航天人，有谁不想率领团队向科研高峰发起冲锋呢？他一直觉得，科研就像是打仗，上场杀敌、夺取胜利是每一名将士的最高梦想。

放下话筒，谢军陷入沉思，“北斗”的历史画面在他脑海中闪现出来。他清楚地记得，早在北斗工程诞生之前，我国就曾在卫星导航领域苦苦摸索，在理论探索和研制实践方面都开展了卓有成效的工作。立项于20世纪60年代末的“灯塔计划”虽然最终出于技术方向转型、财力有限等原因终止，但它如同黑夜中的一盏明灯，为后人照亮了前行的路。

谢军也知道，早在1983年，以老一代航天人陈芳允院士为代表的专家学者提出了利用2颗地球同步轨道卫星来测定地面和空中目标的设想，通过大量理论和技术上的研究工作，双星定位系统的概念逐步明晰。接下来的北斗路，是一步跨到全球组网，还是分阶段走？在当时引发了不小的争议。最终，“先区域，后全球”的思路被确定下来，“三步走”的北斗之路由此铺开。

谢军也在见证：1993年初，五院提出卫星总体方案，几次更改卫星平台方案、协调卫星信号频率，最终才确定了卫星技术状态和总体技术指标。1994年，北斗一号系统工程立项，五院组建了卫星研制队伍，全面展开研制工作。然而，当时国外实行技术封锁，国内的部件厂家尚未成熟，北斗一号研制工作只能在摸索中起步。凭借自力更生的创业精神，以总指挥李祖洪、总设计师范本尧等为代表的老一辈北斗人逐一攻克，终于在2003年建成了北斗一号系统，使我国成为继美、俄之后第三个拥有自主卫星导航系统的国家。

想到这些艰难的创业史，谢军不禁一阵唏嘘。让他担任北斗二号卫星系统的总设计师，他打心眼儿里感到高兴，也真心感激组织的信任。但同时他也感到肩上的责任陡然重了很多，突然感到一道道难题，像一道道高高的山梁，一下子挡在他面前。

迎难而上、顶风逆行，这是谢军的个性。经过一年多的技术论证，几经答辩审查，2004年8月31日，经国家批准，北斗卫星导航区域系统工程正式立项，揭开了中国自主卫星导航系统研制工作的崭新一页。时年45岁的谢军，担任了这一庞大而复杂工程的卫星系统总设计师，开始了在北斗导航前进路上的新征程。

新官上任，摆在谢军面前的问题有很多，或者说有很多问号需要拉直。比如，以最少卫星数量实现区域服务，区域系统星座如何构建，这在国际上尚无先例；又如，我国导航系统设计采用高轨卫星，相比GPS系统等MEO卫星星上发射信号功率大2dB，微放电风险及无源互调影响更大，面临着系统与星载产品如何解决的问题；再如，北斗二号卫星上配置有源定位和无源导航载荷等多种业务载荷，如何攻克大功率发射与高灵敏接收信号的矛盾导致高精度测量和导航信号质量受限的问题；复如，空间环境下的器件特性变化，难以保持导航信号通道时延测量一致性与稳定性等问题。

一道道难题，一道道沟壑。外表温和的谢军，骨子里有一种好强本性，对待这些难题，谢军虽然感到压力大，但又充分自信。最让谢军担心的是"时间期限"问题，他清醒地知道，这是一道残酷且没有退路的单选题。

对谢军来说，2007年4月14日凌晨4时，注定是让他铭心刻骨的时刻；对于中国航天人来说，这一天注定是历史性的一天。

2007年4月14日凌晨4时11分，当国人还沉睡在梦中时，谢军和他的团队正在西昌卫星发射指挥大厅密切注视着大屏幕。数据显示，长征三号甲运载火箭托举着北斗二号第一颗应用卫星，顺利升空，奔向太空。

在地面指控中心，首次担任卫星总设计师的谢军神色淡定，从容不迫，但内心却是从未有过的波涛翻涌。他知道一场真正的考验才刚刚开始——再过不到72小时，我国向国际电信联盟申请的卫星导航信号频点就将过期作废。卫星虽然发射成功了，但必须在72小时内顺利使卫星产品开机、正常运转，而这一切，谁也不敢打包票。

太空中的频率资源十分有限。2000年4月17日，我国向国际电信联盟申请导航卫星的轨道位置和频率资源，国际电信联盟辟出两小段资源作为卫星导航合法使用频段。根据国际电信联盟“谁先占有，谁先用”的原则，必须在7年有效期内发射导航卫星，并成功接收传回信号，逾期则自动失效。而欧盟则在2000年6月5日也向国际电信联盟提出频率申请，中国与欧盟开始了长达7年的竞争与协调。

竞争就是一场百米冲刺，一分一秒都可能决定成败。就在2007年正月初七，作为北斗二号卫星总设计师的谢军带着试验队伍将北斗二号第一颗应用卫星，从北京运到西昌卫星发射中心。

检测设备安装就位，便开始了200小时的不间断加点测试。这项工作在中国航天历史上前所未有，对北斗二号卫星的研制队伍来说，在技术和人员体力上都是一场考验。而开展这项工作，就是要模拟卫星和有效载荷在太空连续工作的状态，全面考核即将发射的北斗二号导航卫星的工作。从型号总设计师到技术人员，谢军和同事们一起排班，分分秒秒，紧盯着数据，丝毫不敢大意。

两个多月，谢军马不停蹄，每天都是超负荷工作，在和时间赛跑。本以为将会一切顺利时，意外出现了。一天，快到中午时，谢军突然接到厂房紧急报告：“谢总，推进系统的490牛发动机出问题了！”

闻讯后，谢军一边布置紧急检查，一边向院长袁家军报告，赶紧往厂房赶。

进了厂房，到了工装架子旁，谢军迅速向袁院长报告详情：试验队队员在发动机底部裙边发现了一个坑洼。说着，谢军趴下身子，探头看了看，发动机裙边一个三四平方厘米面积的浅坑十分明显。

这时，闻讯而来的孙家栋院士也赶到了现场。谢军经过前期分析，慎重地向孙家栋院士提出了自己的意见："经过勘查分析，490牛发动机表皮擦了一下，还得请厂家的专家来鉴定。"孙家栋院士在经过一番探视后，点了点头，表示同意。

不久，发动机厂家的相关专家急忙赶来了，经探伤仪探测确定机体没有裂痕，高温涂料局部受损，可以进行修补。几方评估后，试验队给出了分析评估报告，连夜召集院内专家进行评审，认为可以开展后续发射场工作，保证节点按原计划发射。

卫星转场到发射区，与火箭对接，进入卫星健康状态检查，整流罩合上后一切顺利。但卫星在测试时，又出现了一个问题，应答机里面一个振荡器工作临界，时而停振，时而正常。这意味着卫星上天后，有可能影响星地信号的正常传输。

谢军得知情况后，与大家商量后果断提出处理意见："虽然卫星发射节点很紧，但必须将问题彻底归零。这个问题不解决，卫星不能上天。"

在六七十米高的发射塔架上，重新打开整流罩存在很大的风险。运载火箭试验队和卫星试验队紧密配合，制订了严密的操作方案，工人师傅费了九牛二虎之力，才将几十个螺栓拧下来。整流罩打开了，又费劲地把卫星的舱板打开，工人才从卫星舱里面取出应答机产品。在经过几天的不眠不休后，通过试验与分析，产品故障被定位，问题被排除。

万事俱备，只欠东风。4月14日凌晨4时，随着倒计时发射的口令，长征三号甲运载火箭点火升空，托举着北斗二号第一颗导航应用卫星顺利升空，成功进入预定轨道。很多人长舒了一口气，现场不少人员抱在一起欢呼，有的甚至流下了眼泪，但谢军内心依然"压力山大"。

一个新的矛盾紧随而来：卫星入轨后，按规范操作，卫星要在真空环境下暴露5天后再开启设备。提前开启，很可能引发微波信号大功率微放电，导致卫星报废。可再等5天，势必错失国际电信联盟规定的最后期限。

现场凝重的气氛，仿佛无时无刻不在提醒着：4月16日20时14分，逼近我国申请的空间频率只剩下不到4小时。

一边是卫星存在大功率信号放电的可能，一边是最后期限，两难境地，到底是开机还是待机？大厅里，众人的目光都放在了总设计师谢军的身上。

谢军一边掐着时间精确计算，一边仔细回想卫星上设备产品的每一个性能指标。

时至今日，谢军依然记得当时紧张到令人窒息的时刻。他回忆说，当时自己内心如巨浪翻涌，但还得努力保持镇定。他知道自己的决定将会直接影响“北斗”的进程。

背水一战，无路可退。面对不可预知的风险，谢军与有效载荷系统的副总设计师刘波认真研究商量后，从座席上站了起来，拧眉沉思了片刻，向卫星飞控试验队的人员果断下令：“加电开机！”

“加电开机！”谢军再一次重复。

大家屏住呼吸，都在期待提前开启后的卫星能如期发送导航信号。

北京的一个大操场上，十几家北斗导航卫星接收机产品研发厂家把接收机摆成一大排，技术人员伸长脖子仰望着漆黑的夜空，等待着那个来自远方的信号。

“收到了，信号正常！”不知谁最先喊了起来。

21时46分，地面的接收机产品正确接收到了卫星播发的B1导航信号；21时54分，接收到了卫星播发的B2导航信号；22时03分，接收到了卫星播发的B3导航信号。

整个大操场上欢声雷动，人们拥抱喝彩。此时，离国际电联限定的时间仅剩2小时。

犹如世界杯比赛的“压哨破门”，中国北斗二号申请的卫星导航信号频率与轨位资源保住了，中国“北斗”在最后时刻，拿到了进军全球卫星导航系统俱乐部的“入场券”。

很多人问谢军当时决定提前开机是哪儿来的勇气。他总是笑笑说：“我哪有什么勇气，你前面已经无路可走了，只能往前走罢了！”

如今，回顾起这段惊心动魄的经历，谢军对“总师”二字有了非同一般的感受：“有人问我难的时候怎么办？我说，关键时刻，你行不行都得行，整个队伍在看着你，你得挺住。应该说，不仅是靠平时的认真、扎实工作来支撑！这也是一种信念在支撑！”是啊，如果不是信念，那年谢军在发射场晕倒了3次又是怎么支撑过来的呢？

其实，了解谢军的人都知道，他绝不是贸然决定的，他的勇气来自底气，来自平时“严慎细实”和“眼见为实”。那种历经千锤百炼，发自内心的自信和果敢。

孤木难成林，而谢军的这份底气、果敢和自信，也源于与他共事的这支优秀的北斗研发队伍。在多年的工作中，谢军非常注重对年轻队伍的培养以及团队的科学管理工作，北斗团队在他的感召和鼓舞下，逐渐凝练出了“思想有凝聚力、工作有执行力、管理有创新力”的“三有”工作标准，“吃透技术、搞透状态、议透接口、做透试验”的“四透”技术标准，“岗位责任清楚、技术状态清楚、文件表格清楚、关键环节清楚、评价依据清楚”的“五清楚”岗位标准，以及“责任意识、质量意识、系统意识、协同意识、学习意识、批产意识”的“六意识”个人素质标准。北斗卫星团队在谢军的带领下，上下一心，奋勇拼搏，朝着全球卫星导航顶尖水平不断冲击，直至攀向顶峰。

2012年10月25日，中国导航卫星系统里程碑式的一天，第十六颗北斗导航卫星成功发射升空，标志着由中国自主研制的北斗导航卫星区域系统，已具备覆盖亚太地区的定位、导航、授时及短报文通信服务能力。

从最初的“最高机密”，到如今的广泛应用，经过中国航天人数十载的自主攻关，中国“北斗”如今已傲然屹立于世界导航之林，成为继美国GPS、俄罗斯格洛纳斯、欧盟“伽利略”之后的全球第四大导航系统。

作为北斗导航卫星区域系统的总设计师，谢军有足够骄傲的资本：从2017年11月发射第一组卫星以来，我国仅用1年零14天的时间便将19颗北斗三号卫星送入了太空；在北斗三号卫星发射之前，我国北斗发射任务只有4次“一箭双星”发射，而北斗三号一年间共有9次双星发射；北斗三号组网发射最短间隔17天……北斗三号建设在工程全线团结努力的情况下，实现了“中国速度”，创造了北斗组网发射历史上高密度、高成功率的新纪录。

2020年6月，北斗三号全球卫星导航系统收官星发射成功后，网络上有一篇阅读量“10万+”的爆款文章这样描述“北斗”应用：“在上海，它记录着所有公交车轨迹，提供实时到站预报。在伊犁，它精确引导拖拉机，每千米播种作业偏差不超2.5厘米。在青海，它守护着藏羚羊迁徙路线，看着藏羚羊穿越长夜昏晓，穿越无人之地。在东南沿海，当地渔民已有歌谣：出海一拜妈祖，二拜北斗。渔民们放弃了传统的GPS，大海上只知经纬意义不大，而用北斗，遭遇危险时，可以互相预警。”

现在北斗的应用领域不断拓展，交通运输、海洋渔业等应用走深走实，全国已有650万辆道路营运车辆，4万辆邮政和快递车辆，36个中心城市8万辆公交车，3200座内河导航设施，2900座海上导航设施，使用北斗。港珠澳大桥采用北斗高精度形变监测系统，保障大桥安全运行。国内销售的智能手机大部分支持北斗，北斗前装车辆超过200万辆。

今日之北斗，已取得史诗般的进步和成就，“三步走”的战略路径，从“梦想在望”变成“梦想在握”。让我们沿着时间的脉络，再次梳理谢军及其同事为之奋斗的中国北斗的传奇之路。

1994年，北斗一号系统工程立项。

2003年，北斗一号系统建成，我国成为继美、俄之后第三个拥有自主卫星导航系统的国家。

2004年，北斗二号卫星工程立项。

2012年，成功建成国际上首个混合星座区域卫星导航系统，北斗卫星导航系统正式提供区域服务，北斗系统成为国际卫星导航系统四大服务商之一。

2009年12月，北斗三号立项。

2018年12月27日，北斗三号基本系统正式向“一带一路”沿线国家及全球提供基本导航服务，中国“北斗”距离全球组网的目标迈出了实质性的一步。

2019年12月底，全球系统核心星座部署完成，对北斗导航系统全球组网的顺利完成具有里程碑式重要意义。

2020年6月23日，北斗三号第30颗卫星发射升空，北斗卫星全球导航系统建设完美收官。

古人云：“三十年曰一世。如有受命王者，必三十年仁政乃成。”从当初那个怀揣航天梦想的追风少年，到北斗二号、北斗三号卫星总设计师，北斗卫星导航系统专项工程副总设计师，谢军用他的热情和执着，为祖国的航天事业画出一张美丽的画卷。

自主可控，核心技术绝不能被“卡脖子”

2020年4月24日，中国航天日，中央电视台《对话》栏目播放了谢军30分钟的专访。知名主持人鲁健说话非常直接，开场就抛出了一连串问题——

谢总，您怎么看待“卡脖子”问题？北斗三号是否真正实现100%国产品牌？

谢军微微一笑，语气依旧坚定：是的，我保证北斗三号卫星所有部件是100%国产化产品。

2021年春节晚会，谢军和3位航天同事受邀亮相中央电视台春节晚会舞台。晚会现场，谢军向全国人民坚定地宣布：中国北斗三号导航卫星实现全球组网，核心器部件实现100%国产化。全国亿万观众记住了这位为国家卫星导航事业做出卓越贡献的科学家。

其实，谢军一直认为科研人员要多做事，少说话，更不能说大话。他从不喜欢把话说得太“满”，科研嘛，总有不可预知的风险。“做十分，说七分”，这就是他的性格。

谢军与外国人打赌“主动认输”的故事就鲜为人知。

在北斗二号研制初期，一次，谢军出国到瑞士谈原子钟合作事宜。业务中场休息时，对方老总帕斯卡谈到中国北斗导航系统与欧盟“伽利略”卫星导航系统时突然发问：“谢总师，你认为是中国的‘北斗’建设快，还是欧洲的‘伽利略’建设快？”

谢军思考片刻，一反常态地说：“我个人认为，‘伽利略’系统开发过程中投入的力量和人员众多、技术积累雄厚，而且一步建设为全球服务，应该是‘伽利略’比‘北斗’要快！”

帕斯卡摇了摇头，笑着说：“不对，不对。我敢说是你们‘北斗’快！”

谢军问：“你为什么这么肯定？”

帕斯卡笑着摊开双手说："我是这么感觉的，而且很相信自己的感觉。"

听谢军和帕斯卡两人的讨论，在场的人有点摸不着头脑，都在想两人葫芦里装的是什么药。

这时，帕斯卡从衣服口袋摸出一枚20瑞郎纸币："那我们打赌？"

"一言为定！"

谢军说，虽然自己下的是"伽利略快"的注，但暗下决心："一定要争取'北斗'比'伽利略'建得快！"

最终，在谢军与全体参研同事8年的不懈努力下，2012年12月圆满完成北斗二号区域系统组网卫星研制与发射任务。事实证明，北斗二号系统确实先于"伽利略"开通服务。

几年后的2015年，在西安的中国卫星导航学术年会上，谢军和帕斯卡重逢。见到老朋友，帕斯卡主动说："谢军总师，你还记得几年前咱俩打赌的事吗？"

谢军说："当然！"

帕斯卡说："你看，中国北斗系统已经开始服务了，我赢了。"

谢军摇摇头，说："现在还不能算你赢。"

帕斯卡说："为什么？"

谢军说："我们北斗系统建设，现在仅建成区域系统，而'伽利略'直接上全球系统，现在建设势头还挺好。北斗系统还要继续建设，才能服务全球。"

站在谢军身旁的一名同事，事后问他："谢总为什么要赌自己的'北斗'慢呢？"

谢军说："与国际友人打赌，怎么能不留一点余地呢。如果'北斗'建得快，我个人输与不输有啥关系？但要是北斗系统建设慢了，外国人就会说我们中国人吹牛，对我们的形象也不利。"

这就是谢军，从来不把话说满，但暗地里把劲儿使足。

但也有例外。在北斗卫星部件全部国产化的问题上，谢军从上任北斗导航卫星总设计师以来，就把话说得"死死"的，一点余地也不留，向来底气十足。

“国之重器，核心技术必须掌握在自己手中，否则就会被别人‘卡脖子’。”早在20世纪90年代，谢军就意识到星载产品国产化的极端重要性。

1994年，谢军由单位指派，代表香港亚太卫星公司赴美国亚太卫星公司负责监造工作。让他刻骨铭心的一件事就是，国内研制的东方红三号通信卫星上购买了美国的固态放大器产品，双方合同签订后，当国内专家带队到美国公司验收评审后准备运回产品时，美国政府突然变卦，严禁美国公司向中国发送星载产品，下令废止合同，对我国实行严格禁运。

“禁运”一词，仿佛是西方大国的一张王牌，什么时候出牌完全掌握在它们手中。这两年，美国再次对我国高科技公司实行无理打压，特别是对芯片等核心技术实施封锁禁运，受制于人，让国人愤慨。

现在，每当看到“禁运”这样的字眼，谢军都会想到20多年前那一幕，特别是当年赴美专家团队无功而返的沮丧，像针一样扎在谢军心里，每一次想起来都会隐隐作痛。

这也铸就了谢军“不认命、不服输”的品格。凡是公开场合，他必强调一个理念：导航卫星作为国家重要的空间基础设施，核心器部件必须完全自主可控，才能摆脱长期依赖进口、受制于人的局面。

说易行难。出于技术、工艺等各方面的原因，我国在一些领域确实与发达国家存在着差距。走完全自主可控的路，注定是荆棘遍布的。

其中，星载原子钟的研制可以说是最大的“拦路虎”。

时间和空间位置信息，是一个国家重要的战略资源，获取卫星位置信息和星上精准的时间信息，是导航卫星最核心的两大参数。

星载原子钟被称为导航卫星的“心脏”。天地时间必须同步，如果时间上差1纳秒就意味着位置距离上要偏离0.3米。而星上原子钟差1纳秒，其影响就更大了。当时，国内还没有生产原子钟的厂家，尽管有几家单位在地面开展了基础研究和地面样机研制，但是都无法很快拿出星载产品。

着急！没办法，只好去国外买。北斗一号用的两只原子钟都是进口的，指标非常低，算是勉强能用。

北斗二号本想走老路，还去国外买，但好几家外国厂商以保密为由一口回绝了。后来，好不容易找到欧洲一家厂商，答应卖给中国一款产品，技术参数基本够用，正准备签合同，没想到价格一涨再涨，对方还附加了一系列不合理条款，如产品参数要比他们用于“伽利略”导航系统低一个级别；发货时间必须等待他们国家有关部门审查批复；因审查延误无法按期交货造成的风险要由中方承担等。

在一次攻关会议上，面对不合理的“霸王条款”，谢军立下军令状：我们一定要自己研制原子钟，组织队伍集智攻关，必须团结协作，做出中国的星载原子钟品牌。

一念既定，再难再苦也要迎面而上。“道阻且长，行则将至。”谢军坚信：没有比脚更长的路，没有比人更高的山。

应用于北斗导航卫星上的铷原子钟，通过微波场激励铷灯泡中的铷原子能级变化运动产生固定的频率，所发出频率在经过滤光泡时将不稳定的噪声滤掉后进入吸收泡，最后通过光电探测器生成光检信号，实现高精度的时间频率信号。它决定着星地之间的测量精度和时间服务精度，对于空间环境要求非常高。

为了达到理想的上星使用效果，谢军带领研发团队进行攻关、试验，他们在整星上专门设计了温控小舱，以极高的控温精度，保障原子钟空间的温度环境。有时，为了一个问题，团队成员也会争得面红耳赤，哪怕归零，也要回溯问题所在。

攻坚紧要关头，有的员工一干就是几个通宵，有的一出差就是几个月，有的多少次与家人失约。有一次，航天五院星载铷原子钟首席专家贺玉玲约好陪孩子的时间，结果因工作忙，整整迟到了一个多小时。孩子抗议说：“妈妈你们是做钟的，怎么没有时间观念，这样不守时呢？”

听到贺玉玲这些玩笑话，谢军打心底里理解。其实，他又何尝不是？多少年前就想跟爱人看一场电影，可屡屡爽约。同为航天人的爱人善解人意，从没有一丝埋怨。

有了谢军的全力领导，各研发单位都全力以赴。原子钟的核心部微波腔只有一个胶卷大小，要在里面特定位置打几个槽，测量槽的宽度和深度，只能靠人工一点一点摸索、一点一点打磨。仅这一项技术，相关单位就进行了上百次试验。最终，具有全新结构和工作原理的开槽管式微波腔研制成功。

那几年，谢军总是频繁往返于北京、西安、武汉、兰州等地，与一线设计师研究解决问题，进行产品测试与试验，分析每一次的数据和曲线，生怕有一家研制单位掉以轻心、松懈生产，担心有一款产品未达标准、出现问题。“苦心人，天不负。”在谢军等专家的大力推动下，2005年至2008年，航天五院西安分院、航天二院203所、中科院武汉物数所三家科研单位分别研制成功各具特色、有完全自主知识产权、满足“北斗”工程要求的星载原子钟正样产品，中国终于有了自主研发的星载原子钟，其天稳定度达到10~14（10^{-14}）量级，可保证系统服务授时精度50纳秒，300万年只有1秒误差。

首获占“频”之胜、攻克无“钟”之困、消除缺“芯”之忧、破解布“站”之难，谢军带领队伍乘胜追击。为了保证北斗三号工程和后续任务的长期可持续发展，按照“关键器部件100%自主可控”的目标，谢军秉承原始创新、自主发展理念，主持建立了导航卫星器部件国产化从研制、验证到应用一体化体系，从关键元器件部件国产化入手，联合国内力量，完成400余项国产化元器件应用验证，实现了CPU、高性能DSP、大容量 FLASH和SRAM存储器等110余项国产元器件上星应用，形成了完整的卫星产品及应用指南。目前，北斗三号全球组网卫星星载产品已实现100%国产化目标。

在谢军看来，这就是自主创新、追求卓越最淋漓尽致的体现。

2020年6月23日，大凉山深处西昌卫星发射中心云雾缭绕、细雨绵绵，这一天，是谢军航天生涯中无法忘怀的一个重要日子。

那天清晨，谢军早早就站在了西昌卫星发射场发射塔架前，望着眼前的长征三号乙运载火箭，心情既激动又平静。

9时43分，随着一团烈焰翻腾，长征三号乙运载火箭拖曳着耀眼尾焰，托举着北斗三号“收官之星”，以雷霆万钧之势腾空而起，带着中国人民的梦想冲向太空。

在卫星发射27分钟后，星箭完成分离，卫星两侧太阳翼顺利展开。这标志着北斗系统第55颗导航卫星，即北斗三号最后一颗全球组网卫星发射成功，比原计划提前半年完成。至此，北斗三号全球卫星导航系统星座部署即将宣告全面完成，标志着北斗“三步走”发展战略圆满收官，“北斗”迈进全球服务新时代。

也在这一刻，谢军放下悬着的心，和现场以及电视机前收看直播的千千万万中华儿女一起欢呼了起来。谢军动情地说，北斗卫星导航系统收官之星遨游太空，是几代航天人、北斗人为之奋斗的目标最终实现的里程碑。

一个多月后，7月31日，北斗三号全球卫星导航系统建成暨开通仪式在人民大会堂举行。10时48分，中共中央总书记、国家主席、中央军委主席习近平走上主席台，向全世界隆重宣布：“北斗三号全球卫星导航系统正式开通！”这一刻，全场响起经久不息的热烈掌声，这是对航天人最高的致敬和褒奖！

作为专家代表，谢军参加了这次名垂史册的重要仪式。在现场近距离聆听习近平总书记铿锵有力的宣布，谢军百感交集。作为总设计师，他领衔的北斗卫星导航系统成为世界上区域卫星导航系统建设的典范，为国际卫星导航技术发展贡献了中国智慧。

随着北斗三号卫星的投入运行，其强大的性能让“北斗”的广大用户格外期待。据悉，相对于北斗二号优于10米的定位精度，北斗三号的定位精度将提升1～2倍，达到2.5～5米水平，测速和授时精度也同步有所提高。更重要的是，北斗三号的所有部件和核心器件已经达到100%国产化，核心技术完全自主可控。

“实际上，中国北斗系统的发展走出了自己的路线——技术路线和发展路线，同时对世界卫星导航的技术体系也贡献了中国智慧。”谢军感慨地说，“不但航天领域需要这样，北斗系统需要这样，很多地方都需要这样，作为一个国家，作为在世界上成为一个对世界有贡献、有责任的国家，一定要自主创新，这是核心。”

仰望星空，那里有中国航天人的梦想。“探索浩瀚宇宙，发展航天事业，建设航天强国，是我们不懈追求的航天梦。”谢军认为，北斗卫星导航系统就是实现中国航天梦的重要体现、重要一站。38年航天路，17年北斗路，谢军感慨最多的是来路漫漫的不易、无数航天人为之奋斗的可敬，以及今朝回首的淡然与自信。

“泰山北斗人皆仰”，有谁看到光芒背后的坚守与执着？谢军及其同事把工作看作神圣的事业，用匠心打造精品，使北斗人不断刷新纪录，创造了一个又一个奇迹。

质量第一，需要求真较真精神和勇于担当的作风

“质量第一，需要求真较真精神和勇于担当的作风。”在谢军心里，科学家不仅要有家国担当、战略视野，还要有强烈的使命感。他说，在推进国家和民族现代化进程中，科学家应该起到应有的助推作用。

第一次让谢军受到震撼的是1990年那场举世瞩目的“海湾战争”。那是美国GPS全球卫星定位系统第一次以武器精确制导的形式出现在战场上。被西方人称为“上帝之眼”的GPS全球卫星定位系统，补齐了多国部队对地理环境和气候海况资料陌生的短板，全程掌控整个战场态势，精确制导武器打击。在总结报告中，美国人将“海湾战争”胜利总结为“GPS的胜利”。

这场世纪之战，让谢军深刻认识到卫星导航系统在战争中的重要作用。导航系统已渗透到战场上的每个作战细胞，没有导航系统，就意味着将丧失现代战争的主动权，所有军事行动都会被敌军监控窥视，甚至彻底瓦解。

“海湾战争”毕竟是“隔岸观火”，“银河号”事件则属于被美国直接“侮辱”，这让无数国人如鲠在喉。作为一名科学家，谢军从“银河号”事件强烈地感受到了如山的使命责任。

1993年，中国海运货船“银河号”行至公海，忽然接受不到GPS信号。原来，美国关闭了“银河号”附近海域的GPS导航服务，致使船只失去方向感，迫使其停止航行。这被视为中国20世纪90年代三大耻辱之一，再次惊醒了中国人——美国人的GPS是靠不住的。这激发了中国加快研发自有导航系统的进度。

天下大事，必作于细。在谢军看来，大科学家需要大担当，也需要那种眼睛里容不得沙子的求真较真精神。他经常对年轻员工讲，再小的问题

也要在地面上解决掉，卫星一旦发射升空就鞭长莫及了。

在同事们眼里，谢军总设计师是那么温文尔雅、温和亲和，平时总是和颜悦色，可一旦涉及卫星质量问题，他的脸就“黑”了，用同事们的话说：“针尖大的问题都不放过！”

承担产品研制任务的厂所设计师常说：“我们既害怕谢总来，又盼望谢总多来。”

“害怕谢总来”，是因为谢军是奔着问题来，他到哪个单位去，往往意味着哪个单位有问题，而且不容商量、寸步不让，“吵架”成了家常便饭。

“盼望谢总多来”，是因为谢军不论去哪儿，都是奔着解决问题去的，而且总能抓住问题的根本和关键，提出有效、妥善的解决办法。当他离开时，即使是再难的问题，都不是问题了。

2013年，北斗三号工程伊始，作为总设计师，谢军下决心全部采用国产化设备，但由于技术水平、工艺水准等，一些部件在国产化进程中可谓是反反复复、困难至极。作为总设计师，谢军既要保证科研进度和产品的安全，又要通过卫星的发展带动国产星载产品研制厂家的研制能力，很多时候存在着“两难”境地，其中的纠结与矛盾非一般人能感同身受。

行波管放大器的国产化进程就很具有代表性。之前，这个部件一直从国外引进，从北斗三号卫星开始才下决心国产化。谢军的决心也催生了厂家的信心。经过几年的努力，负责研制行波管放大器的单位，费了九牛二虎之力终于研制出第一批6台产品。

一天下午，当研制单位设计师兴致勃勃地介绍产品性能时，谢军经过一番认真检查后，发现个别指标与上星要求还有些“小差距”。本来还很温和的他脸色一下子变了！

研制单位工作人员的心一下子悬了起来！他们知道，眼前这位表面和气的总设计师可能要“推翻”这些产品。

果然如他们所料。“全部重做！再次修改产品设计状态，重新加工，提高审查指标性能。”谢军语气不容置疑。

一旁有人说情：“谢总，指标差距不大，上星虽然有些勉强，但也没什么大问题，是不是可以通过验收？”

谢军好像没有听见，一脸严肃，很不客气地指出："卫星是在天上运行服务的，再小的问题上天后也是天大的问题。有些参数开始没有问题，可在天上工作一段时间后会变化，那就涉及了产品质量和可靠性，是不可接受的。你能保证不出现大问题吗？"一句话把说情人"顶"得脸红。

晚间返回住处时，又有人好心提醒他："按北斗工程进度，离卫星出厂发射时间很紧张了，如果这个设备推倒重来，影响工程进度怎么办？您作为总师，要是耽误了进度，也要负责任的啊！"

谢军何尝不知道这个道理？一边是工程进度，一边是产品质量，都是不能耽搁的大事，孰轻孰重，他心里一直有杆秤。谢军说，在这个问题上，他从来没有一刻迟疑。"设备指标、工程进度，一个不能少，两个我都要！"原则面前，谢军坚定如铁："我们不能因为产品滞后影响工程进度，更不能因为工程进度降低质量要求，质量可靠性指标不能降低！"

谢军并没有一否了之，而是跟厂家一起"补课"。他立刻召开卫星各系统负责人协调会，分析产品性能指标存在"小差距"的原因，找出关键部位、关键部件，指示产品研制部门围绕核心抓整改的同时，组织其他系统积极配合，调整相应指标，仅用一个多月时间就完成了产品性能提升，达到了上星标准，既保证了产品质量"零失误"，又确保了卫星上天"不延误"。

谈起"补课"，一位产品研制厂家负责人说："看到谢总常常在现场跟我们一起查找问题、解决问题，内心满满的都是愧疚啊！我们所能做的就是把产品质量提上去，不能老让谢总操这个心啊！"

谢军心里清楚，作为总设计师，面对北斗导航卫星数百种、上万个设备和零部件，遍布全国的数十家研制生产单位，都需要他这个总设计师去检查指导，把好每一个产品的质量关，怎么可能不操心？事实上，这些年，他每年有1/3的时间，不是待在基层，就是在前往基层的路上，坐火车、乘飞机、开会讨论、测试试验、分析数据、协调工作、组织联调联试，成为谢军的工作常态、生活状态。

用妻子的话说："一周不出差，谢军在家里就坐立不安。"谢军自己也说："一周不到下边去看看，心里就不托底儿。"

正是凭借这股劲头，北斗三号一马当先，开始了从并跑到领跑的征程。

在谢军的带领下，北斗团队提出国际上首个高中轨道卫星星间链路混合型新体制，形成了具有自主知识产权的星间链路网络协议、自主定轨、时间同步等系统方案，填补了国内该领域的空白；研发了国内首个高精度时间频率信号产生与维持系统，攻克了一系列技术难题，建立了北斗卫星器部件国产化从研制、验证到应用一体化体系，核心器部件长期依赖进口、受制于人的局面被彻底打破！

始终选择自力更生、不断创新的道路，不仅需要志气，更需要勇气和骨气。在很多时候，谢军要承受推迟进度、质量风险等极大的压力。为了排除新技术和国产设备造成的隐患，他们会花费超过造一般卫星3倍多的时间反复验证、测试、迭代，甚至会主动帮助生产厂家改进技术和管理流程，毫无保留地传授经验。谢军说："即便是在最艰难的时候，我们也从未动摇过国产化的信心和决心，因为要通过航天事业打造一个成体系的产业链和生态链。"

这注定是一条不平坦的路。

北斗三号的"收官之星"原本计划是在2020年5月中旬发射，但因为发射前运载火箭推进系统的一个阀门出现裂纹，不得不改变计划，延期发射。

只差一颗星，北斗三号系统就能完成组网，"临门一脚"在即将踢出去的时候"叫暂停"，这一消息向全社会公布后立即引起一片猜疑声。然而，谢军却说："那是我们的幸运。"

"在地面发生、在即将发射升空的时间段里发生，给了我们机会去完善，即便有所推迟，换来的是最后的成功，所以是很大的幸运。"谢军说。

在人们观看火箭发射直播的画面时，总是习惯于在火箭发射时倒数"5、4、3、2、1，发射、升空"，似乎一切必然会按预想进行，但事实上，在人类迈向太空的"航班"上，每一个零部件都在"实战状态"，都有可能发生意外。

2020年3月9日，第54颗北斗导航卫星在长征三号乙运载火箭的超强动力下被带离大气层。运载火箭的发射过程非常顺利，但是在卫星入轨时卫星本身的发动机出现了一些问题：卫星自带的490牛发动机在第二次点火工作时，出现了工作推力等指标不正常的情况。

一颗无法进入指定轨道的卫星，很可能会成为"流浪的卫星"，永远无家可归。怎么办？如何在地面救援它？谢军与研制团队决定利用卫星上备份设计的小发动机，通过多次控制，成功地实现了这颗卫星的入轨。

面对卫星上关键产品出现问题的突发状况，北斗卫星仍能够以可靠的设计和过硬的产品质量从容应对，获得成功，表明中国航天设计方案的有效性与先进性。如今，北斗三号系统已经开始为全球提供定位导航授时、全球短报文通信、国际搜救等服务。基本导航服务的定位精准水平优于6米，测速精度优于0.1米/秒，授时精度优于10纳秒。

时间像流水一样，年复一年地流淌，流淌在每一次卫星升空的过程中，也流淌在谢军每一次奔向新征程的奋斗中。

对于未来，谢军满怀自信：2035年前，我国还将建成以北斗系统为核心的更加泛在、更加融合、更加智能的国家综合定位导航授时体系。“北斗”将以更强的功能、更优的性能服务全球，造福人类，为构建人类命运共同体做出中国贡献。

天河漫漫，北斗璀璨。因为谢军，也因为“谢军们”，星河从未离我们如此之近。那些为国家做出卓越贡献的人，国家和人民也会永远铭记！

2020年2月17日，《感动中国2020年度人物颁奖盛典》在央视播出，谢军获评“感动中国2020年度人物”。“感动中国”组委会授予谢军的颁奖词，道出了这位卫星专家的执着与坚守——

嘀嗒，嘀嗒
中国在等待你的回答
你的夜晚更长
你的星星更多
你把时间无限细分
你让速度不断压缩
三年一腾飞
十年一跨越
当第五十五颗吉星升上天空
北斗照亮中国人的梦

深海"奋斗者"

——中国"奋斗者"号探秘万米深渊

◎文/许　晨　臧思佳

深海蕴藏着地球上远未认知和开发的宝藏，但要得到这些宝藏，就必须在深海进入、深海探测、深海开发方面掌握关键技术。

——习近平

"深潜人"的"高光时刻"

"晚上好！还没休息吧，明早请关注一下央视新闻……"

"好啊！有什么重大消息吗？"

2020年11月9日入夜11点左右，习惯于晚睡的笔者还在电脑前忙碌，蓦然看到手机上飞来这样一条微信。发信人是一位"深潜人"——从事深海科学与工程研究工作的老朋友，曾经为我国载人深潜事业付出过辛勤的劳动和汗水。

"呵呵，明天你看了就知道了。"

"哦，明白。你们辛苦了！保重身体啊！"

放下手机，一种抑制不住的兴奋油然而生，使笔者没有了一丝睡意，其隐约而清晰地感觉到：有关国家海洋战略的一个喜讯即将传来。

果不其然，第二天——11月10日北京时间早上9点整，伴随着一阵激越昂扬的音乐声，中央电视台新闻频道迅疾而清晰地叠印出一幅幅深渊大洋、科学考察船、水下潜水器的画面，如同一部大型电视剧开播一样，给人一种强烈的镜头冲击感。随后，出现了一行醒目而振奋人心的标题："中

国‘奋斗者’号，载人潜水器万米级试验。”

继而，一条硕大无朋的鲸鱼跃出海面，浪花怒放，一飞冲天，随之沉入大海搅动水流，幻化成一台下绿上红的潜水器自如游弋，壮硕的机身上赫然印着几个大字——“奋斗者”。一个庄重而清脆的画外音响起来：

海纳百川，万水归之，不知何时止而不竭；心知所向，一苇以航，求索未知世界的步伐，人类从未停止。

大屏幕缓缓拉开，哦，原来这是中央电视台演播室，身穿一套美观大方粉色套裙的主播劳春燕走来，面对观众侃侃而谈：“对那些最有能力的领航人，大海的风浪似乎总是格外地汹涌。而今天我们就将共同见证：中国载人深潜事业乘风破浪的又一个高光时刻。观众朋友大家好，您现在正在收看的是：中央广播电视总台新闻频道，中国‘奋斗者’号载人潜水器万米级海试特别报道：逐梦深蓝。”

好啊！我们国家海洋战略的又一个喜讯传来了：深海科研重器横空出世。

自从六年前，笔者跟随载人潜水器“蛟龙”号前往西太平洋科学考察，采访写出了长篇报告文学《第四极：中国“蛟龙”号挑战深海》以来，就与我国的深潜事业结下了不解之缘。笔者一直密切关注着我国深潜事业新的进展。

当年“蛟龙”号达到了下潜7062米的深度，创造了同类型载人潜水器的世界纪录，随后整个科研团队又开始研制万米载人潜水器，脚踏实地稳步前进，成功地在2020年春天进行了总装联调、水池检测，计划出海试验。同时，央视新闻频道向全国发起征名活动，国人振奋，踊跃参与，最后万米载人潜水器被正式命名为“奋斗者”号。

这年国庆节刚过，海试团队和“奋斗者”号就乘载着工作母船“探索一号”，从三亚南山港码头踏浪启航。据说央视摄制组随船前行，却一直未见新闻报道，看来是“不到火候不揭锅”啊！

此时，央视主播劳春燕用了一个新名词——“高光时刻”！令人眼前和心头一亮。本来“高光”是一个美术用语，指光源照射到物体然后反射到人的眼睛里，最亮的那个点就是高光。今天多用于形容某事某人达到了最佳状态。那么今天“奋斗者”号的成功海试，不仅仅是从事深潜事业人的出彩之日，更是华夏儿女的“高光时刻”。

大海纳百川汇天下之水，惊涛骇浪间充满对生命极限的考验。深潜，中国人不畏路远，在波峰涛谷中追逐沸腾的理想，在秘境深渊处享受自在地徜徉。今天，中央广播电视总台将对“奋斗者”号载人深潜的全过程进行首次电视直播。节目中我们将捕捉勇士出征的每时每刻，因为深海游历的分秒毫厘都是奇遇；我们还将见证中国“潜”力进军万米，共同记录中国载人深潜事业飞跃必来、突破随之的新篇章。接下来，我们通过一个短片，一起来回顾一下刚才的精彩画面——

随着主播的声音，摄像镜头从北京演播室，一一转到海试支持船“探索一号”的甲板上、驾驶舱、现场指挥台，以及海水中的“奋斗者”号、载人舱室里的潜航员等场景，守候在电视机前的人们欢欣鼓舞。而对于笔者这个曾是“蛟龙”号科考队的一员、长期关注国家深潜事业的作家来说，则如同跟随着海试团队又去了一次太平洋。

在这里，我们看到许多当年“蛟龙”号科考队的老朋友：科技部深海重点科技专项总体专家组组长、海试团队负责人，“探索一号”船领队、现场验收专家组成员刘心成，中国船舶集团首席专家、“奋斗者”号副总设计师胡震，现任中国船舶七〇二所水下工程研究室主任、海试临时党委副书记杨申申，中科院声学研究所研究员、“奋斗者”号水声通信设计师杨波、刘烨瑶……

啊，那是谁？一位身穿胸前印着五星红旗的科考服、手拿对讲机的指挥者映入眼帘。他那方正的脸庞上有一双明亮的眼睛，充满了激情和坚毅。他就是当年“蛟龙”号的主任设计师和首席潜航员，现在“奋斗者”号的总设计师、海试现场总指挥叶聪。2014年夏天，我们曾经一起在“蛟龙”号试验性应用科考中“同舟共济”两个月，结下深厚的友谊。笔者许晨首次进入“蛟龙”号模拟下潜，体验生活，就是叶聪借通电检查安排的。如今看到叶聪已经成长为领军人物了，笔者由衷地为他感到高兴并真诚祝福。

正在笔者沉思时，直播镜头中出现了现场央视记者丛威娜，只见她头戴安全帽，身穿紫红色救生衣，站在“探索一号”甲板上，手持话筒简明扼要地介绍了“奋斗者”号此潜次从准备到实施下潜的细节，如同一幅神秘而新颖的画卷，在广大电视观众面前徐徐展开——

在昨天的准备会上，海试团队负责人、现场总指挥叶聪，及各岗位负责人研究决定：11月10日，由中国船舶七〇二所电气设计师兼主驾驶张伟、沈阳自动化所的赵洋和深海研究所的王志强等三人执行下潜任务，并与央视直播团队做好沟通协调。凌晨时分，天还没亮，潜水器维护和水面支持、电视直播等部门便早早开始了行动。今天的主角——潜航员们洗漱完毕，带好个人下潜需要的物品，匆匆赶到潜水器准备大厅。

听到一号下达进舱的指令后，潜航员进舱，打开氧气和二氧化碳吸收风机，关闭舱口盖，用塞尺认真测量舱口盖间隙，确认舱口盖已关好。潜水器移出机库，随着A架慢慢向船尾摆出，蓝色海水迅速漫过了载人舱观察窗。紧接着，早已等候在橡皮艇上的“蛙人”冲上潜水器顶部，将主吊缆和拖曳缆解除，舱内、舱外开始进行水面检查，建立水声通信，确认潜水器各设备状态正常，注水下潜了。

如果说中国载人深潜事业从无到有、从小到大、从弱到强，经历了一程程风霜雨雪、一道道坎坷曲折，众多的科学家、工程师、组织领导者付出了无数心血汗水的话，那么今天的总指挥，当年“蛟龙”号的分系统设计师、首席试航员、“深海勇士”号的副总设计师、“奋斗者”号的总设计师叶聪可谓典型的见证人之一。

此时此刻，我们望着叶聪和战友们紧张忙碌的身影，有关这台寄托着中国“深潜人”宏图愿景的万米载人潜水器的前世今生，宛如太平洋的层层浪涛“哗哗”地涌上心头……

“蛟龙”团队再出征

一个秋高气爽的日子——2016年9月的一天晚上，位于江苏无锡的中国船舶七〇二所（以下简称“七〇二所”）依然灯火辉煌，科研人员还在紧张繁忙地加班加点。对于这个以“建设国际一流海洋装备研究中心、深海技术科学国家实验室、中国最美研究所”为己任的科研院所来说，夜以继日甚至是通宵达旦地工作，已经成为常态。

突然，正与同伴讨论问题的水下工程研究室研究员叶聪，接到了所长何春荣的电话：“小叶你在哪儿？赶快来一趟，有事谈。”

“是何所长啊，什么事？”

“好事，大事。来了就知道了！”

听得出来，何所长声音里有一种按捺不住的欣喜。难道是那个“重大专项”任务有门了？叶聪猜测着，三步并作两步赶了过去。

果然，在所长办公室里，沉稳而干练的何春荣转达了北京有关方面的正式立项通知：全海深万米级载人潜水器以七〇二所为主研制，叶聪为总设计师。虽说早在年初申报投标时，所里就组成了以叶聪为主的项目组，可当真正成为现实时，叶聪还是感受到了肩上的压力。这毕竟是世界顶级的深海工程装备啊！他没有马上作答，而是坐在那儿沉思片刻，深深地吸了一口气，站起来坚定而自信地说：“放心吧，所长，我们不会让大家失望的！”

这一年，叶聪37岁，还是一名年轻的“少帅”，担负起研制目前欧美科技强国还没有的“全海深载人潜水器”总设计师的重任，不少人为他捏了一把冷汗。不过，叶聪心中有数。他那健硕的身躯、宽阔的额头里潜藏着丰富的能量。

叶聪是湖北黄陂人，出生于1979年，像所有聪明的男孩子一样，自幼就有些过剩精力，很“调皮”。他家住得离黄陂河不远，他经常与小伙伴们跑去玩水，尤其喜欢摆弄舰船模型，《舰船知识》是他最爱的杂志之一。

1991年夏天，连续的暴雨使黄陂城内严重积水，妨碍了人们的出行。正在大家着急的时候，少年叶聪从附近的工地找来搭建脚手架的竹篙，用绳子编成了一个竹排，在积水中撑行接送被困住的人们：“上来啊，叔叔阿姨，别看这‘船’小，可不会湿了鞋。”

这一举动赢得大家的一致好评：“好小子，将来能当个造船工程师。”

这大概是后来的潜水器主任设计师兼首席试航员叶聪的第一个设计成果了！1997年7月，他在家乡名校黄陂一中参加了高考，取得了高出重点线十多分的好成绩，填报第一志愿时，他毫不犹豫地写上：哈尔滨工程大学船舶工程专业。

就是这样一个喜欢动手的学生，在2001年毕业双向选择时，谢绝了某些大单位的聘任，来到了位于无锡的七〇二所。一是这里离湖北老家近一点，孝顺的他可以常回家看看；二是专业对口，特别是可以从事自己喜欢的船舶设计。生逢其时，叶聪参加工作第二年，就有幸参加了“7000米载人潜水器”的研发项目。

年纪轻轻被赋予重任，对这一代大学生来说既是挑战，又是机遇。叶聪担任了潜水器主任设计师之一，负责编写、绘制设计报告、计算书、说明书和设计图纸，并参与总布置以外的潜水器结构、推进、观通导航和控制、水声、水面支持等分系统的设计工作。

在老专家的教导指挥下，他干得井井有条。按照一般规则：设计师应承担试航任务——自己设计的潜水器首先自己敢下。不用说，叶聪一马当先，驾驶着“蛟龙”号从1000米、5000米，直到超越7000米设计海深，创造了同类型载人潜水器深潜的世界纪录。

十年磨一剑。2012年6月下旬，“蛟龙”号从太平洋马里亚纳海沟胜利归来，举世轰动，国家在青岛举行了盛大的欢迎庆典。不久，叶聪被中共中央、国务院授予“载人深潜英雄”。接下来，“蛟龙”号研制团队并没有止步，而是在科技部中国21世纪议程管理中心指导协调下，又开始了“深海勇士”号的设计制造。

当时，“蛟龙”号的副总设计师、七〇二所水下工程研究室主任胡震受命为“深海勇士”号的总设计师，叶聪则担任了副总设计师和总质量师。其他团队人员分别从事各项分系统设计研发工作。年逾八旬的“蛟龙”号总设计师、中国工程院院士徐芑南任顾问。这是一个别有意义的组合，充分说明了我国深潜载人事业承上启下，后继有人。

“深海勇士”号是我国第二台深海载人潜水器，它的作业能力达到水下4500米，研发始于“蛟龙”号开始海上试验之时。曾有一些人不理解地问道：“为什么有了7000米的载人潜水器，还要去研究4500米的？这不是后退了吗？”

总设计师胡震解释说：“‘蛟龙’号是我国载人深潜的一个里程碑，尽管取得了很多突破和辉煌成就，但是有一些工艺和配件来自国外，要想在深海技术领域获得全面突破或者自我超越，需要沉下心来踏踏实实地再进行深入研究。4500米就好比蹲下来攒攒劲头，会跳得更高……”

于是，在“蛟龙”号的光环下，胡震带领团队默默地开始了“深海勇士”号4500米载人潜水器的研发。经过8年卧薪尝胆式的历程，攻克了许多坎坷难关，终于成功建成，国产化率达到了95%，极大地带动了我国相关科技水平的提升。

马不停蹄。2016年春天，在科技部社会发展科技司和中国21世纪议程管理中心具体组织下，科技部正式发出了《关于发布国家重点研发计划深海关键技术与装备等重点专项2016年度项目申报指南的通知》(国科发资〔2016〕52号)，其中重点启动了“全海深载人潜水器”总体设计、集成与海试项目——

研究内容：研制可用于深渊科学考察和作业的全海深载人潜水器，初步形成全海深级载人作业工具系统；开展全海深载人潜水器设计、集成建造、调试、水池试验及全海深海试。

考核指标：潜水器的最大工作深度11000米；载员不少于2人；海底作

业时间4~6小时；载人舱、浮力材料、水声通信等核心部件国产化；重量小于35吨；具备巡航、定点、精细测量、取样、布放回收、摄像等作业能力。进行万米级的载人深潜试验。

有关说明：项目牵头或承担单位应落实海试配套条件。

犹如发出了一声进军号令，国内涉及海洋装备的科研院所纷纷行动起来，公平、公开地投入招投标程序。不用说，曾经团结全国100多家单位，联合建成“蛟龙”号和“深潜勇士”号的中船重工（现中国船舶集团）七〇二研究所积极请战。因时任“深海勇士”号总设计师的胡震，还在进行总装建造工作，七〇二所所长何春荣在论证会上，力主由叶聪出任“全海深项目”的总设计师。

“叶工熟悉情况，有能力，可太年轻了吧，能压住阵吗？还是等等‘深海勇士’号交付后，再来讨论吧！”有人表示了担心。

按理说，作为重大项目的总设计师，一方面要有高超的科研水平，把握总体研发路径；另一方面要有杰出的组织协调能力，能够将各路大军统一起来共同攻关。所以，大都是经验丰富、德高望重的科研老将。

此时的何春荣坚定不移：“不能等！叶聪毕业就到咱们所做潜水器，有理论、有实践，再说还有老院士和全所人做后盾，应该没问题。”

一番话说服了大家，就在“深海勇士”号还在投入海试时，叶聪即开始转移战场，带领项目组进入投标的准备工作。经过“过五关斩六将”的评审，有关部门确认了七〇二所为国家重点研发计划“深海关键技术与装备”重点专项“全海深载人潜水器总体设计、集成与海试”项目研制总牵头单位。这是“国家队”啊，显示了我国制度的优越性，团结一致、分工合作、齐心协力办大事。

同时，这也体现了何春荣所长的前瞻性眼光。因为他本身就是一位内行科学家，曾参与领导包括载人潜水器在内的诸多重大项目研发工作，善于排兵布阵。他是陕西商州人，1984年考入北京航空学院，2010年获博士学位，长期从事潜艇、水面舰船的操纵理论及试验研究，先后担任多项科研课题负责人，成果丰硕。这次，他又带领七〇二所，“登坛授旗”选定叶聪为先锋，承担起向深渊进军的重任。

2016年11月24日，“十三五”国家重点研发计划“深海关键技术与装备”重点专项“全海深载人潜水器总体设计、集成与海试”项目启动会在七〇二所驻地无锡召开。参加会议的有：七〇二所所属6个课题14个子课题，以及专项内11个全海深载人潜水器关键技术研发项目的负责人和单位领导，中国21世纪议程管理中心副主任柯兵、海洋处处长孙清、项目主管揭晓蒙，总体专家组组长，以及第三方检验、见证单位代表等近100人。

会议正式组建以七〇二所为总体集成单位的“全海深载人潜水器项目群”，成立项目群协调管理组和总设计师组，宣布叶聪为总设计师，胡震、李艳青等为副总设计师，讨论通过了“全海深载人潜水器关键技术与装备研制项目群工作机制”。时任水下工程研究室党支部书记的侯德永为项目办公室主任，负责行政后勤——他也为“蛟龙”号和“深海勇士”号倾注过心血，办事干练、待人热诚。与会专家听取了课题实施进展情况介绍，建议进一步明确考核指标和方式，细化实施方案，为项目成果产出和项目群统筹协调提供切实保障。

东道主七〇二所所长何春荣表示：“参研单位和科研人员应当胸怀崇高的使命感、责任感投入到项目研究工作中，要正视所面临的技术和进度等实际困难，继续发扬‘中国载人深潜精神’，全身心投入到研制工作中去。我们作为总体技术责任单位必当履行职责，在上级机关的领导下做好组织协调工作，起到领头羊作用，确保项目保质、保量、按期完成。”

“对！”总体专家组组长在阐明了立项意义之后，强调说，“希望行政层做好保障、技术层专注科研，大家团结一心、群策群力；专家组将恪守科研道德，积极参与项目，与项目组一起面对挑战”。

实际上，这是一次具有“誓师”意义的项目启动会。虽没有豪言壮语，却慷慨激昂；虽没有战鼓军旗，却热血沸腾……

在如此隆重热烈、激奋昂扬的氛围里，在七〇二所的大旗下，曾经配合“蛟龙”号和“深海勇士”号研制的合作者：中科院声学研究所、自动化研究所等单位吹响了集结号，拉开了一场轰轰烈烈攻坚战的序幕。

就像电视连续剧《西游记》主题歌所唱的那样：“踏平坎坷成大道，斗罢艰险又出发……”面对“全海深载人潜水器”的宏大目标，“蛟龙”号团队豪情满怀、整装待发。当年的总设计师徐芑南还是担任顾问，而他的学生——第一个下潜的试航员叶聪，则充满斗志、信心十足地挂帅出征。

什么是全海深？研制全海深载人潜水器有什么作用呢？

根据国际惯例，海洋1000米深度以下叫深海，6000米深度以下叫深渊。地球上约84%的海洋深度大于1000米，但深渊只占0.2%左右，能够到达这个深度的人少之又少，那里面藏着许多我们不知道的奥秘。

目前，人类在海洋中的活动主要集中在沿海和浅海区域，由于缺乏必要的下潜和探测设备，难以到达深海乃至深渊地带，对深海的研究和认知，比对珠穆朗玛峰甚至火星、月球要少得多。

据计算，从20世纪50年代始，到2020年，全世界共有4469人从北坡或南坡成功登上珠穆朗玛峰7646次。而遨游太空的宇航员也不在少数，从1961年苏联人尤里·加加林驾驶“联盟”号飞船成为进入天外的第一人算起，迄今为止，世界上已有528人飞出地球轨道了。其中，中国的航天英雄就有以杨利伟为首的11人！

那么，具有地球“第四极”之称的深海呢？在20世纪中末叶，全世界只有美国、法国、俄罗斯和日本研制出能够下潜深海的载人潜水器，最深也只达到6500米。21世纪初，我国的“蛟龙”号横空出世，创造了载3人到达7062米深度的世界纪录，从而具有了在98%以上海底科学考察的能力。可是，对于深达11034米的马里亚纳海沟，有史以来，只有屈指可数的5个人到达——

1960年1月，瑞士人皮卡德和美国海军中尉唐·沃尔什，驾驶隶属美国海军的“的里雅斯特”号潜水器下潜马里亚纳海沟，这是人类的足迹首次到达地球最深处；2012年3月，拍摄《泰坦尼克号》的大导演卡梅隆独自驾单人小潜艇“深海挑战者”号，潜到“挑战者深渊”底部，成为单枪匹马涉足这一地带的世界第一人。2019年5月，美国探险家维斯科沃等两人乘“深潜限制因子”号也到达马里亚纳海沟。

由此可见，人类探索地球最深处，比登珠穆朗玛峰、飞向太空还要艰难。何况，前面所说的那5名“深潜人”，大都是探险型的——乘坐单人顶多两人的小潜水器，到达最深点只能拍拍照片、录录视频就匆匆返回，难以进行海底巡航探测，更不用说开展科学考察作业了。

深入深海大洋探测和开发，是中国海洋战略的目标指向，业内人士称为“全海深”科考。此次我们研制的万米载人潜水器，就是一种能够在深海坐底且自主巡航，进行全海深探秘的装备。全海深，顾名思义，如果它抵达了世界最深点——马里亚纳海沟的“挑战者深渊”，那么任何海域都可以畅行无阻了。一个国家、一个民族，无论在经济社会发展，还是关系到子孙后代方面，此举都具有极为重大且深远的意义。

海底有大量的金属结核矿，其中锰2000亿吨、镍164亿吨、铜88亿吨、钴58亿吨，相当于陆地储量的40～1000倍。海底石油天然气产量逐年增加，日产量已超过100万吨，约占世界总量的25%。海洋中的潮汐能、波浪能、海流能、热能、盐度能、可燃冰等都是清洁能源，储量巨大。同时，海洋生物还可提供大量人类不可或缺的丰富蛋白质。

如此富饶丰硕的百宝箱一样的海底世界，怎能不令世人特别是一些有实力的国家“竞折腰”呢？！其实，商业性开采，并不是唯一的目标。军事家看到了制高点——谁先抢占深海，谁就会在未来的海战中赢得主动，并可对陆地、太空形成强力的威慑和制约。政治家看重的是权力——占据地球表面积近一半的国际海底区域，人类尚未认知的“第四极”，是这颗星球上最大的政治地理单元。

在关系到国家发展和民族生存的重大利益面前，中国人不能只做一名“旁观者”！建设海洋强国，必须走向深海，从深海发力。深海是地球上唯一未被人类充分开发利用的广阔区域，有着无限的开发潜力。因而，成功打造“蛟龙”号，就是瞄准了上述目标，“深海勇士”号是在完善技术链条和海洋科研上奠定坚实基础，而“全海深载人潜水器”则主要是去探索深渊奥秘。

为此，中科院专门成立了“深海科学与工程研究所”，邀请国际著名深海科学家、“蛟龙”号载人潜水器验收组组长出任所长，“蛟龙”号海试临时党委书记、原北海分局副局长刘心成任首席顾问。在拥有我国最大、最深海域面积的南海之滨——美丽的海南省三亚市扎下了营盘，陆续承担了“深海勇士”号、“海斗”号等载人和无人潜水器的海试及应用任务。继而，他们全程参与了全海深项目，并且负责海上试验。

深海科学与工程研究所，可以说是中科院最年轻的科研单位之一。进入21世纪以来，鉴于世界上有科技实力的国家纷纷进军深海大洋，经过改革开放面貌一新的中国人自然不甘落后、奋起直追。一方面由科技部、中国大洋学会组织研制载人深潜器“蛟龙”号，另一方面由中科院积极筹建深海科研专业院所。

2011年，中科院、海南省人民政府和三亚市人民政府三方商定：在我国临近深海的前沿地区建设一个整建制的国立深海科学与技术研发机构。利用这里优越的地域位置，建立完备的国立深海研发基地，成为国家深海研发试验的共享开放平台，填补我国深海战略上的地域空白。中科院委派时任高技术研究与发展局副局长王越超任筹建组组长，在海南省三亚市鹿回头半岛上开始建设。

一年后，“蛟龙”号胜利完成7000米海试，交付国家海洋局深海基地管理中心。为此付出心血汗水的专家组长，在时任中科院院长白春礼等盛情邀请下，出任深海科学与工程研究所所长。这是一位具有前瞻性眼光、严谨务实的战略科学家，其以人格魅力吸引了众多人才，团结一致，高端定位，边建设边研究，促使深海所建设驶上了快车道。

短短几年，全所建成深海科学和深海工程两个研究部门，分设13个基本研究和技术支撑单元，依靠深海工程技术与装备、实验平台和基础设施，结合所处的区位优势，在深海观测方法与仪器设备、深海潜器技术、海洋资源开发与利用等科学问题研究方面取得了许多成果。最重要的是，2016年6—8月，他们驾驶“探索一号”科考船，携带无人潜水器首次成功探秘马里亚纳海沟，预示着万米深海已不再是我国海洋科技界的禁区，为全海深关键技术的研发和深渊研究打下了坚实的基础。

这自然引起了国家的高度重视。2018年4月12日下午，海风习习，春意盎然，海南三亚鹿回头半岛上，一簇簇红艳艳的三角梅竞相盛开。中共中央总书记、国家主席、中央军委主席习近平一行来到了中科院深海科学与工程研究所视察。党的十八大以来，实施海洋战略，建设海洋强国的蓝图日益清晰起来，党和国家领导人一直关心挂念着深海科研事业。

这一天，深海所所长代表全所，详尽汇报了深海科学研究和探测情况，一一介绍“海斗”号无人潜水器、“海翼”号深海滑翔机、“天涯”号深渊着陆器、“深海勇士”号载人潜水器等深海科考设备。其中，重点汇报了“深海勇士”号的两个关键数字：作业能力达到水下4500米，意味着基本覆盖中国主要海域和国际海域资源可开发的深度；国产化率达到95%，意味着中国朝着研制全国产化、全海深的载人潜水器迈出了一大步。习近平总书记边看边听，频频点头，当来到刚刚交付使用的4500米载人潜水器“深海勇士”号旁边时，看见总设计师胡震，潜航员叶延英、苏静，工匠周皓等人都等候在那里，微笑着问候：“同志们好！”

“总书记好！”大家激动地用力鼓掌。

习近平总书记走过去与他们一一握手，深情叮嘱道：“大家献身祖国科技研发事业，要努力抢占科技发展制高点，研究出更多更好成果，推动科研同实际应用相衔接，为国家现代化建设贡献更大力量。”

明确的目标，巨大的鼓舞，使中国全海深科研探测事业快马加鞭。

说来有缘，深海所这几位为我国深海科研立下汗马功劳的关键人物，包括前文提到的叶聪、胡震、杨申申、杨波等，都是我们所熟识的深潜功臣，也是笔者获得鲁奖殊荣作品《第四极：中国“蛟龙”号挑战深海》中的主人公，这一次又都会集到万米级潜水器项目里，可谓“众志成城，再接再厉”。

2020年12月，“奋斗者”号全海深载人潜水器海试团队，乘坐“探索一号”母船胜利返航之后，我们在中科院科学传播局和海南省委宣传部联系安排下，前往三亚、无锡、北京、沈阳和青岛等地，相继采访这些老朋友，相见甚欢，收获颇丰。

那天，笔者正在位于三亚鹿回头景区的中科院深海科学与工程研究所参观、采访。以严谨低调著称的所长和刘心成顾问亲切接待笔者，在面朝大海、四季如春的办公楼里，望着窗外蓝色的海湾、漂荡的帆船，倾心交谈。这是两位德高望重且和蔼可亲的领导人，前者是国内外著名的科学家，学养丰厚；后者则曾任海军某保障基地的司令员、原国家海洋局北海分局副局长，带队伍打硬仗那是一把好手。所以，大家平常不称他们职务，而是尊称为“老师”或“司令”。

所长早已是国际知名的科学家了，在西方生活也有几十年，仍然坚定地持有中国护照。尽管工作、生活上有些不便，可对送上门来定居国外的机会，一概婉拒。为什么呢？他说：“总有人问我，遭遇这么多麻烦，为何还要拿着这本中国护照呢，为何还要一次次地出现在世界的那些地方？我也讲不清，我只知道，我是以这样的身份来到这个世上，我又揣着它离开我的父母、离开我的老师的。在我眼里，那里有我的家，而这世上每一个有山、有水、有树、有人的地方都有着我的向往。”

什么是爱国主义，什么是报国情怀？从这位科学家的言行里，我们可以看到一颗水晶般透明的心、一颗朝阳般火热的心。他在国外研究的是海洋地质学，时刻关心着国内的海洋科技事业。这些年来，他不断回国讲学、推荐国内学者参加国际会议，被聘请为科技部的特别顾问。尤其是在我们的7000米载人深潜器研发中，他倾注了满腔心血和全部热情，极力推进，给予了巨大的无私帮助。

所长的“好搭档”——具有“司令”之称的首席顾问刘心成，虽说生于河南农村，但也是一位“老海洋”了。他曾在人民海军服役39年，疾风大浪磨砺了他的性格和意志，从当舰艇轮机兵开始，历任班长、机电长、装备部部长、某保障基地司令员等职。转业到国家海洋局北海分局工作后，恰逢“蛟龙”号海试，国家海洋局委任刘心成为现场指挥部临时党委书记。

刘心成根据在部队工作的经验，在海试团队中提出“没有单位，只有岗位”“我的工作无差错，我的岗位请放心”等理念，把来自各个院所的科学家、工程师紧紧凝聚在了一起，打赢了“蛟龙探海”的一场场硬仗。退休后，他又被深海所聘请为首席顾问，继续与老伙伴们携手并肩，为我国深潜事业呕心沥血。大家像尊重所长一样尊重他，亲切地称呼他为“司令”，这可不仅仅是名义上的尊称，更是发自肺腑的心声。

两位老朋友延续着一以贯之的谦逊，对我们说起万米深潜器“奋斗者”号的成功研发与海试，总是强调这是全国一盘棋——上到科技部、中国21世纪议题管理中心，下到上百家科研院所、工厂企业，千百名研发人员的共同努力，还有海南省委、省政府，三亚市委、市政府及各部门大力支持的成果。特别是，总牵头单位七〇二所，各系统重点研发者中科院金属所、理化所、自动化所、声学所、生物能源所等，应该着重写一写……

我们连连点头，表示如此重大的胜利，确实不是哪一个人抑或哪一个单位能够完成的，而是体现了我们国家体制的优越性和中国人民的奋斗精神，一定尽心尽力忠实描绘。真是无巧不成书，此时得知“奋斗者”号的总设计师、海试现场总指挥叶聪，当天从无锡飞来三亚深海所商谈工作，笔者喜出望外，当即打电话与他联系，约好晚上面谈。

叶总同样是个把工作放在第一位的大忙人，刚下飞机就直奔车间，检查已经拆卸开来的潜水器，安排下一步维修护理等各项事务，迟迟未能赴约。笔者一直耐心等候着，看看钟表，已经很晚了，只好再次打电话询问：原来他还在与所长商谈“奋斗者”号的验收工作，一直抱歉说再等等。直到夜里11点多钟了，笔者听到“当当”的敲门声，立即跳起来去开门，果然是总设计师叶聪来了。

哈！他还是那样笑容可掬，真诚热情。

“许老师，十分抱歉，我来得太晚了！”

“哪里，好饭不怕晚嘛，快进来。”

作为我国7000米级载人作业潜水器“蛟龙”号的主驾驶员，叶聪承载着国人“下五洋捉鳖”的梦想。2009年至2012年，“蛟龙”号共下潜51次进行海试，他承担了其中38次下潜试验主驾驶任务。这不仅仅是挑战中国载人深潜的纪录，更是他对于自我的超越。

如此，一路伴随着“蛟龙”号成长，叶聪也从初出茅庐的毛头小伙逐渐成长为项目副总设计师、总设计师。角色不断跨越，担子越来越重，面对新的挑战，他将所有压力化作前行的动力。2013年以来，叶聪相继获得“载人深潜英雄”“全国五一劳动奖章”“中国青年五四奖章”“改革先锋”等荣誉称号。2018年，叶聪被提升为中国船舶七〇二所副所长，当选为中国青联副主席，在他那依然年轻明朗的面庞上，更多了几分成熟和谦和。

“好啊！现在应该称呼叶所长了，首先祝贺你和深潜团队取得的新成就！几年不见了，但我一直关注着你们的进程，请给我讲讲‘奋斗者’号的故事吧！”

“那可说来话长了，明天我一早还要赶飞机去北京。这样，你抽时间再到我们所去看看，好多同志你都认识，方便。”

我点点头：“一定去！今晚你简要介绍一下，等于先起个头。”

“好！”

我们手拉着手坐下，伴随着一杯香茶热气袅袅，进入了一段难忘而火热的时光……

突破“极限”

在美丽的太湖之滨——江苏省无锡市滨湖区，坐落着一所闻名遐迩的船舶研发制造单位，这就是负责研制“奋斗者”号的中国船舶七〇二所。它依山傍水，逶迤绵延数华里，占地1100余亩，规模宏大、设施齐全，堪称同类型机构的远东之最。

这个研究所有着光荣的历史。1951年建立于上海黄浦江畔，主要从事船舶及海洋工程领域的水动力学、结构力学及振动、噪声、抗冲击等相关技术的应用基础研究，以及高性能船舶与水下工程的研究设计开发。1965年总部搬迁至无锡，设有上海分部和青岛分部。

70个春秋一晃而过，七〇二所遵循“团结、拼搏、创新、奉献”的精神，为我国船舶和海洋工程事业的不断发展做出了重大贡献。先后成功研制了大深度载人潜水器、小水线面双体船、水翼船、援潜救生设备等系列产品。许多科研成果已转化为产品或应用于船舶设计、建造和标准规范的编制中。

我国首台大深度载人潜水器“蛟龙”号，就研发于此所，总设计师徐芑南和他的学生、副总设计师胡震，首席试航员“载人深潜英雄”叶聪等人，就是在这里团结奋斗、终获成功的。不用说，这也是4500米级“深海勇士”号和万米级全海深“奋斗者”号的“诞生地”。

全海深载人潜水器是一项难度极高的工程装备，涉及设计技术、材料技术、密封技术、工艺技术、通信技术、安全技术、集成技术、试验技术等，每项都是极限技术，并且必须高度安全可靠。历数一下，需要有十几项国际顶尖高新科技成果。

作为总设计师的叶聪，就像一位连台大戏的总导演，从上到下、从左到右，方方面面都要考虑周全：做好顶层策划，把握技术方向，多方协调参研单位，组织研究解决各种难题，严格掌控项目进展。同时，他也像当年老师们培养自己一样，积极推进我国载人深潜研制梯队的建设，给年轻的各分系统设计师压担子，并且以身作则全身心投入技术攻关中。其中，最核心的攻关部件便是载人舱球壳。

人类想要进入深海，水的压力是永远相伴的敌人。据科学家计算，在海洋里每下潜10米，便增加1个大气压。依此类推，如果下潜1000米则为100个大气压，如果深入海底10000米则为1000个大气压。什么概念？相当于在指甲盖大小的地方，压上了一部载重汽车。如果没有防护措施，人到了这样的地方，瞬间就会被压成“纸片”。所以，载人潜水器首先要考虑载人舱的安全。

当初我国研制“蛟龙”号时，学习借鉴了国际上的成功先例：将舱室设计成球形壳体。这种形状受力均匀，承重倍增，再用抗压强的“钛64”合金做外壳。相比于钢铁材料，钛合金具有优异的抗海水腐蚀性能，更加适合于海洋应用环境；另外，它能大幅度降低球壳的重量，增加其有效载荷。当时因国内缺乏相关材料和工艺技术，只能委托俄罗斯方面生产制造，像缝制篮球似的将钛合金板材冲压成一条一条“瓜瓣”，再焊接拼成一个半球，然后将两个半球合成一个整球。

后来，在对4500米级的“深海勇士”号国产化时，发现这种工艺落后了，尤其是增加了多条焊缝，存在着一定的安全风险。研制团队在国家“863计划”海洋领域统一协调下，联系专业化科研生产有色金属的宝钛集团有限公司，启动了将板材直接冲压成型为两个半球，而后焊接为一体的工艺路线。

宝钛集团，是宝鸡有色金属加工厂（原902厂）为建立现代企业制度、理顺国有资产管理关系而整体改制成立，由陕西有色金属控股集团有限公司控股的大型企业集团，是中国最大的以钛及钛合金为主的专业化稀有金属生产、科研基地。几十年来，它们承担了6000多项新材料试制生产任务，出色地完成了一批国家重点科研课题。我国第一颗氢弹的爆炸成功，第一艘核潜艇的胜利下水，首次成功发射神舟号宇宙飞船，都使用了宝钛集团提供的关键性稀有金属材料，为国防建设和尖端科技发展做出了巨大贡献。

这次研制深潜器“深海勇士”号的载人舱球壳，宝钛集团股份有限公司又大显身手了。它们在保证日常任务的前提下，专门成立了以总经理贾栓孝为组长、副总经理王韦琪等参与的项目攻关组。载人舱球壳总重达3吨，是个全钛的器形，过去如此大型的器件只能依赖进口，国内根本做不了……

“明知山有虎，偏向虎山行。”宝钛人卧薪尝胆，迎难而上。一个个方案形成又被推翻了，一次次试验失败重新来。贾栓孝和项目组成员眼熬红了，人累瘦了，在中科院金属所、中国船舶七〇二所等单位的大力帮助下，先后攻克了钛合金选材、加工制造，半球整体成型、焊接、热处理、变形控制等多项关键技术，填补了国内钛合金研究的多项空白，并在成型、加工制造、焊接技术等方面超越俄罗斯制造的“蛟龙”号载人舱球壳，达到国际先进水平。

然而，那只是下潜4500米的深度啊！而今到了“全海深”万米级的载人舱，压强超过它整整一倍多。要求更高、制造更难，“钛64”合金无法达标。如果有点闪失，哪怕在海底裂开一丝缝隙、一个针尖大的小眼，瞬间就会带来天大的灾难，水珠如同子弹一样穿透潜航员的身体，艇毁人亡！

要想解决载人舱材料难题，研制一种更高强度的新型钛合金成了唯一出路。2014年，也就是“奋斗者”号立项的前两年，中科院实施了战略先导科技专项，位于辽宁沈阳的金属研究所对深潜材料与制造展开调研论证。其间，有三个“拦路虎”横在面前：一是耐压材料；二是压制成型；三是窄间隙电子束焊接。这就需要全国一盘棋，联合其他院所和有关企业通力协作，共同完成。

如前文所述，虽然“蛟龙”号保持着国际上同类作业型载人潜水器下潜深度最大的纪录，但是我国载人舱球壳的制造技术还很薄弱。在各级政府的大力支持下，经过科学家们的辛勤努力，4500米的“深潜勇士”号在载人舱球壳加工与焊接技术等方面，获得重大突破，全部实现国产化，为接下来的全海深载人球壳研制奠定了基础。

金属的强度与塑韧性是一对矛盾因素。强度的提升通常伴随着塑韧性的降低，甚至成型性能和焊接性能也相应降低，这对全海深载人球壳用钛合金材料研究提出了严苛的挑战。时任中科院金属研究所所长兼钛合金研究室主任的杨锐教授，带领研究员雷家峰、马英杰等接受了这项重任。

“在万米海深的极端压力条件下，如果要搭载3人，载人舱钛合金的板材厚度一下从52毫米变成了100多毫米，材料强度也要大幅度提高，但强度和韧性往往是互相矛盾的。”后来，杨锐在接受采访时说，“比如，陶瓷的强度非常高，但韧性差；塑料的韧性高，但强度又太低；比钛合金强度高的材料有很多，但无法进行焊接。这个材料难题，成为一系列关键技术的瓶颈”。

生于20世纪60年代中期的杨锐，是湖北南漳人，1980年考入武汉水利电力学院机械工程系，1987年从中科院金属研究所硕士毕业，1992年获得英国剑桥大学博士学位，1995年回国后任中科院金属研究所研究员。在多功能钛合金研究方面卓有成效。

2011年，杨锐当选中国材料研究学会第六届理事会副理事长，同年5月，中科院金属研究所沈阳先进材料研发中心成立，他担任中心主任（兼任钛合金研究室主任），获得何梁何利基金科学与技术进步奖。2012年7月5日，杨锐出任中科院金属研究所所长。正是在他任上，中科院金属所投入了大深度潜水器载人舱所需材料的研发工作。

极限深度要有极限制造。在所长杨锐统一协调下，研究员雷家峰代表金属所出任万米载人潜水器副总设计师和材料项目一线协调人，负责现场协调督促。他既要贯彻任务要求，落实工艺方案，又要联络总体单位、监理单位和专家组，全身心扑在项目任务上，不放过每一个环节，不忽视任何细节。

“我们要和时间赛跑。”这是雷家峰常挂在口头上的一句话。按照计划，国家将于2020年完成万米级载人潜水器的研制。海试的窗口期每年只有两次，还要受到海况等诸多因素的影响，一旦错过就意味着再等一年。因而，各部门必须关死后门、倒排日期，一天当作三天用。那些日子，大家除了吃饭、睡觉，就是围着球壳转，跟着球壳走。没有数据可以参考，没有捷径可以依赖，他们团队只能立足自主创新，摸索前行，在工程应用中检验理论。

2017年，杨锐所长任期到了，他一天也没有多停留，全力以赴地扑在钛合金材料项目上。“两句三年得，一吟双泪流。”古人此语是形容苦思冥想终于有了收获的感慨，而对于今天的科学家来说，何尝不是如此呢？偶然里面有必然，经过漫长的辛勤努力有了突破，那真是激动得要流下热泪的。

一道道难关横在前面，一条条沟壑没有尽头，他们似乎走入了“死胡同”。这天，一位研究人员从满是外文的电脑屏幕前猛然抬起头来，大叫一声：“有了！有可能是它的原因！”

“有了什么？”大家闻声围过来。

“你们看，如果按这种办法试试，兴许有门呢！”

那是一篇外国科学家公开发表的文献，其中谈到类似的问题。杨锐团队认真查阅，大受启发，豁然开朗：只要去除了材料里的一个“有害相”，即可找到突破口。项目组无比兴奋，趁热打铁，一鼓作气。

经过一番呕心沥血，他们终于拿出了新方案：将海绵钛和铝、钒等混合在一起，通过大功率压力装置，压制成钛合金的电极，然后放在熔炼炉里面，再经多次真空熔炼，炼成符合条件的钛合金铸锭，名为“Ti62A”。这种材料存在“尺寸效应”，即尺寸和厚度越大，其均匀性和力学性能稳定越难以保证。这是应用于深海极端高压环境必须跨越的障碍。中科院金属所一举攻克了这个难关。

不过，光有材料还不行，如何压成两个半球、窄间隙焊接成整体？这就不仅仅与金属所有关，还牵连科研与生产的企业。在相关领导部门组织下，组成了由中科院金属所钛合金研究室主任杨锐，宝钛集团股份有限公司总经理贾栓孝、副总经理王鼎春，以及中船洛阳材料研究所副所长王其红、廖志谦联合攻关领导小组。

这是真正的“国家队”啊！在共同奋斗中锻造出一个坚强的领导集体，勇于担当，顾全大局，精密论证，狠抓落实。在困难面前，他们充满乐观主义精神和必胜信念，力扛压力，为团队攻关争取心理空间，营造宽松氛围。

在一次焊接重大技术障碍分析会上，正当大家一筹莫展、面面相觑时，杨锐看看天已过午了，便收拾起桌上的材料，打趣地说：“皇帝不差饥饿兵。刚才我听到肚子咕噜咕噜地叫，那是它在提抗议哩。走吧，先吃饱了再说！”

参会的科技部中国21世纪议程管理中心处长孙清，是位精明强干的女同志，从“蛟龙”号到“深海勇士”号再到万米载人潜水器，多年来为我国深海事业付出了许多心血，闻听此言笑着应道：“好啊，创新的道路艰难曲折。面对这样严峻的形势，杨教授还能开玩笑，说明太阳照常升起，前景依然光明，我们对攻克难关充满必胜信心。”

“呵呵……”大家的心情多云转晴了。

果然，“山重水复疑无路，柳暗花明又一村”。宝钛集团股份有限公司技术协调人王永梅，根据分析会上意见，带领组员严格要求，精准数据，对于焊丝的批次差异问题，加班加点分析，终于追踪到氢含量超标这个“元凶”，及时加以解决。

由于板材规格已经达到加热炉和轧机的极限，为确保成功，宝钛集团股份有限公司领导班子开会协商设备升级事宜，有人说：“我们这是为海洋专项干的，应该等到上面拨下钱来再说。”

“这事不能等！”总经理贾栓孝斩钉截铁，“我们自筹资金马上干，精心改造维修，绝不能拖了潜水器研制的后腿”。

一番话，彰显了“老国企”的主人翁精神。

载人舱球壳一直牵扯着总设计师的心弦。

在妥善安排好其他事项之后，叶聪不辞劳苦，一趟一趟地飞往北京、沈阳和宝鸡等地，与科技部、中科院有关领导和专家一起，协调研究事项，把控工期进度。那是一段怎样的日子啊，他们完全没有了节假日，也没有了上下班的概念，甚至不知道季节的更替，只是看到窗外的树叶绿了又黄了。

眼见着离成功越来越近，最后一道焊接关却始终难以突破。因为载人球舱由两个半球组成，需要实现超大尺寸与厚度材料的全电子束一次性成功，同时具有高强度和高韧性，保证最为关键的“赤道缝”严丝合缝。这一障碍如果克服不了，就会前功尽弃。为此，中科院金属所独辟蹊径，提出了一些新的焊接思路，设计了两种不同的焊接方案，计划用两个球舱试制。

“接力棒”转移到负责焊接的中船集团洛阳材料所，又是一个全力攻关的战场。试验初期，出于各种原因，项目遭遇到重大挫折，负责的研发人员坐卧不宁，寝食难安。新任所长刘艳江迅速调兵遣将，另辟蹊径，不放过一丝一毫的问题，动员全所提供支援，以巨大的勇气和担当决策拍板，确保军心不乱、斗志不减。

正是在这个时候，第一种焊接方案失败了，试焊中的载人舱球壳达不到要求，无法使用。消息传到总牵头单位七〇二所，犹如晴天霹雳，都感到震惊，因为留给他们的时间不多了——计划于2020年开展总装联调、出海试验，现在已是2018年底，载人球舱还无法成形，这可如何是好？总设计师叶聪十分焦急，立即启程前来观察，与前方同志商讨解决办法，寄希望于第二种方案。

中船集团洛阳材料所的技术骨干胡伟民、吕逸凡等反复推敲技术方案，精心筹划组织实施。在预热焊需要开展数轮试验以获取必要数据而试验用料无法及时到位的情况下，勇于创新，提出了“试块镶嵌”的方法。这是一种专业术语，既保障了研制进度，又节省了大量试验用料。

拼搏奉献，勇攀高峰，正是载人深潜精神的体现。经过近半年的潜心研究，反复试验。具体试验了多少次，已经记不清了，只知道胡工他们三四个月吃住在车间里，完全没有了上下班的概念。功夫不负有心人，2019年6月17日，精心优化的第二种焊接方案终于获得了成功。随着一阵阵“嗡嗡”的电子束焊声，攻关组一次性完成“赤道缝”焊接，焊缝质量和强韧性能全面达到设计要求。

科研路上犹如怒海行船，闯过一个惊涛又会迎来另一个骇浪……

载人球舱建成了，能不能禁受万米海水的压力呢？要知道，全海深潜水器是到世界“第四极”——马里亚纳海沟下潜。这里已知最深处为11034米，黑暗寒冷，水压达110兆帕，即人们常说的1100个大气压，被称为“黑暗禁区”。潜水器必须在陆地上经过抗压检测，达标后才能真正放到海底去，这就需要有一个“深海超高压模拟试验装置”。

又是一个严峻的考验，因为载3人全海深潜水器本身就是全球唯一，所以这样的装置也就无先例可循，完全需要自主创新设计建造。于是，就在各支“方面军”打响战斗的同时，研制“深海大型超高压模拟试验装置”的计划也启动了。中国船舶七〇二所和中科院深海所是用户单位，联合在全国考察选择制造厂家。

最终确定由四川航空工业川西机器公司负责预应力弹簧钢片缠绕，中国第二重型机械公司德阳制造基地负责压力桶和主副框架锻造加工。这家国企诞生于“大跃进”的1958年，具有雄厚的物质技术基础和强大的产品研发、设计与制造能力。60多年来，它们先后为冶金、矿山、能源、交通、航空航天等部门提供了上百万吨重大技术装备。许多产品填补了国内各领域空白，替代了进口，在国民经济建设中发挥着巨大作用。

如今，它们迎来了一场硬仗。国内外现有的研制深海压力模拟技术，多采用筒体整体成型焊接的方式，俗称“一体式压力筒”，但对于大容积、超高压力的试验装置，难以克服应力集中的问题，技术风险和安全隐患都很高。怎么办？就像前面介绍的各个环节攻关团队一样，也是集中优势兵力，迎难而上。

“制造这个装置是为了在陆地上模拟11000米的深海环境。”大型铸锻件研究所副所长沈国劬向笔者介绍，“下潜到11000米深度，对材质和技术的要求可谓严苛到了极致，使用的材料在制造过程中，误差只能控制在2微米以内，这比1/3根头发丝还细”。

“哦，那咱们是如何解决的？”

“说来话长，最关键的一点是，我们以创新思维另辟蹊径，将粉末成形加工领域的前沿超高压技术，即预应力钢丝缠绕的框架式结构技术，引入‘深海超高压模拟试验装置’的研制中，打破了以往的技术瓶颈，实现了提供压力试验条件的总体目标。”

在沈所长的讲述中，如同电影闪回镜头一样，一幕幕火热的场景展现在我们眼前——

这是一个全球个头最大、工作压力最高的模拟装置，由三组操场形状的机架直立，中间包裹着一个高4.8米、内径2.8米的大圆筒，载人球壳就将放在其中进行试验，里面可以自动升降压。其中，9类15件关键零部件，都要经过严格的冶炼、锻造、热处理、精加工等4道工序后才能完成。它将承受最大180兆帕的工作压力，满足万米深度背景下大容积、超高压力的测试需求，为全海深载人和无人潜水器的压力试验提供技术支撑。

“轰、轰、轰……”在锻压车间，通过锻压机强大的压力作用，使高性能普通的金属材料在模具内流动，细化内部晶粒，实现大型模锻件的整体精密成型。沈国劬将运行原理比喻为“压月饼”，通过液压传递能量形成压制力，并解决一次性成型问题。这些金属材料在大型设备强大的压力作用下，一一蜕变为高压模拟试验装置的“骨骼”——立柱、“脊柱”——半圆梁，还有“胸腔”——圆筒等。

设备建成后，由位于三亚的深海科学与工程研究所现场测试。

问题又来了：从四川德阳到海南三亚相隔“千山万水”，这样一个大家伙运输十分不便，即使克服困难运来了，万一有个返修加工，再来回跑一趟时间就全耽误在路上了。中国人有智慧。全海深项目专家组组长、中科院深海所所长堪称“学贯中西”富有远见的人，不仅最早确定了技术路线，还做出了将工厂“搬”到三亚的决策：就地建一个临时车间，运来锻件加工缠绕预应力钢丝，制造安装这套装置。

说干就干，本来三亚市规定海滨景区严禁建房，尤其鹿回头山海一线，是旅游的黄金地带，但在所长一班人积极争取协调下，深明大义的三亚人破例给予了大力支持，允许建设，完工后再拆除。一时间，南海之滨摆下了热火朝天的战场。深海所项目组蒋磊具体负责对接协调。所长对他说：“这个任务交给你了！既要干好，又要安全！”

“好，请老师放心，我一定尽心尽力完成任务。”蒋磊像大家一样，喜欢称他们的所长为“老师”，这是一种发自内心的尊敬。

正值2017年春节期间，大家根本没有了过年的概念，一门心思地扑在这个模拟装置建设上。所里投入数百万元加紧基建，一边是临时加工车间，一边是模拟装置永久性安装地。双管齐下，同时推进。全所上下齐心协力，一天一次小总结，一周一个调度会……

与此同时，他们还派出项目组成员林觉智，赶赴德阳工厂里，现场监督配件的机加工。在一次例行检查中，林觉智发现一个加工好的重达100吨左右的工件，按图纸要求开孔是尖角面，可实际做成了圆角面，询问对方，加工人员认为没什么问题，打磨一下即可。

林觉智不放心，打电话报告了组长蒋磊："这一点虽说差别不大，但会不会有问题呢？"

"啊？你拍张照片发来看看。"

等看了照片，再对照设计图纸，蒋磊惊出了一身冷汗，别看只有几丝的不同，打压时就可能漏水。他立即通知对方：马上返工！

曾经有一部热播的电视连续剧《激情燃烧的岁月》，时间一久，内容大都忘记了，可这个片名却深入人心。用它来形容为"奋斗者"号而奋斗的人们，十分恰当。就在这样热火朝天的日子，深海所的压力模拟工作室建好了，深海超高压力模拟装置也竣工了，下一步安装调试好即可正常使用。

进行压力测试那天，专家组长、总设计师叶聪，结构设计师李艳青，以及相关研制人员都到了现场。到底行不行呢？大家都捏着一把汗。机器开动了，看着压力表一格一格地上升，直到超过了预期压力值，达到了180兆帕以上，载人球舱毫无问题。

一阵海浪般的掌声响起来……

从"国产化"到"国产"

后来，当"奋斗者"号成功下潜万米海底、载誉返航回到海南三亚南山港时，海试团队受到了英雄般的欢迎。欢声笑语，鲜花簇拥。各路媒体记者纷纷举着"长枪短炮"，冲到领队、总指挥、部门长和每个队员身边，开始了一场欢快而敬业的"抢新闻"大战。

其中，一位电视主持人把话筒举到钛合金载人舱项目负责人、中科院金属研究所所长杨锐面前："杨教授，我们听说'奋斗者'号国产化程度很高了，请您介绍一下这方面的情况好吗？"

"好，不过应该修改一下你的说法。"经历研发全过程的杨锐自豪地说，

“不是‘国产化’，而是‘国产’，这个‘化’字可以去掉了。”

一字之差，彰显了中国载人深潜事业艰辛而奋进的历程。是的，最初的“蛟龙”号研发，虽说是自主设计集成，但大部分零部件需要依靠进口——比如载人舱、机械手、浮力块等，国内无论材料还是工艺都不能完成，个别还受到外国限制。痛定思痛，这些中国“深潜人”决心奋起直追。

历经8年，研制出了“深海勇士”号，各个团队积极攻关，自主创新，一举实现了95%的国产化。而到了全海深的“奋斗者”号，则“百尺竿头更进一步”，走在世界深潜技术的最前列，创造了同类型载人潜水器的诸多纪录：空间大、载人多、巡航时间长、科考成果多。如果说“国产化”，是为了解决进口“卡脖子”问题，那么“国产”就是指我国科学家和工程师的首创。

除了前文讲述的金属所的钛合金材料研发、宝钛集团的冲压成型和洛阳船舶材料所的电子束焊接，以及川西机器公司设计制造全球唯一的“深海大型超高压模拟试验装置”之外，还有一项十分必要的特殊部件——固体浮力材料。

潜水器要浮到海面，一般有两种方式：一种是消耗柴电动力，这既浪费能源，又会缩短作业半径；另一种是无动力上浮，也就是安装固体浮力材料，使其在抛掉压载铁后以轻于水的比重，返回海面。此类材料必须绝对可靠，否则会出现浮不上来的灾难性事故。

简而言之，固体浮力材料，是为潜水器顺利上浮提供保障的核心材料，其性能直接关系到潜水器与潜航员的安全，其关键技术是既要密度低又要耐高水压。因制备技术难度大，所以世界范围内只有少数发达国家掌握，而且对我国实行技术封锁。当年，我们的“蛟龙”号深受其害。

21世纪初以前，我国无法生产这种材料，只能在国际市场上采购，经过考察，选中美国一家公司生产的浮力材料球。它由硼硅酸盐原料经高科技加工而成，具有质轻、低导热、强度高、良好的化学稳定性等优点，亦称“玻璃微球”。

不料，合同签订了，货款交付了，却在进口材料时遇到了麻烦：虽然我们的载人潜水器是作为民用科研项目立项，承诺不用于军事目的、不转让第三方的，但由于其应用范围的敏感性，还是引起了美国军方的猜忌，按下了停止键。经过反复交涉，作为折中和让步，美方出口审查小组答复：必须将浮力材料性能降低一个等级，才能出售给中国。

那家公司负责人找到中方，双手一摊："没办法，我们必须服从政府的决定。"无论我们如何解释，对方只是耸耸肩，表示爱莫能助。

为了不影响安装工期，我国决定接受这一现实，但这对潜水器整体设计产生了巨大影响：等级降低就得多装材料，意味着将增加潜水器的体积和整体重量。由此，总体布置、设计图纸必须重新再来，布放回收系统的起吊能力和母船的改装也要另行复核论证……

这种现象再也不能继续下去了！核心技术是买不来的，中科院理化技术研究所研究员、女科学家张敬杰听说了这件事，心里很不是滋味：自己就是研究材料学的，绝不能让国家受制于人！她主动请缨，勇挑重担，带领研究团队卧薪尝胆，夜以继日地开始了攻关。

1966年5月出生在北京的张敬杰，是改革开放之后的大学生，1989年8月硕士毕业就来到中科院理化所工作，一直在导师宋广智研究员带领下，投入开发"软化学"法制备空心玻璃微球技术。当时条件很差，甚至连必要的高温设备都没有。张敬杰就搬来自家的煤气罐，和老师一起手工制作了简易喷枪，一点点烧制球形粉体。

不久，这项制备技术获得成功，十分先进，并且拥有自主知识产权。接下来，他们建起了新的课题组，专攻具有浮力作用的空心玻璃微球。这是一种轻质无机非金属多功能材料，不仅密度小、导热系数低、介电常数小，还具有机械强度高和耐腐蚀等优良性能，应用极为广泛，大到航空航天，小到护肤品，无处不在。

由于它奇特的几何形貌——微米尺度的薄壁完美空心球体，技术含量极高，被国外少数公司垄断。它们连续多年没有大的突破。2004年，宋广智老师退休了，张敬杰担起了这个课题组组长的重任。固体浮力材料是由空心玻璃微球加上树脂基材，通过混合和热固化形成的。这种复合材料必须又轻又强，才能既提供浮力，又能承受海底高压。

由此，深海浮力材料梦、海洋强国梦就从一个小小的空心玻璃微球开始了。"小微球"托起了大梦想。开始，一些业内人士不免担心：一介弱女子、一位没有国外留学经历的学者，她能够担负这样的重任吗？实际上，他们是太不了解这位巾帼英豪了。张敬杰性情温柔，但一点也不弱，别看是地道的本土科学家，与那些哈佛、牛津出身的人相比，丝毫不逊色。更难能可贵的是，她有一颗强大的“中国心”。

当时，缺乏科研经费，很多研究和测试都没有条件进行，可她与同志们毫不气馁，没有厂房，就到郊区去租；没有设备，就自己动手研制、改造；没有测试仪器，就去其他单位借用。为进一步提高空心玻璃微球的强度，张敬杰带领得力助手严开琪等组成了攻关团队，日夜奋战在通州基地。正值寒冬季节，他们在没有暖气的厂房里吃住工作，条件十分艰苦。

有一天突降大雪，寒风刺骨，年轻的严开琪早上准备实验，发现各种容器硬成了一个个疙瘩，惊呼道：“张老师，不好了，全冻住了！”

张敬杰赶忙过来一看，笑道：“没什么大惊小怪的，冬天嘛还能不结冰？来，烧开水化开它。”

自此，大家每天早上起来的第一件事，就是先烧几壶热水，把冰化开后才能配溶液、做实验……

连续攻坚了4个月之久，微球的强度大大增加了。2013年，张敬杰团队自主研制的固体浮力材料模块，在南海进行了长达155天的海试，样品吸水率小于1%，性能达到国际先进水平。这标志着我国掌握了浮力材料的核心技术，但能否承受超强压力并且实现量产，还有待进一步研究、试验。

2015年，机遇和挑战同时到来。科技部决心国产化第二台载人潜水器“深海勇士”号，要求中科院理化所提供合格的浮力材料。项目交给了张敬杰团队。时间紧、任务重，有关协作单位不无担心地问道：“你们行吗？要不我们也预定进口材料，万一……”

张敬杰掷地有声地说：“没有万一。在国家的重大需求面前，我们只有一个理念：勇于担当，责无旁贷！这就是中国科学家存在的意义。”

为了如期完成任务，不至于拖海试后腿，中科院理化所全力支持，紧急调配了河北廊坊园区场地，中科院先导项目匹配了部分经费。张敬杰率领团队一边科研一边生产，工作量巨大，失败也是一个接一个，前期几乎每天都在打击中度过，望着堆成小山的废品，有人犹豫了，有人失望了。

张敬杰睁着布满血丝的眼睛，只说了一句：“咬牙坚持，胜利就在眼前！”

功夫不负有心人。2016年12月，张敬杰团队研发的固体浮力材料完全合格，交付给七〇二所的“深海勇士”号潜水器总体集成，如期安装，顺利海试。这使我国成为世界上为数不多的具备从生产核心原材料到构件加工，全链条固体浮力材料开发能力的国家。

一鼓作气，乘胜前进，全海深载人潜水器立项后，张敬杰带领严开琪等与七〇二所、中科院金属所等团队一样，又转战研制承受万米水压的浮力材料。在多年技术积累的基础上，他们采用自主知识产权的软化学制备技术，把核心原材料高强空心玻璃微球与轻质高强树脂基材结合起来，制备出了具有高安全系数的万米级固体浮力材料，同时进行了批量化生产。

2017年3月，中科院深海研究所“探索一号”搭载着“万泉”号深渊着陆器——这是一种无人、无动力的探测仪器，其中就采用了全国产的浮力材料，首次下潜马里亚纳海沟“挑战者深渊”：7000米、8000米、9000米……随着它的下潜，身在北京密切关注的张敬杰把心提到了嗓子眼儿上：浮力材料能否承受住万米海底压力，能否顺利上浮？

虽说已经在陆地上经过了打压试验，结果接近完美，但谁也无法保证真正到了海底会万无一失。一旦失败，这台深渊着陆器就会“泥牛入海无消息”，许多人数年的心血汗水将付诸东流。直到传来了“万泉”号放到了10000米海底，并且顺利上浮到水面的佳音，张敬杰心中的一块石头才落了地。

在此次综合科考中，“万泉”号20次挺进10800米深的海底，作业时间超过90小时。这宣告着，国产万米级浮力材料过关了！紧接着，张敬杰又率领团队为“全海深载人潜水器”量产浮力材料，不辞辛劳、东南西北地测试、安装。

“理化所在北京，负责材料测试的深海所在三亚，黏结加工、装配在湖北和江苏，为了做固体浮力材料，我们跑了大半个中国。”张敬杰笑称，“正是团队的集体努力，使得固体浮力材料在时间节点内顺利交付，且性能比同类产品有很大提升。我们不仅实现了万米深潜，还能多次往返，完全打破了外国垄断，再也不用看某些‘洋人’的脸色了！”

虽然经历了许多波折、吃了不少苦，但张敬杰毫不在意，面对笔者欣慰地说：“现在回头看，再艰辛的付出都是值得的。这一切都来源于继承和坚持。能够解决国家所需，让祖国更加繁荣富强，这是我们科研人最大的荣耀！”

无独有偶，支持全海深载人潜水器下潜万米的国产“神器”，还有国际最尖端的水声通信系统。

如果我们是在陆地上开车，手机上随便一个地图导航APP都可以告诉我们怎么走，走第几条车道，所以一般不会迷路。哪怕方向感不好，真的迷路了，拍个照片，给亲人朋友发微信或打电话，他们肯定会帮上忙。夜晚还可以打开车灯，照亮前方的路。

但是到了深海，伸手不见五指，电磁波受海水的吸收影响，电话肯定是打不了，更别说地图导航和微信了。而光学辅助成了“近视眼”，一般是几十米开外就难以看清了。潜航员怎么才能找到正确的路线呢？

不要担心，我们还有声波！声波在水中传播时衰减远小于电磁波，成了潜水器的通信导航利器。中科院声学研究所作为我国载人潜水器声学系统的总负责单位，从“蛟龙”号开始，就一直为载人潜水器研制必需的声学系统，为潜航员安全驾驶提供了可靠的技术保障。研究员朱敏和他的团队付出了心血和汗水。

经过多年探索研究，他们自主创新研发了先进的水声通信机，成为潜水器与母船之间沟通的唯一桥梁。它支持4种通信模式，分别是相干水声通信（用于图像等数据高速实时传输）、非相干水声通信（用于数据和文字等传输）、扩频通信（用于恶劣条件下的指令传输）以及单边带调制技术（用于语音传输，实现水下打电话）。

“看似寻常最奇崛，成如容易却艰辛”。当年他们在涉猎水声通信技术时，遇到了难以言传的尴尬和愤懑——

陆地、天空通信主要靠电磁波，但海水是电的导体，电磁波在海水中衰减得很快，特别是到了深海就没有了用武之地。而水中通信的宠儿——声波，则可以在海水中传播很远，因此水声通信技术应运而生。它的工作原理是先将文字、语音、图像等信息经过编码、调制处理后，将电信号转换为声信号。通过水这一介质，将信息传递到远方的接收换能器，再转换为电信号，还原成声音、文字及图片。

打个形象的比喻，有了水声通信技术，浩瀚无垠、深不可测的海洋立即就变得“透明”起来，大洋的各种观测数据可以实时地呈现在面前，这是人类认识深海、研究海洋技术手段的一次重大突破。正因如此，水声通信技术是当今海洋高技术领域最前沿的技术之一。由于它的敏感性以及巨大的应用价值，国外长期将之列为禁止向中国出口的高技术产品。

20世纪90年代初，我国科技部“863计划”访问团去法国考察，中科院声学所研究员朱维庆随同前往，在一次洽谈会上，他向法方提出想了解一下水声通信技术，那位热情有加的法国人突然变了脸色，生硬地拒绝了：“对不起，其他什么都可以谈，就是水声通信不能谈！”

这句话严重地伤害了中方科学家的自尊心。

20多年过去了，朱维庆等水声研究人员仍难以忘怀，法国人那句话经常在耳边回响，他们暗下决心：一定要把中国的水声通信技术搞上去！

从“七五”时期开始，在国家“863计划”的支持下，中科院声学所一直持续不断地进行着水声通信核心技术的研发，取得了一系列进展。在“八五”和“九五”期间，中科院声学所与沈阳自动化所、七〇二所合作研发，针对6000米无人潜水器等设备，开展了基于多相移键控技术的相干水声通信机关键技术研究。

2002年6月，7000米载人潜水器正式成为“863计划”重大专项。搞了大半辈子水声技术的朱维庆，深知水声通信技术对载人潜水器的重要性。经过层层申请和筛选，朱维庆和他的弟子朱敏带领声学团队，承担起了水声通信系统的研制重任。

这个项目应该走什么样的技术路线？朱维庆第一时间就想到了“高速数字水声通信技术”。这是当今一项代表大深度水声通信的前沿技术，目前世界上只有美国、法国、日本等少数国家掌握。它在语音通信的基础上，还可于大洋深处实现对数据、文字、图像的高速即时传输。

在朱维庆教授的指导下，由他的得意弟子朱敏带领杨波、张东升、刘烨瑶等一批年轻人奋力攻关。经过几年的不懈努力，他们设计制造出了完全自主知识产权的水声通信机，能够在不同的水声环境下实现图像、文字、指令等数据的传输。安装在7000米载人潜水器“蛟龙”号上，经过了水池、海洋的试验，证明完全可以胜任水下通信。

此后几年，“蛟龙”号一路过关斩将，水声通信技术越来越成熟，从下潜1000米、3000米、5000米，负责水下调试的张东升、杨波一直随同下潜，直到突破了7062米大关，两人与叶聪等一起被国家授予“深潜英雄”光荣称号。

后来，朱维庆老师因年老体弱逐渐退了下来，朱敏和他的水声“娃娃兵”们挑起了大梁，沿着已经闯出来的创新之路不断前进，进一步补充完善研发方案，又在4500级的“深海勇士”号上面大显身手，完全配置上了中国人自己设计制造的声学系统。

这次“全海深载人潜水器总体设计、集成与海试”中的声学系统项目，又是中科院声学所作为牵头和承担单位，由朱敏研究员带领的海洋声学技术中心团队负责完成。包括全海深水声通信机、地形地貌探测声呐、多波束前视声呐、多普勒测速仪、避碰声呐的自主研发以及定位声呐和惯性导航设备的系统集成。

可喜的是，当年那名时常晕船的声学工程师杨波，成为领衔挂帅的声学总设计师，还带点孩子气的刘烨瑶则担负起主任设计师，并兼任下潜试航员，他们带领着几名更年轻的“声学人”前往深海大洋接受风浪的考验。水声系统是潜水器与母船“探索一号”之间沟通的唯一桥梁，有了它，就能让潜航员放心大胆地遨游万米海底，畅通无阻。

首先，潜水器到达海底开始作业之前，要通过各种声呐“侦察”一番：测深侧扫声呐安装在潜水器的两侧，通过感知海底反射声波来获取海底的地形地貌；前视成像声呐则安装在潜水器前部，负责探测前方的目标和海底地貌，最远探测距离超过200米。简单来说，它们为潜航员绘制了方圆200余米的海底地图，根据海底地图就可以规划潜水器的行走路线了。

但是这还不够，开车行驶在公路上时，我们常会看到“前方施工，请绕行”“前方隧道限高3米”等提示标语。在海底，载人潜水器也会碰到这样的状况，那么由谁来提醒潜航员呢？这时候，避碰声呐开始显神通了。避碰声呐安装在潜水器四周各个方向，实时监测自己到各个方向障碍物的距离，为潜航员提供“路况”信息，避免发生碰撞。

当潜航员到达某个区域展开作业时，发现了罕见的海底生物，拍摄了值得纪念的瞬间，怎么实时分享给在海面上的人呢？这就又到了水声通信机施展才能的时候，它的水声电话功能和相干水声通信模式支持语音、图片的实时可靠传输，俨然是反应灵敏的水下微信。

坐镇声学所大本营的项目负责人朱敏，比前几年更加稳重成熟了，面对我们的采访，他推推近视眼镜，自信且自豪地说：“相较于前两代的‘蛟龙’号与‘深海勇士’号载人潜水器，万米载人潜水器的声学系统实现了完全国产化，突破了全海深难关，技术指标更高，为全海深范围内的持续巡航作业提供了可靠的技术保障。”

除此之外，这台“全海深载人潜水器”下潜深渊作业，获取大量生物、地质等海底样品，离不开聪敏智慧的“大脑”和灵活有力的机械手。过去，这些关键部位，我们大多需要外国技术和进口部件，如今，已经全部“自给自足”了，这是中科院沈阳自动化研究所的杰作。

深海一片漆黑，地形环境高度复杂，万米载人潜水器的“大脑”必须实现高精度航行控制，不然就有“触礁”的风险。为此，研究人员克服了深渊复杂环境下大惯量载体多自由度航行操控、系统安全可靠运行等技术难题，研制了智能化控制系统和电动观测云台，实现了在线智能故障诊断、容错控制以及海底自主避碰等功能。

研究员赵洋作为万米载人潜水器副总设计师、控制系统负责人，带领赵兵、孟兆旭等执行了创纪录的万米海试任务。他感慨地说：“我们设计的神经网络优化算法，能够让全海深潜水器在海底自动匹配地形巡航、定点航行以及悬停定位。其中，水平面和垂直面航行控制性能指标，都达到了国际先进水平。”

潜水器前面两只像“螳螂举大刀”似的机械手，也出自他们的精心设计。这是两套主从伺服液压机械手，具有7个关节，可实现6自由度运动控制，持重能力超过60公斤，能够覆盖采样篮及前部作业区域，具有强大的作业能力。

它突破了超高压密封及超高压油液环境驱动与控制等技术，在深渊海底顺利完成了岩石、生物抓取和沉积物取样器操作等精准作业任务，填补了我国应用全海深液压机械手开展万米作业的空白。就连深海中滑溜溜的海参和狮子鱼，它也能灵巧地抓住。

再者，万米载人潜水器还有一个难关：每次下潜上浮、坐底巡航，以及科学考察，大都要工作10小时左右，舱内舱外所需电力，完全由“动力心脏”——全海深高比能电池组供应。它是载人潜水器成功下潜的能量来源，也是生死攸关的安全保障。

在深海高压下，一般锂电池会因温度过高引发自燃，抑或能量不足以支撑长久待在海底。以前，我国没有万米深海直接承压的高比能电池技术，国外也无公开可借鉴的相关研究经验。为此，作为水下特种动力电池的“国家队”，中国船舶七〇二所勇担重任，火速成立深海电池研发团队，由项目负责人朱刚和技术负责人张祥功带队，展开了全力攻关。

如何让电池系统承受住深海11000米环境下，114兆帕的极端压力？这是摆在研发团队面前的第一道难题。张祥功研究员在水下特种电源研发一线奋斗了十几年，具有丰富的极端特种蓄电池工程研发能力。经过种种磨砺，他带领大伙突破了原有的技术瓶颈，设计了多套研制方案，最终选定“全海深承压高比能锂离子电池系统”作为“动力心脏”。

这种电池组的研制涵盖高分子、电子、电化学、机械等多学科专业，整个过程中不可避免地会面临挫折和失败。2018年，首组电池工程样机研发出来了，可是在模拟压力筒试验过程中，出现了耐压试验失效，使整个团队高度紧张，甚至灰心泄气。

“完了完了，几年心血一朝崩盘，唉……”

“遇到挫折不能气馁！咱们电池的可靠性是基于科学原理设计出来的，只要坚定信心、仔细分析，一定能彻底排除隐患！”关键时刻，张祥功的话坚定了团队的信心。

紧接着，大家仔细验证故障位置与最初设计要求之间的微细差别，齐心协力，最终完成了故障归零。此后，在多次系统考核验证中沉着应对，他们牢牢把握住电池组深海安全运行的要领。由于电芯压力筛选工作一旦开始，多个循环考核就必须持续进行，节假日也不能停止。队员们往往天没亮就赶到实验室，一直埋头干到深夜才收工。

每批锂电池在成组前，都要严格进行撞击、针刺、海水浸泡、短路、过充、过放等十几项安全抽检，而且要进行超万米压力环境下的严格检验。只有通过层层测试，才能最终成为一块合格的“能量包”。就这样，一种超耐压、高安全、长续航的深海锂电池研制出来了，最大耐压深度可以达到15000米，为载人下潜深海提供了安全保障……

如此这般，在这台全海深潜水器身上，还有其他中国人独创的高科技、新动能，此处不再一一赘述。这些高科技、新动能，一方面了填补了我国在深海装备方面的许多空白；另一方面极大地提高了我国科学工程设计、制造、实验的能力，让我们的载人潜水器在水下有更长的作业时间，也就有更大的机会去发现海洋深处的奥秘。

一晃四年过去了，好似西天取经经历了九九八十一难，全海深载人潜水器各项指标全部合格，并且在2020年春天经历了总装联调、水池试验，具备了出海海试的条件。

马里亚纳海沟：中国“奋斗者”来了！

正当全海深载人潜水器团队夜以继日、紧锣密鼓之际，意外发生了——

时光的车轮刚刚驶进农历庚子年的大门，一场突如其来的新冠肺炎疫情袭击了武汉三镇乃至整个华夏大地。本来正在准备欢度新春佳节的人们，脸上的笑容瞬间被严酷的“倒春寒”冰封了……

重疫无情，人间有爱。首都北京中南海一声令下，天南海北的白衣战士迅疾集结起来，临危受命，逆行出征，组成一支支援鄂医疗队乘飞机、上高铁，上演了一场轰轰烈烈抗“疫”大战。不过，毕竟是来势汹汹的病魔，人们不禁谈“疫”色变。一时间，从大江南北到长城内外，除了紧急运送医疗物资的车辆外，几乎路断人稀，大都自我封闭在家。可是，原计划要在2020年进行潜水器的海试验收，还能不能如期完成呢？

能！全海深载人潜水器领导小组、专家组和总牵头单位中国船舶七〇二所下定了决心，一边做好防疫工作，一边全力以赴完成项目。按计划，这期间到了总装联调、水池试验阶段。一声令下，所有参研参试单位派出精干人员，在做好检测防控的前提下，全部会集到无锡总装车间里。无锡有“戏”了！

2020年2月9日，农历庚子年正月十六大清早，正值新冠肺炎疫情日益严重之际，一辆家用轿车奔驰在几乎空无一人的高速公路上。这是中国船舶七〇二所高级工程师、万米载人潜水器的电气设计师兼试航员张伟在开车——本来大年初一才从单位赶回安徽六安老家过年，突遇疫情到处封闭。张伟心急如焚，因为潜水器联调不能耽搁，他决定自驾车赶回无锡单位。

在高速公路入口处，六安交警得知情由，善意提醒他：“各地都在严防死守，你这一去很可能滞留在公路上，进退两难。”

“是吗？那也得走！”张伟没有丝毫犹豫。

32岁的张伟，2009年毕业于南京理工大学自动化专业，来到七〇二所，主要从事潜水器电气系统、控制系统的研发、设计与调试工作。这年8月，我国第一台自主设计、自主集成研制的“蛟龙”号载人潜水器首次进行1000米级海试。他晚来一步，未能参与“蛟龙”号工作，内心很是遗憾。

时光转到2017年，张伟终于有机会作为技术人员和主驾驶，随同“深海勇士”号出海了。就这样，他见证了我国大深度载人潜水器在曲折中一步步突破的历程，也把深潜进行到底的信念深深埋在了心底。而今，他除了作为技术人员参与“奋斗者”号的研制任务外，还是“奋斗者”号潜航员，负责在陆地上的联调和水池试验。

此时，太湖之畔的七〇二所，犹如攻坚克难的“七〇二高地”，从所长何春荣、顾问徐芑南，到总设计师叶聪、副总设计师胡震、项目办主任侯德永、水下工程室主任杨申申等，带领各路人马组成了一个拳头，向着前方山头发起了总攻。外面进来的人员，一律隔离14天；而运送材料配件的货车只到大门，全部消毒清洗完毕再进来。在保证安全的前提下，使调试不受一点影响。

一连几个月，负责控制的自动化所赵兵、孟兆旭等都成了七〇二所的“员工”，每天“泡”在车间里，没日没夜地“连轴转”。还有深海所潜航员叶延英、罗红武等更是扎在这里，跟随潜水器一起成长，既熟悉调试各种设施，又学习体验实际操作。

立项四年来，潜水器原定2020年2月完成总装建造和陆上联调。突发的疫情，让节奏变得更为紧张。陆上联调环节原计划于春节后继续开展，邀请诸多合作单位、外协厂家来无锡现场进行各系统的调试。疫情阻断了常规的交通和人员往来，作为负责人之一，张伟内心比谁都着急，终于在2月10日凌晨三点左右回到单位，并在隔离14天后投入工作。

因受疫情影响，有些合作单位的技术人员无法到达现场，整个团队便天天、时时线上沟通，一点点推动调试展开、一步步完成最后冲刺……

此时，潜水器已总装成形，从外观看，它像是一条可爱的小鲸鱼，有着滚圆和流线形的身体。首部开置三个观察窗，像是神话中“二郎神”的三只眼，明亮而智慧，可以洞察海底。前面装有两只灵活的机械手，如同螳螂高举的“大刀”。尾部装有9个推进器，好比这条大鱼的“鳍”，可使它在海里自由移动。舱内设置3套供氧系统，能够完全保证乘员安全。

若想畅游万米海底，尚需经过严格的水池模拟试验。这是前往大洋深渊的最后一步。总设计师叶聪、副总设计师胡震等格外谨慎，每天都早早来到水池试验室。负责电气设计的张伟兼任首席试航员，更是率先进舱潜水。30多米的水池，有时一连调试考核12小时，紧张而艰辛。

为了掌握第一手情况，总设计师叶聪不但一直盯在现场，而且在每一个新深度，都是最先下潜。有人劝阻：“叶总，现在不是当年‘蛟龙’号了，您是主帅，不一定自己上前线。”

平常爱开玩笑的叶聪却正色道：“正因为我是总设计师，才更要带头上！这是对自己的设计最大的负责和信任，有了问题也便于解决。”

从立春到初夏，一连进行了多次水池联调、模拟下潜，整个团队始终保持着昂扬的战斗姿态。针对暴露出来的疑点、难点，全力攻关，就像部队攻打敌方阵地似的，炸掉了一个个火力点，再打下一个个地堡群，终于将胜利的红旗插上了山巅。

万事俱备，只欠东风。

潜水器在水池模拟了海洋环境下的多种工况，进行了各类测试。圆满完成全流程考核、潜航员下潜培训等25项重点测试，所有指标表明，潜水器性能良好，状态稳定。它雄赳赳地挺立在七〇二所车间里，涂装完毕，下部绿色、中间白色，这是因为绿光在海水中衰减比较强，容易捕捉到它的身影；上部头顶喷涂成了橘黄色，非常醒目，上浮到海面时与蓝色海水相对照，可以及早被母船发现。它就像一个刚出生的胖娃娃，漂亮壮观，人见人爱。大家围着它，喜不自胜。

接下来就是要出厂送到工作母船上，准备出海试验了。按照惯例，潜水器应该有个正式的名字。我们中国人对名字十分重视，两千多年前的大思想家孔子就断言："名不正，则言不顺，言不顺，则事不成。"那么叫什么好呢？吉祥、有特色而又意义深远。当年首台载人潜水器曾起过几个："和谐"号、"海极"号，最后确定"蛟龙"号，一鸣惊人。现在更是不能含糊。

一直关注这个项目的新闻媒体捕捉到这个信息，与科技部、21世纪议程管理中心和全海深载人潜水器项目组联系公开征名，一方面激发全民关注深潜、热爱海洋的热情，另一方面取一个新颖、形象而蕴含深意的最佳名称。这是深海高科技装备首次全社会征名，体现了深海工作者的自信和自豪。

2020年6月19日，经由专项总体专家组、业主单位、科研团队代表组成的评议组评议，中国万米载人潜水器从中选定并正式命名为"奋斗者"号。完美！这个名称符合时代精神，充分反映了当代科技工作者接续奋斗、勇攀高峰的精神风貌。用它来称呼全海深载人潜水器，可以体现中国载人深潜团队"最美奋斗者"的形象。同时，既表达了大家对载人深潜团队的褒奖，也代表了人们对深海科技工作者的赞美与祝福！

由此，"奋斗者"号开始了海试征程。

从全海深潜水器技术专家组，到所有相关合作单位的科研院所，组成了精干得力的海试团队。专家组组长、中科院深海所所长为总负责人，深海所首席顾问刘心成为"探索一号"船领队和现场验收专家，中国船舶七〇二所副所长、总设计师叶聪为海试总指挥，试航主驾驶则由张伟、赵兵、叶延英等担任。

整个海试分为两个阶段：第一阶段分别下潜1000米、3000米直至4500米，认真检测各个系统、各项设备，水面保障人员熟悉布放和回收程序，潜航员熟练掌握操作规程，演练意外应急措施。第二阶段就是挺进太平洋马里亚纳海沟（以下简称“马沟”），进行全方位检验测试，严格按标准验收。这是此次海试的“重头戏”，只有通过了它的考核检验，才能向全世界宣布：中国“奋斗者”号载人潜水器研制成功了！

为什么选择在马沟海试呢？因为它是地球海洋最深处，可达到万米深度。

如果把南极北极称为地球两端的第一极地、第二极地，而珠穆朗玛峰为最高极——第三极的话，那么马沟就是最深极地——第四极！它位于太平洋西部马里亚纳群岛以东，是一条洋底弧形洼地，大约长2550公里、宽69公里，平均水深在8000米左右，最深极点为挑战者深渊，达到11034米左右。

按照计划，这次海试的关键词是“双船双潜”：“双船”，是为“奋斗者”号深潜护航的双母船——“探索一号”和“探索二号”；“双潜”是指两台潜水器，一个是主角“奋斗者”号，另一个是它的“御用摄影师”——深海视频着陆器“沧海”号。

2020年10月10日上午，三亚南山港码头鼓乐喧天，群情昂扬，隆重而热烈的启航仪式在此举行。“呜——”随着一声长长的汽笛鸣响，“探索一号”和“探索二号”满载着人们的祝福出征了。

正值夏秋台风肆虐之时，航路上风高浪大，海况十分恶劣，许多队员晕得一塌糊涂。好在船长和船员艺高胆大，既巧妙避开浪涌，又迎风顶流勇往直前。在波峰浪谷中，海试团队召开了动员大会。海试总指挥叶聪讲道：“小别两个月，我们再一次踏上万米载人深潜海试的征程。接下来的40天内，在挑战者深渊方圆100千米范围的海域，我们将从浅到深，稳步推进潜水器的海上试验，以及与其他装备的联合试验。在充分确认潜水器的状态和能力后，奋斗者会向万米发起冲击，争取在地球海洋的最深点留下中国奋斗者的足迹！”

随后，支持母船“探索一号”领队刘心成——也就是大家习惯称呼的“司令”说：“再过三个月就是2021年，中国共产党成立一百周年了，让我们大家奋力拼搏探秘深渊，创造让世界刮目相看的奇迹，向建党百年献上一份厚礼！”

动员会开成了誓师会，掌声一阵接着一阵，海试队员的心潮就像浩瀚的太平洋一样，波涛汹涌、激情澎湃……

2020年10月21日，“探索一号”科考船劈波斩浪，搭载着“奋斗者”号潜水器到达马里亚纳海域，当天便进行了适应性下潜，此后5天连续5次大深度下潜，从5454米一直到9163米，均获得圆满成功。

激动人心的一天到来了——10月27日，“奋斗者”号将首次突破万米大关：由海试现场总指挥、总设计师叶聪，主驾驶叶延英，声学设计师刘烨瑶执行这个光荣任务。这不仅仅是一个深度从4位数到5位数的变化，还是中国人要逼近地球最深海底，挑战极限。

“各就各位，准备下潜！”

“明白，潜水人员已就位！”

“报告指挥部，船舶准备完毕！”

“报告指挥部，水面支持系统准备完毕！”

随着一系列口令下达及反馈，载着“奋斗者”号的轨道车移动、保障人员拆除限位销、挂主缆、起吊、A架外摆、挂龙头缆、布放入水，预先等候在小艇上的试验员——俗称“蛙人”，适时冲上去解主缆和副缆，一气呵成。潜水器逐渐漂离母船尾部。潜航员在舱内进行水面检查，确认各设备的状态。

“一号、一号！‘奋斗者’一切正常，水声通信已建立，请示下潜！”

“一号明白！同意下潜！”

现场指挥部一声令下，漂浮在海面的潜水器注水加重，瞬间便如游鱼一样潜入水下。主驾驶叶延英坐在中间，叶聪和刘烨瑶分坐两边注视着观察窗和各项设备，潜水器以每分钟60米的速度下潜，光线从蓝色慢慢变暗，在微光相机里能看到一些发光的浮游生物在游动。深度值在不断增加，3小时之后，多普勒测速仪、避碰声呐先后显示距底高度为130米左右，叶延英开始抛弃下潜压载，叶聪眼睛一眨不眨盯着仪表盘，刘烨瑶通过水声通信语音向母船汇报：“‘奋斗者’已突破万米深度，目前已抛载，准备坐底。”

“太好了！祝贺你们，祝贺我们的深潜事业！请密切关注潜水器状态，保证各方面的安全！”

“坐底”是指潜水器安全主动落至海床上。海底越来越近了，10米、7米、5米，在照明灯光下，马沟海底清晰地呈现在三位潜航员眼前，作为总设计师的叶聪十分兴奋，但他没有表露出来，而是叮嘱同伴调节潜水器均衡、近底航行观察、做好相关的试验记录。万米海底是如此的深邃和静谧，它能让一切嘈杂的心随之沉静下来，随处可见透明的海参、多毛类生物、海绵等，不由得让人感叹生命力的顽强。

深度10124米！中国人首次到达万米海底了！

消息传到母船指挥部里，正在屏幕前观看的队员喜形于色，鼓掌庆贺！但并没有电影中那种互相拥抱和热泪盈眶的情景，这与当年“蛟龙”号突破7000米时全船振臂欢呼不一样了。因为，经过几年的拼搏，中国深潜科技早已突飞猛进，大家相信“奋斗者”号一定会成功！这种平和的心态体现了强大的自信。

随后在10月30日，11月2日至5日，“奋斗者”号又分别四次深潜超过10000米，进一步验证和巩固了深潜成果。喜讯传回国内，立时引来海南省委、三亚市委、中科院深海科学与工程研究所、中国船舶七〇二所、全海深载人潜水器海试领导小组和中国船舶集团公司等单位雪片似的贺电。在此背景下，向全国乃至全世界公开报道的一天到来了！

我们刚刚打开深海的一道门缝……

如此，就迎来了我们在作品开头所描绘的美好而壮观的一幕、迎来了2020年11月10日中央电视台新闻频道直播那振奋人心、举世瞩目的“高光时刻”。

经过10多天海上颠簸，搭载着央视报道团队的“探索二号”船，在11月8日与“探索一号”汇合了。记者们戴上安全帽，套上救生服，乘坐运输艇去“探索一号”工作。

按照预定方案，11月10日早上，央视新闻频道推出《中国“奋斗者”号载人潜水器万米级海试》直播。幕后和幕前，精心准备的报道团队采用短片回放、嘉宾访谈、演播室与海上互动、动漫APP等多媒体手段，将

“奋斗者”号的前世今生与重大意义，尽情展现在大屏幕上。在主播劳春燕的视频连线中，身在海试现场的记者丛威娜手持话筒侃侃而谈：“现在，人们关注的焦点都在现场指挥部，因为通过这里的大屏，我们不仅能够监控到潜器和潜水员是什么状态，最重要的是会显示一个信息，就是下潜的深度。现在我们能够看到，‘奋斗者’号正在一点点逼近万米，让我们大家一起共同见证这样一个时刻……”

此时，镜头转到大屏幕上，在“当前深度”字样下，赫然跳动着一串数字：10008、10160、10356，直到10909停住了，显示“奋斗者”号成功抵达海底。大屏幕在各项深潜参数背景图上直接打出字幕：坐底深度10909米，再次创造中国载人深潜新纪录。

央视记者继续报道：“现在潜水器已经坐底了，将进行相关的工作，我们通过搭载的通信系统去和三位潜航员进行一个通话。‘奋斗者’‘奋斗者’，我是央视记者，请问你们三个人现在的状态怎么样？完毕。”

隔了一段时间，随着沙沙的水声、通信机声，传来潜航员的通话声：“我们现在三个人的人员状态良好，正在开展机械手功能测试。”

“收到，‘奋斗者’，第二个问题想问的是到达万米海底的时候，你们看到的景象是什么样？完毕。”

“亲爱的观众们，万米的海底画面妙不可言，希望可以通过‘奋斗者’号，向大家展示……”

真是妙不可言，这是来自万米深渊底部中国人的声音啊！它说明了半个世纪以前毛泽东主席代表中国人民所发出的宏愿实现了：“可上九天揽月，可下五洋捉鳖，谈笑凯歌还。”

三天后——11月13日，本次海试的又一场大戏上演了：国家研发计划重点专项“全海深视频直播系统”参加了海试，“沧海”号着陆器首次与“奋斗者”号万米海底联合作业。央视新闻频道再次开启直播。

作为御用摄影师，搭载摄像设备的“沧海”号着陆器比“奋斗者”号提前坐底等候。母船上的海试队员、直播团队，以及不值班的船员全都涌到控制室屏幕前，看扬尘慢慢散去，漆黑的海底闪现出来。

“来了！”随着眼尖者惊喜的叫声，屏幕上万米海底冒出一簇幽幽蓝光，渐渐靠向“沧海”号。虽然还看不太清楚，但大家知道那就是“奋斗者”号载人潜水器：“太棒了！它在海底一举一动都让‘沧海’拍下来了！”在场的所有人都激动地喊出了声！

依托科学家、工程师的深海硬实力，央视总台直播团队大胆想象、详细策划的万米海底直播竟然变成了现实！当远远看到“奋斗者”号载人潜水器轮廓渐渐清晰，建立通信链路看到和听到潜航员视频声音时，大家内心无比激动，一项世界性奇迹诞生了：全球首次实现万米洋底4K电视信号直播。美国、法国、日本、俄罗斯等都没实现的梦想，我们中国人成功了！

2020年11月28日8时30分许，随着一阵汽笛声响，在“地球第四极”结束科考任务的“探索一号”科考船，缓缓驶进三亚南山港靠泊下锚。成功实现10909米坐底纪录的“奋斗者”号全海深载人潜水器，以及海试队员也随船胜利返航。

科技部、中国船舶集团公司、中科院有关领导和工作人员，海南省、三亚市的有关领导和众多市民群众，早早等候在码头上，举行了简短而隆重的欢迎仪式。热情的观众举起写有“热烈欢迎‘奋斗者’号凯旋”的标语牌，载歌载舞，戴着红领巾的小学生跑上去，为科考人员和船员代表献上了鲜花。

此时此刻的北京与海南心连心，中共中央政治局委员、国务院副总理刘鹤通过视频，向海试团队表示了热烈的祝贺和欢迎！同时，传达了中共中央总书记、国家主席、中央军委主席习近平的贺信，其中讲道：

“奋斗者”号研制及海试的成功，标志着我国具有了进入世界海洋最深处开展科学探索和研究的能力，体现了我国在海洋高技术领域的综合实力。从“蛟龙”号、“深海勇士”号到今天的“奋斗者”号，你们以严谨科学的态度和自立自强的勇气，践行“严谨求实、团结协作、拼搏奉献、勇攀高峰”的中国载人深潜精神，为科技创新树立了典范。向你们致以热烈的祝贺，向所有致力于深海装备研发、深渊科学研究的科研工作者致以诚挚的问候。希望你们继续弘扬科学精神，勇攀深海科技高峰，为加快建设海洋强国、为实现中华民族伟大复兴的中国梦而努力奋斗，为人类认识、保护、开发海洋不断做出新的更大贡献！

从“十三五”以来，科技部会同中科院、中国船舶集团，组织近百家科研院所、高校、企业近千名科研人员，经过艰苦攻关，成功完成全海深万米载人潜水器的研制工作。在马沟海试13次下潜，其中8次突破万米，标志着我国在大深度载人深潜领域达到世界领先水平，标志着华夏儿女的深潜事业从“蛟龙”号的跟跑，到“深海勇士”号的并跑，再到如今“奋斗者”号领跑的超常大跨越！

当央视记者将话筒递到海试总指挥叶聪面前，请他代表研发团队谈谈感受时，这位年轻老成的“少帅”就像勇敢担起总设计的重任一样，既豪迈而又谦逊地表示：“我觉得不能用这五年来讲深潜的故事，应该用二十年甚至更长一些。我们从没有深海装备到有深海装备，从无人的到有人的，从简单的到复杂作业的，是老一辈科学家用肩膀托起来的。我们要牢记传统又要开拓创新，所以‘奋斗者’号远远不是终点，应该说，我们刚刚打开了深海的一道门缝……”

普若岗日的诉说

——记全国脱贫攻坚先进个人、"央企楷模"梁楠郁

◎文/中国石油集团公司中国石油报社　袁　伟

远远望去，普若岗日在藏北羌塘高原澄明的天空下，像一个银色巨人，守护着广袤无垠的高原。

在藏语里，"普若"意指银色的碗，"岗日"则是冰原、雪山的意思，合在一起，"普若岗日"就是"像银碗一样的冰原"。1999年秋，中国科学院姚檀栋院士率领的中美科学考察队首次在藏北羌塘高原发现普若岗日冰川。在进行了冰川考察和冰芯钻取等深入研究后，中美科学家共同宣布，普若岗日冰川是世界上除南极、北极以外最大的冰川。

如果说双湖县的"无人区"是一个传说的话，那么1999年才被人类发现的普若岗日冰川就是这个传说中的神。她屹立于羌塘国家级自然保护区的核心区域，总面积达422平方公里，最高处海拔6500米，位于那曲市双湖县城东北90公里，是双湖县的标志性自然景观之一。

2020年疫情刚刚有所缓解，作为中国石油天然气集团有限公司（以下简称"中国石油"）选派到双

湖县的援藏扶贫干部——梁楠郁第22次来到普若岗日。随着藏区旅游业的回暖，为了推动“羌塘高原原生态体验游”旅游项目，他再次来到这里，再次看到这壮美的景观，伸手拂云，天人合一，对生命的感悟，对自然的敬畏，顿然涌上心头，四年多的高原工作和生活场景，像电影一样，一幕幕地浮现在眼前，无限感慨，禁不住热泪盈眶。

虽然是盛夏，但普若岗日依然冷若严冬。寒风在冰裂隙间激荡，发出或高亢或低沉的声音，仿佛在诉说着一个生动而感人的故事。

双湖，一个“无人区”的传说

2016年7月30日晚9时。

藏北羌塘高原，海拔高度5000米以上。随着剧烈的颠簸，车灯的光柱也在剧烈地颤抖，一辆汽车在荒野上前行。

即使是在白天，广袤的荒原，除了野牦牛、藏野驴和藏羚羊等少数动物外，极少能看到生命活动的迹象，更找不到丝毫人类生活的痕迹。

此时，车里的人知道，尽管非常颠簸，但他们一点也不能放慢车速，因为他们知道，在这片不时有棕熊和野牦牛出没的荒蛮之地，在手机没有信号的情况下，在这条实际上就是由前车轧出的车辙形成的所谓“土路”上，在夜间气温动辄零下十几摄氏度的高海拔地区，如果汽车在夜间抛锚，那就意味着生机渺茫。

车上，除了司机旺玛平措，唯一的乘客是一位戴着眼镜的青年人。在颠簸和高原反应的双重打击下，年轻人脸色有些发紫，头发也有些凌乱，他就是梁楠郁。清晨从拉萨出发，翻越念青唐古拉山，进入羌塘高原腹地，经过500公里的柏油公路和近200公里的所谓“土路”，夜里大约10时，梁楠郁他们终于到达了此行的目的地：双湖县城。他抬眼望去，除了遥远的天际下黑黢黢的山影，没有一丝亮光，极目所至，只有天空的星辰在闪烁。梁楠郁暗自叹息道：“这哪里是在行走啊，这简直就是在穿越！”

三天前，他还是中国石油审计服务中心科研与事业审计处副处长。北京的夏季，晚上10点，灯火通明，大街上、地铁里，人流涌动，不夜之都，到处洋溢着温暖的生活气息。然而仅仅用了三天时间，梁楠郁就在三个维度上，同时实现了大跨度的穿越。

在空间维度上实现大位移。在垂直方向上，他由海拔50米，穿云破雾，直上5000米的云端，空气含氧量只有北京的40%。而在水平方向上，北京的家早已被他抛在3000公里外的远方。

在时代维度上实现大变幻。由现代化的都市，直接穿越到没有电，没有路，没有自来水，手机没有信号，取暖靠牛粪，做饭靠牛粪，烧水也要靠牛粪……

在季节维度上实现大转换。直接由盛夏，转换到了冬季。不远处，普若岗日冰川已经在那里沉睡了千万年，昭示着双湖的气候特征。这里的一年中，只有两个季节：如果把其中的一个冬季叫作 π 的话，那么另一个季节就是3.1415926……所以，梁楠郁从北京的盛夏，直接就穿越到了羌塘那个无限接近于冬季的夏季。

梁楠郁虽然在思想上有了充分的准备，也对自己的身体素质非常自信，但走下汽车的那一刻，他还是感受到了一种无形的压力：快走几步，就会气喘吁吁，胸口就像塞了一团棉花一样。身体非常容易感到疲劳，在低海拔地区一个简单的动作，在双湖会很难完成，即使什么也不干，身体也像扛着一个几十斤的面袋子。最难的还是睡觉。在双湖，清醒的时候如果不是在劳作，感觉不到胸口有很强的压迫感，这种强大的压迫感会在入睡时突然出现：当你躺下即将入睡的那一瞬间，仿佛一块巨石突然压向你的胸口，让你猛然间惊醒。惊醒瞬间，巨石又会凭空消失。俄而，当睡意再次爬上来的时候，巨石又会突然出现。如此这般，一个人很难在不借助外援的前提下入睡。在采取吸氧等人工干预措施的情况下，身体素质好的人，才能有比较好的睡眠。

靠着良好的身体素质，加上连日奔波造成的疲劳，梁楠郁在双湖的第一个晚上，在不吸氧的情况下，居然睡得很香。作为一个西北汉子，梁楠郁非常注意锻炼身体，所以，他的身体素质尤其是肺活量非常惊人。正是靠着这种强大的身体素质，援藏扶贫第一年，他经受住了高原缺氧的考验，基本上每天都能得到良好的休息。援藏扶贫的第二年，长期的高原缺氧，摧残了梁楠郁的身体，如果不借助高压氧舱，他很难自然入眠。好在进藏的第三年，双湖县通了电，梁楠郁获得了山东一家企业捐赠的高压氧舱，使他在每天工作之余，可以在氧舱里放松一个小时，也可使日渐困难的睡眠得到恢复。跟从小就生活在高原地区的人不同，从低海拔地区来到高原地区工作和生活的人，低气压和缺氧等高原环境对身体会造成伤害，这些伤害有的在离开高原后会自然消失，有的通过药物治疗可以逐渐消失，但有的则会对身体造成永久伤害，那就是所谓的“高原病”。

千里之行始于足下，了解双湖是必需课。从2016年8月起，作为双湖县委常委、常务副县长，梁楠郁在经过简单准备和适应后，开始了对全县的调查研究。虽然此前梁楠郁自认为已经深入研究了双湖县，但几个月的调研下来，从地图上的双湖到现实中的双湖，还是让梁楠郁感到震惊。

梁楠郁对双湖的第一印象是大。双湖县说起来是一个县级行政单位，但其面积达11.67万平方公里，比土地面积在全国排名第24的江苏省还要大。在2012年之前，西藏没有双湖县，当时的双湖县名叫“双湖特别区”，属于尼玛县管辖。之所以如此，是因为当时国家认为双湖地区是无人区，只有野兽出没，只有寒风呼啸，只有雪山矗立，只有荒原横亘。没有人，设行政区就没有必要。所以当时叫特别区，含义类似于自然保护区。

后来，随着对双湖地区的了解，发现这一地区虽然人烟极为稀少，但还是有零星牧民的。随着对这一地区了解的加深，发现此地不仅有牧民，而且有自然形成的居民点。于是政府就开始着手改善牧民的生产和生活条件，把自然形成的居民点逐步建设成为乡镇和村落。即便如此，如今的双湖县在册人口仍然只有10000多人，人口密度相当于北京二环以内只住着8个人。

梁楠郁对双湖的第二个印象是苦。这种苦体现在两个方面：一是来自恶劣自然条件的艰苦。可以说，人，确切地说是来自低海拔地区的人，能在双湖这种自然条件下，不加人工干预地睡一夜，就是非常了不起的。而双湖平均5000米的海拔，是人类生命极限的试验场，许多人的身体是承受不了这样高的海拔的。在北京，血氧浓度低于90是要实施抢救的，而双湖一般情况下，血氧浓度维持在70左右。不仅空气里的含氧量低，还因为空气太稀薄，气压太低，在双湖一口气能吸进肺里的空气只有在北京的40%。牙膏瓶的设计是有一定强度的，这种强度就是在常压下，打开盖子，经过轻轻挤压，牙膏能出来。在低海拔地区，如果不挤压，牙膏是不会自动从牙膏瓶里出来的，这是因为牙膏瓶内外的压力是平衡的，但到了双湖就不一样了，你把牙膏瓶盖子拧开，不用挤，牙膏就会自动冒出来。密封包装的食品，到了双湖，包装袋会自动膨胀开裂。

二是偏远落后。2016年双湖还没有通电。没有电，自然就不会有无线通信系统，所以2017年以前双湖没有网络。没有自来水，因为永久冻土层厚达3.8米，埋设水管必须要埋在3.8米以下，投资巨大，在双湖县的经济条件下，根本不可能。由于没有自来水，所以整个双湖县当时没有上下水管道，没有一个抽水马桶，全部使用旱厕。当时由于管理不到位，整个双湖县城，野狗成群，它们尤其喜欢聚集在厕所周围，即使县委、县政府也不能幸免，“如厕难”成了当时双湖的一大难题。野狗携带肝包虫细菌，也使双湖的肝包虫发病率居高不下，一度达1.6%。2019年，双湖发动全县消灭野狗，“如厕难”也才得以初步解决。但真正解决“如厕难”问题，还是在2019年底，双湖通水通电之后，抽水马桶得以推广。

没有路，从拉萨到双湖700公里，前500公里是沥青路，路况还可以，剩下的200公里是土路，但路况极差，就是表层解冻后极其松软的土层轧出的车辙印，形成很多大坑，行车非常困难和危险。由于交通不便，燃煤难以运达，全县包括县城，取暖、做饭、烧水都靠烧牛粪。

梁楠郁在调研时发现，全县七个乡镇医院的产房，墙壁都是黑乎乎的，一问才知道，产妇要生产，产房就要取暖，要取暖，就只有烧牛粪，长此以往，产房的墙壁都被熏黑了。

正是因为太偏远落后，外边的人很难也很少来到双湖。但双湖跟中国石油却有着较长的渊源。从2002年开始，中国石油就跟当时的双湖特别区建立了对口支援关系，中国石油也开始派出援藏干部赴双湖支援当地经济社会发展。后来，每届援藏干部的驻藏年限由2年增加到了3年，梁楠郁就是驻藏时间增加后来到双湖的。到如今，已经先后有14名援藏扶贫干部在双湖工作过，为双湖的经济社会发展奉献了自己的青春岁月。所以，双湖人民对中国石油有着很深厚的感情。

恶劣的自然环境，落后的生活条件，也让梁楠郁在调研活动中吃尽了苦头。在第一次全县调研中，各乡镇都接到了通知，但由于没有通信信号，具体什么时候到却没法通知对方。更重要的是，羌塘高原所谓的乡或者镇，跟内地的乡镇完全不是一个概念，往往只有十几家牧民的简陋房子，东一家、西一户的，也没有什么街道，没有一棵树——从拉萨出发，翻越念青唐古拉山之后，几百公里乃至上千公里的荒原上，就再也见不到一棵树了。每次出去调研，梁楠郁与司机旺玛平措，都必须带足干粮和水。因为几百公里的路上，根本不可能有一家饭馆。由于不通电，也没有手机信号，根本没办法提前通知要去的乡镇。

“到了，终于到了。”有一天，跑了很长的路，天黑之前，他们终于到了措折罗玛镇，梁楠郁和旺玛平措心里别提有多高兴了。但由于手机没有信号，措折罗玛镇并不知道他们当天要来。

“梁县长，你们怎么来了？”见了梁楠郁，镇长一脸的吃惊和疑惑。

“走的时候没办法及时通知你们，这就直接来了。”梁楠郁解释说。

“我们一点准备也没有，您看，都这个时候了，晚饭都还没有准备。”镇长有点着急地说道。

最后，镇里用一套煤油炉给他们两个做了一顿晚饭。其实这种待遇已经很高了，正常情况下，做饭都是用牛粪作为燃料的。但这还不是最尴尬的，最尴尬的是梁楠郁居然在“狗窝”里住了一个晚上。

吃过晚饭，镇长安排他们在一间很久没人住过的房间里住下，镇里的人也没有仔细检查。梁楠郁进了房间掀开被子一看，见床上到处都是狗爪的印子，被子上沾满了狗毛。

原来，当时镇上野狗很多，措折罗玛镇的小招待所是平房，长期没人光顾，门窗时常敞开，早已被野狗占领，甚至成了狗窝。

当时天气很冷，又是晚上，简单更换了一下被褥，打扫了一下床辅，梁楠郁他们就在这里睡了一夜。

在其香错调研时，湖区几近结冰，为了调研卤虫卵情况，梁楠郁在湖边搭帐篷住了十几天。巴岭乡党委书记罗布占堆说：“气温零下二十多度，帐篷里什么取暖设施都没有，梁县长嘴唇裂了，脸也掉了一层皮，大家都劝他回县里，但他说，只要能把卤虫卵产业做好，受苦受累都值得。”

梁楠郁和旺玛平措两个人，一台车，走遍了11.67万平方公里的双湖县，每一个湖泊，每一座雪山，每一个牧民聚居点，每一条曲折蜿蜒的小路，都留下了他们的足迹。盛产卤虫卵的其香错吸引了梁楠郁期待的目光，海拔6500米的普若岗日前有梁楠郁深远的思考……通过这次扎实的调研，梁楠郁对整个双湖县有了全面而深入的了解，也对自己分工主管的教育、医疗卫生、旅游和发展改革等项工作做到了心中有数。

宁可向前一步死，决不向后半步生

2017年3月22日下午，羌塘高原北部，三辆汽车艰难地在一个山口地带爬上山脊，在一个土壤松软的小平台上停了下来。

傍晚的天空像一块巨大的帷幕，夕阳斜照在左边圆润的雪山顶上，本来银白色的冰雪，仿佛撒上了一层金粉，看上去像一位身披金色袈裟、仪容慈祥的大喇嘛，面带微笑地俯视着世间万物。大自然是最好的画家，此刻正在创作一幅美好的油画——“天使之路”。画中的天使，就是梁楠郁他们一行8人。

为了早日勘定探险旅游线路，在没有路的地方探出一条路，他们三台大排量的越野车，一行8人3天前就从双湖县城出发，计划寻找一条漂亮的高原旅游线路，计划当晚在荣马乡宿营。3月22日早上，他们从嘎措乡出发，进入真正的无人区，继续探险之旅。虽然有高精度导航，但地图上的地形线路和实际行走的路是两码事，中途为了绕过一个尚有余冰的沼泽地，他们耽搁了大约4小时，结果，原计划下午两点多就要到达的这个山口，实际到达时，已经快傍晚7点了。

现在，他们面临着三种选择：一是原地宿营。经过讨论否定了这一选择，原因是山口风力太强，加上此地野牦牛和棕熊出没，安全系数太低。二是退回去。按照原路返回前一晚上宿营的嘎措乡，毕竟走过的路，加上购买的高精度导航，可以返回。但如果这样，考察就等于中断了。下次又要从头再来，那样的话时间不允许，资金也是大问题。梁楠郁知道，如果这次不能按照原计划把旅游线路确定下来，再组织这样一次类似的考察探险，那几乎是不可能的。因为，参加这次探险之旅的，都是全国极限旅游的顶级发烧友，是梁楠郁热情邀请到双湖的，不仅全部都是没有劳动报酬，连车辆油耗等费用都不用双湖县承担。这些极限探险者唯一关心的是双湖独步天下的自然风光和惊险刺激的高原探险体验。作为双湖县主管旅游的梁楠郁，能够提供给他们的，正是他们想要的。他们追求的是天地之间自由奔放的体验，不关心费用的多少，而这一点，正好使梁楠郁摆脱了经费匮乏的窘境。双方一拍即合，才促成了这次探险之旅。如果在这个时候退回去，不仅这四天来的探险功亏一篑，后期的探险也将难以为继。最终计划中的"羌塘高原原生态体验"旅游开发项目也将不得不推迟实施。三是继续向前。如果选择前进，有可能闯过这一难关，如期完成旅游线路的勘定工作。因为从地图导航上看，他们前方再无高山湖泊和湿地的阻断，虽然面临着摸黑下山、无路可走的险境，但高原地带，本来就无人涉足，所谓路，走的人多了便成了路。

是退，还是进？石油精神和大庆精神铁人精神此时在梁楠郁的体内激荡，"宁肯少活20年，拼命也要拿下大油田""有条件要上，没有条件创造条件也要上"，"铁人"王进喜的这些豪言壮语在梁楠郁耳边响起。从2016年7月进入双湖以来，支撑他克服重重困难、勇往直前的，不就这种精神吗？看着茫茫前路，他在认真地思考着。

最终，梁楠郁下定了决心：继续前进。天黑之前，他们成功地越过了山口，来到了平坦的地方。前路虽然松软难行，但大家胆大心细，探索前进。天地无声，唯有他们的三台车在高原上缓缓前行。星汉动容，陪伴他们在可能从来没有人类涉足的地方顽强奋争。

凌晨一点多钟，远方出现了隐隐约约的亮光，昭示着他们已经走出了"无人区"。一户藏族牧民热情地招待了他们，但家里实在没有宿营的地方，他们只好在羊圈里宿营，毕竟羊圈里要比旷野里挡风一些。

2002年，中国石油作为唯一的帮扶单位开始援助双湖，每位援藏扶贫干部到达双湖时，都受到当地群众的夹道欢迎。2013年双湖县挂牌成立，从尼玛县独立为一个正式的县级行政主体，国家的投资扶持力度随之加大，仅2016年国家投资就达4.5亿元。2016年7月30日，梁楠郁到达双湖县，当晚住在普若岗日宾馆三部，那是一排条件简陋的平房。这种情况与离开北京时的期待形成了巨大的反差。对此，梁楠郁不仅没有丝毫抱怨，反而引起了他的思考，重新理解了援藏，那就是，援藏干部要有所作为，不能光看钱的多少，更重要的是要做当地干部做不了的事。

2017年以来，双湖县大力推动牧业改革，不少劳动力从传统牧业中解放出来。梁楠郁多方联系，帮助他们寻找就业机会。2020年3月，次仁拉姆等10余名牧民作为双湖县首批转移就业人员抵达上海，成为上海靓灶餐饮集团的服务员。从边远的藏区来到大上海，这10余名青年牧民由新奇到适应，开阔了眼界，增长了见识，逐渐融入社会中。

协德乡达吾玛宗村是梁楠郁的结对帮扶村。梁楠郁多方争取，让达吾玛宗村村民参加双湖县一座建筑的拆除工作，直接带动村集体经济增收40余万元。达吾玛宗村多吉老人家是梁楠郁的结对帮扶贫困户。尽管来回路程400多公里，梁楠郁还是总找机会去看望多吉老人。得知多吉老人的妻子萨卓患有胆结石，他立即联系双湖县医院给老人做手术。2020年秋，达吾玛宗村全体村民给梁楠郁送来一面锦旗，上面写着："情洒藏北不言悔，无私援藏为百姓。"

为了丰富牧民的文化生活，双湖县成立了民间艺术团，但因为双湖县人口较少，民间艺术团处于"吃不饱"的状态。为了增加20余名临时人员的收入，梁楠郁多方协调，让艺术团到江苏省开展商业演出。这次尝试性的活动进行了3个月，艺术团踏遍了江苏省的许多地区，在没有增加双湖县任何财政负担的前提下，通过商业演出，在企业、学校和社会上传播和交流了藏族文化，还为每人增加了一定的收入。

在这个过程中，梁楠郁逐渐认识到，类似的帮扶活动见效快、周期短，却难以形成长期效应，可持续性不强。只有充分挖掘双湖自身优势，突出产业扶贫，才是双湖县脱贫致富的根本途径。

具体讲，发展什么，怎么发展？梁楠郁首先把突破口选在了发展高原旅游事业这项在双湖有着巨大潜力而实际上却一片空白的产业上。然而没想到的是，当他把想法在县里有关会议上提出后，引来的却是一片质疑之声。

"就咱这地方，花钱请人家来人家还不愿意来呢，你倒好，还要收人家的费。不可能，绝对不可能！"

"什么，什么？每人一万三千八百元，痴人说梦吧。就咱双湖这破地方，真正的鸟都不拉屎，你每个人收人家一万三千八，别瞎耽误工夫了吧。"

"异想天开，不可能的。纵然是咱双湖确有吸引人的地方，但这地方5000多米的高海拔，从拉萨到咱这儿700多公里，倒口气都难，安全怎么保证？无人区探险体验，碰上棕熊怎么办？碰见野牦牛怎么办？几百里没人烟，人家吃什么、喝什么、住哪儿？没有信号怎么办？……这一系列问题怎么解决？"

梁楠郁的信心，来自他对国内旅游业的深入研究和分析。他发现，近年来，国内旅游人群正在发生着分化，大多数人继续把旅行目的地选在人多的地方，这就是所谓的"凑热闹"。反映在西藏游上，就是参观宫殿与寺庙等人类创造的文化遗迹。但与此同时，越来越多的人已经从"凑热闹"里分化出来，他们根据自己的兴趣爱好，自行选择旅游目的地，其中的一部分人相信"世之奇伟瑰怪者，常在于险远"，从而开始强调个性化旅游，选择人迹罕至的地方，或探险寻求刺激，或独处寻求宁静，追求个性需求。这一人群中，有相当一部分拥有稳定且较高的收入。双湖在高原探险、体验异样风景方面，具有得天独厚的条件，对国内高端旅游人群具有独特的吸引力。有了这些得天独厚的条件，安全保障、保护环境等问题，那是可以通过人的努力解决的，不应该成为阻力。梁楠郁认为，高原特色游与西藏其他地区流行的寺庙和城市风情游相比，最大的优势就是，在经济效益方面，能够以一当百。

虽千万人吾往矣。作为双湖县旅游业的主管领导，梁楠郁决心把"羌塘高原原生态体验游"搞起来。

"羌塘高原原生态体验游"从2017年初启动开始，线路勘定工作就于当年完成了。此后，梁楠郁开始了更加艰难的推介工作，2018年和2019年两年内，全国各地只要有旅游项目展示会，梁楠郁就会出现在那里；哪里有旅游市场发展论坛，哪里就会有梁楠郁的身影。同时，为了加大旅游宣传力度，双湖县还邀请中央电视台《驶向荒野》摄制组到双湖拍摄节目，网络点击量超过千万次，还成功举办了三届“第三极终极越野拉力赛——普若岗日赛段”等赛事。

2019年夏季进行了试运营后，对项目开发实施中出现的一些问题又进行了进一步的完善和整改。比如，如遇野生牦牛怎么办？与家养牦牛相比，野生牦牛不仅体形大，而且十分凶猛好斗，在探险旅游中，许多人都期待看到野生牦牛，看到它们展示野性的美，当它们打着响亮的喷嚏，在高原上奔跑或者相互搏斗时，确实能让人血脉偾张、热血沸腾。但同时，旅游者不知不觉中已经处于十分危险的境地。为此，梁楠郁指示双湖县旅游部门进一步完善了“羌塘高原原生态体验游”的《旅游手册》，针对偶遇野生牦牛和高原棕熊等大型野兽时如何处置做出了明确而详细的规定。而针对高原环境保护，在《旅游手册》中也有明确规定，要求游客在体验游中，必须带走所有生活垃圾，而且加收了5000元的环保押金，发现丢弃垃圾行为，一次即可扣完全部环保押金，从而最大限度地避免了旅游对原生态环境的破坏。

双湖县的“羌塘高原原生态体验游”项目经过各种渠道发布后，立刻引起国内高端旅游界的关注。这一项目选定的是一条充满奇遇、惊险、挑战的旅游线路，沿途充满着全国乃至全球都独一无二的自然景观，有号称“全球第三大冰川”的普若岗日、有号称“高原圣湖”的纳木错、有号称“天使之眼”的其香错，可远观野牦牛，可抚摸冰川，有野生棕熊逡巡，有高原神鹰盘旋，云朵低垂，天幕高远，独特的旅游景观是在地球的其他地方都无法体验到的。而这正是吸引高端探险旅游者的地方。

2020年，“羌塘高原原生态体验游”正式运营，但新冠肺炎疫情不期而至，全球旅游业受到沉重打击。国内旅游业也受到严重影响，据有关部门统计，国内旅游人数比上年减少30.22亿人次，下降52.1%。但在全国旅游业如此不景气的情况下，双湖县“羌塘高原原生态体验游”参加人数仍然达到200多人，仅此一项，收入就达300余万元，成为该县增长最快的产业之一。目前，双湖县的“羌塘高原原生态体验游”单人游客经济贡献值从原来的300元提升至4000余元，已成为整个西藏自治区唯一一条单价过万元的县域旅游路线。

2020年只是一次成功的开始。2021年，“羌塘高原原生态体验游”继续保持较高热度，根据前期网上预订，实现“全年接待游客500人左右、旅游收入突破800万元”的目标将不在话下。

只要老百姓需要，再大的责任也要担

2017年8月23日下午，双湖县医院的会议室里，气氛紧张而压抑。

会议讨论的是两名产妇的剖腹产问题。与会者的观点只有两种：第一种观点认为必须做，只有做了，两名产妇和婴儿的生命才有希望。如果不做，距离拉萨700公里的距离，面对这样的胎位异常，一旦临产，后果不堪设想。第二种观点认为，能不做尽量不做，大家都没有责任，而如果做了，一旦出现问题，每个人都脱不了干系。

因为这两台事关两个产妇的剖腹产手术，梁楠郁和双湖县医院领导、中国石油援藏医疗队正在会议室里讨论。在海拔5000米的双湖，这样两台手术的会议必须召开，原因有二：一是设县以来，或者说有县医院以来，没有做过这样的手术，查阅资料，全世界医疗史上也没有在海拔5000米做剖腹产的记载，做与不做，需要统一认识；二是如果做，就要面临太多的挑战，在低海拔地区根本不是问题的问题，在双湖却成为致命的问题，必须讨论解决。

一周以前，中国石油援藏医疗队到达拉萨。在经过一周适应性训练后，于两天前到达双湖。领队是当时的中国石油廊坊总医院医务处主任张彦宗，整个团队17人都是廊坊总医院的骨干和专家，包括普外、麻醉、内分泌、产科、骨科的专家，还特地带了2名护士，大部分是科室主任，技术水平在中国石油系统是属于一流的。

时间再往前推一年，梁楠郁刚到双湖县任职时，对全县进行了一次深入而全面的调研。在调研中他发现，双湖一些常见病的医疗水平令人揪心。几乎在每一家乡医院，梁楠郁都看到墙壁熏得黑黢黢的。所谓接生，也只是医生烧着牛粪，什么也不做，等着产妇把孩子生下来。在一个乡医院，

梁楠郁了解到，前两天，有两个产妇在这里生孩子，一个孩子生下来就夭折了，另一个孩子生下来7天后也夭折了。这一现象，令梁楠郁十分痛心，他下定决心要解决这一问题。但万事开头难，以往双湖没有一例剖腹产手术，要让人们接受这一新鲜事物，必须有一个契机。同时，他经过了解发现，仅依靠双湖县医院的力量，根本无法承接剖腹产手术，要跨过技术这道坎，也必须等待一个契机，这个契机就是中国石油援藏医疗队的到来。

张彦宗带领的援藏医疗队从北京出发的时候，双湖县就通知各乡镇：中国石油援藏医疗队的专家要到双湖来了，他们计划在双湖停留一周左右，请各乡镇有什么疑难问题，有什么困难，到县医院集中就诊解决。医疗队到达双湖的第二天，就有100多名患者从四面八方集中到县医院，寻诊问病。一时之间，冷清的县医院一下子热闹了起来。

针对难产问题，梁楠郁要求有关部门提前对全县各乡进行了摸底排查，发现有三名产妇正好在那一周进入围产期，而且都有难产先兆。

解决难产问题，契机终于到了。在医疗队到达双湖的第一天，也就是8月22日，梁楠郁就召开双湖县医院、援藏医疗队、双湖有关部门参加的联席会议，科学论证、集体研究。这次会议要求从各方面科学分析在手术中可能出现的问题，并以最快的速度，寻求解决方案。会议列出的困难主要有四个方面：一是县医院没有血库，当然也没有备血。一旦出现大出血怎么办？二是仪器有高原反应，常常出现一些不可预测的问题，比如血型仪目前就测不出血型。三是凝血功能仪坏了，凝血功能测不出来。四是电压不稳，使各种仪器设备的运行雪上加霜。

8月23日，援藏医疗队组成一个专业小组，对排查出的三名孕妇进行了复查，结果是，其中两名必须做剖腹产，另一名可以通过技术手段实现顺产。

这样一来，解决前一天联席会议上提出的技术问题就更加迫在眉睫。

关于电压不稳的问题，要求县城唯一的电工房浩师傅带着那台柴油发电机，到县医院报到，让他守在手术室门口，坐在发电机旁边，随时待命。

关于血型和血源的问题，医疗队和双湖县医院中O型血人员主动请缨，因为O型血是万能输血者，一旦出现大出血需要输血，就可以随时抽血随时输，备血和血型问题也算是都解决了。

剩下的也是最关键的问题是凝血功能。在5000米海拔的高原，如果产妇失去凝血功能，即使有血液输进体内，也是这边输那边出，非常危险。要命的是，双湖县医院的凝血功能仪出现高原反应，失灵了。

“张主任，现在的关键是凝血功能。以你的经验，有没有其他方法？”凝血功能是决定手术能不能做的关键问题，梁楠郁不得不征求援藏医疗队队长张彦宗的意见。

“办法倒是有一个。”张彦宗征求医疗队队员、中国石油廊坊总医院检验科主任的意见，检验科主任说，在凝血功能仪出现之前，曾经有一种土办法，叫“玻璃挑丝法”。就是取少量血液，放置在玻璃片上，然后用小木棒挑一下，如果有丝，则说明凝血功能没问题。

问题一个个得到了解决，但梁楠郁心里清楚，在这么高的海拔上，潜在的风险无处不在，仪器仪表能否稳定运行，主刀医生能否挺得住，麻醉剂在高原手术情况下能否正常发挥作用，各种辅助设施运转能否正常等，都在考验着每一个人。但正如张彦宗所说，当时大家都有压力，但压力最大的是梁楠郁，因为做与不做，他是第一责任人。

会议室里的讨论还在继续，突然，门被推开了。一名医生进来报告说，其中一个名叫曲德的产妇出现宫缩等产前预兆。

"准备做手术！"讨论戛然而止，梁楠郁当场拍板："各单位、各部门务必通力合作、紧密配合，确保母婴平安，确保手术成功。"

现在继续讨论或者将孕妇送往拉萨都已经毫无意义。如果当即启程把曲德送往具备剖腹产手术条件的拉萨，没有直升飞机，靠汽车至少要15小时，更何况有产妇在车上，更需要放慢车速，正常情况下的15小时根本不够。现在，只有背水一战。

2017年8月23日下午19时30分，产妇曲德被推进了双湖县人民医院的产房，主刀医生是中国石油援藏医疗队产科医生霍志平。

临进产房的时候，霍志平和梁楠郁对视了一下，问道："做？"

梁楠郁坚定地回答："做！"此时，他心里有一个声音，更坚定地对自己说："只要老百姓需要，担多大的责任都可以。"

产房外，县城里听说要实施"把肚子割开，把孩子取出来"的手术，很多人都赶到医院一看究竟，大家围在产房周围，等待着手术的结果。

产房里，霍志平医生正在经历着她一生当中第一次，恐怕也是唯一一次全程吸氧的剖腹产手术。

"哇……"20时33分，一声高亢的婴儿啼哭声从产房里传了出来，所有的担心和疑虑都烟消云散了。要是在低海拔地区，一个普通的剖腹产手术，很可能半小时就结束了。但是在双湖，曲德的剖腹产手术一直做了一个多小时，在生活节奏很慢的双湖，大家都有耐心。虽然等待是漫长的，但手术成功的消息仍然迅速传遍县城的各个角落。

千百年来第一次，在生命禁区里，小生命通过人工干预的方式诞生了。当孩子被抱出产房时，没有人鼓掌，所有人都忘记了鼓掌，大家都沉浸在惊喜之中。藏族同胞对于自然、生命、轮回有着独特的认知，他们用坦然豁达的世界观看待生命和死亡。他们亲眼看见了在难产时，还可以通过手术的方式实现生命的延续，而不是死亡的终结，所有亲历这一过程的藏族同胞发自内心地感到欢乐。

尤其是曲德的丈夫和父母，当得知顺利产下一名男婴时，他们买来了表达最高规格谢意的金色哈达，深深地躬着身体，一直等待在产房的门口，然后向每一位走出来的医护人员都送上了他们的敬意。

第二天，另一名产妇在临产时被推进了手术室，顺利完成剖腹产手术，同样诞下一名健康的男婴。

在两名婴儿父母的一再要求下，梁楠郁给两个藏族小宝贝取了汉族名字。经过与张彦宗、双湖县委杨书记商定，曲德的孩子叫霍党生，另一个孩子叫霍油生。因为他们都是霍志平医生亲自做的手术，但背后，却是中国共产党给了他们生命，没有党中央扶贫援藏的好政策、好措施，就不可能有梁楠郁和中国石油援藏医疗队来到双湖，也就不可能有他们的生命。

党生和油生的诞生在双湖县产生了深远的影响。他们两个诞生后不久，中国石油援藏医疗队就离开了双湖县。但两个孩子的成功降生，大大增强了双湖县对开展剖腹产手术的信心。同时，也增强了人们对其他手术的期待。

在双湖，由于饮水条件和生活习惯，阑尾炎和胆囊炎是两种多发疾病。本来，这两种疾病在低海拔地区都不算什么，但双湖地处偏远，居住分散，更重要的是，没有人敢于突破手术的禁区，所以小病成了要命的大病。由于自然环境恶劣，加上一些简单的手术无法完成，常见病无法医治，整个双湖县人均寿命只有58岁，与全国平均寿命差距较大。

在前期的调研中，梁楠郁就已经发现了这一情况，他看在眼里，痛在心上。他了解到，这两种病都可以通过比较简单的手术治愈，但却有个大前提，它们都是在低海拔地区实现的，如果挪到高海拔地区，尤其是双湖这样达5000米的海拔高度，能否成功，一切都是未知数。这次剖腹产手术的成功，也大大增强了梁楠郁突破阑尾炎和腹腔镜下胆囊炎两个手术的禁区、最大限度地为牧民解除痛苦的信心和决心。

但剖腹产手术后没几天，中国石油援藏医疗队的专家们就离开了双湖，要真正为双湖县的藏族同胞解除病痛和后顾之忧，只有从培养医护人才入手。

令人高兴的是，中国石油再次伸出了温暖的手，中国石油兰州石化医院，热情接收了双湖县医护人员培训。中国石油廊坊总医院，同样接收了双湖县医护人员培训。最终，来自双湖县的28名医护人员分别到兰州石化医院和中国石油廊坊总医院接受培训。这28人来自双湖县医院和不同的乡镇，五六个人一组，按主刀、医助、麻醉、护士等专业针对手术进行培训。除了实际操作培训，还为每人指定两本书的理论学习，实行量化考核，梁楠郁定期或不定期亲自对这些人进行考核，并提出严格要求，“学不会不许回去，没有时间限制”。

嘎拉是一名女村医，到兰州石化医院接受培训时已经34岁了，她只会讲很少几句汉语，能听懂的汉语也不多，但她非常珍惜这次培训机会。当时，安排嘎拉他们这一批6个人住招待所，但嘎拉拒绝住离医院较远的招待所，她直接住到了妇产科。嘎拉说：“这个技术是可以救命的，我要住在更方便学习的地方。”培训半年后，梁楠郁去兰州看望嘎拉等人，当时，嘎拉正在配合做手术。兰州石化医院的医生评价说：“嘎拉可以当医助了。”听到这样的评价，梁楠郁非常高兴。

由于语言和生活习惯等障碍，不是每个人都像嘎拉一样能取得较快进步的。每期半年，有些人连学了三期仍然不能通过考核。即使在这样的情况下，梁楠郁也没有放弃，从2017年到2019年的两年多时间，他坚持选送基础较好的医务人员到中国石油下属医院接受培训。

党生和油生的剖腹产手术所用的设备，都是中国石油援藏医疗队自带的，援藏医疗队走后，双湖要做手术，必须有自己的设备。梁楠郁发现，在双湖县医院，开展常见手术的设备不是没有，而是没有发挥正常作用。在县医院库房，2009年生产的麻醉机“还躺在那里睡大觉”。

梁楠郁决心让这些设备“活”起来，于是他联系生产厂家前来安装。以麻醉机为例，厂家一听是双湖县，报出安装价，4.5万元。梁楠郁一听，大吃一惊：“设备是你们生产的，让你们安装，应该免费才对，你这安装价也太贵了，能不能少点儿？”厂家回答说：“别的地方可以免费，也可以少点儿，但你那儿是在双湖，就4.5万元，一分也不能少。”

实在没有办法，梁楠郁与县医院院长强卓两个人一起，自己动手安装医疗设备。他们对着说明书一点一点安装，不会的，把照片发到中国石油廊坊总医院，请教专家。经过几个月的努力，双湖县的所有设备都安装完毕。调试运行之后，发现还缺一些。遇到这样的问题，梁楠郁只有一个办法，那就是向“娘家”中国石油求救。此时，中国石油再次伸出温暖的大手，补齐了做剖腹产等手术所需的一切设备。

经过不懈的努力，到了2020年，一些常见手术，如剖腹产、阑尾炎、腹腔镜下的胆囊炎手术在双湖县都可以做了。

为了改变教育面貌，再苦再难也要干

2017年7月6日上午，天气很好，常年寒冷的高原之城双湖，难得出现一丝暖意，一年一度的中招考试正在进行。梁楠郁去年来双湖的时候，高考、中考都已经过去了，今年他决定去看看考试的“盛况”。

印象中，内地中考，那可真是叫一个热闹。考生倒是没什么，关键是考生家长，爸爸、妈妈、爷爷、奶奶，甚至姥姥、姥爷都来了，也少不了卖冷饮的，考场外人山人海，热闹非凡。梁楠郁满心想着双湖的中考考场，那也一定差不多，最起码气氛热烈吧，但当他到了考场外一看，竟然一个家长都没有，冷清得让人发慌。虽然对双湖县教育的落后状况有所了解，但亲眼在一年一度的中考现场看这样的场景，还是让梁楠郁吃了一惊。

考场外看到的现象，引起了梁楠郁的思考。经过了解，梁楠郁发现，对于分散生活在高原偏远地区的藏族同胞来说，不重视教育的具体原因是复杂的，但根本原因是教育既不能给牧民们带来希望，也不能让牧民们得到实惠。

首先说希望。自建县以来，没有一个学生从双湖考上大学、走出原始的放牧生活。法定的义务教育结束后，全部都是回乡放牧。家长们看不到自己孩子改变命运的希望，认为上学与不上学都是回家放牛和放羊，命运还是跟自己一样。

其次说实惠。从小学到初中，孩子接受义务教育，确实跟有些不识字的家长相比进步了不少。家长们感觉到，自己没上过学，不识字确实不方便，牛羊的数量超过100只就数不清楚了，现在孩子经过学习，100只以上的牛羊也能数得清楚了，很高兴。但在学校脱离了父母的管教，有些学生就开始放任自流，不但没有学到好的习惯和技能，反而学会了许多坏毛病，变得不愿意放牛羊了。所以，家长认为，只要上到小学，能够数清牛羊就足够了。

鉴于以上两种原因，大多数家长都不愿意让自己的孩子继续上学，所以，中考十分冷清，孩子们考完就回家放牦牛或者放羊去了。

经过详细了解，梁楠郁发现，在西藏有一个考核教育质量的指标，就是“内地西藏班”的升学情况。“内地西藏班”就是国家出资在内地的优质中学设立的西藏班，通过统一考试专门招收来自西藏的优秀初中毕业生，接受高中教育后，升入大学继续深造。“内地西藏班”的学生在国内高校招生中享受提前单独录取的优惠政策，是内地知名高校西藏学生的主要招生来源，是西藏的最高层次优质教育，也是衡量西藏各区县教育质量的重要指标，但是自立县以来，双湖县没有一名学生考上内地西藏班。

即使是西藏本地的普通高中，在历年的中考中，双湖的升学率只有2%~3%。一般的初中毕业生上不了“内地西藏班”，还有一条途径上大学，那就是在西藏读高中，然后参加高考。但中考升学率只有2%~3%，也起不到什么作用。

梁楠郁分析认为，解决教育落后的问题，关键是提高教育质量，让老百姓从教育中看到希望，从教育中得到实惠。

要想让双湖的教育实现突破，必须从“内地西藏班”和中考升学率两个方面入手。办法有两个，一是“借鸡下蛋”；二是自力更生。

所谓“借鸡下蛋”，就是把孩子送出去，比如送到拉萨或者内地，利用外地的教育资源，提升双湖的教育质量。尽快实现“内地西藏班”零的突破，实现双湖县高考升学率零的突破。

作为援藏干部，正常情况下，梁楠郁在双湖县挂职的时间是三年。而教育工作要想见到成果，需要付出很多努力，至少需要几年的时间。那时候，梁楠郁的扶贫援藏期已经结束了，但梁楠郁没有想那么多，他只想，教育的事，如果自己不做，本地干部做起来更难。自己是来干什么的？就是要解决本地干部难以解决的问题。所以，必须干，再难也要干！

梁楠郁找到拉萨市教育局，希望能破例招收一批双湖的学生，随后又到那曲市教育局，再到拉萨市城关教育局，转了一圈下来，他得到一个信息，就是可以直接去找学校，如果学校同意接收，教育局不会反对。

最终，梁楠郁找到了拉萨北京小学的校长刘峰。

两人见面后，刘峰问："市、区都同意吗？"

梁楠郁答道："他们没说同意，但明确表示不反对。"

"那就好。"刘峰校长没有一句推脱就答应下来，梁楠郁的真诚与不易感动了刘峰校长。

两人商定，先从双湖选送12名学生到拉萨北京学校就读，以积累经验。然而，哪怕是这12名学生，到拉萨走读也是困难重重，住宿、饮食、安全、周末休息等一系列问题，都需一项一项地解决。

住宿问题，刘峰校长解决了，他在学校里腾出两间房子，让12个孩子住了进去，虽然条件差一点，但孩子们总算有了免费的住处。

吃的问题，午餐好办，跟全校同学一起吃，可早餐和晚餐呢？学校又专门开了一个小食堂，请厨师为这12个孩子做饭。

最难的是周末问题。别的孩子都回家了，这12个孩子离家700多公里，怎么办？最后，还是刘峰校长想了一个办法，学校领导班子成员，每人领一个回家去。周末期间，这些学生的洗、吃、陪、管全包了。在学校关心关怀下，这些学生进步很快，有些学生很快从全班50多名，进入全班前10名。如今，从小学四年级到高三各年级都有双湖县的学生进入拉萨北京学校，总共60多人。

2017年，梁楠郁借回到北京出差的机会，还联系了北师大附中，将最初进入拉萨的两名学生送到北师大附中学习。

这两名学生都是双湖县优中选优挑出来的，但到了北京，情况就不同了，第一次考试，数学、英语和其他各科成绩都不理想，北师大附中校长对梁楠郁说："领回去吧，如果他们继续在这里学习和考试，会打击他们的自信心的。”

从双湖到拉萨，从拉萨到那曲，从西藏到北京，为了双湖县的教育，为了双湖的孩子们，梁楠郁在不停地奔走，一个问题解决了，紧接着又会出现新的问题，他还要与县教育局的同志共同商议一个一个地解决，“跑断腿，说破嘴”是梁楠郁当时的真实写照。每次特别难的时候，梁楠郁不能说没有犹豫过，但一觉醒来，他又会问自己：“我主管，我不管谁管？”于是又会冲上去，去想办法——为双湖的学生奔走。

面对北师大附中校长无奈的表情，梁楠郁诚恳地说：“您说得很有道理，但这不是一个孩子，这是我们整个双湖县全县的希望。”

梁楠郁的真诚再次感动了这位校长，北师大附中后来想了一个办法，每次考试，单独给双湖这两名学生出一套卷子，题目相对容易一些，学生本人不知，其他学生也不知。考完之后，一起公布成绩。依靠这种方法，先提振双湖这两名学生的信心，再提升他们的成绩。在北师大附中的精心培养下，两名学生成绩不断取得进步。

三年后，也就是2020年，双湖县5个高一孩子，全都考上了大学。

梁楠郁针对双湖教育质量的提升，采取的第二项措施是自力更生。如何提高整个双湖的教育质量，选送拉萨和北京只是一个示范和引领作用，要提高整个双湖县的教育质量，还是要从自身做起。

非常规问题，就需要采用非常规的方法来应对。双湖县的做法就是成立重点班，把成绩好的孩子和有经验的老师放在一起，集中优势资源、优势力量。同时，在政策上，提出双湖县每考取一个“内地西藏班”，任课教师每人奖励3万元。力度不可谓不大，但是最初的效果并不明显，作用也不大，教师们的积极性还是调动不起来。

县里召开教师座谈会，分析查找原因，了解教师们真正想要什么。没想到，从所有教师那里得到的答案几乎是一致的：调离双湖县。教师们说，县领导希望学生们考上“内地西藏班”，可以，我们有信心，但条件有一个，学生考上后，奖不奖钱不重要，关键的是要由政府出面，把我们调离双湖县。

听起来，教师们的这种要求太不近情理，甚至太残酷，但是仔细想来，也能理解。教师们好不容易考取了教师资格证，却被分配到双湖这样艰苦的地区，给的条件再好，谁愿意在这里干一辈子呢？

如果答应教师们的要求，那么这种釜底抽薪的做法就等于是饮鸩止渴，优秀教师都走完了，双湖提高教育质量还有希望吗？但是，为了走出提升教育质量、增强教育吸引力的关键一步，在梁楠郁的推动下，县政府推出了新政策：凡双湖的考生，考上一个“内地西藏班”，所有任课教师奖励3万元，同时，由政府出面协调，将班主任从双湖调离，调到愿意接收他（她）的地方去。2017年出台了该项政策，2018年就有3名学生考取“内地西藏班”。2019年增加了5个，2020年又增加了6个。更多的双湖学生看到走出高原、走向更广阔天地的希望。更重要的是，这项政策实施后，收到了意想不到的效果，引领全县教育质量整体大幅提高，家长对待教育的观念也发生了改变，愿意让自己的孩子上学了。2017年，双湖县教育局选拔第一批外出读书的孩子时，没有一位家长陪同。2020年，选拔第四批时，来了12位家长。

在“内地西藏班”取得重大突破的同时，双湖县的中考升学率也有了较大幅度的提升，由3%提高到9%。在此前提下，全县也实现高考零的突破，累计有60多名双湖中小学生到拉萨北京实验中学、拉萨北京小学、北师大附中等学校就读。2020年高考，在拉萨北京实验中学就读的4名高三学生全部通过本科录取分数线，其中1人超过了重点本科线，被南京信息工程大学录取。

双湖的教育事业发生了根本性的变化，“内地西藏班”实现了零的突破，中考升学率也提高了，更重要的是，全县牧民对教育的态度发生了很大变化，他们开始重视教育了。而那项“饮鸩止渴”的政策问题，也得到了非常圆满的解决。2020年，西藏自治区做出决定，整个双湖的居民全部易地搬迁到拉萨附近居住，学校也随同一起搬迁。牧业采用合作社的形式保留下来，牧民定期轮流到合作社所在牧区放牧。县委、县政府各部门只留下少数人为放牧的生产人员服务，其余全部搬迁到新的居民区。在这一过程中，教师们都搬到了建在拉萨的新居民区内的新学校了，他们最关心的调动问题彻底得到解决。

找准扶贫突破口，就要发起持续的冲锋

在藏语中，“错”就是湖泊的意思，整个双湖县，有400多个“错”。这些湖泊大多为盐碱湖，只有少数淡水湖。而在这些盐碱湖中，面积达181平方公里的其香错是盐度最高的一个。也正因如此，湖里生长着一种独特的生物：卤虫，也叫盐水丰年虫或者盐水虫。卤虫本身没有什么大的经济价值，最有经济价值的是它的卵。

卤虫卵是水产养殖的一种重要饵料，是高端水产育苗中幼体孵化的开口饵料。也就是说，卤虫卵是鱼苗、虾苗、蟹苗的“婴儿奶粉”。由于卤虫对生长环境要求极为苛刻，所以，卤虫卵是一种极其宝贵的资源，也是国际市场的抢手货。正是因为卤虫卵对自然环境的要求极其特殊，所以，全球的产量非常少，而全球水产养殖一直呈快速上升趋势。因而，在国际市场上，优质卤虫卵的价格一直稳中有升。

最重要的是，双湖盛产的卤虫卵质量独特，有着非常好的市场口碑。

双湖县其香错的卤虫卵被称为“老虎中的东北虎”，具有三个显著优点：一是自然孵化率高，可达80%以上。加药提升孵化率后，孵化率更高。二是幼虫分离率很高。所谓幼虫分离率，是指卤虫卵孵化后的幼虫与卵壳的比率。这一点也很重要，因为幼鱼幼虾采食的是孵化后活的幼体卤虫，而不是整个卤虫卵或者它的壳，而壳反而会卡住采食的鱼苗、虾苗，造成其死亡。所以，分离率越高越有利于鱼苗、虾苗采食，质量也越好。三是双湖的卤虫卵含有丰富的EPA和DHA。这是两种不饱和脂肪酸，具有非常好的保健功效。只有双湖的卤虫卵含有这两种物质，不仅是非常有利于鱼苗、虾苗生长的饵料，也是提取高档化妆品有效成分的重要原料。在西藏，双湖县其香错的卤虫卵还是一味名贵的藏药，名为“海金沙”。

自从来到双湖，梁楠郁最挂怀的，就是扶贫。但在这么恶劣的自然环境和高海拔环境下，怎么扶贫？靠什么产业扶贫？尤其是高海拔的阻隔，使市场的触角很难伸到双湖，而双湖的物产又比较单一，主要是牦牛和羊，除了牧业其他产业很难发展起来。

令人惊喜的是，梁楠郁找到产业扶贫的突破口，那就是卤虫卵。这么

好的资源，又具有独特的市场优势，但长期以来，其香错的卤虫卵并没有卖出好价钱，只能与质量一般的卤虫卵处于一个价位，而且经销商利用双湖地理位置偏僻、通信不畅等造成的信息不对称，有意压价，使双湖卤虫卵的市场价值没有完全展现出来。所以，梁楠郁决定先从规范卤虫卵市场入手，把这个产业振兴起来。

2018年5月20日晚7时，其香错。

高原上，夕阳的余晖洒在湖面上，闪着金光，晃得人睁不开眼睛。

起风后，湖面上的浪就大了起来，近处竟然响起了“啪啪”的拍岸声。

高原湖泊，太阳一落，气温一下就降了下来，寒意瞬间使人们裹紧了衣服。

一艘充气皮艇推开波浪冲了出去，螺旋桨引擎发出强劲的轰鸣声。

艇上坐着梁楠郁和巴岭乡乡长李钰。为了做好其香错卤虫卵的基础科研工作，最后一次取样工作被梁楠郁揽了过来。

10分钟前，其香错湖边站着来自青岛的中国海洋大学教授孙世春及其带领的科研团队。这次孙世春教授和他的科研团队受双湖县人民政府之邀，前来对其香错的生态环境和卤虫卵资源开展研究，全面掌握整个湖的卤虫分布、生长情况，以便对这项关乎全县扶贫开发的产业做出整体规划。

在极度疲惫和天气变化中，已经工作了一个星期的孙教授及其团队做出了一个无奈的决定。

原定采样10个点，但由于当天阳光太毒，加上高原上的风说来就来，直到晚上7时，对高原气候很不适应的科研人员才取完9个点的样本。最后一个采样点还采不采？经过讨论，孙教授认为，少取1个点的样品，对科研影响不大，遂决定放弃最后一个点的采样工作。

站在一旁的梁楠郁看到了当时的情形，他认为，科研是一项非常严谨的工作，尤其是基础性研究的前端——取样，差之毫厘，就可能谬以千里。但同时，他也看到，经过7天的高原奔波和水上取样，科研团队的成员个个都已经精疲力竭，面色发青。如果坚持让他们去采最后一个样本，确实有困难，也会增加操作的危险性。在此情况下，梁楠郁站了出来。

“孙教授，您看这样行不行，最后一个样本由我们来取，我和李乡长今天说是陪同你们的，其实什么也没干，我们这会儿精力还算充沛。”梁楠郁诚恳地对孙世春教授说。

“那可不行！湖上操作，本来就有一定的危险性，再加上现在风又这么大！这一个样儿对科研影响不大，不取没关系。”没想到梁楠郁要亲自下湖取样，孙教授赶紧劝他放弃。

“你们来其香错一趟，1500公里，又是设备装置，又是人，真不容易。既然来了，咱就要把该采集的数据给它取准、取全了，不留任何遗憾。现有就差这最后一个样本了，再说天还没黑。你们也确实累得不行了，我们去，不是一样吗？你们休息，我们一会儿就回来。”梁楠郁说的句句在理，孙教授没有理由拒绝。

一个半小时之后，橡皮艇带着梁楠郁和巴岭乡乡长李钰从远处破浪而来，他们取准、取全了样本，返回了出发点，圆满完成了此次对其香错的科学考察。

傍晚的风越来越大，加上梁楠郁他们出发后不久又下起了雨，橡皮艇在湖上航行，着实让孙教授他们捏了一把汗。然而，这种湖面上的风浪，相比较梁楠郁所经历的风浪，那就是小巫见大巫了。

双湖的卤虫卵销售以前一直被一位青海商人垄断。由于海拔和地理位置偏远，当时没人能说得清卤虫卵真正的市场到底在哪儿？质量好不好？每年成品能卖多少钱？都有哪些主要市场？这一切，都是未知的，梁楠郁初步了解得知，每年到了收卵的季节，那位青海商人都会按时来到双湖，收购半成品的卤虫卵，价格是每吨5万元，然后将半成品拉回青海加工，成品再销往内地市场。

经梁楠郁了解，2017年，成品卤虫卵的市场价格是每吨17万元到18万元，每2.3吨的半成品可以加工1吨成品。如果按照青海商人的收购价格，每吨成品中间的利润空间将有5万元到6万元，扣除必要的加工和物流成本，每吨成品卤虫卵的利润轻松达到5万元。如果采用招标的方式吸引采购商，双湖卤虫卵价格应当还有上升的空间。

梁楠郁把产业扶贫的突破口就选在了卤虫卵上，最初没有人支持他，市场也是一片陌生的眼神。梁楠郁就带着样品，到中盐集团生物研究所，自己掏钱，让其分析成分，又去山西运城，河北秦皇岛，山东烟台、日照，江苏连云港，广东湛江和海南，了解卤虫卵的市场情况，了解双湖卤虫卵的市场评价和市场行情。回到双湖，梁楠郁决定先通过招标的方式销售半成品卤虫卵，以期提高双湖卤虫卵的价格。

说干就干，2017年底，双湖县对卤虫卵的销售进行了第一次尝试性的招标。结果出人意料，以失败而告终。

经过认真而细致的前期工作，有10家企业参与了这次投标，每家企业都交了200万元的投标保证金。确定的招标底价是每吨6.1万元，考虑到是第一次公开招标，给经销商留足了利润空间。

投标的当天中午，梁楠郁发现了一个很奇怪的现象：还没有开标，就有人在鼓动投标商："赶快到财政局领钱吧。"意思是说，别投标了，赶快到县财政局拿了保证金走人吧。梁楠郁感到很奇怪："标还没开，谁中标还不知道，怎么就要退保证金呢？"

当时，双湖县主要领导对招标非常支持，县里有关部门也非常配合，从邀标到投标、开标，整个流程设计也没有问题，价格计算也合情合理，可结果是各家企业纷纷放弃投标。看到这种情况，梁楠郁很着急，就去问企业什么原因，对方回答："我们钱要挣，但命更要保。我中标了，海拔这么高，几百里的无人区，死个人跟死条狗一样。风险太大。我们只有放弃投标了。"

有人忧，就有人欢喜。等到下午，参与投标的人都走了。青海的卤虫卵商人说："人都走了，是不是还要卖给我？"直到此时，梁楠郁才明白，有人为了低价中标，在投标商中散布言论，故意夸大双湖自然条件的不利因素，用双湖的高海拔和恶劣的自然环境来恫吓投标者，以达到逼退所有竞争者的目的。

针对这次招标的失败，县委书记、县长和梁楠郁达成共识，那就是：这一标是双湖的争气标，是双湖县卤虫卵产业的希望标，一定要有一个圆满的结局。在三人的共同努力下，最后找到一家西藏本地的企业，以每吨6.2万元的价格成交。

商场如战场。2018年的招标又一次遭遇失败，几乎是同样的故事又发生一次。面对这种局面，双湖县领导团结一心，决心打破这种僵局，县委书记亲自打电话、托关系联系企业，2018年10月进行竞标，中标价格达到每吨6.5万元，并约定12月31日前打款。

但谁也没想到，更大的风浪在考验着双湖县的领导们。到了12月31日，却没有一分钱打到双湖县的账户。主管这件事情的梁楠郁急了，赶紧打电话问为什么？

中标企业的老板说："梁县长，这件事你怎么骂我都行，但我必须要违约，你也别问为什么。"

梁楠郁一下子蒙了——合同也签了，一切都说得好好的，怎么一下子就反悔了呢？经过仔细调查，原因找到了。有人威胁这家中标企业，逼迫他放弃，否则让他们出不了西藏。

没想到以一个县级政府为主体的公开招标活动，竟然一再被来自市场的冷箭阴招击败。梁楠郁十分苦闷，也十分无奈。如果任由这种阴招冷箭破坏招投标，那双湖的珍贵资源就只能低价销售。不行，这是一场无声的较量，双湖县政府只能胜，不能败。最后梁楠郁决定以热情对冷箭，向市场公开表明双湖县委、县政府的态度。不久以后，双湖县政府向国内卤虫卵市场发出了一封《公开信》，用公开信的形式解答市场疑虑，消除市场误解。在这封《公开信》中，梁楠郁以双湖县委、县政府的名义，明确指出：

第一，作为一级政府，有责任通过公开、公平、公正的招标，为卤虫卵获得一个好的市场价格，为老百姓谋取利益；第二，在高原生命禁区，每年10月到11月，老百姓拖家带口，风餐露宿，在零下十几摄氏度到零下几十摄氏度的严寒中捞虫卵，十分辛苦，他们应该得到合理的市场价格；第三，原来偷虫卵现象比较严重，从现在起，我们要实行严格管理，理顺市场价格；第四，双湖县主持的公开招标，全程公开、公正、透明，确保交易平稳进行。

2019年1月1日发出公开信，1月7日就有一家企业发出响应，计划参与竞标。

这一次，青海商人也来了。自从《公开信》发出后，一切阴谋都行不通了。但青海商人还想与梁楠郁进行私下交易，特地邀请梁楠郁吃饭。那天晚上，梁楠郁找来《西藏日报》的一名记者同行，到了酒店一看，青海商人和他的两个儿子都来了。席间，青海商人几次想把梁楠郁拉到一边去，私下交流，但梁楠郁以记者在场为由拒绝了他，并明确地向青海商人表示："感谢你为双湖卤虫卵做出的贡献。现在，随着双湖卤虫卵事业的发展，完全透明的招投标是必然选择。你已经通过双湖的卤虫卵赚了不少钱，也应该积极配合双湖县委、县政府的这次行动。"

2019年的卤虫卵招标终于取得圆满成功，青海商人也参加了举牌，报价每吨6.9万元。但另一个投标商报价7万元，这位青海商人最终失去了采购资格。这一成交价比原来的每吨5万元上涨40%，对双湖的卤虫卵产业起到了极大的促进作用。

后来，青海商人在拉萨请梁楠郁在一个回民食堂吃了一碗面，对梁楠郁感慨道："你是我见过的对这个事（卤虫卵）最明白的政府官员。"

通过招标，梁楠郁发现，投标价格较高的一般都是采购商，而非中间商。为了提升卤虫卵的价格，梁楠郁从秦皇岛开始，沿着海岸线，一家一家地拜访水产养殖企业，拜访真正的采购商，一直走到湛江、海南。

开始的时候，采购商认为梁楠郁是政府官员，并不相信他真的销售卤虫卵。竞争对手开始也没把他当作真正的销售商，认为他进入卤虫卵市场，只是了解一下情况，动动嘴罢了。后来，通过招标，发现梁楠郁真的掌握了大量卤虫卵资源，而且直接参与其中的交易。接着就有人琢磨，他这么积极参与卤虫卵销售，真正的目的是什么？

山东一个大型养殖基地的韩连坡是国内卤虫卵市场最大的经销商之一，也是卤虫卵举足轻重的大用户。梁楠郁参观了他的育种场，也参观了种苗交易，看上去气氛热烈，一团和气；在湛江，情况也差不多，在国内卤虫卵市场上另一个举足轻重的人物——陈子腾的陪同下，参观了养殖基地和孵化场，气氛也是一样的热烈，但一谈及卤虫卵的事，他们就都"顾左右而言他"。

双方都在较劲，都想摸清对方的底牌。但令他们没想到的是，自始至终，梁楠郁都在强调价格完全透明。他们开始疑惑，难道这个梁副县长真的不是为了私利而来?

通过几次招标和交易，他们相信了：跟梁楠郁打交道，一切都是在明面上完成的，没有所谓的“私下交易”。

不把扶贫产业搞好，我就不离开双湖

“宁愿生命打折，也不愿使命拖欠。”梁楠郁是这样想的，也是这样做的。

捞卤虫卵，卖卤虫卵，卖的是没有经过加工的原料卤虫卵，挣的是卖资源的钱，而资源是有限的。2018年，卖了两年卤虫卵的梁楠郁逐渐意识到仅靠卖原料，卤虫卵产业是发展不起来的。只有走精加工、深加工之路，充分挖掘双湖卤虫卵的资源潜力，才能最大限度地实现产业发展。

经过认真思考，梁楠郁提出建设卤虫卵加工厂的想法。他认为，只有进行深加工，双湖的卤虫卵产业才能提升价值。首先，通过深加工，向市场提供成品卤虫卵，而不是只向市场提供每吨几万元的半成品；其次，向精细化发展，提取双湖卤虫卵中稀有的不饱和脂肪酸EPA和DHA等，加工保健食品等市场价格高的产品。

当然，针对梁楠郁提出的想法，首先要解决的是投资问题。县里是没有钱的，要建，梁楠郁就只能自己找投资。经过专业部门测算，建设卤虫卵加工企业，最低投资是1380万元。这些钱从哪里来?

梁楠郁首先想到“伸手向上”，找那曲市要投资。他找到那曲市市长，诚恳地说：“双湖县因为海拔太高，没有什么可以升值的资源，即使有，也没人敢来开发。而卤虫卵是现成的资源，而且升值空间很大，市场稳定。我们扶贫一是给钱让老百姓花，花完了再投，效果很差，二是要通过投资优势产业，提升自身造血功能。以双湖县现成的资源，投资建厂后就可以大幅度提升卤虫卵的价值，风险小，收益大。所以，请那曲市支持我们。”

那曲市市长问：“你们测算了没有，需要投资多少钱？”

梁楠郁回答：“要建成卤虫卵深加工企业，首期投资最少也得1380万元。”

市长表示，那曲市的资金也非常紧张，但为了支持双湖，答应为卤虫卵加工厂投资1000万元，剩下的380万元需要双湖和梁楠郁自己想办法。同时，市长跟双湖县一样，也有担心。一是在资金紧张的情况下，投资项目启动起来了，能否顺利建成？二是企业建好了能不能产生效益，亏损了怎么办？

事情已经到了这个地步，梁楠郁已经无路可退，他当着那曲市市长的面果断地回答："这件事干不好，我就不离开双湖！"

正是这次谈话，使梁楠郁有了在双湖县的第二个任期。他所表现的，是石油人的秉性，为了使命与担当，把自身利益抛到脑后。这种精神深入骨髓，江山可移，石油人的这种精神不可变，不达目的，决不回头。

其实，这句话梁楠郁并不是脱口而出或者是一时兴起，而是经过深思熟虑的。在决定把卤虫卵事业做大做深的那一天，他已经想明白了，如果建厂这件事能办成，就是留下来再干一届也值！因为他相信，除了他，没有另外一个人对卤虫卵有这么深入的了解，也没有一个人会像他这样对双湖县的扶贫开发事业投入这么多的情感。当然这其中，也有西北汉子特有的倔强，有石油人的精神力量。

说到投资，单单在建厂这件事上讲，愿意给双湖卤虫卵投资的大有人在。有两名在国内很有影响力的海水水产养殖和种苗繁育企业老板就明确向梁楠郁表示："缺钱，说一声，一个亿、两个亿，我投。"他们看到的是梁楠郁的人品，是他忠于事业的顽强精神，是他清正廉洁的作风，他们在梁楠郁遇到困难时是真诚地想帮他一把。但梁楠郁心里明白，卤虫卵是稀缺资源，双湖县拥有这样的资源，一定要珍惜。同时，新建的卤虫卵加工厂是为扶贫而建的，是为了双湖县近3000名贫困老百姓脱贫而建的，利润也是用来解决贫困牧民生活问题的，因此，不能有其他资本进入，只能由县委、县政府投资建设和统一管理。

"山重水复疑无路，柳暗花明又一村。"正在梁楠郁为投资的事苦恼的时候，2018年7月初，时任中国石油天然气集团有限公司党组副书记徐文荣来西藏调研石油定点扶贫工作。正是这次调研，为梁楠郁解决投资问题迎来了转机。

在调研结束的时候，徐文荣召开了由中国石油驻藏企业代表参加的会议，会上梁楠郁举手要求发言，他的发言很短，首先，他介绍了中国石油援藏的历史。其次，他提出要改变援藏思路，要用2000万元干出2亿元的事，并介绍了双湖县卤虫卵深加工项目在扶贫开发中的关键作用，现在，这个项目出现资金缺口，希望集团公司能伸出援手，再扶一把。

7月中旬的一天，梁楠郁正好回北京出差。一天下午，一个陌生电话打到他的手机上，一接通，是徐文荣副书记。

“关于援藏扶贫的事，我后来想了想，你说得很有道理，我们的扶贫思路要改变，不能光拿钱，要帮助当地发展优势产业，突出产业扶贫，好钢用在刀刃上。这样吧，也别380万元缺口了，双湖县建厂的1380万元咱集团公司全包了，好事做到底嘛。”梁楠郁到了徐文荣办公室以后，徐文荣开门见山地对他说。

梁楠郁喜出望外。7月28日，中国石油就此议题专门召开了研讨会，有力地推动了中国石油在全国各扶贫对口县区的产业扶贫工作。

有了投资，卤虫卵加工厂终于在那曲市开工建设了。2019年7月，转眼梁楠郁援藏扶贫到双湖县已经满3年了，为了把卤虫卵加工这个双湖县最大的扶贫产业建设好、管理好，梁楠郁留了下来。从2019年7月开始到2022年7月，他的职务是那曲市委副秘书长、双湖县委副书记。

如果是在内地，建厂确实很容易，招投标流程走一遍，监理单位确定下来，接着就是开工建设，但在海拔4500米的那曲市，一切都变了，很少有企业能承担这项工程，招标的结果是只有一家当地企业符合投标资质，中标的也是这家企业。独此一家，别无分店。为保证工程质量，梁楠郁亲自监督施工，与施工企业就工程质量“斤斤计较”。

2020年7月25日，是梁楠郁终生难忘的一天。这一天，由中国石油援建的卤虫卵深加工工厂正式投产，那曲市市长才仁朗公、西藏自治区科技厅副厅长王俊杰、中国海洋大学校长于志刚、烟台大学校长郭善利等亲临现场祝贺。7月26日，“中国海洋大学水产学院双湖卤虫卵科学考察站”在双湖县巴岭乡挂牌，标志着双湖卤虫卵的不间断研究工作正式进入常态化。

企业投产后，吸收当地劳动力60多人；同时，为确保产品质量，聘请了中国海洋大学教授孙世春的助手王老师任总经理。王老师为了保证生产经营的正常进行，2020年全年累计在厂里工作时长达260多天。当年加工上一年捕捞季捞回来的70余吨卤虫卵，实现利润100万元。

2020年捕捞季正常捕捞，获得卤虫卵700余吨，是上一年度的10倍，可实现利润1000万元。全县2920名贫困人口，人均增收3000元。梁楠郁算了一笔账，即使不算新产品开发所带来的收益，仅以目前的精加工计算，原来1吨卤虫卵6万~7万元，现在经过加工，每2.3吨原料生产1吨成品，每吨成品价格20余万元，不仅原来给了中间商的差价拿回来了，而且加工过程本身就是一个升值的过程。其香错的卤虫卵年产量大约为7000吨，根据中国海洋大学的相关研究，采取保护性开发的策略，每年捞取1000吨不会破坏种群和生态，那么通过加强管理，杜绝偷捕盗捞，每年仅此一项就可产生效益1500万元，全县近3000贫困人口，每人每年可获得直接收益5000元，就可以建立长效机制，巩固脱贫成果。

当然，梁楠郁没有停留在精加工上，而是坚定地向深度开发、提升价值的方向发展。在卤虫卵的深度开发方面，早在2017年，卤虫卵深加工科研项目就成为西藏自治区重点科研项目，包含资源调查和保护、开发利用。同年启动资源调查，聘请国内卤虫卵领域著名专家、中国海洋大学孙世春教授领衔，截至2020年底，孙世春教授已经先后8次进入卤虫卵产区其香错进行考查，每次不少于一周。孙世春教授及其团队首次对西藏羌塘盆地所产卤虫卵资源及其生产环境进行了深入系统的研究，为下一步利用卤虫卵制作保健品和药品打下了基础。

在推进资源科学开发利用，实现产业升级的同时，卤虫卵资源保护也取得重要进展。2020年，启动3年的西藏自治区重点科技项目“双湖卤虫卵资源调查及综合开发利用”验收通过。该项目科研成果丰硕，先后发表两篇SCI论文，产生两个发明专利。经过三年多的努力，已经形成了建立在“基础研究+生态保护+产业升级”基础上的扶贫产业发展模式。

那曲的卤虫卵加工企业建成后，在全国第八批援藏总领队郭强的亲自指导下，用双湖卤虫卵制作的保健食品——高原海灵蝦已完成两批次中试，产品安全，功能明确，具有调血脂、降血糖、增强记忆和保肝护肝等功效。

目前，已具备产业化生产的条件。

卤虫卵的产业化升级，对双湖县的精准扶贫和长远发展具有重要的现实意义，对连片贫困地区的产业脱贫具有积极的示范意义。

阳光照射在普若岗日冰川的冰面上，熠熠生辉。梁楠郁望着远方，若有所思。

四年来，不断有人问他，他也常常问自己，为什么要来到双湖？为什么要干第二个任期？他想到了长征，想到老一辈共产党人为了完成国家复兴的伟大使命而甘愿抛头颅、洒热血的求索之路。他也想到了王进喜，想到他那在和平时期完成的惊天地、泣鬼神的伟大壮举，想到他“宁肯少活20年，拼命也要拿下大油田”的豪言壮语。

一代人有一代人的长征，一代石油人有一代石油人的“油田”。也许这四年直至六年就是梁楠郁在同一个使命感驱动下的“长征”，而双湖就是梁楠郁那个拼命也要拿下的大“油田”吧。

心中有幅最美的画

——记全国优秀共产党员、工程勘察设计大师、“央企楷模”黄锡璆

◎文/王鸿鹏

医院，是什么？

有人说，医院是天使呵护生命的神圣殿堂，爱在这里荡漾；有人说，医院是一条流淌着生命的暖河，每个人都会路过。

对于黄锡璆来说，医院是他心中最美的一幅图画——他画了一辈子。他画出了它的温暖，它的生命；他把它画在了共和国的大地上。

——题记

阳春四月，北京如画，正是踏青赏花的好时节。

在位于海淀区西三环的国机集团中国中元国际工程有限公司7楼的一间办公室里，“全国优秀共产党员”“全国工程勘察设计大师”“央企楷模”黄锡璆博士正伏在堆积如山的图纸和资料中，全神贯注地徜徉在他的“画”中。

此刻，他“画”的是一本凝聚了他多年心血的行业专著——《现代医疗设施规划与设计》。他和蔼可亲地一笑说，这是他准备多年，计划向建党一百年表达的一份心意，也是给自己80岁生日的一个礼物。

“我是一名归国华侨。16岁那年回来，心里只有一个念头：建设祖国，报效国家。”回首沧桑岁月，黄锡璆心静如水，但梦想的追求、奋斗的曲折、成功的欢欣交织在一起，像春天的云朵在他神采奕奕的面容上轻轻拂过……

少年归来报国心

1941年5月19日，印度尼西亚爪哇岛任抹县的一个华侨家庭迎来一个小生命的诞生。“哦，是个男孩。”黄实华已有两女一男。他喜不自禁地对妻子说，取名叫“黄锡璆”吧。“璆”是一种美玉，意寓一生平安，怀瑾握瑜。

命运却并非父母祈愿的那样。黄锡璆在不满周岁时因急性痢疾差点被夺去生命。不久，日本侵略军登陆爪哇岛。父亲黄实华因参加南侨总会主席陈嘉庚组织的抗日募捐活动，遭日军逮捕拷打。在黄锡璆童年的朦胧记忆中，常有许多逃难的亲友寄住在家中，也常有父亲的朋友来家里。

黄实华祖籍广东梅县，曾在一所小学教书，后任校长。20世纪30年代的中国，战乱频起，山河破碎。黄实华与弟弟被迫漂洋过海下南洋谋生，来到爪哇岛东兀小镇。经过几年的打拼，他和弟弟各自在任抹与泗水开了杂货店和卷烟厂，生活总算有了着落。

时局变幻，太平洋战争全面爆发，战火纷飞，日寇横行。印度尼西亚由荷兰殖民地沦为日本占领区。华人商店被抢，人身受辱，厄运随时降临。

华人华侨无论走到哪里都难以改变“海外孤儿”的悲惨命运。黄锡璆从小就体味到寄人篱下、低人一等、孤苦无助的苦涩。

游子常怀故园心，“何日归家洗客袍”？大洋彼岸的祖国常常出现在父母的乡音之中；父亲兄弟二人的商铺也挂着“振华号”“光华号”门牌。

海外华侨在抱团谋生的同时，没有忘记让诗书礼仪、耕读传家的中华血脉在一代代儿女身上流淌。辛亥革命之际，当地华侨创办了一所华侨学校，采用海外华人出版社出版的汉语教材，并为适应侨居地环境开设了印度尼西亚语、英语课程。抗战胜利前后，黄实华参加侨校办学，并担任校董。

黄锡璆与当地华侨儿童一样，早早就进入华侨学校读书。“一寸丹心图报国，两行清泪为思亲”浸润着他幼小的心田；在华语广播与华侨创办的报刊中，他懂得了侨胞魂牵梦萦的故乡寸土寸血，经受着苦难。这里，如同一个远方的“祖国”，他乡的“故乡”。

1949年10月，新中国成立的消息传来，当地华侨欢欣鼓舞，奔走相告。此后每年10月1日，侨校校门都张灯结彩，还组织学生上街游行，打腰鼓、扭秧歌、舞龙狮；每周在学校里举行周会，升国旗，唱国歌。“海外孤儿”终于迎来扬眉吐气的日子。

“国家有希望了。回祖国学习本领，参加祖国建设！”在新中国的感召下，一批又一批印度尼西亚华侨青年北上回国。

1951年，抗美援朝战争爆发不久，身为当地侨领的黄实华，鼓励大儿子、大女儿与侄女、侄子率先回国。1954年又将二女儿送回国。除了家里订阅的《新报》《生活报》《大公商报》等进步报刊外，黄锡璆还从哥哥、姐姐寄来的书刊中，读到了《中国少年儿童报》《中华儿女赵一曼》《卓娅和舒拉的故事》。他参加了高班同学组织的时事学习小组，读到了艾思奇的《大众哲学》；从《人民画报》的封面上“见”到了毛主席；在校董开设的影院里观看了中国大使馆免费巡映的《新中国的诞生》《边疆战士》等纪录片。“虽然祖国那么遥远，但实际上离我们很近。”家国情怀，在他心中深深扎根。

1955年4月，周恩来总理在万隆会议上发表的著名演讲，掀起亚非各国团结反帝反殖民、争取民族独立的新浪潮，并再一次激发起华侨的爱国热情。父亲作为当地侨团代表见到了周总理。黄锡璆向往祖国的心念愈加热切。

1957年5月，刚读完高一的黄锡璆终于等到了机会。本来父母希望他留在身边继承家业，但他早已心有所向："回去学本领，建设祖国去。"

华侨回国，去不可归。黄锡璆毫不犹豫地在当地政府移民局承诺"一辈子不再回来"的"出生纸"上签下自己的名字，按上鲜红的手印。

黄锡璆辞别父母，与堂姐、堂哥三人一起登上载有2000多名华侨青年的"芝万宜"号轮船，踏上了回国旅程。

我们再见吧，亲爱的妈妈！
请你吻别你的儿子吧！
再见吧，妈妈！
别难过，莫悲伤，
祝福我们一路平安吧！
……

热血沸腾的海外赤子唱起慷慨激昂的《共青团员之歌》，向亲人告别。

云飞浪卷，海天苍茫。在这条古老的航线上，历史上郑和曾率领浩荡船队走过，而在灾难深重的年代，无数劳工在机轮中漂过、下南洋的过番客船闯过。千百年来中华民族的骄傲、血泪与希望在波涛汹涌的大洋中跌宕起伏，也在少年黄锡璆胸中上下翻腾。

在海上航行了5个昼夜后，"芝万宜"号终于冲破黎明前的长夜，在一声长鸣声中停靠在香港九龙码头。

黄锡璆一行年轻人带着随身行李，换乘舢舨上岸，随着人流通过罗湖铁路桥这端的英军岗哨，进入中国人民解放军把守的罗湖口岸。他终于踏上梦中的故乡，看到了高高飘扬的五星红旗。

"我们入境了！"青年学生们群情激昂，个个脸上洋溢着幸福的笑容。"我们到家了！""我们回到祖国了！"大家欢欣鼓舞，万分激动。华侨补习学校前来接待的同志伸出双手，热情地迎接远方归来的游子。

那一刻，他觉得自己的整个身心与脚下的大地永远融在了一起。

海归博士追梦路

黄锡璆先来到广州石牌华侨补校学习，同学们热烈欢迎的场面消除了他的陌生感；学校里那碗温馨的绿豆汤在心里温暖了好久。一个月后，黄锡璆被分配到南京五中，插班读高二。吃大锅饭，睡集体宿舍。他学会了自己洗衣服、钉纽扣。生活打开自理模式，完全不比在父母身边，但他早已做好吃苦的精神准备。

在老师和同学们的关心帮助下，他克服困难，努力学习，融入集体，很快适应了新的环境。他追求进步，在高三那年加入了共青团。

1959年夏，黄锡璆参加高考，如愿考入南京工学院（现东南大学）建筑系。在那里，他遇到了与梁思成并称“中国建筑四杰”的杨廷宝、刘敦桢、童寯教授。在校训“止于至善”和“服务人民、建设国家”的教导中，他开始了自己的建筑设计生涯。

入学不久，国家遭遇三年困难时期，学校生活异常艰苦。“总吃冬瓜和一些瓜菜食物，没有油水，好多同学因缺乏营养下肢浮肿。”回忆起这段艰辛岁月，黄锡璆不胜感慨，“国家对归国华侨还是很照顾的，除了发给粮票外，每个月还有半斤糖票。尽管生活清苦，但是大家怀着希望，珍惜来之不易的学习机会，努力学习”。

国家急需建设人才，重视人才培养，为提高教学质量，高教部强调教师投入一线教学。童寯等老教授又回到讲台授课，杨廷宝举办学术讲座，学校举办教师美术画展。

“老师们的爱国情怀和治学精神对我影响很深。我在这种环境中受到熏陶和感染，立志像老师们那样学成报国，并写下了第一份入党申请书。”黄锡璆深情地回忆说。

这年毕业季，周恩来总理在北京高校向应届毕业生做报告。黄锡璆和南京高校应届毕业的同学们在南京大学学校操场上席地而坐，聆听周总理的录音讲话。“他鼓励大家正确处理生活关、家庭关，树立正确人生观、世界观，并以自身为案例讲述，深深打动我们的心，他还语重心长地鼓励我们到艰苦的环境中磨炼意志，到祖国建设的一线锻炼成长。”总理殷切的鼓励犹在耳畔。

“祖国的需要，就是我们的第一志愿。”“到艰苦的第一线去。”成为20世纪60年代青春岁月最响亮的关键词。

5年苦读，毕业后黄锡璆被分配到第一机械工业部设计总院，也就是如今国机集团中国中元的前身。在这里，他一干就是一辈子。

毕业分配后，黄锡璆参加了三线工程建设。在后来那段特殊岁月里，他曾下车间开过车床，到农村插队种地挑过粪；在火车货运站当过装卸工，与同事们一道从事备战疏散列车货物装卸；备战疏散押车时，夏天坐在铁皮闷罐车里随车远行……

那是在安徽蚌埠下放劳动锻炼的一个冬天，黄锡璆因突发胃溃疡胃出血昏迷，摔倒在卫生间里，被同事发现后送到当地123部队医院救治。他身体虚弱、脸色苍白地躺在病床上，一位老军医关切地说：“以后要多注意，注意保暖，少吃多餐，好好住院治疗。”又叮嘱同病房的年轻战士对他予以照顾，使他倍感温暖。这是他记忆中第一次患病住院。

冬夜，窗外山风呼啸，月光清冷。面对病魔的折磨，他发现生命如此脆弱，而温暖的医院成为生命的唯一呵护与指望。正是一个多月的住院经历，让他对医院承担的生命之托和价值意义有了切身的感受。但他从没想过要和医院纠缠一辈子。

对那段艰苦的经历，他有自己的理解：“在社会基层经受磨炼，并非没有好处。那时真正体味到老百姓对生活的需求与渴望。后来从事医疗建筑设计，我会更多地关注实际。”

1978年9月，历经17年的苦苦追求，黄锡璆光荣地加入中国共产党。

改革开放改变了无数人的命运，黄锡璆也是其中之一。1984年春天，虽过不惑之年，但他凭借长期坚持英语学习的优势，获得了公派赴比利时鲁汶大学进修两年的难得机会。

鲁汶大学始建于1425年，其在神学、生物学、医学领域享有盛名，后期建立了应用工程学院，包括建筑学院。凭借比利时在欧洲的独特地理位置，它在多个研究领域处于领先地位。

黄锡璆经过比选，决定选修医疗建筑方向。他坚信：“不管社会怎么变，医院总归是需要的。”

但是，进入鲁汶大学除单位推荐外，还必须有两位导师的推荐信。黄锡璆想到了母校。离校多年一直没有联系，他怀着忐忑的心情向刘光华、童寯两位教授写信求助。

他记得，童寯教授上课简明扼要，善于组织学生开展课堂讨论，鼓励同学们积极发言、大胆提问。刘光华教授讲授过医院建筑，老师们说过医院、博物馆和剧院这三类建筑是公共建筑中比较复杂的。学校结合不同类型建筑指导学生做一些课程设计练习题，培养了他对学习建筑设计的浓厚兴趣。大师们讲课循循善诱，而待人宽厚的长者风范，令他深受教益。

黄锡璆正是在这种教学相长的环境中成长起来的。

两位教授很快给他寄来了推荐信，黄锡璆感动不已。遗憾的是，在他出国前夕，童教授离世；刘光华教授也远走异国他乡。他再也没有见到过他们。

黄锡璆将对老师的感恩与思念深深埋在心底，决心以他们为榜样，在专业上执着探索。

机会珍贵，学无止境。在两年的进修完成一半时，黄锡璆向导师戴尔路教授表达了攻读博士学位的愿望，希望学到更多的知识，能够走得更远。

戴尔路是鲁汶大学应用科学系的副院长，兼任建筑学院院长，他身材修长，绅士翩翩，略显高傲。他用一双深凹的蓝眼睛观察着眼前这位最勤奋的中国学者，并没有马上回答。因为由进修生转读博士学位，这样的跨度罕有先例。

戴尔路曾访问过中国，并组织过比利时、英国等欧洲的专家到中国召开“中欧医疗研讨会”，对中国颇有好感。

黄锡璆向他解释说，出于特殊的原因，中国学校一度停招研究生，而自己在工程设计方面已有20多年的磨炼……

素以学术严谨而著称的戴尔路教授，理解中国急需黄锡璆这样的人才。一番思虑之后，他终于点头允诺：“OK！请你写一份申请。第一年进修的课程成绩可以转为博士资格学分，但必须符合条件，并通过资格考试，获得学院批准。”

男儿欲遂平生志，勤向窗前苦读书。黄锡璆不旅行、不游玩，天天泡在资料室里，管理员干脆把钥匙交给他。黄锡璆像一棵焦渴的秧苗遇到一汪清泉，贪婪地吸吮着养分，成长着自己。即便攻读博士学位的最后一年妻子前来陪读，他也没舍得花点时间带她游览一下欧洲的名胜古迹。

"其实，我们学建筑的也喜欢参观建筑、看风景，但是时间太宝贵，希望多学习多做分析研究，拿到学位。不然，回来怎么跟单位和国家交代？"黄锡璆以超强的毅力，在中国驻比利时大使馆和戴尔路教授的先后资助下，如期完成了四年学业，1987年11月通过答辩，取得博士学位，令外国学友刮目相看。

面对选择留下来或去发达国家发展的机会，黄锡璆毫不犹豫地抓紧时间考察丹麦、德国、荷兰的几家医院，并于1988年2月回到了祖国。

"国外再好也是人家的地方。"曾为"海外孤儿"的他，深知祖国的意义，"回来是天经地义的事。国家花了这么大代价培养我们，应该回来给国家做点事情。"他的博士学位论文选题就是"中国医院的规划设计方法"。

离开比利时前，为了节省费用，带回更多的资料，他选择一些图书馆中开放的重要书刊一一复印，装订成册。那10多箱子资料和用于学术交流的一台幻灯机，成为他回国时的重要家当。

海归博士黄锡璆再一次踏上祖国的土地，满怀一腔赤诚，渴望一展抱负。行李还在码头，他就被派往刚刚成立的海南省设计分院，拓展一个新的设计领域。

后来回到北京，他全力投入到医院工程设计的市场开拓中。但是，我国整体医疗水平和医疗建筑理念远远落后于国外，可谓一片荒原。作为中国医疗建筑设计领域里的第一个博士——黄锡璆，如何播种梦想，收获一片绿茵？

在市场经济大潮中，设计院走上自我创收、独立经济核算之路。原本就不善言谈的黄锡璆不得不硬着头皮"下海"，可遇到的却是一次次"闭门羹"。

有人见他到处奔走、参与投标，万一失败有失"博士"名声，好心劝他别做医院这种"冷门"设计，但他认准了这条路，始终没有改变初心。

在市场打拼中，大城市找不到项目，就到偏远地区找；大项目不给接，就做小项目。包括由世界银行提供贷款的医疗项目，即使设计费用较低，他也倾尽全力。他坚信，总有一天，他会把心中最美的图画画在祖国的大地上。

黄锡璆带领团队设计了宝鸡、九江、淄博、金华、宁乡、丰城等地的一些小医院，规模多在1万平方米左右，最小的仅有3000多平方米。无论大小，黄锡璆总是沉下心来，精心设计，边实践边积累经验。他说："从那个艰苦年代走过来，我会更多地关注实际。在做工程的时候，往往更多地考虑这个建筑是否实用。我选择医疗建筑也是基于这个出发点。"

在做项目的同时，黄锡璆曾作为世界银行和卫健委（原卫生部、卫计委）外聘专家，多次到西北、西南及江浙等地考察乡村医院。他看到那些设在窑洞里的医院，没有通风设备，空气浑浊；没有供水设施，医务人员要从山下挑水。"老少边穷"地区的医疗设施极其简陋，急需改善。

有一次，他陪同外国专家参加世界银行项目组的调研。在河南信阳的一所乡村医院，医生在一张自制木板床上为患者做胃切除手术；没有暖气，靠在隔壁烧个火盆取暖。乡村医生自豪地向他们描述手术情景。那位农民兄弟撩起衣襟展示腹部手术伤疤。外国专家一脸惊讶，觉得不可思议。他们同情中国医疗落后状况，感叹生命的坚韧与顽强。而农民兄弟的那道"伤疤"却一直留在黄锡璆心上。

"当我们访问几乎与世隔绝、住在破旧土房的麻风病患者时，我受到强烈的震撼。"黄锡璆深感负重在肩，他说，"要改善偏远落后地区的医疗设施，解决贫困地区群众看病之苦，我们做设计这一行的责无旁贷，需要做、可以做的事情很多。"

面对人生的诸多选择，他不是选择走开，而是更加坚定了信念。他注重理论联系实际，把国外的先进理念与中国的实际情况相结合，积极探索，不断进取，并获得了初步成功。其中，他设计建设的金华中医院，规模虽小，却被誉为"南国江城第一院"，获机械工业部优秀工程设计奖。

黄锡璆带领团队在市场大潮的苦苦征战中，终于等来一展身手的机会。

中国医院，迈向21世纪

如今，当人们走进25年前建成的佛山市第一人民医院时，仍会为这座建筑的现代化气息和中国气派而震撼。如果不是看到院内那座汉白玉上的浮雕头像，谁能想到，它出自黄锡璆博士之手？

1992年，广东佛山市要兴建一座总投资6亿元、总面积16万平方米的大型综合性医院——佛山市第一人民医院。这是佛山人“面向21世纪”的大手笔，国内罕见。

为此，佛山市专门成立了工程建设指挥部。筹建班子在国内考察，希望找到合适的医院建筑设计师。他们来到国家卫生部咨询，恰巧遇到了“黄博士”。

当年的基建负责人、副院长谭伟棠清楚地记得：“经人介绍，第一次见到儒雅谦和的黄博士时，并没有抱希望。他们毕竟是机械部的设计院，也没有设计大医院的经验。”

元旦刚过，黄锡璆便带着助手专程来到佛山。通过现场踏勘和交流，他们发现黄博士不念“生意经”，只谈新理念、新思路，尤其是他的真诚打动人心。黄博士说：“佛山处于改革开放的前沿，完全有条件建成国内最好的医院。我们非常希望能够参加佛山医院的设计，即使没有这个机会，我们也愿意看到佛山建成一流的医院。”

最终招标，佛山市选定了黄博士。不曾料到，设计方案的孕育产生经历了许多波折。

当黄锡璆接触到佛山市第一人民医院的项目时，设计院的负责同志既惊喜又担心：“这么个大项目！是不是找家大牌设计院一起做？”这种担心不无道理，以往的项目毕竟属于小型工程。黄锡璆不排除合作设计，但也坚信即使单位独立承接此项设计工程也能很好地完成。他自信地表示：“能将佛山第一人民医院做成现代化的中国医院。”

黄锡璆带着30多人的设计团队一头扎进佛山医院现场，与几十个科室一一交流，征询意见。在黄锡璆看来，医院的每一寸空间，都是呵护生命的战场。空间设计必须科学合理，才能保证车流、人流、物流、信息流顺畅。“要让患者走最短的路、用最短的时间，得到最好的诊疗；让医务人员工作时少做无用功。”黄锡璆正是以这样守护生命的设计理念，向佛山市提交了医院总体设计图。

开放的空间，别致的造型，全新的结构布局，完全打破了原来的模式。这种耳目一新的设计方案，却没有得到对方的认可。

有人怀疑，这种设计是不是黄锡璆博士采用了工业设计概念？化验室、手术室都与原来的不同，有人主张原样照搬；也有人认为，“门诊大厅太大！浪费空间”“医院中庭采用自动扶梯也没必要”；甚至有人反对建地下停车场，“一进医院就往地下钻，不吉利”；等等。

面对诸多质疑，黄锡璆博士耐心听取，认真记录。然后，他平心静气地一一作答。但要改变人们头脑中固有观念谈何容易？

“我们坚持创新不是为了标新立异，而是为了更好地实现医院的功能而创新，做到形式服务于内容。采用全新的结构布局，是基于人性的关怀。”黄锡璆答疑解惑。

他列举欧洲的经验教训。“二战”后，欧洲为快速恢复战争创伤，采用了模数化、标准化建设了一大批医院。这种医院过度侧重医疗工艺，造成空间密集，结构单调，忽视了患者的感受，被人们视为“治病工厂”，颇受诟病。

黄锡璆博士情真意切地解释：“现代化的医院除了解决医疗流程问题，还要做到空间合理、色彩丰富；让患者治疗更舒心、更温馨；我国人口多，门诊大厅要有足够的空间才能保证前来就诊的患者有序分诊，不必排长队挂号、取药；从我国汽车激增的趋势来看，充分利用地下空间，才能满足将来的需要……”

“效果图还表达不清楚。干脆，我们花了4000多元，在北京做了个精致的医院模型，运到佛山。”公司原医疗院院长赵杰回忆说，“经过黄博士现场耐心解读，医院干部职工和市委、市政府领导看后，一致认同。双方终于达成共识。”

黄锡璆开创性地提出了方格网络交通模式、医院主街以及适合我国国情的半集中式布局等设计方案。

1995年春天，佛山市第一人民医院落成启用。宽敞的门诊大厅、自动扶梯、多通道式影像中心、生物洁净手术部、下沉式广场、200多个车位的地下停车库等设计均属国内医院首次采用。它以高效便捷的独特优越性吸引了周边患者，医疗区域辐射整个珠三角与港澳地区，当年就创下日门诊量4600人次的全国最高纪录，并成为佛山市的一张亮丽名片。

全国各地有2000多家三甲医院派人前来参观，许多人感叹：震撼！

黄锡璆终于把心中那幅美丽的图画如愿地画在了改革开放前沿的大地上。

这一年，黄锡璆被评为“全国先进工作者”，并于1997年当选为中国共产党第十五次全国代表大会代表；2000年，他被评为“全国工程勘察设计大师”。

中国中元终于走出医疗工程市场的寒冬，迎来医院设计领域的春天。为适应项目应接不暇的社会需求，公司专门成立了医疗建筑设计研究院，先后承接了301医院、北京医院、苏北人民医院、北京大学第一医院、长沙中心医院、福建医学院附属东海医院、粤北人民医院、南京妇女儿童医院、河北省第四医院等数百家大型医院的改建、扩建和新建工程项目。中国中元成为中国医疗建筑设计领域的一块金字招牌。

“设计图纸一步步转化为实体成果。一幢幢医疗大楼相继拔地而起，开始收治患者。工程项目遍布全国。”黄锡璆欣慰地说，“这是我们为之自豪和最开心的，也是我们中国中元人拼搏奋斗的结果。”

创举的价值，总是在历史的沉淀中得到证明。10年后，佛山市第一人民医院项目设计工程仍然荣获了“中国建筑学会建筑创作大奖”。

谭伟棠感慨道：“后来的一切，都证明了黄博士的远见卓识。只可惜，当初设计的两层地下停车场，受资金限制只建了一层；检验科也没听黄博士的建议采用大开间，后来新设备进不去了，至今懊悔不已。”

尽管如此，业内还是一致公认，佛山市第一人民医院是中国现代化医院建筑的标杆工程。黄锡璆开创了中国医院建筑史上的里程碑。佛山市第一人民医院为他竖立了一座铭石雕像，感谢他的卓越贡献。

如果说，佛山市第一人民医院是黄锡璆绘就在大地上的一幅精彩之作。那么，北京小汤山则是他“速写”的另一个世界奇迹。

小汤山为何成为"世界奇迹"

2003年春天，一场突如其来的非典（SARS）疫情使全球30多个国家和地区遭受冲击，也把中国推到了全世界抗击非典疫情的最前沿。

此时，广东出现的第一例患者住进了佛山市第一人民医院的传染科。专家认为：这是最好的传染科，安全科学。

而在北京，非典患者剧增，医护人员被大量感染。为了迅速控制疫情蔓延，4月21日，北京市决定建立小汤山非典应急医院。

任务紧急，刻不容缓。22日下午，中国中元接到设计任务。公司经营部主任赵杰来到小汤山现场，参加北京市规划委召开的紧急协调会。

"小汤山的建设，像是一场遭遇战。军令如山，刻不容缓，公司压力很大。"赵杰回忆说，"黄博士因视网膜脱落手术后，正在家休养恢复，但无人能替代。当晚派车接他到公司讨论方案。他二话没说，连夜投入工作"。

与时间赛跑，与病魔决斗。如何在短暂时间内建成具备隔离、通风、防交叉感染的标准医院，确保医护人员安全和患者有效治疗，是黄锡璆从未遇到过的严峻挑战。

黄锡璆立刻在大脑中调出以往设计传染病医院以及综合医院传染科的"图纸"和案例，并在脑海里迅速构想出一座"应急传染医院"。

第二天早上，设计人员赶赴现场，指挥部办公室坐满参战各单位人员，细化方案，制定会战计划，分工协作，气氛高度紧张。解放军306医院、小汤山医院等专家和各方面负责人悉数到场。与此同时，7000人的施工队伍已集结现场。

常言道，厚积薄发，玉汝于成。黄锡璆凭借过硬的技术储备和高度的责任感、使命感，与同事们争分夺秒，仅用8小时就在当场编制出初步设计方案。工地上车水马龙，6家施工队伍展开会战。设计院也紧急调运电脑、打印机、复印机，并根据各大公司选用的板材分组细化成施工图。

设计人员驻留现场与施工安装人员现场配合，深化细节设计。黄锡璆带领设计团队24小时接力画图，根据具体情况，现场讨论、及时解决。

在保证快速建造的同时，如何确保医院设施安全可靠至关重要，否则，将失去应急传染病医院建造的意义。这是黄锡璆最大的担忧。

各排病房间距达不到18米的理想间距，会不会引起交叉感染？来不及建造钢筋混凝土污水处理池怎么办？ CT设备如何快捷安装？防护材料不够怎么办？卫生间马桶采用坐式还是蹲式？等等。面对许多未知，类似的纠结、争论不知发生了多少次，甚至有人指责他“这个老头太死板”。但他毫不动摇，耐心解释说服。

医院是用来治病救人的，人命关天，容不得半点含糊。他耐心说服对方，严格按照标准施工。在组织设计人员撤离现场时，他是蹲在路边的道牙上完成重症病房草图的，他用“较真”完成设计。

在与疫魔抢时间的拼搏中，黄锡璆博士每天忙碌到深夜，甚至凌晨3点才拖着疲惫的身体回到家中。第二天清晨，他又早早出现在小汤山工地上。

经历7个昼夜，2.5万平方米、600张床位的小汤山医院在边设计、边施工中“拔地而起”。

5月1日，小汤山医院建成当日接收第一批患者，并成为北京抗击非典的前沿堡垒。

一些国外媒体对小汤山医院并不看好，甚至断言：“大量患者会在这里丧生。军人也会在这里倒下。”

事实是，两个月内，小汤山医院共收治了全国1/7的非典患者，治愈率超过98.8%，1383名医护人员无一人感染。

小汤山，给世界一个惊奇！

世界卫生组织、香港医管局等专家前来实地考察。“混凝土凝固需要28天，怎么7天建成？”一位荷兰专家提出疑问。

“除了基础是混凝土，大量板材都是现成的标准化成品，采用模数化、标准化安装。”黄锡璆回答。

一位英国专家在室内风口贴上检验纸条，打开通风开关，检查空气流向，当看到纸条稳定偏向一边时，他予以肯定：“单向送风，很好。”

“废水如何处理的？”又一位专家发问。

“利用院区内一处废旧的游泳池，上面加盖板密封改造而成。”面对专家的种种提问，黄锡璆一一解答。

整体采用标准化、模块化拼组设计，医患、洁污分区分流，严格的卫生隔离，使这所“速成”医院成为符合国际要求的传染病应急医院。而采用中轴对称的“鱼骨状”布局，则成为传染病医院的“中国创举”。

带着疑惑与挑剔眼神的世界卫生组织专家们信服了。他们对小汤山医院的设施总体布局、流程设计等予以肯定，称之为“世界医疗史上的奇迹”。

美国一家媒体的主持人也发出感叹：“没有任何其他国家可以做到。”

比利时鲁汶大学的戴尔路教授一直关注中国的发展以及他的学生回国后的情况。他曾多次来到中国参观访问，并资助多批中国学生赴比研修。

戴尔路先生赞扬黄锡璆在医疗建筑领域里取得的成就，肯定中国医院建设的进步。有一次，他对大家说：“我有两个学生值得骄傲：一个是伊拉克的学生，他回国后制定了一个伊拉克的医院发展规划，并聘我为国家卫生部的顾问，但由于战争爆发没有实现，非常遗憾；另一个是黄锡璆博士，他在中国取得了卓越成就。”

戴尔路先生还专门邀请黄锡璆博士到比利时母校参加他组织的中国学生培训项目。

“旧图”画出新画卷

黄锡璆不仅可以在一张白纸上画出最美的图画，还可以让“旧图”脱胎换骨，变换出一幅新画卷。

“河北省人民医院老院区实现成功改造，堪称黄博士在大型医院改扩建项目方面的一部杰作。”公司原副总经理王漪说。

河北省人民医院始建于1959年，是综合性大型三级甲等医院。历经50年见缝插针的建设，犹如一个大杂院。由于布局混乱，设施老旧，功能落后，医疗环境差，安全隐患较多，一度成为省会城市石家庄医疗卫生系统提档升级的困扰。

2002年，河北省人民医院决定进行全面改造。中国中元一举中标。

但是，业主希望在医院“不停诊、不停床、不歇业、不关门、不影响运营”的“五不”条件下，完成改造。

“这种要求，难度太大。谁能做得到？”有人皱着眉头说。

“停诊停床损失太大，停不起啊！”医院负责人恳切地央求说，“患者不愿意，医院的员工也不愿意。”

显然，这是一个高难度工程，被设计团队的年轻人戏称为“魔变”。

面对前所未有的挑战，黄锡璆博士带着设计团队先做调查，深入了解医院复杂的工作流程，听取每个科室对设计的需求，确定最佳的设计方案，完成总体布局，然后再与施工方对接，科学安排施工时间，逐步分项实施，最终形成一整套施工图纸。

“在原来的基础上，通过三期改造，历经十年的精心打磨，最后实现翻新升级。在不知不觉中呈现出一个功能完整的现代化、智能化的新医院。”赵杰讲述了这一过程。

河北省人民医院一时间成为全国“老院翻新”的典范，国家卫生部专门在这里召开现场会，先后有四部电影在此拍摄。

“魔变”的奥秘在哪里？

“患者至上。医疗建筑首先要满足基本功能，其次再说造型和外观，实现内容和形式的有机统一。”在黄锡璆看来，医院建设得好不好，主要看它的医疗流程设计。有些医院搞得像迷宫一样，老百姓到了医院摸不到地方，连东南西北都分不清楚，就是因为流程太复杂、不合理。挂号、分诊、检查，到最后取药或住院，要跑很多部门。患者交叉流动，过度拥挤，很不方便。他说：“过去建的老医院，大都存在这些问题。如何利用有限的空间资源和原来的设施，因院而异，因地而宜，实现‘原址改造、老院翻新’，是我国医疗建筑设计面临的一大课题，也是一大难题。”

黄锡璆打开了“魔变”的密码。他说：“我们的原则，就是让患者走最短的路，花最短的时间，得到最好的诊疗。”

几十年来，黄锡璆主持设计规划了200多所医院，大部分是改扩建项目。

“佛山市第一人民医院是一个完整的、全新的医院，但像这种医院毕竟少。许多医院单体很好，整体上缺胳膊少腿。”黄锡璆认为，“随着发展和民生的需求，有大量的医院需要改扩建。比如，北大医院、北医三院、301医院、朝阳医院等都是改扩建项目。这是我们面临的基本国情。”

在许多医院的设计中，黄锡璆会从患者的角度了解思考设计方案，但他没想到自己会成为患者住进自己设计改造的医院。

2002年10月的一天，黄锡璆参加北大医院扩建项目的奠基仪式，突然眼前发黑，后经专家检查发现，由于高度近视，其眼睛受到撞击后导致了视网膜脱落，必须住院做手术。在医生的劝阻下，他不得不放弃原定几天后飞往德国参加国际建筑师大会的行程，住进了北医三院的五官科大楼——这正是他五年前设计建造的项目。

“刚住进去，我是患者的心情，担心眼睛能不能复明。”谈起当时的感受，他说，“等到手术后康复，意识到，我是干这一行的，能以患者体验一下也是难得。例如，在做眼科检查时，应该设有滴药瞳孔放大的区间；眼科手术室要从患者坐轮椅或自行步入两方面考虑。这对我们改进设计很有帮助。既要关注诊疗流程，注重布局，也要关注细节”。

2007年1月的一个深夜，雨雾蒙蒙。在济南与德国专家联合考察论证一个项目后，为赶时间，在返京的途中，黄锡璆遭遇了一场严重的车祸。他和当时医疗院副院长王漪等三人身受重伤。这次他又住进了他设计的医院——北大医院。

在这家医院，他接受了腰椎手术。在术后一个多月的卧床期间，他的大脑一直在思考。……结合住院的体验和平时的许多观察，他提出了运用“循证设计”的理念。

建筑研究院院长梁建岚曾是黄锡璆多年的助手，她做了解读：“那次车祸后，黄博士对我们设计人员讲，他在北大医院住院时，发现洗澡间用的是莲喷头，即使拉上吊帘，地板上也会溅出水来；底灯的位置也比较刺眼，也不合适。设计还有欠缺。现在工作量很大，我们不断地做工程，节奏快，但是做得究竟怎么样，我们并不清楚。医院不是建好就完了。医院使用怎么样，暴露出哪些问题，哪些需要改进，应该吸取哪些教训。通过回访，将医护人员和患者的意见收集上来，可以发现问题，改进设计。这是一个不断证明、验证的过程。这就是黄博士提出的应用‘循证设计’概念。这是一种负责精神，也是一种‘工匠精神’。促使我们的设计质量提升到一个新层次。特别是新冠肺炎疫情以来，各地方都在建公共卫生中心。黄博士要求我们要把‘循证’概念纳入设计过程中，形成一种制度。”

那次车祸给黄锡璆带来了严重的伤害，腰椎粉碎性骨折，至今还有两处各两根钉子和支架没有取出；不能提取重物；不能坐低矮沙发，只能坐硬板椅；也不便下蹲和久坐。

即便如此，在中国中元的办公楼里，人们每天都能看到他迈着蹒跚的脚步走进办公室；而在一些项目工地现场，也能见到他微微驼背的身影。他仍然在大地上画着心中一幅幅美丽的图画。

无论走到哪里，他都如大地一束温暖的光、山间一缕清爽的风。

2012年，黄锡璆荣获中国建筑学界的个人荣誉奖——第六届梁思成建筑奖。2013年，他获得“国机精神楷模”荣誉称号。

“火神山”背后的78分钟

2020年春天，一场突如其来的新冠肺炎疫情再次把中国推到了世界抗疫的波峰浪尖。

1月23日，春节临近。像往年一样，公司领导来到各楼层看望慰问仍在工作的员工。当领导来到黄锡璆博士办公室，他郑重地向党组织递交了一份请战书。上面写道：“鉴于以下三点：本人是共产党员；与其他年轻同事相比，家中牵挂少；具有非典小汤山实战经验。本人向组织表示，随时听从组织召唤，随时准备出击参加抗疫工程。”

每日关注疫情发展的他，出于专业敏感，意料可能会有任务。

其实，这已经不是第一次了。2008年汶川地震发生后的第二天，黄锡璆就向党组织递交了决心书。“祖国遭遇危难，我要贡献自己的一分力量，为灾区灾后医疗设施重建做点事情。”随后，他作为专家参加世界银行灾后重建项目，组织北京对口支援灾区什邡医院建设项目组，多次赶赴灾区实地考察，为汶川灾区医院重建工作提供了大量建议和咨询服务。2010年4月，青海省玉树发生地震。他与同事一道前往玉树参加医疗设施恢复重建。

“苟利国家生死以，岂因祸福避趋之。”业界有人赞叹道，“一个国家最幸运的事情之一，莫过于有一群像黄锡璆这样的最美奋斗者，总能在灾难之际挺身而出，守护一个民族的现在和将来。”

黄锡璆却说：“国家有难，匹夫有责。”面对武汉疫情趋紧，他又一次要用行动诠释在党旗下的誓言。

果然不出所料，13时06分，中国中元收到来自武汉市城乡建设局的一封急件，请求提供北京小汤山医院技术图纸，武汉建设应急设施迫在眉睫。

中国中元当天制定了抗击新冠肺炎疫情行动方案，成立了指挥组与技术组，委任黄博士为技术组组长。黄锡璆立即召开技术组会议，把小汤山的图纸从电子档案库中全部调出来，研究修改。

“医疗区与医务人员生活区必须严格隔离，避免交叉感染，最大限度地保护医护人员的健康安全。”

“北京干燥，武汉潮湿。用防渗膜覆盖整个院区地面，确保污染物不会渗漏。”

…………

“其实，小汤山医院的每张图纸，都印在黄博士心里。”医疗设计一院院长李辉回忆说。

78分钟之后，一份修订完善的整套小汤山医院图纸送达武汉抗疫前线。前线千军万马，日夜鏖战。

中国中元还与武汉方面建立了热线联络平台，技术组各专业人员与前线展开对口技术支持。这是被称为“极度压缩时间与空间的一场战役”。

“没想到，17年后，小汤山医院图纸再度上阵！虽然我们不希望它再被使用。”年近八旬的黄锡璆，迈着蹒跚的步履与疫情赛跑。建筑设计图纸必须跑前面。

23日晚已是除夕前夜，黄锡璆回到家中仍放心不下，继续伏案工作。“希望火神山医院能够设计得更科学、更安全、更合理。”他又手写列出17条补充意见，第二天在除夕清晨赶到公司交给李辉通过微信发给武汉前线。

——各排病房间距最好有18米，保证生物安全。

——使用IT技术。利用网络传输患者数据资料，避免纸质病历传播病源。

——要及早安排污水处理站的建造。

…………

怕手写看不清楚，又打字传出，此后他又发出两份建议书。经过10天的日夜奋战，拥有1000张病床的火神山医院建成使用，又一次创造了“中国速度”。

从空中俯瞰火神山，整齐排列的方舱单元，以一条倒“L”形长廊连接，这是医护人员通道和辅助区域；两侧连接9个病房单元，隔离清晰，互不交叉。整体呈现与小汤山“非典”应急医院类似的“鱼骨状”布局。

从小汤山到火神山，奇迹的背后，是科学严谨的设计。“我们在设计时充分听取这些宝贵的意见和建议，才有了现在的火神山。”担负火神山医院设计的中信建筑设计研究总院负责人汤群称赞说。

原北京小汤山非典医院院长张雁灵赶到武汉考察火神山医院。他高度评价："总体非常好，很多设计标准、设备配备，优于当年的小汤山。"

火神山医院的设计与建设"站在巨人的肩膀上"，又一次向世界证明：一个"不可能完成的任务"成为"中国奇迹"。

打造"中国奇迹"的，是7000多名勠力鏖战的一线建设者和八方支援的强大体系。

1月27日，火神山医院设计完成后，武汉前线的设计团队发来感谢信：

"贵公司以央企的使命担当和为民情怀，支援了火神山的规划建设，展示了高超的业务水准和精益求精的工匠精神。我们向以黄锡璆为代表的各位专家深表感谢和学习……"

此时，黄锡璆的那份请战书也成为"网红"，受到无数网友的追捧、点赞。

面对赞誉，黄锡璆十分淡然地回答媒体提问："我们这个年纪的人，是跟新中国一起成长起来的。碰到这样的大事，就应该贡献自己的力量。"他还主动带头捐款1万元，以实际行动表达对武汉抗疫的坚定支持。

随着疫情的蔓延，国内多地启动重大突发公共卫生事件一级响应。一时间，求助函和委托书从四面八方飞向中国中元。面对繁重的应急医院设计咨询任务，黄锡璆带领设计团队昼夜奋战3个多月，完成了全国二十余项应急院区的设计工作。

同时，受国家卫健委委托，黄锡璆作为技术总负责人，又带领团队着手编制《新型冠状病毒肺炎应急救治设施设计导则（试行）》《新型冠状病毒感染的肺炎传染病应急医疗设施设计标准》等一系列设计指导性技术文件，及时向社会公开发布。他把数十年的经验积累和心血倾注在每一张图纸上、每一行文字中。人们称赞："战胜疫情，黄博士功不可没。"

"为中国人建造自己的现代化医院，改善中国人的就医环境"是黄锡璆毕生追求的梦想。而他的梦想，又总能在最关键的时刻释放出最明亮的光焰。

2020年9月8日，在全国抗击新冠肺炎疫情表彰大会上，黄锡璆博士被授予"全国抗击新冠肺炎疫情先进个人"和"全国优秀共产党员"称号。

书描墨彩如兰香

黄锡璆博士长年奔波在外，不仅承担着大量医疗建筑项目勘察设计工作，还要参加国内外的学术交流会议及各种研讨活动。同时，他还先后被北京建筑大学、北京工业大学和东南大学聘为兼职教授和研究生导师。无论多忙，他都要到学校做学术报告，承担教学任务；在繁忙的工作中，带出十几名研究生和一批批技术骨干。

2006 年，宦洪桥大学毕业后，决定选择北京建筑工程学院（现北京建筑大学）继续攻读研究生学位。

古人云："经师易求，人师难得。"听说中国中元有一位黄博士在业界被称为"大师"，就打电话联系他，但一直联系不上。他心想，大师嘛，肯定忙，一般不易见到，更何况这位泰斗级的人物？尽管宦洪桥觉得希望不大，但他还是抱着试试的心态慕名拜师。

那是9月的一天，宦洪桥来到中国中元，他在门卫室贸然打了个电话，黄锡璆博士让他来办公室。黄锡璆博士正伏案画图，看他进来，笑吟吟地起身和他握手，他没想到黄锡璆博士那样平易近人，第一次见面没有一点距离感。黄锡璆博士非常亲切地问他的情况，然后谦虚地介绍自己，介绍医疗建筑领域里的现状、特点和发展前景。

宦洪桥心想，这么好的一个老师，我认定了。

后来，黄锡璆博士对行业的了解令宦洪桥惊讶。他对某所大学使用的什么教材、某大学学术带头人的研究成果，甚至最近某教授又出了什么专著，都十分清楚。

"跟他做安贞医院的改扩建项目，他对远程医疗、人工智能、手术机器人等最前沿医疗设备的了解，令医生们佩服不已。后来发现，他订阅了一些医学相关报纸杂志，包括医护人员、医院管理人员的专业期刊。我不禁感叹：博士就是博士，大师就是大师！"

黄锡璆博士常与学生们讨论阅读的情况。他说："做医疗建筑设计，只关注专业本身还不够，还要关注整个医疗、医学行业的发展，包括医学的新技术应用、模式的变革、相关政策的变化。这叫'功夫在诗外'。只有多关注与医学相关的交叉学科，建立系统性、整体性思维模式，才能取得开创性的成果。”

两年的读研，宦洪桥跟导师参加了许多项目的设计，为他打开了理论应用于实际的一方天地。后来写论文时，导师让他把自己感兴趣的课题列出来一起讨论，他列了四个选题，导师并不指定题目或框架，而是鼓励他自选。最后，他决定做“综合医院改扩建设计研究”这个题目。

宦洪桥深有感触地说：“这是个大选题，我担心写不深。导师鼓励说，这个针对性强，国内、国际都很有需求。如果把一个综合医院的改扩建研究到位，将来不管做什么设计，你都能从战略上或者更宏观的视野去把握。”

“跟着导师的几年里有许多难忘的情景。”宦洪桥说，导师指导学生阅读；讲解外国学术专著；对学生有问必答、有求必应，逐字逐句地批改论文。“导师总是一副热心肠，大胸怀。”

如今，宦洪桥成长为高级建筑师，并担任研究室主任。回想成长的经历，他感慨道：“一个人遇到好老师是人生的幸运，我就是幸运者之一。”

“师者，人之模范也。”正如习近平总书记所说：“老师对学生的影响，离不开老师的学识和能力，更离不开老师为人处世、于国于民、于公于私所持的价值观。”

“师也者，教之以事而喻诸德者也。”几十年来，黄锡璆东奔西跑、走南闯北，从小项目到大项目，从偏远地区到大城市，从一般工程到应急工程，长年在一线奔波，但他不忘“传帮带”，像一位辛勤的园丁用心血浇灌出中国中元的人才梯队，培养出一批批优秀的学生和专业骨干。他们在各自领域和事业平台上成就了自己，也为国家建设做出了贡献。

每年春节或教师节，黄锡璆博士的学生都会来他家里坐坐，或约他出来一起聚餐，大家向老师聊聊一年的工作感受和成绩，每当这时，黄锡璆博士显得特别开心。

师者如兰，香远益清。学生们送他的那盆兰花，正在阳台上芬芳绽放，散发着阵阵幽香。

“大师”的人间烟火

迄今为止，在黄锡璆博士主持设计的200多个医疗建筑项目中，有56个获得省部级以上的设计奖项。他当之无愧地被誉为“中国现代医院开拓者”“设计大师”，引领我国医疗建筑规划与设计逐渐跻身世界先进行列。

在人们心目中，“大师”是一副啥模样？

黄锡璆在生活上俭朴而随意，就拿吃穿来说，单位食堂里有9元自助餐，也有15元自助餐，黄锡璆总是踩着饭点的尾巴，端着餐盘出现在9元自助餐区。

“我都不好意思和黄博士在一块儿吃饭。有时觉得不可口就剩下了。他每次都吃得盘光碗净。一张抽纸他都舍不得多用。”公司医疗院院长李亮说，“外出就餐，他最喜欢进路边小店来一碗牛肉面。”

妻子邢淑芬说：“我们家老黄好伺候，做啥吃啥，从不挑剔，买菜做饭都是我干；穿什么也不讲究，他的衣服里外都是我买的。”

住宿他更不讲究。所长王文正是黄锡璆多年的助手，他深有感触地说：“出差住宿，酒店带不带星黄博士从不在乎。有时订不上酒店就住简陋的小旅馆，他也乐呵呵的。”

他出国留学回来在海南创业，与大家一样搭乘改装的摩托车跑业务。即使后来他已经是公司的首席总建筑师，仍然搭乘长途大巴去外地勘察项目。

1997年底，河北省肿瘤医院启动改扩建工程，三次来人联系并送来相关资料，邀请黄锡璆博士到现场做设计策划。当时他手头有其他项目，安排的助手也一时无暇顾及。

业主又一次来到中国中元，一见医疗院院长赵杰就埋怨说：“你们说客户是上帝。可我们把博士当上帝，怎么就感动不了你们呀？！”

黄锡璆博士得知后，非常内疚。他连夜画好草图，第二天一早乘长途汽车去了石家庄。他说，毕竟答应了人家，只要承诺就要兑现。因黄锡璆无意中上了一辆不走高速的个体客运车，直到下午才到达石家庄。那时，他已经是公司总建筑师、研究员级高级工程师了。

看到风尘仆仆赶来的黄锡璆博士，医院负责人上前握着他的手感激地说：“哎呀！黄博士，辛苦您了。我们都在找您呀。”黄锡璆博士却淡淡地说：“坐了高级客运小巴，没想到反而耽误了时间。”接着他就与医院负责人讨论起了设计方案。

意外的是，公司对这个项目并没有抱什么希望，但在方案比选讲标现场，黄锡璆博士只是讲解了医院建设的新思路、新理念，便打动了大家。90%的职工代表投了他的票，中国中元竟然中标。

作为能享受飞机商务舱待遇的高级专家，他每次出差都订经济舱，并且为了赶时间，往往订最早的航班或者是“红眼航班”，经受早起晚归的辛苦。他的理由是：“不耽误事，机票还便宜。”这种情况一直到单位根据他的身体情况直接干预为止。

黄锡璆对自己一向很“抠门”，对业主却很大方。

公司与业主谈合同时并不安排他参加，但有时黄锡璆博士也曾建议经营人员：“这个业主困难，单位能承受可以少收设计费。”令人难以理解，甚至产生误会。

有一次，赵杰等人与业主彼此讨价还价，谁也不肯让步。黄锡璆博士刚巧进来，对赵杰说：“业主经费紧张，差不多也就行了。”

对方好像抓住了救命稻草：“是啊，你看你们黄博士都说了，差不多就行了。”

赵杰回来说：“黄博士，你怎么胳膊肘往外拐？不是我们狠，咱毕竟是经营单位，几百人要吃饭！”

他坦露心迹：“现在老百姓普遍反映‘看病难、看病贵’。有些基层医院投资不足，又急需建设。只要我们承受得起，就少要些设计费。毕竟医院是为老百姓服务的。”

实际上他也曾多次向业主陈述，我们是国有企业，单位地处首都北京，无论企业运营还是员工生活开支都不低，希望业主理解支持。

当时，“就医难”在媒体上频频曝光。大家为他浓浓的百姓情怀而感动。人间烟火总在他心头萦绕。

黄锡璆也曾向单位提出自己的工资“少要一点”。

那是2002年秋，黄锡璆博士因视网膜脱落手术后在家休养。“我没有上班，工资是不是应该降一降？”他向单位领导多次提出，“工资少要一点。否则我于心不安。”

面对各种利益诱惑，他不为所动。曾有公司想以百万元年薪把他挖走，但他坦率地回绝了。

他获得“梁思成奖”的10万元奖金，全部捐赠给了他的母校东南大学。

多年来，家是他第二个办公室。原来住房小，他就趴在客厅里的小圆桌上看书，或写或画。直到2008年，才在北京郊区百望山附近购置了一套宽绰一些的住房。同事们风趣地说：“黄博士是捡鸡毛扎掸子，一根根攒出来的。”

从国外留学回来，组织曾想安排他担任公司领导工作，他说：“我适合做业务。还是让年轻人上吧。”

“中国中元医疗建筑从小到大，从弱到强，我们这些曾经的学生或助手，逐步走上了团队的领导岗位。但是，在工作安排上，博士从不居功自傲，对公司的年轻干部们全力给予支持和尊重。”赵杰由衷敬佩地说。

谈起黄博士给人的印象，梁建岚说：“在我的眼中，他是一位学识渊博、经验丰富的专家，是一位平易近人、谦恭随和的长者，是一位善良热心、慈祥仁爱的导师，是一位功成名就的大师。黄博士生活永远是那么通透敞亮。他开心的时候特别像小孩，很单纯、很天真的那种，一眼就能看出来。他没有丝毫杂念，心地纯净的像一泓湖水、一片蓝天。”

那么，黄锡璆到底爱什么？

单位的同事们说：“他爱画画。”他随身带个速写本，走到哪里就画到哪里，专画那些建筑物，而且画功不凡。有时他会当作明信片寄给朋友，令人爱不释手。如今已画了20多本。他说：“这是搞建筑设计必须的基本功训练，是工作需要，养成了习惯。确实成为放不下的爱好。”

单位的司机金师傅说：“黄博士最爱书。帮黄博士买书，把我都买成网站的钻石级会员了。”

每年他要花上万元购书，除各种专业书籍外，内容涵盖社科、人文、历史等领域；他还托留学生或国外的朋友帮他购买国内买不到的外文书籍。

他家客厅里是书，卧室里是书，沙发一端也堆满了书和剪贴的报纸、杂志。“我们家老黄就知道买书、看书。房间的飘窗原来能看山景呢，现在是书墙了。”来了客人，妻子邢淑芬总是不好意思地解释说，“家里显得乱，我也不敢动。怕动了找不着，他会跟我发脾气。”

不管白天工作多忙多累，黄锡璆博士晚上都要看书，常常熬到半夜。邢淑芬说：“经常是我一觉醒来，看见老黄还在看书。”黄锡璆博士却说：“现在知识更新这么快，不读书怎么能行？”直到最近，因眼疾影响他才对读书时间有所限制。

说来说去，黄锡璆博士所有的爱，都是“爱工作”，都是为了工作。

他办公室里始终放有一个随时“待命”的拉杆箱，里边装着一些简单的随身物品，可以拉起就走。他说：“只要工作需要，我随时可以出发。”即便2001年退休后也是如此。“我喜欢工作，只要国家需要，社会需要，公司需要，我愿意一直工作下去。”

黄锡璆博士爱工作，同样也爱家庭。只是长年忙于工作，他顾不上家，只能把家里的一切交给妻子。正因如此，他说：“总觉得有些遗憾。最亏欠的就是自己的家庭。”唯一的儿子黄昱，19岁就远走他乡，自主创业，自食其力。他没有对儿子给予更多关心培养，心里总有一种难言的歉疚。

黄锡璆博士身上的“烟火”总是燃烧着事业的激情。

入党40多年来，黄锡璆一直保持一个习惯：每逢党和国家重大事件或活动，他都主动向党组织或单位领导递交工作小结和思想汇报，谈认识、提建议、表决心，工作生活中处处以党员的标准严于律己，对党无限忠诚。

对他来说，“工作是一种担当，也是一种乐趣”。他把乐趣融入工作中，工作便成为一种“享受”，便是其乐无穷的生活方式。他说：“能在有生之年，为国家、为大众尽一分心，出一分力，让这个世界变得更加美好，这本身是一件多么快乐的事情啊！”

几十年来，经过黄锡璆博士和同事们勠力同心的拼搏，累计完成北京大学第三医院、北京大学第一医院、解放军301医院、北京安贞医院、北京朝阳医院、北京医院、北京协和医院、湖南长沙中心医院、湖南长沙湘雅第二医院、江苏苏北人民医院、南京妇女儿童医院等200多家各类医院工程设计，包括我国在“一带一路”沿线老挝、柬埔寨、卢旺达等国家的援助项目。

黄锡璆博士用平凡的人生创造了不平凡的业绩，开拓了中国医疗建筑行业新领域。他把心中美丽的图画画在了城市、乡村，画在了平原、山川，也画在了国内、国外，成为人间一幅幅温情、亮丽的“画卷”。

国机集团的领导这样解读黄锡璆“大师”的精神：“大师的精神，就是不忘初心、对党忠诚的精神，就是学有所成、报效祖国的精神，就是使命担当、乐于奉献的精神，就是心怀匠心、矢志不渝的精神。”

而黄锡璆，就像大地上生长出的一颗稻米，没有华丽，却金灿灿、香喷喷。

他乡义，故乡情

在抗击新冠肺炎疫情一年多的日子里，全世界无时无刻不被“中国力量”“中国速度”所震撼、所动容。

2020年2月6日，中国外交部发言人华春莹在回答中外记者提问时，曾经讲到全国工程勘察设计大师、中国中元顾问首席总建筑师黄锡璆博士作为印度尼西亚归国华侨，在抗击2003年非典和这次新冠肺炎疫情战役中所做出的贡献。黄锡璆博士的事迹立刻引起国内外更多的关注。

不久，在中央电视台一档节目的采访中，黄锡璆博士回忆了曾经在印度尼西亚生活、学习过的美好时光，并以流利的印度尼西亚语向印度尼西亚朋友们表达问候。

2020年10月，黄锡璆博士应邀参加了印度尼西亚建筑师协会组织的大型在线学术交流活动。他在主旨演讲中，分享了应急医疗设施设计案例和中国在医院建设方面的宝贵经验，并与印度尼西亚专家进行了友好的视频交流。10年前，黄锡璆博士应邀回到印度尼西亚爪哇岛任抹县参加中华中小学的百年校庆。他感慨道：“本来95年校庆时我就想参加的，因为工作没有来。百年校庆时，曾经教我的老师已离世，有的同学也见不到了。”

黄锡璆博士对风光旖旎的爪哇岛情怀难忘。他来到当年生活的老屋，百感交集。这是60年前无法抹去的记忆。店铺原来的木楼梯已拆除，店后内院已盖上房子；只有那座老店的门面依稀展现着原来的模样，像一位宽厚的老者遥望着远方，等待着曾经的主人归来。

老屋，见证了百年历史，是一个家庭、两代中华儿女求生存的梦乡；老屋，历经了几十年的风雨沧桑，仿佛在讲述一个爱国华侨家庭在异国他乡的奋斗故事；老屋，阅尽了人间的悲欢离合，也记录了童年的欢乐和少年的向往。

黄锡璆博士清楚地记得，在回国前的几个月，母亲就张罗着请裁缝为他做衣服，托人打毛衣。当时的生活条件要比国内好得多。对于母亲来说，孩子大一个走一个，不仅饱尝亲情流离之苦，内心的牵挂也是难以言喻的。

“离家的那一刻，虽然有激情，但是也有难过和不舍。出发那天，我与母亲告别时，眼睛不敢和她对视，生怕眼泪掉下来。是父亲把我送到泗水码头，和堂姐、堂哥一起上船的。”

讲到这儿，黄锡璆博士目光转向窗外。

透过窗子望去，前方不远处就是苍翠如濯的百望山。据说，那就是杨家将佘太君想念杨六郎时常登高眺望的一座山峰。“百望山”便由此得名。

爱国是中华民族最深厚、最持久的情感，也是一个人立德之源、立功之本。

父母先后把七个子女全部送回国内，他们奋斗在不同的地区和岗位上。

“父亲曾受邀回国观光，出席国庆观礼。他的晚年也想和母亲一起回到祖国。老一辈华侨都想落叶归根，异国他乡毕竟不是久留之地。”黄锡璆博士收回目光，语气变得沉重，“1967年5月，父亲把我小妹妹送回国后，本来是要回来的，因受风寒，突发肠梗阻病故。母亲把父亲的骨灰带回祖国，寄存在北京八宝山公墓。1971年9月母亲去世后，与父亲合葬在海淀区凤凰岭公墓。”

他乡有义，故乡有情。几年前，广东梅县要建一座医院，县里得知黄锡璆博士是梅县人，特地邀请他回老家看看，希望他为医院建设提供技术资源。

黄锡璆博士终于有机会回到故乡。他不顾腰伤不便，多次前往梅县考察医院建设项目，讨论方案。他利用工作间隙访问了老家祖居——梅江区黄泥墩“都察院”。

德容天地，情系桑梓。虽然他不曾有过亲近，但故乡遍地梅花尽芳菲，有热情的父老乡亲；那股乡情亲情如同绵绵流长的梅江水，早已在父亲的描述中走进他的记忆，溶进了他的血脉。

在医疗一院院长李辉主持的梅县医院规划设计讨论会上，黄锡璆博士动情地说：“梅县是我的故乡，过去是一个贫穷的地方，现在刚刚脱贫，条件有限，希望大家能够体谅那个地方，费费心，把医院建好。”李辉说：“很少见他这样。我们大家也都受到感染。目前这个项目进展顺利。一期工程已近收尾，二期工程正在进行。”

如今，黄锡璆博士终于把心中美丽的图画画在了故乡。

最后一次采访是在黄锡璆博士家里。座谈结束时，我问他：“今年还有什么打算？”他说：“要把计划中的这本书写好，尽力完成。”

黄锡璆博士的这部学术专著是他多年的研究成果和实践的系统总结。他对这部专著要求非常高，倾注了很多的心血，一再精心打磨。相信这是他留给中国医疗建筑设计界的又一宝贵财富。

“下个月您迎来八十高寿，打算怎么过生日？”

黄博士含笑未语，似乎没有打算。老伴邢淑芬接过话：“会给他做碗长寿面的。”

“是啊！长寿面一定要有的。”我握着黄锡璆博士温润的手告辞，“多多保重，祝您健康长寿！多带几个学生，多为国家培养人才。”

黄博士开心地笑起来，笑得那么灿烂。

回来的路上，我想，黄博士的生日一定会有个大大的蛋糕。他也会在吹蜡烛时许个愿。

他会许什么愿呢？

美好农业开拓者

——走近“央企楷模”覃衡德

◎文/中国中化下属先正达集团中国党群工作部

2016年5月的北京，万物勃发。

一场决定中化集团未来走向的高层战略研讨会正在进行。刚刚执掌中化集团的宁高宁董事长，亲自担任总教练，坐镇点评。窗外风轻云淡，场内波谲云诡。

20多家子公司，200多位主要负责人，分为能源、农业、化工、地产、金融五个小组，头脑风暴、畅所欲言，场面热烈。

三天三夜的互动讨论，第一次，覃衡德对中化集团的农业板块（以下简称“中化农业”）有了近距离审视，也留下深刻印象：种子、肥料各走各的道，一盘散沙；团队士气低落、各自单干；年年亏损、毫无方向。

时任中化国际（控股）股份有限公司（以下简称“中化国际”）党委书记、总裁的覃衡德上台发言，谈完他所在的化工板块整合思路后，话锋一转，语惊四座：“农业板块亏损这么大，对集团没啥贡献，也看不到未来，建议这块业务最好就别干了！”台前的宁高宁听到这些，一语未发。

研讨结束，覃衡德返回上海，很快就淡忘了此事。他并不知道，自己未来5年的事业轨迹将就此改写。

没过多长时间，覃衡德接到总部一个电话：集团准备让您进京，抓农业板块！

战略讨论时中化农业板块的状态还历历在目，覃衡德一时难以接受，有点语塞。

"这是党组讨论后的决定，认为您最合适！"电话那边的语气坚定。

覃衡德是老党员，在国企，服从组织是基本的觉悟。覃衡德略作迟疑后表态：既然党组决定，我服从安排。

夜色中高速公路，灯光点点，前途茫茫。放下电话，覃衡德心里五味杂陈。此时进京的确不是小事，覃衡德面临生活和事业的双重抉择。

家庭里，爱人刚刚做完手术，正在康复；孩子步入高中，正处于叛逆期；人过中年，全家都在上海，自己孑然一身赴京，何等滋味……

事业上，历经十多年打拼，几经改革调整，覃衡德领军下的中化国际已经步入正轨，蒸蒸日上；而即将赴任的中化农业，却是个正处困境中的烂摊子。

"我从没想过，自己还会跟农业扯上关系！"覃衡德回忆说，作为湖北大山里闯出来的农家娃，千辛万苦跳过高考的"龙门"后，他就一直在城市里学习、工作。几十年过去了，除了偶尔回老家探亲时的短暂停留，他与农村几无瓜葛。

2016年12月，寒风之中，有些迷惘却又坚定的覃衡德独自一人踏上了进京的高铁。

未有之业：央企担当，就要敢闯新路

这一步，覃衡德踏上了中国现代农业创新改革的潮头浪尖。

履职之初，覃衡德只是抱着简单直接的"工业企业思维"：调整团队、卖好产品、把中化农业扭亏为赢。

此前，他对农业涉足尚浅，要拿出一套打法，让这个板块"绝地突围"，第一个突破点，就是调研，他必须对中化农业甚至对中国农业有个深刻的了解。

农业，是一个广袤而浑厚的产业：我国18亿亩耕地，上千年耕作，东南西北，气候、土壤、作物，千差万别。调研中，覃衡德顺着农业生产的整个链条，从种子肥料生产厂家到农资销售公司，从种植户到合作社、从种植服务到农产销售……细细地捋了一遍，所到之处均是农业大省。

有生以来，覃衡德第一次、零距离认真审视中国农村、农业、农民的状况，这次持续数月之久的调研，让他颇为震撼。

“我们的农业竟然还是这么落后！一场冰雹、一场洪水、一次台风，就能让农民近于破产。农民，就像大海里的一叶小舟，无法掌控自己的命运。”农民家庭出身的覃衡德，心中涌上刻骨铭心的痛感，他开始重新审度中化农业的未来。

“我接手的这份工作，好像不仅是卖点种子、化肥那么简单。”覃衡德意识到，这份事业，不能止步于让中化农业扭亏为赢，“我们是中央企业，不为农民、为农业做些什么是说不过去的，就更应该敢于闯出一条新路来！”

念念不忘、必有回响。一颗种子，在他心里悄然萌生：我们能不能做点不一样的事？不是跟农民做生意，要跟农民站在一起！过去化肥种子的生意，是在农民不太丰盛的碗里分一杯羹。中化农业应该帮助农民把碗装得更丰盛、蛋糕做得更大，让农民得到更多收益的前提下，企业同步发展。

怀揣这一初衷，他的调研有的放矢：我们要帮助谁？用什么帮助？整合哪些资源？伴随着这些思考，覃衡德一步步把准了中国农业现代化发展的时代脉搏。

事实上，就在覃衡德入职中化农业前后，中央密集发布了一系列助推

“三农”改革创新发展的重磅政策：2016年8月，农业部印发《“十三五”全国农业农村信息化发展规划》，信息化成为创新驱动农业现代化发展的先导力量；10月31日，中共中央办公厅、国务院办公厅印发《关于完善农村土地所有权承包经营权分置办法的意见》，提出了确保土地所有权、承包权、经营权“三权分置”有序实施的任务和要求，通过土地流转实现规模种植的职业农民、新型经营主体受政策支持快速涌现；当时，我国首次明确扶持新型农业经营主体发展的政策文件《关于加快构建政策体系培育新型农业经营主体的意见》，也正在酝酿中，并于2017年5月正式发布。

2017年3月24日，在位于武汉的中国种子集团有限公司生命科学技术中心旁的东湖宾馆，关于中化农业未来之路的一场思辨正在展开。当天晚上，结束数天的调研后，覃衡德和随行团队兴致高涨，探讨一直持续到凌晨4点，一个前所未有的创业模式雏形在破晓的曙光中萌发：为快速发展的新型农业经营主体提供现代化农业服务，建立一个现代农业技术服务平台（MATP）。东湖之夜，覃衡德兴致高昂，对MATP期待满满。他相信，伴随土地流转带来的第三次土地革命，将是中化农业千载难逢的机遇。

2017年4月9日的北京，春风暖人，阳光和煦。在北京后海湖畔的一个茶楼里，中化农业30多位高管齐聚一堂。覃衡德将东湖之夜碰撞出的MATP方案和盘托出，首次与中化农业高管层进行正式探讨。

发言中，覃衡德分享了对中化农业乃至中国农业的几个判断：一是中化农业种子、肥料的传统业务模式已难以为继，必须创立新的模式，MATP值得尝试；二是中国农业现代化进程加快，必然要有龙头企业去探索、开拓出一条全新道路，中化农业作为央企责无旁贷；三是互联网、数字农业等新技术和跨界经验，将给农业现代化注入新的动力，中化农业必须抓住机会，跨界创新。

与东湖之夜不同，覃衡德讲完，现场唇枪舌剑之声迭起……

——这个转型太大，围绕种肥的生产、贸易、分销业务是中化农业的强项，MATP要扩展到种植技术、后端农产品的回购销售，这些不是我们的优势，中化农业难以驾驭这么长的产业链条。

——这项工作是革命性创新，碰壁五年、十年都不一定能有大业绩，不但短期难以增加收入、扭亏为盈，反而可能成为拖累。

——不少互联网巨头都搞过类似的尝试，都未成功，没有可供借鉴的经验，我们凭何能干成？

…………

“当时近2/3的高管持不同声音，覃衡德时而耐心解释，时而据理力争，面红耳赤的激烈论辩一直持续到深夜，思想激荡，气氛颇为紧张。”一位亲历者回忆道，他甚至觉得：MATP方案，可能要就此夭折了。

面对巨大的历史机遇，大多数人是看不见的，即使看见了也不一定能理解，即使理解后，也不一定敢于尝试。

散会接近晚上10点，浓浓的暗影笼罩着后海，波光绰约中，夜风袭来，使后海的春天略有寒意。

这次被称为“后海之春”的论辩会，让覃衡德对央企改革创新的难度有了更深刻的认识，也激发他做出了更深的思考。他一方面继续与中化农业高管层深入沟通，另一方面继续改进MATP的方案。覃衡德将要面对的，是中化集团最高决策层的考验。

在历经数月的调研、思考、论辩、推演之后，覃衡德和中化农业迎来历史性时刻：一场由宁高宁主持的中化农业战略质询会即将召开。经过中化农业创新团队反反复复的沙盘推演，虽然MATP方案已精益求精，但覃衡德心里仍难免忐忑。

从上海赴京参会的前夕，他把许久未见的儿子叫到跟前，把MATP的一些想法断断续续地讲了出来，像是交流，像是絮叨，更像是在寻求一丝亲情的慰藉。他讲到农民的苦、讲到农业的难、讲到自己的工作，讲道想做一些事帮助农民、用科学帮农业做出改变……凡此种种。

一个十几岁，几乎从未到过农村的孩子，似懂非懂地听完之后，竟然冒出了一句话：老爸，我觉得你做这个事有价值，比卖化肥强！

听到这句话，覃衡德心里微微颤动了一下。

2017年5月，中化集团总部会议室，中化集团掌舵人宁高宁在听取中化农业团队关于MATP战略的汇报后，现场将MATP更名为MAP（Modern

Agriculture Platform，现代农业技术平台），他希望中化农业的创新实践，能帮助中国农业现代化探索出一条可行的线路图。

“这个方向是对的，你们可以大胆去做、大胆尝试，等你们把MAP做成的那一天，一定不是你们现在汇报时的样子！”宁高宁鼓励创新，更激励迭代。

得到中化集团决策层的肯定，覃衡德更加坚定地相信：以MAP为核心，顺应中国农业现代化的时代浪潮，中化农业即将开创一个过去没有的事业。

走出会议室，他将MAP受到集团领导肯定的消息分享到了朋友圈。此前从不在他朋友圈里出现的儿子，第一次为父亲点了红心。

涅槃之战：扛住了，就一定能迎来曙光

如果MAP创新将助中化农业焕发新生，那么传统业务恰是当下生存的根本。仰望星空，更需脚踏实地，覃衡德必须把化肥、种子等传统业务扭亏为盈，为MAP的冲锋稳住后方。

“知道中化农业难，但没想到竟然那么难！”从各业务单元调研回来，覃衡德心里压力陡增。

从产品看，无论是技术还是质量都远远落后于行业先进水平，中化化肥忙于销售别人家的产品，自家产品连外观都显得“蓬头垢面”；中国种子总公司（以下简称“中种公司”）依靠着几个过气的品种惨淡支撑，被竞争对手不屑一顾。

从研发看，化肥公司的科研基础几乎为零，寥寥几位科技人员靠信念苦苦支撑；中种公司在研发上重金投入，但研发和市场脱节，对生存发展几无贡献。

从生产看，几家化肥工厂几乎无一例外资不抵债，没有核心技术，没有拳头产品，自己团队都不愿卖。

从管理看，业务和团队严重割裂，中化化肥18家分公司就像闯荡江湖的“十八罗汉”，各自为政、小富即安地忙于自己的生计，中化化肥这艘大

船的倾覆好像与他们无关；中种公司众多小而散的公司就像一块块小舢板，在竞争的惊涛骇浪中艰难求生。

最让覃衡德痛心的是人才的流失。上任的前几个月，覃衡德签署最多的就是离职报告，对公司失去信心的年轻人纷纷离去。“我们在行业里已经没有那么高的江湖地位了，真的是深一脚浅一脚，基本是脚踩西瓜皮，滑到哪里算哪里！”中化农业一位改革经历者对当时“破罐子破摔”的氛围深有体会。

“就好似革命已然发生，而我们仍像留着辫子的贵族遗老，端着架子幻想着有朝一日荣光重现。”覃衡德已经认识到中化农业人身处绝境。在中化农业战略质询会上，汇报MAP的同时，覃衡德特别提出了“涅槃战略”：自我反思、自我革命，在全面审视自身不足的基础上彻底打破过去的惯性思维和陋习，死过一回从头再来。

“渠道深耕保生存”“MAP创新焕新生”“数字农业赢未来”，在这一整套涅槃战略中，最紧迫的就是保生存。

治大业如烹小鲜，治重症需用猛药。中化农业各项业务盘根错节、头绪众多，要对传统业务发动“涅槃”之战，覃衡德由人及事，大刀阔斧而张弛有度。

首先，团队涅槃。在集团领导支持下，覃衡德大胆优化调整核心管理团队，全面充实业务型的年轻管理骨干。很多颇有才能却想要离职的年轻人被覃衡德挽留，提拔为独当一面的业务负责人，近140名“80后”到各级重要岗位任职。他同时在总部精职减政，大幅向经营单元授权，提升效率。

其次，薪酬机制涅槃。向一线的业务倾斜，以创业者为本，实施精准激励，激发化肥种子等一线团队积极参与市场竞争、勇于争创佳绩的奋斗热情。

再次，业务涅槃。化肥业务一分为二：单质肥整合成立基础肥事业部，农用肥料整合成立分销事业部，两者彻底分离。基础肥业务整合成立10个营销大区主攻工业客户贸易业务；农用肥料按18家分公司推行DTS渠道战略，将“十八罗汉”初步整编成18支“游击队”，打破过去各自乱飞的局面。种子业务按照玉米、水稻、小麦等品种进行专业化协同整合。

最后，在供应链、研发、生产等领域也进行涅槃式的改革，激发活力。以生产为例，中化涪陵在降本增效和内部协同的支持下，实现扭亏；中化云龙经营效益持续提升，新的技改提升项目也进入了论证实施阶段；中化长山则明确了关老扶新的解困策略；三环中化、甘肃瓮福等参股企业的管理协调得到加强，实现了扭亏为盈的阶段性目标。

涅槃之战，阻力重重，单是化肥业务一分为二的改革，就让覃衡德颇为烧脑。“当时从总部到分公司，反对声音很大！”覃衡德回忆说，18家分公司，有的强在基础肥贸易，有的强在渠道分销，分家后，分公司担心出现亏损。

“大家都怕业绩出现‘光屁股’，我说不怕，分完我们就按基数，只看增长，减亏也算盈利！”覃衡德强力硬推。到2017年底盘点时，两个业务分开后，双双实现了盈利。

就在“涅槃之战”正酣，“止血”生存有望时，覃衡德病了。2017年9月前后，覃衡德患了非常严重的焦虑症，每天凌晨两三点，都会惊醒，再难入眠。

那段时间，传统业务改革进入深水区，MAP创新探索又屡屡碰壁，中化农业上万人的未来扛在他肩上。覃衡德远离上海的家人，孑然一身漂在北京，每晚回到宿舍，满心的压力无人倾吐。

医生诊断开药后，特意嘱托：一定要吃，以防恶化！但覃衡德硬是没吃，他坚信自己能跨过这道坎儿，和团队一起涅槃重生。凌晨惊醒，有时他会看着窗外无边无际的至暗空间，心里想：再扛一扛，曙光就来了……

必成之心：路走对了，就一步一步向前走

1978年底，安徽省凤阳县小岗村的18位农户用血红的手印签下了契约，冒险“包产到户”，拉开了我国农村土地改革的序幕！接近40年后的2017年11月，同样是在安徽，距小岗村200多公里外的庐江，一场即将燎原中

华大地的现代农业服务变革，在这里播下第一颗火种。

2017年10月18日，习近平总书记在党的十九大报告中首次明确提出，实施乡村振兴战略，并把“构建现代农业产业体系、生产体系、经营体系”作为乡村振兴战略的主要措施之一。40天后，覃衡德领军下的中化农业重重踏响了时代的鼓点，与国家战略同频共振。

2017年11月29日，安徽庐江一个大型粮库外，来自周边的上百个种植大户和合作社代表挤满了露天操场。天气微蒙，小雨淅沥，覃衡德身着蓝色冲锋衣，稳稳地揭开红色绸布，中化农业首个MAP技术服务中心落户庐江。

MAP从0到1，从PPT方案变成现实，战斗和磨砺才刚刚开始：MAP没有已有经验可循，必须在实践中验证，覃衡德对一线情况很不放心。

2018年春节刚过，覃衡德只身直奔庐江中心，化名农艺师“老谭”，与MAP正牌农艺师一起拜访规模种植户。他要看看，第一个MAP技术服务中心正在怎么干、客户买不买账。

在田埂上，“老谭”拜访了第一个种植大户，正牌农艺师一边介绍MAP

的模式，一边把两张塑封的A4纸递给大户，上面列着种、肥、药组成的A套餐和B套餐，像极了农家乐的菜单。讲得苦口婆心，大户将信将疑。

第二个种植大户让“老谭”吃了闭门羹，站在门外操场上，农艺师递上“菜单”，大户听完MAP模式，问：

——你们肥料挺贵，能不能赊账？

——不能赊！

——你们到时不收粮怎么办？

——30公里外的镇上，有我们的中心，跑得了和尚跑不了庙。

——你们这是骗子，之前也有说收粮的人，卖完肥料就找不到人了。

农艺师哑然……

之后走访的合作社，旗下耕地四五千亩。农艺师同样递上“菜单”，介绍：化肥种子，我们便宜，效果好。

一连7天，与农艺师同吃、同住、同下地，覃衡德敏锐地看到，这样干跟传统农资销售没啥区别。“过去是农村夫妻店卖，现在MAP是换了一批高学历的大学生、研究生去卖，成本更高，农民还不信你。”更重要的是，这与覃衡德的初心相去甚远：MAP要与农民站在一起，不是与农民做生意！

“这路子不对，这样肯定搞不成！”覃衡德需要快速调整MAP战略。

与此同时，作为创新业务，MAP与肥料传统渠道之间的冲突开始显现，与农产收购、金融服务等配套业务的融合又若即若离。MAP刚一出生，就举步维艰。

3月18日，覃衡德把MAP核心团队带到安徽巢湖MAP技术服务中心召开会议，发起业务迭代。据此前调研的思考，他总结出《中化农业创新发展的十大关系》（以下简称《十大关系》）。在这篇6000余字的长文中，覃衡德更加清晰地阐述了MAP业务与种肥销售、规模种植户、农资店、农产收购、金融服务……十个对象的逻辑关系，再次明确MAP业务与传统业务的区别。

巢湖会议在中化农业发展史上有着重要意义。就如当年红旗渠的建设，红旗渠的建设最开始定了一个非常鼓舞人心的目标，但在建设过程中发现低估了困难，所以召开了“盘阳会议”，及时调整了修建红旗渠的策略，保证了红旗渠真正建设成功。

巢湖会议也是对MAP战略的一次重大调整。此后，种植技术、示范农场和农产销售被列为MAP重中之重，农资销售仅为辅助。《十大关系》指出，“没有技术，MAP就是换了一个方式卖种肥药，没有为中国的现代农业创造价值”；“大田的示范田、经作的示范园要成为MAP技术服务中心首要的工作，比卖套餐更重要”。

创业仍在路上，问题越来越多。就在覃衡德带领中化农业向死而生、艰难开拓“三农”未有之业时，中化集团董事长宁高宁发表了万字长文《科学至上！企业如何转型成创新平台？》。

“对处于关键路口的中化农业，科学至上是一盏指路明灯！”覃衡德大受鼓舞、深受启发，随即在公司内部发布《从今天起，中化农业会发生什么？》，对中化农业及MAP的创新之路愈加笃定。

覃衡德认真反思了中化农业在创新过程存在的种种问题，在过去他可能更多地将这些问题归因于战略的不清晰，归因于团队能力的不足，但通过这次深入的思考，覃衡德意识到中化农业团队真正缺乏的是高度统一的核心价值观。

“我们每一个团队每一个人都应该认真思考两个问题：我们的业务或创新，有没有将科学技术的创新作为一切的核心？我们的业务或创新，有没有推动社会进步和引领行业的意义？”覃衡德说。

MAP的创新意味着不断试错、迭代。巢湖会议仅一个月后，覃衡德再次总结一线的数次调研，发出《MAP 创新模式的再思考》一文，对MAP的核心理念再做迭代：从聚焦解决“土地适度规模化”和利用现代农业科技“把地种好”，调整提升为：“种出好品质，卖出好价钱。”MAP的核心价值理念终于落定。

“遇到问题不可怕，解决一个问题我们就前进一步，解决一百个问题我们的MAP可能就成功了。怕的是，第一，我们能不能找出一百个问题；第二，面对一百个问题有没有勇气和智慧解决掉。这就是中化农业人创业的智慧、责任和压力所在。”覃衡德说。

以必成之心，创未有之业，整个2018年，中化农业MAP不断踩坑、试错、纠偏，在一次次跌倒与爬起中，站稳了脚跟。

2018年底，中化农业MAP技术服务中心达到67家，服务面积超过145万亩。

2019年，全国多个MAP技术服务中心的运行步入正轨，逐渐盈利，MAP进入快速复制、爆炸式增长阶段。

截至2020年12月31日，中化农业已在全国布局建设325个MAP技术服务中心和900余个MAP农场，通过线上线下相结合的方式，直接为1.4万规模农户提供全程种植技术服务、服务耕地面积超过1162万亩。线上数字农业系统为64万注册农户、42万个农场、8953万亩耕地提供数字化服务。组织农村带头人挂牌2188家MAP乡村服务站，全年增产粮食4.8亿斤，带动农户增收超过15.6亿元。同时，MAP beSide 全程品控溯源服务品牌和全国首款大数据农业产量险等新型业务，也全面开花。

中化农业的整体业绩，也有了翻天覆地的变化。2016年底，覃衡德临危受命，中化农业当年亏损50.26亿元，而从2017年开始扭亏为盈，效益年年稳步提升，到2019年底中化农业已实现大幅盈利，势头蒸蒸日上。

收获巨大市场认可的同时，中化农业开始在保障国家粮食安全、助力新型农业经营主体发展、推进我国农业高质量发展方面，承担越来越多的国家责任。

2018年5月，作为保障国家粮食安全的一个重要政策，MAP成为国家政策粮托市收购的主体，为国收粮、代国储粮。

2019年3月11日，中化集团与农业农村部办公厅联合发文，共同推动农业新型经营主体的成长与发展。

2019年12月3日，中化集团与国家粮食和物质储备局签署战略合作协议，针对粮食产业高质量发展开展战略合作。

2020年6月16日，财政部正式下文，把中化集团作为“优质粮食工程2020项目的全国性示范主体”，这意味着，中化集团依托MAP模式和经验，在助力国家打造优质粮食工程上起到了示范性和引领性的作用。

美好之约：心怀“国之大者”，科学至上向未来

2020年，在经历三年多的创业冲锋之后，覃衡德和他领军下的中化农业，站在了全新的历史起点，开启新征程。6月18日，先正达集团正式成立，覃衡德履新先正达集团中国（Syngenta Group China）总裁。

先正达集团中国由中化农业、先正达、安道麦等公司组建而成，涵盖种子、植保、作物营养、数字农业四大业务，其中植保和作物营养业务全国第一、种子业务全国第二，同时也是中国最大的农业投入品供应商。覃衡德面临职业生涯最大的挑战：先正达集团中国肩负的不仅是企业责任和产业使命，更是国家担当。

在2020年底的中央经济工作会议上，习近平总书记强调，要打好种业翻身仗，开展种源“卡脖子”技术攻关。

先正达集团，汇集了先正达股份有限公司、安道麦以及中化集团旗下的农业业务，其中植保业务全球第一、种子业务全球第三。作为一家中国所有、兼具国内外种质资源的全球性跨国企业，先正达集团迅速成为“打好种业翻身仗”的焦点企业。作为先正达集团在中国的业务单元，打好种业翻身仗，是先正达集团中国势必要扛起的一份国家使命。

其实，早在三年前，覃衡德已经在为做大种子产业未雨绸缪。

时间拉回到2018年，同样在安徽，一场中国种业市场的重大并购案，在覃衡德的主导下，悄然酝酿。

安徽是水稻种植大省，2018年初，随着MAP业务在安徽快速推进，中化农业对优质水稻种子的需求日渐旺盛。而当时中化农业自有的水稻品种，不足以完全满足MAP业务的拓展。

这时，荃银高科，一个立足安徽、辐射全国，具备“育繁推”一体化优势的种业上市公司，进入了中化农业的视野。最初只是业务层面的合作，中化农业旗下中化现代农业有限公司（以下简称“中化现代农业”）与荃银高科签署了合作意向协议，建立了全面合作关系。随着交流的逐步深入，中化农业决策层看到，荃银高科与中化农业的种业板块，具有很强的互补效应。

初谈资本合作，双方互有好感，但更进一步，却遇到了阻力。以2018年的资本行情而言，中化农业决策层认为投资回报率不够理想，对投资的时机也存有疑虑，合作一度搁浅。但覃衡德看到了并购将给中化农业带来的战略价值，在他的全力推动下，2018年12月24日，中化农业旗下中化现代农业成功协议受让安徽荃银高科种业股份有限公司部分股权，正式成为荃银高科第一大股东，持股比例21.5%。中国第二大水稻种子公司，正式加入了中化农业阵营。

水稻之后，2019年，中化农业又启动了针对玉米品种的并购（VICTORY项目）。该项目是一个玉米品种研发项目，这次并购面临的困难不亚于荃银高科：一方面，农业团队决策层对该项目的估值和回报有不同声音；另一方面，该项目大部分资产属于实体公司非实物的知识产权类资产，项目估值非常困难，交易流程复杂，充满挑战。覃衡德与他的团队再次力排众议、抽丝剥茧般完成了VICTORY项目的并购。

水稻，我国第一大作物；玉米，我国第二大作物、全球第一大作物。针对这两大作物的并购，为中化农业，乃至此后成立的先正达集团，埋下了种业板块战略崛起的草蛇灰线。

扛起“打好种业翻身仗”的大旗，首要之务是规模和市场占有率，种子企业的规模直接决定研发投入的能力，进而影响科技竞争力。先正达集团要弯道超车、快速做大规模，最大机会在中国：全球第二的玉米、水稻、小麦生产国，更是蔬菜的第一大生产国和第一大消费国。这样庞大的市场，却没有与之匹配的大型种业企业，产业集中度很低。在发达国家，种业前三的市场占有率达到50%以上；而在我国，种业前十的市场占有率仅为30%。只有跻身种业龙头企业，才能在种业研发上开展“卡脖子”攻关。

得益于此前对荃银高科的并购，先正达集团中国甫一成立，就以5%的国内种业市场占有率，成为国内第二大种业公司。依托先正达种子、中种公司、荃银高科、三北种业四大板块，先正达集团中国的种业单元在玉米、水稻、小麦、蔬菜等核心作物领域实现了稳健的布局，市场份额排名行业前列。

打好种业翻身仗，核心竞争力是研发。覃衡德倾力推动的两场并购，给先正达集团中国种业单元带来的，不仅是市场份额快速提升，更有突破“卡脖子”的核心要素：种质资源。

先正达集团中国旗下中种公司主攻的是水稻种子，但国内市场份额仅排名第五，种质资源储备有限，荃银高科的加入，使得先正达集团中国在水稻品种的研发技术上一举跃居国内顶尖水平。VICTORY项目的并购成功，进一步丰富了先正达集团中国的玉米种质资源和品种，补齐了先正达集团中国在东北春玉米领域的短板，为下一步国内玉米市场份额的提升夯实了基础。

MAP也将为先正达集团中国种子研发注入全新动力。之前种子研发，能够针对种植端需求定向研发，与市场联系很紧密，MAP则提供了更为精准的研发方向。“种出好品质、卖出好价钱”的全产业链条优势，使MAP不仅可以快速收集种植端的需求数据，更可以收集消费者的需求数据。当今市场，农产品日渐丰富，农产品消费端对种植端的要求越来越高，已经可以影响农业生产。MAP提供的消费端数据，可以给研发提供更精准的指导，甚至赢在起跑线上。

至此，先正达集团中国种质资源、科研团队、育种技术等研发条件已初具雏形，种子与肥、药、MAP的协同效应已经显现，有先正达集团全球领先的生物育种技术加持，先正达集团中国种业之战势在必得。

在产业的担当之外，领军先正达集团中国后，覃衡德面对的更大挑战是央企的国际化之路。作为央企，先正达集团近3/4员工在海外，其中有大量外籍员工，海外团队在文化、价值观、行为方式、管理理念上与国内央企有很大的差异。汇聚全球科技为中国农业服务，海内外团队的多元化融合是最大的挑战。

“如果简单用国企的方法管理海外团队，那全球化人才会大量流失，我们必须做出改变！”覃衡德再次陷入了焦虑与亢奋的状态，仿佛又回到了2017年中化农业的“涅槃之战”时期。

扬帆正当时，覃衡德和先正达集团中国已经启航，破浪之势引全球瞩目。

先正达集团中国作为国内农业科技巨头，正成为先正达集团的创新和发展引擎。从2021年第一季度的数据来看，先正达集团中国的业绩增速超过全球增速的2倍，已经成为先正达集团业务中增长最快的单元，未来这一增速还会加快。覃衡德相信，先正达集团中国必将成为中国市场最成功的全球化公司，将以高增长来驱动先正达集团的全球成功，并为中国的农业现代化贡献出独特力量。

文化的融合已然启动，在2021年的先正达集团中国领导力大会上，创新、创业、担当、诚信、包容成为先正达集团中国最新的价值理念。中化农业人多年养成的冲锋者、创业者精神正在先正达集团中国大家庭中广为传播，润物细无声，创业的激情与专业的热情，正慢慢融合。

正如覃衡德在先正达集团中国领导力大会上所言：先正达集团中国必将成长为一家最具创新力的中国农业科技全球化公司，这样一个伟大的公司，不仅能够推动中国农业现代化，造福中国亿万农民和消费者，成为最受农民和生态合作伙伴信赖的强大品牌，更能为我们的人生赋予特殊的意义，感召更多志同道合的同行者。

以科学至上撑起新农业，以国家情怀托起强国梦。前路漫漫，行之将至，行而不辍，未来可期。

火雷激荡

——记中国建筑火神山雷神山医院建设团队

◎文/中国建筑第三工程局有限公司　许名波

每个人都是时代的一粒微尘，聚在一起就成了山！

——题记

引　子

2020年9月8日，北京，天安门前红旗招展。和煦的阳光将长安街染上一层庄严的金色。礼兵开道，人们驻足，人民英雄钟南山、张伯礼、张定宇、陈薇乘坐的礼宾车缓缓穿过长街在人民大会堂前停下。

这一天，“全国抗击新冠肺炎疫情表彰大会”在北京人民大会堂隆重举行，习近平总书记向钟南山、张伯礼、张定宇、陈薇等人民英雄颁授勋章奖章。这是以国之名对这场殊死较量中的英雄们致敬！这注定是人类抗击病毒灾难斗争中的一座里程碑，当然也是一座纪念碑！

碑，只有立在人类的思想与灵魂深处才能不朽！

习近平总书记在发表重要讲话时说：“在过去8个多月时间里，我们党团结带领全国各族人民，进行了一场惊心动魄的抗疫大战，经受了一场艰苦卓绝的历史大考，付出巨大努力，取得抗击新冠肺炎疫情斗争重大战略成果，创造了人类同疾病斗争史上又一个英勇壮举！”

习近平还专门提到“用10多天时间先后建成火神山医院和雷神山医院”，并向全国的建设者们致敬！

此刻坐在现场聆听习近平总书记讲话的周乃翔、陈文健、陈卫国和刘斌等人心潮澎湃。作为千万建设者的代表，他们也是这场“全民抗疫”斗争的参与者、亲历者。回首那生死时速般的“10多天时间”，他们有着太多的回忆和感触，甚至是泪水。

时任中国建筑集团有限公司（以下简称“中建集团”）党组书记、董事长周乃翔，在武汉火神山、雷神山医院建设期间靠前指挥，直接参与一线建设。他所率领的中建集团是此次战“疫”建设中的主力军，是众多参与火神山、雷神山医院建设的央企代表。

中建集团旗下的中建三局集团公司（以下简称“中建三局”）在建设中担纲主力，时任中建三局党委书记、董事长的陈文健代表中建三局领取了“全国抗击新冠肺炎疫情先进集体”和“全国先进基层党组织”两项集体荣誉。时任中建三局党委副书记、总经理、火神山雷神山医院工程建设指挥长的陈卫国获得“全国抗击新冠肺炎疫情先进个人”荣誉称号，参与建设的中建五局员工刘斌亦获评“全国抗击新冠肺炎疫情先进个人”荣誉称号。

电视机前，中建集团的员工们，遍布全国各地、曾在火神山雷神山医院建设现场并肩作战的“火雷兄弟”们振奋不已。

曾任火神山雷神山医院工程建设指挥长、中建三局党委书记、董事长的陈华元以及魏德胜、唐浩、李勇、赵军、杨晓辉等两山医院的建设者、亲历者，在那段急如星火又激情如火的时间内都经历了生死考验，都有着太多的故事与体会。

火神山医院累计收治病人3059人，治愈出院2961人，收治和治愈人数均为全市第一；雷神山医院累计收治患者2011人，其中重症和危重症千余人，康复出院1900余人。

火神山医院、雷神山医院成了抗疫时期两个特殊的地标，被深深地烙印在国人的记忆中，被铭刻在历史的时空中。

火神山、雷神山医院——从2020年春节开始，这两所医院从无到有、从建设到使用，绝对是最受世界瞩目的医院。因为这两所医院是全国抗击疫情的前沿堡垒，是刷新人类建筑史的奇迹和壮举，是人类与病毒短兵相接、直面对抗中最直接、最残酷斗争的一个缩影。当然更是“中国速度”“中国精神”“中国力量”具体化的标志。

而火神山、雷神山医院在创造“中国奇迹”的背后，有哪些惊心动魄的故事，奇迹又是如何诞生的？

让我们一起回到那惊心动魄的时刻。

紧急任务

还有两天就是春节了，一场不合时宜的阴雨洒落江城。

春节临近的欢乐和新冠肺炎病毒感染的恐慌相互交织，往日嘘气成云，车水马龙、喧嚣繁华的大武汉陷入一种诡异的、难以名状的氛围之中。疫病感染人数持续增加，将武汉的大小医院迅速挤满，情况越来越危急。很快武汉周边的几个城市，黄石、宜昌、孝感、十堰等也相继发生了类似感染。

2020年1月22日，武汉市突然将疫情防控的等级由“二级响应”上调为“一级响应”。按照影响范围、危害程度等，突发公共卫生事件应急响应分为一级、二级、三级和四级。“一级响应”为最高等级，是指发生特别重大突发公共卫生事件，省级指挥部根据国务院的决策部署和统一指挥，组织协调本行政区域内应急处置工作。可见此时疫情之凶猛、情势之紧急。

同日，北京，位于朝阳区安定路5号院的中建集团总部，中建集团党组迅速召开紧急会议，时任集团党组书记、董事长周乃翔和集团党组副书记、总经理郑学选专门就全集团疫情防控进行部署，并成立了防疫领导小组。中建集团旗下共有员工35万余人，更有数百万名民工兄弟，疫情防控的压力巨大。

集团党组立即印发通知，部署新冠肺炎疫情防控工作。周乃翔指示，务必做好全员防护工作，处在武汉的中建员工一定要注意防护。他委派郑学选专门给总部在武汉的中建三局打去电话。

郑学选的电话直接打给了陈华元，通报了集团要求加强防疫的相关精神。此时中建三局的员工们已经放假，只有少数需要加班和值班的人员还在岗位上。陈华元立即召开了局领导班子会议：一是做好节日期间值班和年后工作安排；二是落实集团的要求，就全局的疫情防控工作进行安排，通过网络、微信群等强调员工必须做好防护工作。

武汉的疫情还在持续恶化中，感染人数很快超过了各大小医院的接诊能力，同时疫情还在向周边城市扩散，各地市、州的医疗体系正处在崩溃的边缘。国家卫健委专家组向湖北省和武汉市建议：鉴于感染人数持续增加，病床严重不足，武汉市要新建一个专门的应急医院。省、市相关部门高度重视，立即组织了论证。

得到此消息的陈卫国立即和陈华元进行了沟通，两人迅速达成一致意见：武汉建应急医院，三局必须主动担当、勇挑重担，并主动向政府要求请战。

1月23日凌晨，在专家组建议下，并经党中央、国务院同意，武汉防疫指挥部宣布于上午10点关闭离汉通道。一个有着千万人口的特大城市、称为“九省通衢”的大武汉，被按下了暂停键。

“封城”除了给居民生活带来极大的不便之外，对交通运输、经济发展和人们的生活都将产生巨大的影响。如非迫不得已，绝不会采取这样的特殊行动。而这恰恰体现了党中央“人民至上、生命至上”的执政理念和危急时刻的责任担当。

床位不足、患者得不到及时有效的治疗，是武汉市面临的最紧急问题。形势十万火急，疫情刻不容缓！湖北省和武汉市要抢建应急医院的事也确定了下来。1月23日上午，陈华元突然接到时任武汉市委副书记、市长周先旺打来的电话。

周先旺直奔主题：“武汉市现在面临着巨大的考验，准备参照北京的小汤山医院模式，建一座临时的专业医院。时间短，要求高，任务重，中建三局是湖北最大、最强的建筑企业，现在这一项紧急任务要交给你们，希望你们能挺身而出。”

陈华元立即表态说：“谢谢市委、市政府的信任！作为喝长江水、食湖北粮的驻鄂央企，我们责无旁贷。”

任务就这样突然降临！刚刚进入春节假期的中建三局必须立即紧急动员！各大小微信群、朋友圈瞬间炸了锅，无数员工开始了转身逆行。

几乎同时，正在家中准备年饭的三局总承包公司副总经理冯化军接到去市政府参加紧急会议的通知。他立即摘下围裙对妻子说：“肯定是紧急任务来了，我不能在家吃饭了。”冯化军匆匆赶到市政府参会，核心议题就一个：疫情严重，为缓解床位紧张，武汉市要紧急抢建应急医院工程。周先旺宣布由中建三局、武汉建工集团、武汉市政集团、汉阳市政公司等企业负责。

1月23日15：00，中建三局位于光谷核心地段的中建光谷之星总部，紧急会议也在召开。三局在汉各主力公司的主要负责人全部被紧急召回，并在会上进行了初步分工。

会后，三局紧急向中建集团党组报告。周乃翔当即回复，要求三局认真贯彻落实习近平总书记关于新型冠状病毒感染肺炎疫情的重要指示、李克强总理批示精神，坚决按照湖北省和武汉市党委、政府的部署安排，以高度的政治责任感和使命感，主要领导亲自挂帅，迅速组织力量，全力调配资源，科学组织施工，确保按时完成应急医院的建设任务。

1月26日，受周乃翔委托，郑学选抵达武汉项目建设一线指挥作战。

1月27日，中建集团党组召开新型冠状病毒感染肺炎疫情防控工作专题电视电话会议，强调要全力以赴、千方百计，迅速完成医院建设任务。同时，紧急划拨5亿元应急资金支援项目建设。

随之，国务院国资委发出了紧急动员令，国家电网、中国电信、国机集团中国中元公司、三峡集团、中铁集团、中冶集团等多家央企都进行了紧急动员，全力抢建应急医院。1月29日，国务院国资委党委书记、主任郝鹏通过视频连线应急医院建设工地现场，慰问春节期间坚守奋战在抗击疫情阻击战一线的建设者，要求中建集团调动一切力量、克服一切困难，全力以赴，按时保质建设好。

东、西、南、北、中，这片广阔国土上多路力量如同洪流紧急向武汉集结。

人、财、药、器、智，无数平凡人义无反顾如同萤火向应急医院迅速会集。

一场人类历史上罕见的大抢工，一场与生命和时间赛跑的极限抢工大战，吹响了号角！

1月24日晚间，武汉版“小汤山”医院正式命名为“武汉火神山医院”。

逆行集结

武汉要在10天内建成1000张床位医院的消息，不仅成为全国人民的焦点，也成为世界舆论的焦点。全世界都在等待，是一个奇迹，还是一个笑话？

但中国的建设者没有时间去想是在创造奇迹还是最终成为笑话，每个参与者都直接进入了冲刺状态。

1月23日13：06，国机集团中国中元公司收到了武汉市城乡建设局的求助函。78分钟后，修订完善的小汤山医院图纸送达武汉。同时，以全国勘察设计大师、中国中元医疗首席总建筑师黄锡璆为组长的技术专家组在京组建，这个曾在7天内完成小汤山医院设计建设任务的设计团队时隔17年再次集结。

此时，陈卫国也把情况向总经理郑学选进行了电话汇报。郑学选高度重视，协调中建一局将小汤山医院的图纸迅速整理出来发给三局，早就集结待命的三局技术队伍立即投入到图纸研究中。当年参建小汤山医院的一局同事们非常热心，还发来了许多经验和注意要点。

就这样，同一套图纸通过两个不同的渠道同时传到风暴中心的武汉。

下午17：30，从市政府传来明确消息：应急医院选址蔡甸区知音湖畔的武汉市职工疗养中心，大约4万平方米，1000张床位及部分配套设施，主体结构用集装箱房。

晚上19点，三局基建投公司的余南山和邹志强正按计划组织人员在大东湖深邃项目加班。他们突然接到公司命令，立即放下在手工作，全员赶赴应急医院建设现场。

当晚21时许，他们率领85名管理人员、260名劳务工人和首批设备赶到现场，他们也是最早赶赴现场的央企团队。阴雨不断，电筒的光撒向雨幕，无数雨丝飞蛾扑火般撞向大地。没有照明、没有图纸、没有标高，甚至连地形都不清楚，但他们接到的命令是：必须马上开工！余南山和邹志强只得在黑暗中摸索着踏勘场地，先干起来再说。雨水很快淋湿了他们的衣服，邹志强长吁一口气，意识到这将是他职业生涯中遇到的最艰难的恶战。数十台推土机、挖掘机火力全开，大地微微震动。

雨越来越密，武汉被笼罩在沉重的铅云之下，往日繁华的街头空无一人，平时必定堵车的街道此刻空荡荡的，唯有林立的高楼中闪烁着万家灯火，那是人们温暖和寄托所在。

铺开武汉地图，位于武汉西南的知音湖犹如一匹奔驰的骏马，应急医院选址就在这匹骏马的鼻尖之处。在茫茫雨幕中，来自中建三局和武汉建工、武汉市政、汉阳市政等企业的上百台挖掘机、推土机等施工机械紧急集合，通宵进行场平、回填等作业。知音湖大道两边还有陆续赶来的各种各样的工程机械车排起了长龙，灯光通明照得此处如同白昼，蔚为壮观。

1月24日凌晨1点，此时已经是除夕。陈卫国在火神山医院施工现场主持召开中建三局应急工程建设领导小组第一次会议，并成立应急工程建设现场指挥部。陈卫国传达了集团党组的指示：各单位要以高度的政治自觉、强烈的使命担当完成好此项任务。各单位马上行动，不惜一切代价，不讲任何条件，克服一切艰难险阻，集中一切可以集中的人力、财力、物力，

保证医院建设顺利进行。

首先是人员问题。在疫情如此严重的情况下，员工们和工友们愿意到处于风暴中心的武汉来吗？严厉的“封城”“封村”措施下，他们能赶来吗？

但让指挥部成员没有想到的是，消息刚一传出，立即有无数人主动请战逆行。

武汉中建康城小区，刚刚从重庆回家探亲的三局员工周宾正在刷朋友圈，同样看到公司群内的消息，他立即给公司领导卢炬发一条微信说：“我正在武汉，请求参战！”卢炬回复：“谢谢你，明早6点出发。”周宾悄悄把手机放回口袋。第二天是除夕，他一大清早悄悄出门。一直到中午，他的父母和妻子都没有等到他回来，打电话一问才知道他已经到了应急医院的工地。妻子气得哭了出来，说：“你何必偷偷地去，要去，我们一起去啊。”两天后，妻子郑慧敏也赶到工地从事后勤保障工作。

除夕的早上，三局员工尹典正煮着饺子，公司领导打来电话说：“我们要建应急医院，你来不来？”尹典没有一秒犹豫：“来！15分钟内赶到！”挂了电话，看着愣住的妻子，他才意识到这次任务的特殊性，于是对妻子说：“放心，没事儿的，万一有什么，把孩子带好。”正在看动画片的3岁女儿问他：“爸爸，妈妈说外面有很吓人的怪兽，你还要出去吗？”尹典蹲下来说：“爸爸就是要去建一个消灭病毒怪兽的城堡。”

25岁的三局员工周密来了。周密的母亲在武汉市七医院发热门诊工作，当周密说要去参加建设医院时，他的父亲驾着私家车全力协助他采买药品、雨伞、热水瓶等物资。

26岁的三局员工汪静文计划过年带男友回家商量结婚事宜。在得知火神山医院建设消息后，她和男友更改行程，一起参战。

这天晚上，刚刚回到广州家中过节的肖帅突然捧着手机跳了起来，对父母说：“不行，我得马上回武汉去。”父母愣愣地看着他，这孩子半年没有回家，才回家就要返回武汉？再说新闻也播报了武汉疫情严重都“封城”了。肖帅说：“我们在抢建应急医院，急需人手，我必须回去。”肖帅说服了父母，第二天一大早开上父亲的车往武汉急驰。这一去就是几个月。

除夕一大早，中建科工华中钢结构公司工人党员严文宝决定返回武汉抢建医院，他对妻子说："我是党员，这是我的义务和职责。"妻子却说："我也要去。我不是什么娇贵人，我也可以做事的，你必须带上我。"他们离开老家时，年迈的岳父颤颤巍巍地跟在后面送别，严文宝的车开出好远，回头还能看到岳父佝偻着身子站在村口。

与严文宝不同，中建安装华北公司的工程师罗文浩则是刚回到家乡武汉，陪妻子待产。大任当前，他安置好妻子，立即前往现场，立刻投入工作。2月7日10点，妻子毕金凤生下了女儿，母女平安。接到电话的罗文浩喜极而泣，给女儿取名"媛涵"，谐音"援汉"。

同一时间，中建五局员工刘斌正从长沙赶来。家中妻子二胎临产，父亲罹患肾癌晚期。他没跟组织说这些，毅然领命，率领200人的突击队乘大巴赶往火神山医院建设现场。在时间极短、人手不足、设备短缺的情况下，仅用48小时就完成了2栋病房楼、52间病房的水电安装任务。

中建西部建设第一时间就成立了7个专项保障小组，重新开启了混凝土生产线，召集10台泵车、60辆运输罐车及85名驾驶员驰援一线。

随后，中建二局、中建四局等各单位管理人员赶来支援，中建西部建设的混凝土生产线重新开动起来，一股股驰援力量向火神山医院现场赶来，汇成一道不可阻挡的钢铁洪流。

不仅仅是中建集团总动员，在国务院国资委党委的领导下，众多央企都行动了起来。

1月24日16点，新兴铸管股份有限公司接到应急医院输水管道的紧急订单，要求提供DN200球墨铸铁管240米及对应各种管件，且务必于第二天（大年初一）早上送达施工现场。

1月24日深夜，三峡集团上海院接到求助信息，应急医院急需土工合成材料用于基础防渗层施工。他们立即开展协调沟通，发动行业力量，在1月25日下午就征集到焊接技工近30人，第一时间赶赴武汉。

现场的机械设备需要加油。中国石油公司每天派出2辆流动加油车，为参与建设施工的所有车辆和机具免费加油，一直到医院建成完工。

无数央企人默默奉献。与火神山医院近在咫尺的中国石化武汉知音大道加油站，除了为现场施工提供油品保障，还提供方便面、开水、开会场地和临时厕所；三峡集团鄂州电厂发电党支部发出号召，要求全部生产人员驻厂，为武汉用电提供保证；中国铁建高速公路优先放行抢建物资。还有来自中国宝武的钢材、氧气；来自中国建材的石膏板、龙骨；中国外运送来的食品；中粮集团捐赠的粮油……

为保障供电，蔡甸区供电公司工程分公司200多名施工人员赶赴现场，2小时安装主供线路，连夜完成2条10千伏线路迁移。1月31日下午，施工现场全部实现通电。

与电力建设同步推进的是通信设施的建设与投用。1月23日晚，中国铁塔湖北分公司派出精干突击队为医院建设同步推进移动通信网络覆盖，会同当地三家运营商一起努力，于1月25日深夜，信号覆盖全部医院的新基站开通！

还有更多的普通人自发前来，山西工友宫达飞在朋友圈问："我要去驰援火神山，有谁愿同我一同前往？"结果立即有5名工友响应，他们开车1000公里紧急驰援武汉。贵州农民田勇军本在家中休息，同样看新闻后独自开车1300公里赶往武汉。家居鄂州的向氏五兄弟本在武汉"封城"之前已经带着妻儿回乡过年，但是他们在得到建医院的消息后，也都相约一起逆行而来。

这些逆行而来的建设者此前彼此并不认识，此后也将各奔东西，但他们后来有了一个共同的名字——"火雷兄弟"。

涓滴之水，聚成奔涌大河；点点萤火，汇成人间星河。

70倍快进

经过一夜奋战，场平工作远没有达到理想要求，不知不觉天放亮了，这一天是大年除夕。一夜未眠的余南山心急如焚，力量远远不够，他四处打电话，又调来数十台机械设备。这一整天都是机器轰鸣，数百台套施工设备发出巨大的声响，让余南山的耳朵一直嗡嗡响。

除夕之夜，余南山、邹志强和工友们就在路边的简易工棚中吃一碗泡面加一根火腿肠当年夜饭。所有人都只吃了几口就又冲到了岗位上，近5万平方米、高低差约10米的场地平整确实是工作量太大了，更要命的是标高还没有确定。

大年初一，更多的人、机械、设备和材料涌进火神山，将原本宽敞的知音湖大道挤得水泄不通。陈卫国预计到交通拥堵问题，立即成立了交通协调小组，但是即使再科学调配，巨大的交通流量和纤细的交通线终究是不可调和的矛盾。

三局副总经理魏德胜和工程部经理赵军都擅打大兵团抢工战，也从老家紧急赶回。他们一来就首先要面对两大主要矛盾：一是设计进度远远跟不上施工需要，必须加派技术人员进驻设计院，尽量以现场需要和现有材料进行设计；二是由于场地太大，场地一次性交付不可能，只能分区分片进行波浪式的流水作业。

困难远不止如此，材料和人员仍然紧缺，比如仅箱房就需要1800多个，找遍全省总算勉强凑齐。还有因“封城”导致的物资进城难，连续阴雨导致的施工作业难、疫情感染风险大，万余人后勤保障难度大等，每一个问题都是考验建设者的巨大难关。

更大的挑战来了！

大年初一中午13时许，正在火神山建设指挥部的陈卫国突然又接到武汉防疫中心的通知：根据专家估计，大约10天后，武汉将有可能迎来疫情峰值，所以必须要再修建一所应急医院，规模将是火神山医院的2倍，且将由中建集团独立承担。

这所医院命名为“武汉雷神山医院”。陈卫国心头一紧，此时火神山医院的建设任务能否如期完成还是未知，突然又增加成倍的任务，能行吗？

三局立即将情况向中建集团党组汇报，周乃翔、郑学选均表示：这是党和人民的重托，必须不讲条件，不惜一切代价承担重任！

陈卫国对战友们说：“集团党组的意见很明确，捐躯赴国难，视死忽如归。既然党和政府相信我们，困难再大我们也必须冲上去。走吧，先去看看场地。”

与火神山医院一江之隔的雷神山医院现场，武汉市相关领导和陈华元、陈卫国等人在茫茫阴雨中踏勘现场，风雨如鞭抽打在每个人的脸上，大家都心事沉重，他们面对的是史无前例的困难和挑战。武汉市市长周先旺对陈华元说：“在这个危急时候，我们只能依靠央企了。”

陈华元语气坚定地说：“请市政府放心，我们必定全力以赴！”但是否能如期完成任务，陈华元和陈卫国的心里都没有底，因为这本不是两项传统意义的工程，无论是火神山医院还是雷神山医院，正常工期均在2年左右，但现在给他们的时间只有240小时。以他们在建筑业摸爬滚打半生的经验来说，要想完成任务只能是出现“奇迹”。

我国建筑业有一个“定额标准”，即对工序、人工、机械台班以及工期等有一个标准规定，这是在长期、多个同类工程的综合统计中得出的经验数据。按“定额标准”，火神山医院和雷神山医院均需要2年工期，而现在压缩到240小时，即要求比定额工期至少快70倍！加之正是疫情暴发的高风险区和春节期间，劳动力和材料采购、资源调配都处在极其艰难的时刻。要在如此苛刻的条件下完成任务基本上是“挑战不可能”。

当天下午，三局再次召开紧急会议，先是对火神山医院的力量进行了调整，确定兵分两路，三局一公司撤出火神山医院战场，转而担任建设雷神山医院的主力。

同时，指挥体系进行了调整，陈华元、陈卫国任“两山”医院建设总指挥长，火神山医院指挥长由三局副总经理唐浩担任，雷神山医院指挥长则由马上要退休的三局副总经理李勇担任，时任三局副总经理魏德胜担任总协调。

70倍快进并不是简单增加70倍人员和设备就可以了，还涉及庞大的后勤保障、物资材料采购、大规模组织调度、质量管控以及最让人担心的防疫安全。

正如郑学选后来所说：如果说17年前的北京小汤山医院是1.0版的话，那火神山医院的建设难度和先进程度就是10.0版。随着时代的发展，对医护人员、环境以及病患的保护都有着严苛的标准，医院的功能要求也达到了前所未有的高度。

新冠肺炎是高风险传染病，医院产生的废水有可能对环境造成巨大污染，所以必须让医院穿上“防护衣”做到滴水不漏，收集的废水、废气要就地通过净化消毒系统进行集中处理。

为降低交叉感染风险，医院主体结构参照应急战地医院建设的“鱼骨”状布局，但是这种布局又增加了施工难度。

患者呼吸的气体有可能污染环境，就必须按“三区两通道”设计建成梯级负压病房。所谓负压病房，就是要求室外气压高于室内气压，这样病房中的有害气体就不能外泄。要想达到这一要求，就必须有成体系的新风系统和排风系统，并做到每间病房都密封。

为保证100%供电安全，医院设计有4套供电系统，并加装UPS电源应急供电系统；为保证多路专家及时会诊，医院要以5G及云平台技术实现智慧医疗。

医院的垃圾不能转运，以免产生二次污染，因此需要建全封闭垃圾焚烧站。患者需要大量吸氧，需要建专门的供气站，并要通过管网送达每一张病床。另外，医院每一间病房均配有独立卫生间，有冷热水系统、电视、电话和5G网络。

更严苛的标准、更先进的设计理念、更多元的功能要求——这都需要建设者在极短的时间内实现。仅这些功能的图纸设计就是一项浩大的工程。三局派出上百人的技术团队直接进驻设计院，从源头上开始合作，但即使如此，在火神山医院建设的10天内，图纸进行大的修改调整就达9次，局部修改次数更是无法统计。

由于火神山医院建设现场的标高迟迟未定，场平工作遇阻。三局总承包公司技术总工余地华急得嗓子发干，他反复与设计师们沟通，说是沟通，其实都是嘶哑着嗓子在“吵架”。设计师们也很辛苦，已经一夜没有合眼了。

标高是以海平面为参数的基础高度，一般与周边的地理环境、建筑物的功能需求密切相关，有一套严格的设计规范。根据最快捷的原则，余地华认为标高设定在海拔22米比较合理，兼顾了高地与低洼的处理，这样的土方开挖量会比较小。

可有人提出：“医院临湖建设，现在是枯水期，可马上就要到春季丰水期，湖面有可能涨到23米，到时湖水倒灌院区怎么办？”

这确实是个问题。水文资料显示，知音湖水位在2016年一度达到24米。最保险的方案就是把标高设定得比湖水高位时还高一些，如果是平时，必然会这么做，但是如果把标高定在24米或25米，那么就相当于将5万平方米的场地整体提升2~3米，土方量太大，时间上绝对不允许。可倘若就按22米或23米标高方案强行施工，一旦真的发生湖水倒灌和院区渍水，又怎么办——这几乎是一个两难的死结。

办公室陷入可怕的寂静。

余地华苦苦思索，脑中灵光一闪："我们可以在临湖一边修建挡水围堰，即使水涨起来，也不会漫过来。"

众人均认为这是一个很好的建议。最终中信设计院的副总建筑师、火神山医院设计负责人汤群拍板说："是个好办法，平常就当作围墙，雨季就是围堰，还可以避免污水直排入湖污染环境。"

新问题又来了。

两座医院分别毗邻知音湖、黄家湖大型水体，医疗污水要如何解决？要怎样做到滴水不漏？这个任务落在了三局绿投公司肩上。

绿投公司组织10多名专家连夜开会，想到了各种方案，甚至半夜打电话到北京的环保部，最终定下了最严格的标准：采用两层土工布之间加铺一层高分子聚乙烯膜（HDPE）的"两布一膜"方法。虽然这种工艺施工难度大，但是可以做到全封闭收集废水。消息传到施工现场，一片哗然。因为A区的施工人员一开始并不知道增加了这项要求，已经铺上砂石准备进行下一道工序了，现在突然被叫停返工，要求把刚刚铺上去的砂石全部再挖开，再进行"两布一膜"作业。

废水防渗问题解决了，可是收集的废水又如何处理呢？项目团队将医院污水处理站按医疗机构废水排放量2倍进行设计，采用双回路、双保险系统。在消毒处理上，医院消毒剂的投加量高于普通传染病医院的消毒剂量，消毒时间近5小时，远高于国家标准1.5小时。医疗废水先经过全封闭收集和预消毒处理，再提升到污水处理站，进行生化处理和再消毒处理，前后7道严格工序，经系统检测达标后，最终排入市政管网。

指挥部根据现场条件，采用了梯次波浪式作业，即按楼栋进行场平，出来一块场地就立即进行上部施工。场地最后交付的C区，施工时间实际上比其他区域少3天左右，于是负责C区施工的三局三公司想出了提前改装箱房，按编号运到场地拼装的办法，同步对排水管网也进行预拼装，这大大节约了时间。

1月31日凌晨时分，火神山医院的主体结构箱房基本安装到位。千万云监工一片欢呼，但新的挑战——机电安装仍在继续。

火神山、雷神山医院共有智能、给排水、负压、供氧、供电、热水、空调等8套系统，就功能上说已经远超一般的三甲医院，如此庞大而复杂的系统，BIM技术在此时发挥了巨大作用，先在电脑上模拟施工技术优化施工方案。

这是人类有史以来工程建设领域的极限考验，也是对人类创造力和建造水平的一次超级检验。既需要科技实力的支撑，也需要海量的人员和物资集结。

1月27日上午10点，正在火神山工地抢工的工友们惊喜地看到一张熟悉的面孔。“那是李克强总理啊！”工人们纷纷围了上去，掏出手机记录下这珍贵的时刻。

李克强总理在湖北省委、省政府有关领导及郑学选的陪同下来到火神山工地，站在满是泥泞的施工现场中间察看工程进度情况。

李克强总理对大家说：“医院建成将成为能够及时收治患者的‘安全岛’，你们要跟时间赛跑！尽快把这个医院按时建起来投入使用。”

李克强总理问候现场工人：“你们在第一线辛勤工作，你们辛苦了！”

李克强总理关怀地询问现场施工建设者有什么需要支援，有没有什么困难，李克强总理强调：“春节没休息，好多都是农民工，一定要安排你们轮休、补休，补贴和工资一定要确保到位。”

李克强总理强调：“快不代表着没有质量，建成的工程一定是确实具有传染病防病功能的，而且工程质量安全第一，能做到吗？”

“能！”在场建设者的声音震天动地。

李克强总理看着围拢上来的工友们，带头连续高呼三声：“武汉加油！”

在场的工友们跟着一起齐声高呼：“武汉加油！”

国家领导人和普通的工友们在这一时刻气息相通、命运与共，这就是“举国同心”。

最长一夜

为了激发全体将士的斗志和信心，同时也是为了指挥调度更高效，三局的前线指挥部决定在现场成立临时党委并组建党员突击队。

农历新年的第一天，1月25日下午17时，火神山项目指挥部旌旗招展，建设者们列队整齐。陈卫国主持授旗仪式。

寒风如刀，冷雨如鞭。但是丹心如旗，使命在肩。

党员突击队代表依次接过红旗。

手擎飘扬的红旗，党员突击队代表张正林攥紧了拳头，庄严承诺：“不忘初心、牢记使命，坚决完成建设任务！”

陈卫国目光炯炯，大声说道：“疫难面前，组织决定让我们担起重任，是对我们的信任和嘱托。作为央企，我们要勇担使命，坚决打赢医院建设攻坚战。大家有没有信心？”

“有！”

现场数百名党员从胸腔中发出最强音，那慷慨激昂的允诺声响彻云霄！

一天之后，在雷神山医院也成立了临时党委，同时也组织了授旗活动，由郑学选代表中建集团党组授旗。党旗和突击队旗帜在寒风中猎猎飘扬，120余名项目党员面对鲜红的党旗，高举右拳，字字铿锵，重温入党誓词，宣示决战决胜、按期交付医院的坚定决心。

郑学选动情地说：“越是艰难，越能体现我们的担当和精神。全国人民都在看着我们，广大病患在期待我们。中建集团举全集团之力，和项目将士在一起，相信我们能够再创奇迹，如期把医院贡献给湖北人民、全国人民。”

郑学选和全体党员一起振臂齐声高呼：“武汉加油，中建加油！”

在火神山、雷神山医院建设现场共计有32支党员突击队在日夜奋战，起着先锋队和战斗堡垒的巨大作用。鲜红的党旗在“两山”医院高高飘扬，这就是力量和方向，这就是信念和底气。

抢工最艰难的时刻，国务院国资委党委书记、主任郝鹏也在为一线加油打气，他特意到中建集团总部关心建设中的难题，并通过视频连线火神山医院建设工地现场，为一线建设者加油鼓劲。他说，要调动一切力量、克服一切困难，全力以赴，按时保质建设好。

然而，任务还是太艰巨了，持续的高强度加班让大家身心俱疲，眼看

2月3日交付节点一点点临近。陈卫国下了一道不得已的命令：从雷神山抽调精锐力量驰援火神山。但此时雷神山的任务也极其繁重，三局一公司从大局出发，仍然派出了500名精锐力量驰援。

又一个不眠之夜，凌晨6点，又经历一个通宵作战的三局总承包公司员工蔡革华疲惫不堪地回到临时办公室喝口水。

电话又响了，他以为这只是每天要接的数百个工作电话中的一个，但这一次是妻子打来的，妻子还没说话就大哭起来。蔡革华皱眉说："什么事，我这忙得很啊，没时间听你哭。"

妻子告知蔡革华一个晴天霹雳般的消息，蔡革华的父母持续多天发烧，一直忍着没有告诉他，但就在今天确诊感染了新冠病毒，找不到医院接收。

蔡革华脑中"嗡"的一声，一片空白，他不知道怎么办，也不知道如何劝慰妻子。

妻子哭着说："老蔡，怎么办啊，你快回来啊。"

能怎么办呢？闻讯赶过来的公司领导都劝他回去看看，蔡革华扬起满是泪水的脸说："不，我不能回去，我只有在这里才能更好地救他们！"

让人欣慰的是，蔡革华的父亲后来通过火神山医院治疗后痊愈，其母也在同济光谷院区治疗后痊愈出院！

2月1日上午8时，多日的阴雨仿佛也被他们惊天动地的斗志感动，终于停歇。一轮红日在知音湖上升起，霞光万道、碧波如倾！指挥部门前，临时党委组织了一次简短的誓师动员大会，党委成员齐声宣誓："万众一心、同舟共济、不辱使命，坚决完成任务！"

火神山上战旗猎猎、喊声震天！

人，到处是人；机械，到处是机械。此刻，火神山和雷神山是这个蓝色星球上最繁忙的地方。

决战前夕，周乃翔也从北京赶来，他和已在前线驻守一周的郑学选在火神山医院建设现场会合，随后即刻前往火神山医院施工现场一间间病房地察看。他对陈华元和陈卫国说："困难是肯定的。集团是你们的坚强后盾，要继续发扬不畏艰难、连续作战的精神，确保安全、如期、优质地完成两所专门医院建设。"

但困难是既现实又具体。首先要交付的A1号楼出现了重大状况。原来，为保证绝对零停电，院方要求增加一种电力切换装置，即在四套回路之间加装一个专业术语叫ATS的自动控制柜，主要用在紧急供电系统，将负载电路从一个电源自动换接至另一个（备用）电源的开关电器，以确保重要负荷连续、可靠运行。ATS自动控制柜是一种高端精密设备。

此装置在原设计中并没有，所以事前也没有采购，并且，这种设备正常的订货周期是两个月，此时他们的时间只有不到24小时。

现场气氛再一次凝固。

既然院方有要求，就必须尽可能地满足，但是这种装置三局没有，供电公司也没有。供电公司帮忙介绍了温州的一个厂家，好不容易联系到已经放假的厂家工作人员，他们也没有成套的柜子，只有部分配件，核心配件“双电源开关”缺货。不知道谁提醒了一句：武汉地铁集团可能有这种开关。紧急打电话去一查询，果然有！在武汉城建局的协调下，武汉地铁集团的双电源开关都拆了下来，厂家的配件也都抓紧送了过来。

配件到了现场，但没有人会装。这设备需要专业人士来操作，怎么办？于是，厂家技术员通过电话隔空指导，供电公司技术人员和三局技术人员一起研究自行拼装，硬是一点点把柜子组装了起来。

安装时又遇到了难题。院区已经送电，院方的数据主机电脑已经在运行了，电脑中包括许多病毒数据、患者数据及许多重要的实验数据，如果停电超过半小时，就会对这些数据造成损害，也就是说加装ATS柜不能超过半小时。

三局的工程师严再阁出场，这位拥有6项国家级和世界级证书的技术专家，丝毫不敢大意，将每道工序都认真在脑中过了一遍，认为半小时内可以完成安装。他对工人们逐一做好交底，掏出手机设置倒计时。

围观的人大气都不敢出，如同电影常用的桥段一样，倒计时：10分钟、8分钟、5分钟——！

大家只听得严再阁低沉有力的声音传来：送电！“嘀”的一声，一切仪表设备正常！

现场响起热烈的掌声！ATS自动控制柜危机暂时解除，严再阁抹一把汗水，看一下时间：用时25分钟。

在B区也出现了问题，由于进场通道被管网施工阻断，最后15个箱房无法用吊车吊装，怎么办？“扛！”党员突击队队员刘贤栋带着200人团队，把重达37.5吨的15个集装箱先是一一拆开，手抬肩扛，运到地点后再进行拼装。

五局的刘斌率领他的团队刚刚用48小时完成了两栋病房的水电安装任务，突然指挥部又给他新增两栋病房通风施工任务。刘斌立即领受任务，可是他带来的队伍无一人是通风专业的，刘斌没有叫任何困难，又紧急从长沙抽调4名暖通技术人员及40余名工人连夜赶赴武汉。当晚10点抵达施工场地后，来不及做任何休整就直接投入到“战斗”中。

时间已经到了2月2日晚上，从1月24日正式开工算起，他们已经连续作战了9天，大多数人都没有好好睡过觉，许多人站着都能睡着。但不知是谁先说的：“只要干不死，就往死里干！”于是这句话就成了火神山上最朴实、最流行的一句话。

金晖就差点干死在现场。这天中午，他在检修A区施工时，突然感到一阵眩晕，要不是跟在后面的同事一把扶住他，他就摔倒在地上了。他有严重的糖尿病，身上长年带着一个胰岛素输送泵。糖尿病最忌劳累，可是他作为机电安装的技术总工，任务太重，他根本不能休息。同事扶他在一个纸箱上坐下，给他送来牛奶面包，他喝了几口牛奶，才缓了过来。

离最后交付已经不足10小时！

孙春兰副总理亲临一线督战。

湖北省及武汉市相关领导也来了，亿万云监工也早早上线，全国人民都在期盼一个结果。

总攻时刻开始，中建集团的建设者们云聚火神山医院建设现场，据不完全统计，高峰期施工人员达到1.2万人。这是真正的举全集团之力。

晚上8点多，院方专家突然又提出两个要求：一是医护区原设计的吹风消毒不彻底，必须改成淋浴消杀，一共8套系统；二是防护区通道必须加装一道防护门，一共8道门。

什么？明天早上交付，现在还要改？

院方解释道，新冠病毒是烈性传染病，为保证医护人员的安全，必须在医护区加装淋浴设施，原有的系统达不到要求。

负责现场指挥的唐浩等人心中“咯噔”一下，此时改装难度太大，没有设备，人员极度疲劳，排水系统还得重新设计改装。

陈卫国十分理解唐浩的担心，看着身边邓伟华、杨鹏举等人极度疲劳的神情，确实于心不忍。这帮兄弟们已经连续奋战9天9夜，全凭坚强的意志在支撑着。但是这毕竟事关医护人员的健康，医护工作者千里驰援，交给他们一个尽量安全的阵地是建设者职责所在，这是对他们的尊重和保护。

陈卫国只得咬牙再次下达命令：按院方要求整改！

于是兵分三路，一路出去采购设备，一路把现场已经装上去的设备拆掉，一路开始对排水系统进行改装。

出去采购设备的人员遇到了困难，店商早已经关门，根本采购不全所需的物资。陈卫国命令先把其他已经装好的拆下来装到医护区和防护区。邓伟华、金晖等再一次冲锋在前，率突击队舍命抢工。

原设计的位置没有淋浴间，因此也没有排水系统，这需要加装。需要人钻进箱房底部和地面40厘米的间隙中进行施工，蔡革华和金晖钻进去找线路、定方案。

指挥部成员每人负责一个系统，采用人盯人战术，不达目标不收兵。

另一边，供氧系统也在抢工。由于供氧的铜管需要与不锈钢主管连接，这需要技术高超的特种焊工。现场一时找不到那么多特级焊工。三局紧急向武船重工求援，武船重工立即派出100名特级焊工紧急驰援。焊花飞溅宛若初心之炬，焊接着生的希望。

时间飞快流逝，已经到了凌晨5点。系统基本安装完成，但是病房中还有许多杂物和建筑垃圾需要清理，副市长张文彤、市政府副秘书长陈耀庆干脆自己动手打扫。陈卫国和唐浩也当起了清洁工人，将病房中的建筑垃圾、杂物一一清扫出去。他们拿着拖把一点点地擦洗，汗水不一会儿就模糊了眼睛——他们要拼尽全力，把干净整洁的病房交给医护人员、交给患者们——此时他们不再是领导和专家，他们就是扛枪的战士、抢工的工人。

这一夜是如此的紧张，又是如此的漫长。

2月3日早上7点，曙光初现，太阳虽在地平线下，但是其光芒已经染红天际，知音湖上波光粼粼，如同一枚枚闪烁的玉片。

张文彤、陈卫国等指挥部成员长舒一口气，一起静静地坐在马路牙子上喘息着，看着太阳从知音湖上慢慢升起。此刻，他们没有胜利后的热烈欢呼，只有激烈战斗之后的短暂平静。

2月3日上午9点，在孙春兰副总理的见证下，武汉市市长周先旺和联勤保障部队副司令员白忠斌在武汉火神山医院签署互换交接文件。周乃翔、陈华元、陈卫国等也在现场见证了这一时刻。这标志着一项史诗般的工程、一栋堪称奇迹的医院、一座史上关注度最高的建筑正式诞生！从中国建筑人、从万千建设者的手中诞生！

从1月24日正式开工到2月2日建成交付，历时10天10夜！这必将是铭刻在人类历史中的240小时！

2月4日清晨，救护车呼啸着送来了首批50名重症患者。在不远处看着患者一个个被推进病房中，许多人情不自禁地湿润了眼眶，10天来的不眠不休、极限拼搏甚至是千般委屈都是值得的。

然而，患者入住火神山医院意味着新的挑战开始！他们还有大量的后续工作以及维保工作需要做。更关键的是，任务更艰巨的雷神山医院施工进入了攻坚期。

患者入住还带来另一个影响——可能会被感染的恐惧心理在工友中蔓延。

周乃翔在火神山医院指挥部召开紧急会议，他十分清楚当前面临的种种困难。中建集团正面临一个终极挑战，而他必须要在关键时刻给出关键决断。

他环视已经持续作战10天10夜的将士们，问出了一个不愿问但又不得不问的终极问题。

极限压力

经历了持续10天的抢工和最漫长的一夜后，火神山医院终于正式交付了，但是压力没有丝毫减轻。

目前他们遇到的主要困难如下：

一是经过十天的激战，担当主力的三局团队已经是疲劳之师！大家从身体到心理都处在极度疲劳状态。二是火神山医院虽然交付，但是后续任务量仍然不少，在已经收治患者的情况下还要进行收尾和运营维保工作。三是雷神山医院建设工作量远远大于火神山医院（后续三次增加床位，达1600张），然而其2月6日开始交付仍然是不可更改的命令。

火神山医院地处蔡甸区知音湖畔，雷神山医院则处在江夏区的黄家湖畔，恰好中间隔着一条长江。正所谓：

“两山”隔江对峙，“火雷”南北夹击。

周乃翔每天多次前往建设现场，知道困难所在，也明白一线将士的付出和艰辛，但他更知道此战必须胜利的重大意义。

此时已是深夜，周乃翔环视已经持续作战10天10夜的将士们，问出了一个终极问题：“接下来的工作，到底能不能按时完成？”

气氛凝固，医院建设已经不是一家企业的事，而是关系到很多患者生命、关系到党和政府的公信力、关系到国家形象的大事。

这时，三局副总经理罗宏站了起来，他同样是一名身经百战的老同志，他说：“周书记，我们都想按时完成任务，但是也要尊重事实、尊重基本规律，要想完成任务，必须要更多支援才行。”

周乃翔轻吐一口气，沉声说道：“任务很重，大家很疲劳，这些我都知道，但是党把任务交给我们，广大民众在期盼我们，困难再大也必须完成！我们举全集团之力，一定要完成医院建设任务。”

他顿一下又说：“你们不是孤军作战，中建集团是一个整体，我与大家始终在一起！”

接着他对随行的中建集团工作组成员、时任集团办公室负责人胡勤说：“现在给集团各单位打电话，立即调集援军。”

电话拨通后，周乃翔与11家子企业主要负责人一一沟通：“现在雷神山医院建设急需支援，请你们连夜派出人马紧急驰援！人数尽可能多，时间尽可能快！”

此时已经容不得太多的商量和讨论了。尽管之前已派出了人马，但各单位仍然连夜开会动员，集结人员从全国各地星夜赶往雷神山医院现场。

不到12小时，施工人数就从2万名增加到2.5万多人。人数的增加也带来了新问题，比如，后勤保障和防疫问题怎么解决，海量的材料从哪里来？

吃饭是大事，尽管已经开办了3个食堂，但是仍然不足以解决2.5万余人的吃饭问题。三局党委副书记胡金国担任后勤总负责人，安排联系多家快餐公司，同时通知总部食堂加工好盒饭后再送往工地，想方设法让大家吃好。刚开始几天，后勤保障团队为了能采购到足够的菜米油盐费尽了心思，甚至还要到邻近的省份采购。好在2天之后中粮集团、中百仓储等国企主动送上生活必需品，大大缓解了后勤保障的压力。

国务院国资委党委和中建集团党组也分别紧急下拨100万元和200万元特殊党费。周乃翔特别指示，中建集团党组划拨的党费用于给建设者购买牛奶，直接分发到一线，给建设者补充营养。随即湖北省国资委党委划拨90万元特殊党费、中建三局党委划拨100万元特殊党费，全部用于为建设者改善营养、提供足量的饮用水及防疫用品。

建设材料采购同样艰难，仅以现场所需的3100个集装箱房为例，就是一场全国范围的大联动。此前火神山医院建设已经将湖北省内集装箱房采购一空，他们必须去省外采购。

集装箱房，顾名思义，是由一个个“集装箱”一样的模块拼装而成的板房。与传统的彩钢板房相比，集装箱板房密封性更好，防火、防潮、隔音、隔热效果也更好。

箱房不是房，是命啊！

指挥部成立了集装箱房采购组，三局一公司下属的深圳、华南、西部、华东和北方五个区域同时总动员，他们必须在2天内采购到集装箱房并且运到武汉。由于厂家及货源多在外省，最远的在天津和广东，运输距离基本都在1000公里以上，仅运输就至少需要1500名司机。厂家、工人和司机在接到消息后，都主动担当作为，工厂紧急启动生产线，工人紧急返回，司机们无畏逆行。

云监工们通过镜头可以看到火神山、雷神山医院现场数万名建设者日夜抢工，而这背后还有更多默默提供支持的强大后盾。据不完全统计，建设火神山雷神山医院共计有1608多家材料供应厂商、952家分包商。勇担责任的厂商、完备的工业体系、奋不顾身的工人，还有数万名无畏逆行的司机，一刻不停地向这里生产、输送材料和设备，他们共同阐释了什么叫“举国同心”。后来陈卫国在接受央视《榜样》栏目采访时说：“火神山和雷神山的奇迹，是在党的领导下由全国人民一起创造的。”这不是一句客套话，而是发自内心的肺腑之言。

2月4日，火神山医院入住患者的同时，雷神山医院的总攻打响。指挥部重新将偌大院区进行划区，由三局旗下一公司、二公司、三公司、总承包公司担当主力，中建一局、二局、四局、五局、七局、八局，中建安装，中建装饰，中建科工，中建西部建设，中建科技等单位也都派出了精兵强将前来支援。

陈卫国邀请各路援军带队领导开会时说：“困难时刻，感谢大家无畏逆行，不仅是中建一家亲，更体现了中建集团的央企担当。”

已经在火神山医院战斗1周的中建安装党委副书记、纪委书记、工会主席陈德峰笑着说：“客气话就不要说了，请下任务吧。”

各路援军都纷纷表态：“请下任务吧，我们坚决听从统一指挥。”

陈卫国心中的感动已经无法用言语表达。这些兄弟姐妹不计报酬、冒着被感染的风险，星夜驰援而来，全心全意只为早日建好医院。或许这种朴素而伟大的情怀，就是这片土地之所以伟大的原因。

燃灯续昼，热血融冰！几万名建设者同时被撒在工地的各个角落。人声、机器声、施工声混成一片，此时此地是地球上最嘈杂的地方，但也是最热血和传奇的地方。

从云监工的镜头上看到处都是蚂蚁样忙碌的人群和奔忙的机械，场面恢宏至极。

打仗讲究占领制高点，冲锋一定要打堡垒。

6000平方米的医技楼是雷神山医院的核心，也是建设者必须攻下的制高点和堡垒。

医技楼分别有四大核心：ICU病房、负压检验科、手术室和三个CT室。是专为新冠肺炎重症患者提供护理、治疗和康复的基地，也是患者入院前分检、检查和手术治疗的核心区，涉及系统和设备众多。其中，机电安装和设备调试最为复杂，涉及给排水及消防、供配电、照明与监控、通风空调、通信弱电、医用气体等8套系统，要建造这样一个高科技水平的医技楼，一般至少需要半年。

与病房的主体结构使用箱房不同，医技楼主体结构是全钢结构的，也就是说，需要先行采购钢材按图加工好之后运到现场再进行吊装。组长王亮告诉负责钢结构的张国：“你只有48小时。”

张国高喊起来：“这不可能，48小时送材料都不够，这么大体量的钢结构吊装，需要1周时间。”

但王亮只能给他48小时，这是命令，必须完成。

多台吊车同时起吊是唯一的办法，张国的团队必须精确计算吊车、运输、焊接时间和人员配置，确保吊装安全准确到位。吊装开始了，不巧的是又开始下雨了，冰冷的雨水顺着安全帽流进衣领里。有工长说：雨下大了不好弄啊。张国大喝一声：下刀子也不能停！

一辆辆满载钢构件的车子开了进来，吊臂此起彼伏，焊花闪烁照亮武汉的夜空。从晚上到白天，又从白天到晚上，亿万云监工看到一片空地上奇迹般地竖起了一幢楼。从第一吊开始到基本完工，用时46小时，比预计的48小时还提前了2小时，同时还吊装了多台大型医用设备。

主体结构就位，轮到廖向东的机电团队上了。6000平方米的医技楼，廖向东就投入了近2000名兵力——这在他几十年的建筑生涯中绝无仅有。包括水、电、风、氧气、智能、卫生洁具安装等各个专业都在同时抢工，小小的医技楼中全是人。

团队吸取了火神山医院镀锌风管加工难、安装周期长的教训，用PE管替代解决了风管问题，但是氧气系统又遇到了麻烦。

治疗新冠肺炎，氧气系统是关键，可以快速提高病患的血氧饱和度。但是材料组胡刚紧急上报了一个情况：供氧的铜管还差6000米，搜遍全城、找到所有的供应商都没有货——这种铜管叫“脱脂铜管”，是经过特殊处理过的。如果用普遍铜管则会产生化学反应，有引发爆炸的危险。

廖向东的脑子嗡嗡作响，立即向局指挥部寻求帮助，于是一场全城找铜管的工作开始。

有人提出格力电器生产空调需要大量铜管，说不定他们有。电话打到格力电器，回答说没有。正当大家泄气的时候，对方却说，我们帮你们问一下铜管供应商海亮集团。电话打到海亮集团，他们还真有，而且在武汉就有库房。海亮集团表示尽全力支援，他们马上派出员工将铜管装车送到工地，且不收取一分钱。采购员胡刚说，招采期间，有多家供应商主动送货却不收费用，还有民营供应商直接放下材料就走。

铜管的货源解决了，但是铜管的焊接工艺要求特别高，关键时刻，武船重工紧急调派了约30名高级焊工驰援，此前他们已经向火神山医院派出了100名高级焊工，几乎是尽锐出战。同为央企的十六化建公司也分三批派出57名焊工突击队驰援，格力电器也紧急抽调了19名焊工驰援。

还有难以统计的来自全国的志愿者和千万工友在通宵奋战——他们每个人都是平凡而普通的，是人海中的一粒微尘，但是当无数的微尘聚在一起时，足以垒成世间最高的山——火神山、雷神山！

第二战场

不知不觉，又天亮了！

2020年2月8日，新华社、中央电视台对外发布：雷神山医院第一批患者入住。

三局的建设者特意满城搜罗鲜花和巧克力，送给医护工作者们。双方都戴着口罩，看不清对方的模样，但彼此的眼神中是满满的暖意和信心！中南医院的护士长刘艾特意把鲜花拍照发在朋友圈中，她写道："这是一份责任传递，建设者舍生忘死建成医院，现在轮到我们上了！"

然而，建设者们并不能退，因为从这一天起他们将进入"第二战场"——火神山雷神山医院的运营维保工作。

从技术和规范上说，如此复杂、功能齐全、高标准的传染医院系统调试至少需要2个月时间。此时却是完工即交付、交付即使用，因此刚刚投入使用的医院，系统出现问题和故障的可能性较大。按省市防疫办的要求，三局建设者就地转入维保工作，确保医院正常运营。

维保工作难就难在需要进入"红区"和重症患者面对面工作，感染风险剧增。

实际上，早在2月4日，火神山医院的维保工作就开始了。

尽管有着极其严格的防护措施，但进入"红区"工作，特别是直接面对重症患者，终究是一件极其危险的事。此时被任命为火神山医院区维保队长的冯化军看出了大家心中的顾虑，他将25名队员聚拢起来，每人发了一张纸条、一支笔，然后说："我知道大家有顾虑、很担心，因此我给大家一个机会，你们把自己的真实想法写下来，只需要写是否党员、是否愿意留下来参加维保工作，不记名。"

半小时后，纸条收上来，冯化军一张张看完，泪水夺眶而出，有22张字条上写着："是党员，愿意留下来！"

还有3张写着："不是党员，愿意留下来！"

患者入住的当晚，维保队就收到维修病区热水器的通知。热水器所在的茶水间位于医院的"红区"。

"我有多年的经验，我去吧。"王野第一个站出来。凌晨2点钟，他小心地穿戴好防护服进到了病区，他也因此成为三局建设大军中第一个进入"红区"的人。1个多小时后，热水器修好。

王野在工作日记中写下了这么一段话：

2019年11月，我通过组织考察，成为一名光荣的共产党员。医院虽然建设完成，但后期维保任务依然艰巨，今天我主动请缨前往“维保”一线，在抗击疫情的紧要关头，我必须以身作则、挺身而出。

年仅23岁的郭童是B区维保团队中最年轻的一个。一开始领导和同事出于对后辈的保护，不打算留下他，领导对他说：“你太年轻了，经验不足，我们需要经验丰富的老手。”

郭童乐呵呵地笑起来：“您当我三岁小孩子呢？正是因为我年轻，才要上！我抵抗力强。”但是面对母亲催他回家的电话，郭童选择了隐瞒：“妈，火神山医院是建好了，不过我要在公司统一组织的地方住下来医学留观，您就别担心了。”

这些刚刚经历过生死一般的抢工大战，又马上投入到更危险的维保工作的建设者“傻”吗？他们可以选择在家中追剧、打游戏，但是他们选择了最苦、最累、最危险的工作，是什么让他们这样“傻傻”地付出呢？

C区的维保队长张旭说出了大家的心声：“既然我是党员，我就必须上，如果我不上，我的同事们还是会上的。”

天气预报未来几天有大风大雨。A区的杨鹏举、向多文带领维保队员登上屋面提前进行检查维护。考虑到极度恶劣的天气，他们必须再加一道保险，确保万无一失。

白色的防护服、严密的面罩之下，看不清是谁的身影，他们用钢丝绳给钢管、风管、排水管固定，排查加固安装设备。寒潮步步逼近，屋顶上狂风骤起，密不透风的防护服却让他们大汗淋漓。

突然传来声音：

“谢谢你们！你们辛苦了！”

循声望去，原来是几位从病房去检查室做检测的患者路过，看到了屋面上正在维修的他们，感激地为他们竖起大拇指。

“你们也加油！武汉加油！中国加油！”屋面上的维保队员纷纷回应。

“我们一起加油！”患者们大声喊着。

维保团队中有名工友说：“这些天的艰辛，值了。”那一瞬间，率队的杨鹏举感动得热泪盈眶。

有些时候，真的只需要一声谢谢便足矣！

鉴于维保的难度和风险性，2月13日，维保团队在武汉火神山医院项目现场指挥部举行维保誓师大会。

在庄严的重温入党誓词仪式之后，冯化军代表全体维保人员宣誓：

“我志愿加入火神山医院项目维保工作，坚决做到最艰苦的担子我们挑；最危险的地方我们去；最紧急的关头我们上；最困难的时刻我们到！”

70名参与火神山医院维保人员在志愿书上郑重签字并按下红指印。他们有的笔迹娟秀，有的稍显潦草，但无一例外，每个人的指印都鲜红无比。

后来，陈文健专程去看望、慰问维保人员时说：“你们是英雄中的英雄、勇士中的勇士！”

对这帮勇士们的又一次大考验到来，第二天晚上气温骤降，刮起大风，接着暴雨如注，火神山、雷神山医院经历建成以来最大的考验。

指挥部的电话突然响了，正在雷神山医院值班的三局一公司总经理万大勇预感：出事了！

他紧急呼叫团队出去巡查，一把抓起安全帽就冲到雨幕中。瓢泼大雨让他们瞬间成了落汤鸡，雨衣根本没什么用，雨水顺着安全帽淌进衣领，寒冷刺骨。脚上的胶鞋早就积了半靴水，一走动就哗哗响。果然，未交付病区出现了渗漏情况。

雨势越来越大，狂风丝毫未减。如果不进行及时抢修，万一发生停电，医疗设备就会无法使用，后果将不堪设想。

万大勇临阵指挥：一是立即组织人员上屋面封堵漏水点；二是马上组织突击队维护电力系统。

200人的抢修队在没有任何雨具的情况下冲上了屋面，张国率队抢先上了屋顶。雨水模糊了视线，狂风吹得他站立都十分困难，可他们必须将漏水点都封堵上，一直到凌晨3点才算告一段落。

另一组人马在刘运胜的带领下维护电力设备，还要组织人员清扫渗漏到病房的积水。凌晨时分雨势终于变小，将士们都浑身湿淋淋地在寒风中发抖，抢修任务完成。万大勇没有一丝轻松的感觉，这并不能从根本上解决问题，如果明天继续下雨，该怎么去解决？

而火神山医院情况要稍好些，但是维保团队同样彻夜在狂风暴雨中抢工加固，一共4组人马计300余人全部在病房的屋顶上加固风管、维护设备，C区的一处主风管被狂风吹得左摇右晃，周春林、吴光海干脆一面用身体趴在上面固定，一面指挥同事用铁丝进行加固。

这场大雨过后，网上出现了“火神山医院昨晚被风吹走了”的消息，还有火神山医院严重漏水的传闻。一直高度关注两所医院点滴动向的网友，在一时真相莫辨的情况下，发出了质疑之声。

中建集团立即启动新闻危急应急机制，第一时间形成情况报告。建设期间，还有一支奋战在一线的宣传队伍，他们和亿万云监工一起，将真实与感动传递给公众。正如现场宣传工作负责人叶青所说：“我们建设的不仅是救命工程，也是信心工程，回应社会关切，传递抗疫正能量就是我们的使命。”

随后武汉市城建局代表官方及时进行了澄清，在其官方网站上发表声明：

2月14日晚至15日，武汉遭遇极端雨雪天气，网上开始流传“火神山医院昨晚被风吹走了”的消息，还有火神山医院严重漏水的视频。经核实，漏水现象不是发生在火神山医院，而是发生在雷神山医院尚未交付使用的病区，目前施工单位正在抓紧维修整改。

尽管有了澄清，但这仍然给建设者带来了巨大的压力，如果再发生类似情况，岂不是会给广大患者和医护工作者造成极大的麻烦？

这场暴雨也惊动了中建集团总部。周乃翔紧急安排郑学选和中建股份助理总裁张翌，前往武汉解决屋面漏水问题。郑学选再次抵达雷神山医院时，前一天的雪还未消融，空气冷凛，阴冷刺骨。郑学选和张翌踏着残雪和泥泞仔细查看，他们都是建筑专家，对现场的情况一看便知。郑学选要求，完全、彻底地消除火神山医院、雷神山医院隐患，并亲自参与了方案讨论。

武汉市城建局、中建三局和设计院经过紧急商议，定出方案：所有已经完成的，包括已经交付使用的区域全部在屋顶加装防水屋盖。三局副总工程师王辉牵头，再次组织技术团队集结，经多轮比选，决定采用在屋面搭设钢管脚手架和彩钢板的结构，形成一个2%的斜坡屋面。

火神山、雷神山医院加起来达12万平方米，相当于在17个标准足球场的面积上加装一个盖子。而此时，火神山医院全部病房、雷神山医院大部分病房都已经入住了病患，也就是说，屋盖施工与病患之间只有一层不到10厘米的箱房顶板。而且院方规定：屋顶施工不能影响患者休息和治疗——这堪比“刀尖上舞蹈”。

三局各单位已经收兵隔离的员工再次披挂上阵。他们本来都已经转入留观，现在再次返回现场进行施工。每一次都是党员、管理人员带头上，经过1周左右时间全部完成。

2月25日武汉又下起了大雨，火神山医院和雷神山医院再次面临大考，所有维保人员在风雨中坚守，一间间病房地巡查。狂风暴雨、电闪雷鸣之下，两所医院如同两座安全的堡垒，一直到天明，雨过天晴，所有人长嘘一口气——这一次他们经受住了考验。

度过了最初的磨合和调试阶段之后，火神山、雷神山医院的系统运转越来越平稳。

天气转晴，春光降临人间。一个月前火神山医院才种下的月季已经悄然绽放，火神山、雷神山医院的运营日趋成熟，每一天都有病患出院的好消息传来。就像人们常说的：没有一个冬天不可逾越，没有一个春天不会到来！

火雷精神

电影《流浪地球》中有句经典台词：希望，是我们这个时代像钻石一样珍贵的东西。

然而，对于参与火神山、雷神山医院建设的这帮建设者来说，并不是因为有了希望才去坚守，而是因为坚守才有了希望。

2月18日上午，首批患者从雷神山医院康复出院，83岁的袁婆婆在医院门口拉着护送她出院的医生泣不成声，不停地重复着感谢党、感谢医生。

坐在建设指挥部办公室中的李勇正好刷到这条新闻，他的眼泪夺眶而出，10多天来没日没夜的拼搏奋斗终究是值得的。几天后，他和10多名建设者一起被雷神山医院评为荣誉员工。

3月10日，中共中央总书记习近平专程到武汉考察防疫情况，第一站就来到了火神山医院，了解医院建设运行、患者收治、医务人员防护保障、科研攻关等情况，亲切看望正在接受治疗的患者，关心慰问日夜奋战在抗击疫情第一线的医务工作者，勉励大家坚定信心，战胜疫情。

3月17日，武汉已经连续多日没有新增病患，随着大量病患治愈出院，从全国逆行而来的医护工作者也开始陆续返程。

3月18日，武汉迎来新增确诊病例、新增疑似病例和现有疑似病例首次三项清零。武汉保卫战，已取得阶段性胜利！

凛冬散尽，春阳正暖。

4月8日，武汉宣布“解封”，中建集团采用点对点的形式送工友们返乡，陈文健、陈卫国等分别去留观点和高速路口为曾一起并肩战斗的“火雷兄弟”们送行，送行仪式打出巨大的标语：寒风中并肩战斗，春天里山高水长！

4月14日，火神山医院、雷神山医院最后一批新冠肺炎治愈人员开心地举着国旗，迈出了医院大门。

4月15日，火神山医院、雷神山医院同时宣告休舱。经中央军委主席习近平同志命令，由中国人民解放军组建的火神山医院医疗队亦胜利回撤。

尹典看着医护人员列队离开，最后巡查了一遍院区，关水闭电，经过建设和维保共计80余天的坚守后，他也要离开了。他特意留存了所有和火神山医院有关的证件，这是他最珍贵的“勋章”。几个月之后，他特意带着女儿来到火神山医院门口，尹典对女儿说：“这就是爸爸和同事盖的城堡！”女儿问他：“爸爸，那武汉还有病毒怪兽吗？”

尹典说：“它们已经被我们关起来打败了！”

女儿奶声奶气地说：“爸爸真牛！”

属于火神山和雷神山的战役落幕，这些曾经平凡的人，经历了一次特殊的战斗，又回归到了平凡的生活中。

武汉再现繁华喧嚣，地铁回归拥挤，马路重返拥堵。胡同里的早餐铺子和市中心的灯光霓虹，正慢慢地升腾着人间的烟火气。

火神山、雷神山这两所“超级医院”，无论是在人类建筑史上还是医学史上都是奇迹！这个奇迹或许只有英勇无畏的中国人才能创造！

2020年5月，北京已经是春光如海，惠风和畅。十三届全国人大三次会议正在召开，习近平总书记特意于5月24日参加湖北代表团审议，并发表重要讲话：“武汉不愧为英雄的城市，湖北人民和武汉人民不愧为英雄的人民！”

2021年3月，已经又是一个春天。在中组部和中央广播电视总台录制的《榜样》节目中，陈卫国、余南山和刘斌代表万千建设者站在舞台上回忆了建设火神山雷神山医院时的情景，主持人问道：“为什么这种事我们不但要干，还能干好？我们为什么能成功？”陈卫国面向全国观众这样回答：

“我们建设者创造了世界奇迹，但是这个奇迹更应该是全中国人民和全社会在党的领导下万众一心共同创造的。疫情发生后，党中央紧急部署，举全国之力，凭强大的综合国力开展了生命大救援和疫情阻击战，展现了团结拼搏的‘中国力量’，体现了在党领导下的政治优势和制度优势。”

那么党领导下的“政治优势”和“制度优势”到底包含哪些内容呢？

周乃翔在《求是》2020年第14期上发表了一篇题为《践行初心使命　奋力建成火神山雷神山医院》的文章，从如下五个方面系统总结了火神山、雷神山医院建设成功的“秘诀”。

一、人民至上、生命至上，切实践行以人民为中心的发展思想

建设火神山、雷神山医院，彰显了党中央、国务院对人民负责、对生命负责的鲜明态度，体现了党和国家战胜疫情的坚定决心。“早一分钟建成，就能早一分钟收治患者”，广大建设者与时间赛跑，与死神竞速，千方百计克服一切困难，竭尽全力完成每一项任务，快点，更快点，用最快的速度高质量建成医院，在最短时间让患者得到救治。

习近平总书记多次强调，人民至上、生命至上，保护人民生命安全和

身体健康可以不惜一切代价。习近平总书记的指示和要求，是中建人攻坚克难的巨大力量源泉。

二、众志成城、共克时艰，有力彰显中国共产党领导和社会主义制度的政治优势

一方有难，八方支援。疫情发生后，全国上下紧急行动，依托强大综合国力，开展全方位的人力组织战、物资保障战、科技突击战、资源运动战，全力支援湖北省和武汉市抗击疫情。

放眼世界，只有中国共产党领导，只有中国特色社会主义制度，才能够进行如此恢宏的社会动员和资源整合，形成集中力量办大事办难事的社会合力。正是这一政治优势，不断强化全社会的集体意识、国家观念、家国情怀，激励人们同心同德、无私奉献，汇聚起共克时艰、共渡难关的磅礴力量。

三、挺身而出、使命必达，充分展现国有企业关键时刻的担当作为

"顶梁柱"必须顶得住，要坚决打赢这场攻坚战，把"不可能"变为"可能"。

科学技术是战胜疫情的锐利武器。火神山、雷神山医院建设广泛应用了自主研发的装配式建筑医院系列，精准契合医院建设需求，实现了极短工期下的建成即交付、交付即使用。创造性应用了自主研发的BIM平台、集成应用智能化技术，研发出智能化运维管理平台，链接医院5大类17个信息系统，实现了智慧安防、智慧物流、智能审片、"零接触"运维，以及火神山医院与北京301医院的远程会诊。

中建集团和项目指挥部扎实严密做好全体项目建设者的疫情防控工作，建设过程中始终保持"零感染"。医院建成后，全力做好建设者的留观返乡工作，发放隔离补贴，确保安全返乡返岗。

四、冲得上去、豁得出来，有效发挥基层党组织的组织力、号召力

在火神山雷神山医院建设中，各级党组织和广大共产党员，勇当先锋，敢打头阵，用行动树立起了标杆和榜样，把基层党组织建为实现党的领导的坚强战斗堡垒。火神山、雷神山医院的圆满建成，充分展现了基层党组织在应对重大挑战时的巨大组织优势。

五、守望相助、同舟共济，大力弘扬伟大的民族精神

在火神山、雷神山医院建设过程中，4万多名建设者不惧风险，勇往直前。他们舍小家顾大家，舍小我取大义，把个人价值与国家命运紧紧连在一起，用自己的行动展现了家国情怀、民族精神。他们共同创造出了新的中国速度，弘扬了以伟大创造精神、伟大奋斗精神、伟大团结精神、伟大梦想精神为内涵的伟大民族精神。

他在文章最后写道：

习近平总书记指出，我们要建设的社会主义现代化强国，不仅要在物质上强，更要在精神上强。精神上强，才是更持久、更深沉、更有力量的。

建设火神山、雷神山医院的战役已经过去，但万千建设者共同创造的“火雷精神”注定将成为新时代的一座精神丰碑。2020年12月23日，国务院国资委党委为荣获第五届“央企楷模”的中国建筑火神山雷神山医院建设团队颁奖。颁奖词这样写道：

人民至上是你们不眠不休的方向坐标，
央企担当是你们团结奋战的价值底色。
平凡英雄挺身而出，不计代价慷慨逆行。
10天，建成火神山医院，
12天，建成雷神山医院。
中国速度、中国力量、中国精神，
舍生忘死，以生命托举使命，
攻坚克难，用汗水创造奇迹。

这支经过“火雷”考验的团队，在抗击新冠肺炎疫情这场大战大考中凝聚了“听党召唤、不畏艰险、团结奋斗、使命必达”的“火雷精神”，也是“生命至上、举国同心、舍生忘死、尊重科学、命运与共”伟大抗疫精神的生动注脚。

2021年3月26日，国务院国资委党委书记、主任郝鹏专程来到火神山

医院调研并慰问建设者代表：在疫情肆虐时，以中建集团为代表的广大央企建设者，视疫情为命令，召之即来、来之能战、战之能胜。让党旗在疫情防控斗争第一线高高飘扬，充分发挥了中央企业顶梁柱的作用，是伟大抗疫精神的实践者、创造者。抗疫精神是新时代宝贵的精神财富，要继续发扬好、传承好。

武汉重现活力、中国昂首向前。

2020年9月8日，习近平总书记在全国抗击新冠肺炎疫情表彰大会上发表了重要讲话，他饱含深情地说道：

"'天行健，君子以自强不息。'一个民族之所以伟大，根本就在于在任何困难和风险面前都从来不放弃、不退缩、不止步，百折不挠为自己的前途命运而奋斗。从5000多年文明发展的苦难辉煌中走来的中国人民和中华民族，必将在新时代的伟大征程上一路向前，任何人任何势力都不能阻挡中国人民实现更加美好生活的前进步伐！"

火神山、雷神山医院是"至暗时刻"时那团温暖的光，是疫情风暴中那座坚固的堡垒，是人们绝望之境中的信心和希望。

火神山原本不是一座山，雷神山原本也不是一座山。

只因为在这片土地上生活的人们信念如山，无数人舍生忘死，以生命赴使命，激荡起燎原烈火、猎猎风雷，谱写出这一曲平凡英雄的慷慨赞歌。

从追赶到领跑

——记“复兴号”高速列车中车创新团队

◎文/中国中车党委宣传部

以时间和轨道作经纬，向历史深处追溯。

140年前，1881年，中国自建的第一条铁路唐胥铁路建成。历史长河中，苍青的天空风雨如晦，4000多台“万国”牌机车隆隆作响，尘雾里的汽笛声高低回旋，交织着时代风云的变迁和动荡，也交织着中华民族发愤图强的希冀与抗争。

1952年，新中国第一条干线铁路成渝铁路建成。也是那一年，新中国第一台蒸汽机车“八一号”诞生，彻底结束了新中国不能自己制造机车的历史。自此，无数中国轨道交通装备的“第一”镌刻成鲜明的国家印记，辉耀在生机勃发的奔腾年代。

2004年，逾1.2万公里的“四纵四横”快速客运专线网铺展开来，与这个日后必将造福国人的大战略几乎同步，另一个举世震撼的名字——“中国高铁”也将正式掀开其鸿篇巨制的大幕。上为大国重器，下担产业引擎。中国高铁装备，承载着几代中车人的使命赓续，以风驰电掣之姿奔赴而来，跨越江河山川，纵横四履万方，在时代的丰碑上镶嵌下一颗又一颗明珠，灼灼其华，光彩熠熠。

时间的刻度指向今日，“八纵八横”高速铁路网正不断舒展，3.79万公里的高铁线路仍在960万平方公里的大地上绵延。充满工业力量和家国深情的钢轨之上，从第一列“国字号”高速动车组出现在世人眼前，到近4000列高铁列车昼夜川流不息，从“和谐号”创造世界铁路运营试验最高速，到“复兴号”树立世界高铁运营新标杆，中国高铁这一大国重器，成功实

现从追赶到领跑的伟大跨越，成为中国递向世界的一张亮丽名片。

“真正的大国重器，必须牢牢掌握在自己手中。”拨开重重光芒，打造中国高铁这个大国重器、国家名片，核心密码是什么？

2021年1月19日，习近平总书记乘坐京张高铁赴张家口赛区考察北京冬奥会、冬残奥会筹办工作。他指出，我国自主创新的一个成功范例就是高铁，从无到有，从引进、消化、吸收再创新到自主创新，现在已经领跑世界。要总结经验，继续努力，争取在“十四五”期间有更大发展。

核心密码就是自主创新！创新，自有万钧之力！

自主创新是打造中国高铁这个大国重器、国家名片的核心密码。而将高铁装备自主创新做到极致的，又是怎样的一群人？

他们，就是“复兴号”高速列车中车创新团队。

这是一支以勇于创新、善于创新著称的“铁军”。以王军、张新宁、梁建英、刘长青、丁叁叁、冯江华、陈凯等为核心成员代表，在他们身后，则是由23000名科技人才队伍组成的中车技术创新方阵。

顶级的科学家、“高端配置”的技术人才队伍，正是他们将自主创新做到极致，成为中国高铁辉煌事业征程上的英雄群体。

伟大事业的背后，支撑他们一路走下去的是什么？我们试图从他们的经历中寻找答案。

中国中车副总裁王军是这支“铁军”的“领头雁”，工程师出身的他曾经这样对年轻一辈技术人员传道授业：“一个合格的高铁人应该具备几种品性，家国之情、创新之性、科学之才、务实之格、奋斗之为、奉献之质，六个鼎足缺一不可。如此才能对得起国家，对得起人民，对得起这个时代造就的际遇！”

百年交通强国梦，是他们所有故事的缘起。

道阻且长、行则将至：中国高铁踏地而飞

2008年8月1日，北京南站。

随着一声清脆的笛音，12点35分，京津城际C2275次列车从北京南站驶出，直奔天津而去。

30分钟后，列车稳稳地停在天津的站台上。京津城际是中国第一条时速350公里的高速铁路。它的开通，正式奏响了中国高铁时代的交响曲。

车上，中车的工程师们百感交集。往前追溯30年，那段追风逐梦的艰辛历程真的是难以述说。

我们现在正适合坐这样的车！

在外界看来，中国高铁的崛起，仿佛在一夜之间。但中车人清楚，今天一切成就的背后，经过了几代人漫长的努力和曲折的探索。

1978年10月，邓小平同志访问日本时，乘坐新干线前往文化古城京都。随行记者采访他的乘坐感受，他感慨万千地说："就感觉到快，有催人跑的意思，我们现在正适合坐这样的车！"

两个月后，党的十一届三中全会召开，中国进入社会主义事业发展新时期。改革开放的春风吹遍神州大地，经济社会的发展迫切需要铁路大动脉的支撑。

然而，此时国内列车平均时速仅为40多公里，人均铁路长度只有5.5厘米，还不足一根香烟的长度。放眼国外，法国、日本等国高速铁路已日臻成熟，最高时速可达300公里——简直就是鸿沟般的差距！事实摆在眼前，既有的产品已然不能满足国家经济快速发展的迫切需求。国家提出大打铁路运输扩能翻身仗、机车车辆工业翻身仗两场战役。中国铁路必须重新明确发展方向，而"多拉快跑"成为必然预期。

穷则变，变则通，通则达。

要不要建设高速铁路？用什么技术修建高速铁路？一场关乎中国铁路未来发展的争论持续10余年之久。然而，不管争论多么激烈，中车人始终在"我们现在正适合坐这样的车"的憧憬中执着前行。

六次大提速，从"大重量、高密度、中低速度"到"快速度、大重量、

高密度”，人们有了更多的期盼：铁路提速的终极目标是什么？

大浪淘尽，答案浮现——是高速铁路。这是经过多年发展后的众望所归。

对于中车人来讲，更加紧迫的目标是与高速铁路相匹配的动车组。

事实上，中车人关于动车组的探索可以向前延伸到1979年，尽管受客观原因限制，成果未投入运用，但却打开了中车人“敢吃螃蟹”的又一扇大门。

960万平方公里的土地上，动车组在万里铁道线上加速奔跑！这是何等美好的愿景，所有中车人都憋着一股劲儿。

然而要研制动车组，谈何容易？

交流传动是当时世界机车牵引的最新技术和前沿领域，动车研制的国产化之路，交流传动技术是必须攻克的一关。“做交流传动系统电机电压试验的时候，经常发生器件烧坏，烧坏的电路板以卡车来计算，在当时仅几百万元利润的情况下，这无疑是烧钱。”中国中车总工程师张新宁说。

“科研没有不失败的，继续干！”

能力，在淬火磨砺中升华；格局，在风雨洗礼中定格。

1996年，我国第一台交流传动原型电力机车AC4000诞生。交流传动技术的攻克，为动车组的自主研发奠定了坚实的基础。随着系统集成、交流传动系统、高速制动系统、转向架、列车控制网络系统、气动力学与轻量化车体等核心技术被攻克，“春城”“蓝箭”“先锋”“奥星”“中原之星”“中华之星”等动车组相继问世。一时间，国产动车组舞台群英荟萃，中国铁路的竞速大戏开幕。

不仅如此，经过长期的摸爬滚打，中车人此时已经掌握了内燃机车、电力机车、客车车辆的核心技术，并且形成了相当的产业规模和科研技术体系。这一切，为高速动车组技术的快速引进消化吸收再创新积蓄了能量。

一场与风竞速、陆地飞行的征程即将到来。

必须打造中国人自己的品牌

2004年初的北京街头，樱花含苞，玉兰绽放。中国高速铁路规划，就在那一个春天应运而生了。

是年1月，国务院通过中国历史上第一个《中长期铁路网规划》，以大气魄绘就了超过1.2万公里“四纵四横”快速客运专线网。3个月后，国务院又召开会议专题研究铁路机车车辆装备有关问题，明确提出“引进先进技术、联合设计生产、打造中国品牌”的基本方针，轨道交通装备领域迎来了引进消化吸收再创新的新征程。

同年，原铁道部启动200列时速200公里高速动车组招标，并与外方开展高速动车组领域的技术合作。轨道交通装备制造业中顶尖的企业、顶尖的人才迅速集结于这个前无古人的大工程。

时任中车四方股份公司总经理的王军意识到，无论对于国家还是企业，赶上这波高铁发展大潮，都是接轨国际先进水平、实现重大跨越的契机。

引进的过程充满未知。一份协议的诞生往往要经过十几次甚至几十次的修改与论证。车轮战一样的对话中，来自外方的首席代表、久经沙场的谈判大师，也不得不依赖体能剂补充能量。“有一次为了‘原理’二字，我们与外方整整谈了24小时！”

功夫不负有心人，2004年至2005年，中车四方股份公司、中车长客股份公司、中车唐山公司，先后中标项目，开始踏上高速动车组的“征战”之路。

高速动车组是尖端技术的高度集成，涉及动车组总成、车体、转向架、牵引变压器、牵引变流器、牵引电机、牵引传动控制系统、列车网络系统、制动系统等9大关键技术以及10项配套技术，光零部件就有50多万个，要引进消化吸收，谈何容易？

“通过一次引进，培育动车组速度提升的持续研制开发和制造能力，打造中国人自己的品牌。”王军和团队深知，引进技术和产品只是第一步，掌握核心技术才是关键。核心技术是买不来的，实现国产化，自主创新才是核心要义。

唯其艰难，方显勇毅。

创新团队提出了“以我为主”“领先一步”的发展策略：坚持引进消化吸收和自主创新“两条腿”走路，把握创新的主动权。

用“1∶7”作支持，即花1元资金引进技术，就要配套投入7元资金进行自主创新。

建立超前研发新技术、新产品的开发机制。

全面启动技术改造、流程再造、资源优化等系列系统工程，打造一流的硬件和软件。

一场高速动车组攻坚战在中车全面打响。

速度远超预期。以时速200公里CRH2型动车组为例，创新团队仅仅用了2年时间，就完成了所有原始图纸、资料和技术标准的消化吸收，完成了全面的试验研究，留下了600多页的试验记录、海量电子数据记录，并针对我国铁路运营环境完成了110项优化设计，进行了长达6万公里线路运行试验，成功解决引进技术“水土不服”的问题。“憋着不服输的劲儿，团队系统掌握了动车组9项关键技术和10项配套技术，培育了强大的自主创新能力。”张新宁说。

从南到北，八仙过海，各显神通。在这项庞大的系统工程里，主机厂负责整车系统集成，配套企业负责关键系统。中车人发挥各自所长、精准打靶，一张编织严密的作战地图产生了惊人的战斗力。

…………

三年磨砺，一朝惊艳——2007年4月18日，时速200公里以上的国产动车组，在全国铁路第六次大提速时闪亮登场，从此，中国有了属于自己的高铁列车。

创新团队深知，要拥有更加强大的自主创新能力，不仅仅靠产品创新，更要靠科学的研发体系和平台支撑。催动高速动车组持续贴地飞行的，不仅是新技术的研发，更需要投入工程化应用。

一个个“国字号”研发机构拔地而起。

全国的顶级科研创新资源汇聚而来。

“设计—制造—产品”三大技术平台搭建了起来。

…………

没有丝毫停留，创新团队朝着攻克更高“段位”的车辆挺进，转向架技术、空气动力学技术、制动技术、牵引传动技术、列车网络控制技术……靠自主攻关，一项一项地突破，成果达百项之多。

从整体上看，我们也引进了300公里的技术，2年间便登上了时速350

公里的平台。中国高速动车组技术以黑马之势，迅速跨入国际先进行列。

创造“世界第一速”

2008年2月26日，原铁道部和科技部签署了《中国高速列车自主创新联合行动计划》，共同研发时速380公里的新一代高速列车。

时速380公里，这是接近飞机低速巡航的速度，这个速度的列车在世界上尚无先例，挑战前所未有。“系统集成、车体、转向架、头型、牵引、制动，等等，都必须全面创新！”王军说。

CRH380A高速动车组有十大系统创新，第一个关键问题就是头型的确定。头型研发涉及气动力学、声学、机械、材料、结构力学等众多学科带来的技术挑战，面临气动阻力、气动升力、交会压力波、列车尾摆、气动噪声、微气压波、列车风、侧风稳定性等多种技术难题。“这是个极其艰辛的历程。”为了攻克难关，中车创新团队开始了无数次的方案论证，无数次的智慧碰撞，因为一个参数的匹配、一个试验数据的分析常常通宵达旦。“整个过程中要依靠多种手段相互验证、多个目标循环优化。那段时间我们真是白加黑，脑子中只有数据。”中车四方股份公司副总经理、总工程师梁建英形容那段时间“真的是魔鬼般的考验”。

经过反复细致的分析比对，创新团队从20种列车头型选定了5种备选头型，按照1∶8的比例制作好模型，分别进行了19个角度、8种风速的风洞气动力学试验和3种风速、4种编组的风洞噪声试验，对优选出的方案进行了样车试制，完成了22项试验验证，最终研发出比肩航天的“火箭”头型。

凝聚着中国科研工作者心血的“中国面孔”，也表现出了优异性能：气动阻力减少了6.0%，气动噪声下降了7%，列车尾车升力接近于零，隧道交会压力波峰值降低20%，明线交会压力波峰值降低18%，各项技术性能都达到了国际领先水平。

一个多月后，京沪高铁全线铺轨完成。这是我国建设里程最长、投资规模最大、标准最高的高速铁路，CRH380A在京沪高铁的试验速度又将如何，能否在这样一个高速平台上再次实现跨越？

原铁道部决定于12月3日，在京沪高铁枣庄至蚌埠试验段举行CRH380A

（L）上线仪式，并于当日进行高速试验。

在全新的京沪高铁线路上，CRH380A的高速试验将表现如何？这对于创新团队而言，也是一个未知数。要知道，高速动车组提速不像汽车加油那么简单，时速每提高10公里，都是一次质的飞跃。速度试验的成败不仅关乎企业的未来，更重要的是关乎中国高铁发展的未来，一个艰巨的考验摆在了面前。

历史总是充满了戏剧性，越是在这种关键时刻，越容易出现插曲。

2010年11月27日，初冬的徐州已是寒意逼人，CRH380A动车组试跑前夕，现场技术支持人员一如往常忙着跟车记录。突然，一声急促的电话铃声响起，电话那头传来一个紧急消息："动车组运行过程中，牵引变流器CI故障，一时无法查明原因，怎么办？"

技术团队负责人接到消息，眉头紧蹙："动车组入库检查，立即开展排故工作！"随即现场技术团队拿起工具急奔临时检修所，开始排查故障。

此时距离CRH380A（L）动车组试跑只有短短几天，一场紧张的鏖战正在进行。

临时搭建的检修所环境简陋，肆虐的寒风从四面八方猛刮进来，大家都咬紧牙关，倾力排故。"高铁的事情，容不得半点差错，我们一定要把故障拿下！"大家不停地相互打气。

通过一遍又一遍的排查，最终找到了问题的症结——原来是牵引风机故障，需要立即更换风机！然而临时检修所没有备用风机，需紧急联系厂家连夜从上海运送风机。

凌晨3点，故障风机拆卸完毕，28日早上6点，新的风机准时送达徐州高铁东站，几乎一整夜没合眼的技术人员，又立即赶到了徐州高铁东站进行列车整备。

2010年12月3日，这一天注定要载入世界轨道交通史册。11时06分，16辆编组的CRH380A（L）动车组从枣庄西站始发，高速列车一路疾驰，启动后仅仅用了9分钟，时速就升至420公里，并迅速攀升，460、470、480……

此时在列车的头车里，众人都屏住了呼吸，技术人员汇报：安全性、舒适性各项指标全部正常！随后，列车继续加速，481、482、485……

时间定格在11时28分："486.1公里！"雷鸣般的掌声、欢呼雀跃的胜利之音瞬间塞满整个车厢，打破了原本紧张到窒息的寂静。时速486.1公里，接近喷气式飞机的巡航速度，刷新了世界铁路运营试验最高速！

许多人红了眼眶。大家欣喜若狂，围在王军的身边，在他的工作服上签字留念，最后王军的工作服上被密密麻麻地写满参与这次试验的人的名字。

后来，王军将这件工作服捐了出来，永久保存在企业的档案馆里。

依托自主创新打造的时速380公里动车组，无疑是中国"和谐号"高速动车组集大成之作，标志着我国铁路客运装备的技术水平达到了世界先进水平，中国也由此成为世界上少数几个能够自主研制时速380公里动车组的国家。

然而，这仅仅是起点，不是终点。"和谐号"之后，中国高铁的高光时刻正在闪现。

追风逐梦、时代竞速："复兴号"奔驰在祖国广袤的大地上

国家之强，始于交通之强，交通强则百业兴。

2015年来，习近平总书记三次视察中国中车，并强调要继续练好内功，继续改革创新，确保永立不败之地，永远掌握主动权。这是党和国家对中车的要求，也是时代和百姓对中车的期盼。

时间拉回到2016年。

7月15日，郑徐高铁。多家中央媒体镜头对准这里。两列由中国自行设计研制、全面拥有自主知识产权的中国标准动车组即将进行历史性的会车。

上午11点20分，被铁路迷亲切地称为"蓝海豚"和"金凤凰"的两列高铁列车相向驰来，2秒钟，擦肩而过！时速420公里！交会速度840公里！刷新了该型列车高速试验纪录，这也是世界上首次在实际运行轨道上进行的高速列车会车试验，标志着我国已掌握高速铁路核心技术，更向世界证明了中国已具备设计制造满足世界各国不同需求动车组的能力。

就在一年以后，标准动车组系列以一个新的名字和面孔呈现在世人面前，那就是“复兴号”。

一场关于使命和荣誉的“战斗”

2012年，在国铁集团的牵头组织下，中国中车首次以中国标准为主导，按照正向设计思路，以自主化、简统化、互联互通、技术先进为目标，开启了“复兴号”中国标准动车组的研发工作。

根据定位，“复兴号”一是要满足我国高速铁路未来的需要；二是要作为中国高铁“走出去”的主打产品。

创新团队感受到前所未有的压力。

王军、张新宁等“老将”明白，这是一项超级工程。要在掌握动车组九大关键技术和十项配套技术的基础上进行优化提升，破解一系列重大技术问题，无疑是高速列车技术要翻越的又一座高峰。

既然是超级工程，就得有联合舰队共同作战。凝聚、团结、协作，让分散的手指攥成一个强有力的拳头。庞大的创新链上，以中国中车为主体，数十家科研机构、高校、国内企业集结起来，数万名顶端的技术工作者集结起来。

百川入海，智慧凝聚。以大国重器之名，剑指“复兴号”。

从酷暑到严寒，从四季流转到星月轮换，“复兴号”中车创新团队用脚步丈量着“复兴号”走过的每一寸轨迹。深深的足印里，是无数个汗水、泪水交织而成的难忘瞬间。

那些年，他们披星戴月

高铁不仅是设计出来的，更是反复试验出来的。在“复兴号”试验阶段，创新团队以路为家，以车为伴，无问寒暑。

“我们的高铁从最开始设计，到最后线路载客运行，要经过大量的反复试验。通过无数次的试验，来验证高铁的各种性能，从而达到设计要求。”梁建英说，最开始线路试验中的突发情况太常见了。有一次，列车在线路上做试验，刚跑没多久，就突发通信中断的故障。当时，这次通信中断持续了300毫秒后就消失了。300毫秒，就像闪电一样稍纵即逝。可对列车来说，如果在运行过程中一旦发生通信中断现象，就有可能影响整车的安全行驶。所以，必须马上捕捉到这个故障，找出其产生的原因。

为了查清原因，团队跟随列车在线路上来回奔跑，在车上紧盯着行驶记录仪，每天从早上5点一直盯到晚上10点。然而，故障好像跟大家玩起了捉迷藏。连续几天的试验，信号中断现象再也没有发生。

“事关列车的可靠性，容不得半点马虎，绝不能在行驶中有任何问题遗留。”队员们立即整理所有相关图纸，逐项分析数据，排查每个细节。

7天7夜的摸排，团队终于又捕捉到一次300毫秒的故障现象。原来是其中有一段线路接触网出现故障，导致网压变化极大，形成了强磁场，对列车产生了干扰。原因找到后，研发人员对车辆器件进行了科学优化，成功拔除了故障，大家这才松了一口气。

从“复兴号”样车制造到最终定型，创新团队历时一年半时间，试验里程超过61万公里，相当于绕着地球赤道跑了15圈。试验过程中发生了无数问题，但研发团队凭着“掘地三尺”的钻劲儿，硬是突破一道又一道难关。

中国标准，绽放创新之花

在这场实践中，中车创新团队深刻地认识到，主导赛场建设，其核心就是要打造中国标准，让中国标准和其他标准一样，成为行业的世界通用标准。

“复兴号”就是中国标准的集大成者。王军仍记得：“在研究统一采用中国标准的过程中，光技术方案设计就花费了一年多时间，仅技术设计联络会就开了60多次，基本每周一次。仅仅是围绕一个互联互通的协议文件，就在会议室里摞了半人多高。”

“‘复兴号’不仅要求自主设计、采用中国标准，而且要求采用的部分中国标准优于国际标准。”其目的就是构建起体系完整、结构合理、科学先进、达到国际先进水平的技术标准体系。

犹如攀登珠峰，越往上，越困难。

创新团队迎难而上，解决每一个关键问题，主导每一个关键项目攻关，执着而艰辛，突破既有动车组平台的技术约束，掌握所有系统关键核心控制技术。

合多为一，意味着返璞归真，升级突破。“复兴号”统一了以前引进的不同平台技术、系统和零件的标准和型号。

中国标准动车组采用的254项重要标准中，中国标准占到84%。11个系统96项主要设备采用了统一的中国标准和型号。

“中国脑”，实现技术赶超

网络控制系统是“复兴号”的关键技术之一，它就像是列车运行的“随车医生”，可以实时诊断列车运行状况，保障乘客的出行安全。

“10多年前，我国自主化列车网络控制系统应用还处于空白状态，可到了今天，在这一领域，我们已经达到国际先进水平！”中车长客股份公司副总工程师常振臣铿锵有力地说道。

我国标准化高铁研发由于起步比较晚，车辆自主化列车网络控制系统关键技术被少数国外公司垄断。为了改变这种局面，中国中车研发团队走上了自主化研发之路，相继攻克了网络控制系统集成、整车控制逻辑关系等难题，实现了对列车的智能控制、监视和故障诊断，并且可以根据中国特有的国情和路况，针对不同运输任务对网络系统进行编程。

目前，达到世界先进水平的列车网络控制系统已经成功应用在具有完全自主知识产权的“复兴号”中国标准动车组上，作为“复兴号”的网络神经，时刻监测着车辆的运行状态，确保车辆安全可靠地运行。

那一“撞”，为“复兴号”穿上一道“安全锁”

在世界高速列车领域，被动安全防护是一项技术“制高点”。所谓被动安全，就是当列车发生意外碰撞时，通过车辆吸能装置耗散撞击能量，最大限度降低碰撞损伤，有效保护乘员安全。

创新团队利用计算机仿真技术，夜以继日进行模拟试验，前后研究了几百种不同的结构，进行了上千次的仿真计算和近百次的试验验证。这期间，仅仿真计算生成的结果数据就高达20000多GB，模型的单元数量达千万级。

然而理论是否真实可行，最终要取决于一个至关重要的试验——高速列车实体碰撞试验。“复兴号”创新团队在研究车辆安全可靠性上下了大功夫，开展了多次不同形式的列车碰撞试验。

“5、4、3、2、1，开始！”伴随着“砰”的一声巨响，在轨道车辆碰撞试验台现场，中车四方股份公司成功完成了76千米/小时的高速列车实车车辆级对撞试验。

对于这次试验，中车四方股份公司副总工程师丁叁叁记忆犹新：“碰撞后，两车吸能结构变形可控、有序，司乘空间保持完整，无爬车现象，车辆防撞性能优异。”

2021年3月，两列8辆编组高速动车组在中车长春轨道客车股份有限公司完成碰撞试验，这是世界首次在符合实际工况的线路上进行的整列车被动安全碰撞试验。

列车吸能系统的变形次序、防爬车、防脱轨性能等重要数据被有效采集，成功验证了由我国自主研发的高速动车组碰撞吸能系统的安全有效性，标志着我国高铁列车被动安全技术研究达到世界领先水平。

那一刻，“飞龙”和“金凤”携手前行

重联，是动车组的一种常见运行方式，也是高铁运营的一个重大突破。指的是两列8节车厢的列车联挂在一起运行。在我国高铁实际运营当中，出于线路和运力的原因，动车重联的需求量非常大。

在以往，能联在一起跑的，都是同一种型号的车。而不同型号的车，由于来自不同的厂家，有着不同的控制系统，不能联在一起运行。就好比北方人和南方人在一起交谈，他们都说自己的方言，而不会说普通话，导致彼此都听不懂。

“‘复兴号’动车组钩缓装置的研发是我们的重中之重，这个装置让中国动车组告别过去多种平台动车组不能重联的历史。”中车四方所原副总经理陈凯说。为了实现来自不同厂家、不同型号的两个车也能在一起重联运行，创新团队展开了中国标准动车组钩缓装置攻关。

反复研讨，一个细节一个细节地验证，最终，性能优异的统型钩缓装置研发成功。它的应用，实现了不同厂家生产的相同速度等级动车组重联运行，不同速度等级的动车组相互救援。

还有很多故事。

那些在头型研发中被海量数据堆起来足足有1米多高的资料。

那些为了在噪声控制既有优秀指标基础上再降低4~6分贝的夜晚。

那些为了找到最优减振参数反复“自虐”的推倒重来。

…………

5年艰苦攻关，历经503项仿真计算、5278项地面试验、2362项线路试验，“复兴号”惊艳问世，其安全性、经济性、节能环保等性能大幅提升，呈现出一流品质。

2017年，“复兴号”在京沪高铁以350公里的时速运营，使我国成为世界上高铁商业运营速度最高的国家，并为全球高铁运营树立了新的标杆。

面对媒体，张新宁的解答充满自豪：“‘复兴号’的研制不仅是开发了性能优越的产品，更重要的是创建了中国标准的技术体系，构造了具有完全自主知识产权的供应链体系，形成了国际竞争的核心竞争力。”

从新年贺词到两院院士大会，习近平总书记多次给“复兴号”点赞，“复兴号”奔驰在祖国广袤的大地上！复兴号高速列车迈出从追赶到领跑的关键一步！

一字一句，让“复兴号”中车创新团队激动不已。

从2006年到2017年，从时速200~250公里动车组，到时速350公里动车组，再到完全自主知识产权的“复兴号”，中国高铁实现速度与产品“三级跳”。

“朝辞白帝彩云间，千里江陵一日还。”唐代诗人李白的想象，随着呼啸而行的“复兴号”成为最普通的现实。

一个流动的中国，充满了繁荣与活力。

古老土地上的新力量

2019年12月30日，“复兴号”京张智能动车组正式上线，世界首条时速350公里的智能高铁京张高铁开通运营。最年轻、最先进的高铁列车从最古老和厚重的长城脚下开出，那是一幅怎样让人心潮澎湃的画卷！

1909年，京张铁路建成；2019年，京张高铁通车。从自主设计修建零的突破到世界最先进水平，京张铁路见证了中国铁路的发展，也见证了综合国力的飞跃。

时间追溯到1905年，西方列强对中国华北路权的争夺日趋激烈，积贫积弱的清政府决定由自己筹款、自己设计、自己建造从北京到张家口的铁路。“窃谓我国地大物博，而于一路之工，必须借重外人，引以为耻。”临危受命的詹天佑创造性地设计出“人”字形铁路，解决了关沟段坡度大、修路难等问题，改变了中国人不能自建铁路的历史。詹天佑在崇山峻岭间写下的“人”字，写出了中国人的骨气、智慧和荣光，也成为指引中国铁路人的精神航标。

习近平总书记对京张高铁开通运营作重要指示时指出：“回望百年历史，更觉京张高铁意义重大。”这是从时速35公里到350公里的跨越，也是从赶跑到领跑的历史性跨越。一百年前，京张铁路打破国人不能自行设计和建造铁路的断言；一百年后，京张高铁“复兴号”智能型动车组驶入领先领跑世界高速铁路的新时代。

为实现“精品工程、智能京张”，“复兴号”中车创新团队反复推敲先进技术，刻苦钻研，不断创新，以“自主创新、深度掌控、正向设计”的工作态度，在智能行车、智能服务、智能运维、新材料应用、新技术开发等方面突破一个又一个难关，实现多个“国内首次”。

时任中车长客股份公司副总经理、总工程师刘长青深知京张智能动车组的意义，“丝毫不敢懈怠，我们对头型，转向架区域、流场进行优化，整车阻力较CR400BF降低7.9%，能耗降低10%；在京张两列体验列车基础上，结合各方意见建议，为适应京张高铁30‰长大坡道，设置应急自走行及高加速模式。采用ATO自动驾驶，可减轻司机工作强度。所有的这一切，就是为了让它无愧国家名片的赞誉，给百姓交通出行提供更美好的体验”。

以京张高铁为依托，创新团队创造新产品8项，新技术、新工艺31项，突破新材料2项，发表论文7篇，获得实用新型专利16项、外观设计专利3项，申请发明专利9项、实用新型专利2项。

从京张铁路到京张高铁，自主创新，始终是不变的魂。

首次采用北斗卫星导航系统，可实现车站自动发车，区间自动运行，车站精准自动对标停车，自动开门防护等。京张高铁的购票、候车、调度、运维等也实现了全面智能化……

中国高铁技术的先进性在这条古老而年轻的铁路线上展现得淋漓尽致。

200公里线路，浓缩万里山河。50分钟车程，激活百年、千年时光。未来，它还将见证中国再圆百年奥运梦，见证中华民族实现伟大复兴的中国梦。

这是创新的力量。

2021年6月25日，CR400AF-Z（8辆标准编组）和CR400AF-BZ（17辆超长编组）两种编组的新型“复兴号”智能动车组在京沪高铁等线路正式投入运营。融合互联网、云计算、大数据、5G等新技术，智能服务、智能运维功能再次升级。

中国智能铁路的新时代来了。

科技自立自强，这是百年铁路蝶变留给团队的启示。

“陆地航母”舰队

“探索一代、预研一代、研制一代、装备一代。”

“技术集中研究、产品联合开发、能力共建共享。”

“开放、协同、一体化、全球布局。”

…………

专业、高端又略显枯燥的术语，这是中车创新团队工作的日常。

以下这组数据或许能成为这些术语更加具体化的呈现。

落成14个国家级研发机构、覆盖主机制造企业的21家国家级企业技术中心、17家海外研发中心、70余个省部级研发机构、9个专项技术研发中心。

拥有从高速动车组、磁浮、机车、客车、货车、城市轨道车辆等在内的完整的产品谱系，有能力满足全球轨道交通不同模式、不同运量、不同环境的要求。

近五年科技投入比例超过5%，累计发布国际标准48项、国家标准143项、行业标准243项，拥有授权专利11000件；累计获得国家级科技奖11项，中国专利金奖9项、银奖5项、优秀奖63项，获奖数量位居国内制造业和央企前列。

从200~400公里，从永磁、卧铺、可变编组、高寒抗风沙到可变轨……在“复兴号”中车创新团队奋楫前行的征途上，一列列动车组组成陆地航母舰队蓄势待发。

中车创新团队的脚步从未停息。

2020年12月23日，一列颇具中华鲟神韵的动车组下线，这是世界首列时速350公里高速货运动车组。它突破了承载系统、走行系统、智能化装卸设备、快速装卸等多项轨道交通货运快速化关键技术，能够满足600~1500公里距离中长途快速货运需求，在全球首次实现时速350公里高铁货物快运。

2021年1月22日，京哈高铁迎来全线贯通，北京至沈阳、哈尔滨分别最快2小时44分、4小时52分可达。承担线路运行的动车组是CR400AF-G型“复兴号”高寒动车组和CR400BF-G型“复兴号”高寒动车组，这是创新团队研制的最新“抗寒神车”。它们“更抗寒”“更节能”“更轻盈”“更人性”，堪称“抗冻”勇士。

依托于此，东北、华北地区人民群众出行更加便利，进一步释放进出关铁路货运能力，密切环渤海地区和东北老工业基地之间的联系，对促进区域经济社会发展，推动京津冀协同发展、东北全面振兴战略实施，具有重要作用。

用响当当的产品说话，这是中车创新团队对时代的致敬！

这些成绩再翻译成普通人看得懂的一句话就是：

“广袤的国土、巨大的客流量、复杂的地貌、国家的支持，你不做成世界最大最好，对不起这个国家和时代。”

这是最好的时代，唯有做到最大最好，才能不负党和国家交付的使命。

未来，“复兴号”将在万众瞩目中不断出发和抵达，以全新的姿态驶向崭新征程。

征途漫漫、行者无疆：行走在钢轨尽头的“无人区”

志之所趋，无远弗届，穷山距海，不能限也。

“立足新发展阶段、贯彻新发展理念、构建新发展格局，我们比任何时候都更加需要创新这个第一动力，都更加需要把科技自立自强作为战略支撑。”

高速奔驰数十载的中国铁路装备工业，此时到了一个攸关未来的路口——中国高速铁路总里程已经超过世界总量的一半以上，铁路装备工业科技创新的速度必须跟上时代的发展；世界发展多极化、行业竞争白热化。科技发展之路，不创新不行，创新慢了也不行。

“不敢慢、不能慢”，正是这份由内而外的压力，驱动着中车创新团队从追赶到领跑，一路走来。“我们要‘连接世界、造福人类’，没有准确面向未来的技术是坚决不行的！”王军和团队都清楚。

必须把装备制造业作为重要产业，奋力抢占世界制高点，掌控技术话语权！

飞行者，突破时间屏障

技术的发展如逆水行舟，不进则退。

2020年6月21日，上海。连续两天的风雨突然停了下来，满目苍翠，空气沁人心脾，“天时地利人和，仿佛都在期待它开跑这一刻”。

丁叁叁口中的“它”就是具有我国自主知识产权的时速600公里高速磁浮交通系统。

这一天，时速600公里高速磁浮试验样车成功试跑！这标志着我国高速磁浮研发取得重要新突破。

这是国家重点研发计划“先进轨道交通”重点专项课题，目的是攻克高速磁浮核心技术，研制具有自主知识产权的时速600公里高速磁浮工程化系统，形成我国高速磁浮产业化能力。

车厢里，王军、张新宁、梁建英、丁叁叁等创新团队成员鼓掌相庆。

为什么要攻关时速600公里高速磁浮？

“国家发展到今天，航空和高铁都已经步入了新时代，人们需要更加有尊严地出行，期待尽快构建‘门到门’的立体交通格局。高速磁浮填补的就是航空与铁路交通之间的速度空当，是有效时间里速度最快的一种交通方式。”

更重要的，今天，轨道交通领域研究的核心仍然是速度。高速磁浮是当前世界轨道交通技术的一大“制高点”。

关于磁浮，国人并不陌生。

当年建设京沪高铁的设想提出来后，“京沪高速铁路是否可以采用磁悬浮技术”的疑问，一时间成为众多人关注的焦点。轮轨技术最大的优点是技术成熟、安全可靠、互通性好。高速磁浮最大的优点是速度快、爬坡能力强、铁路选线空间大。不分伯仲、各有长短的两种技术路径，使“磁轮之争”持续了多年。正如你我所知，由于磁浮列车未进入商业运营，技术上有待深化研究，且造价较高，与中国既有铁路体系兼容性不高，多方面的因素，最终轮轨技术成了首选。

经过10多年的发展，我国的高速铁路营业里程和高速动车组保有量均居世界第一，中国在轨道交通领域占得一席之地。那么，接下来，走什么样的技术路线来保证自身的先进性，让我国的轨道交通装备能够持续跻身世界前列？

由于轮轨黏着、弓网受流及牵引功率等因素，高铁能达到的安全运营速度极限为时速400公里。而高速磁浮系统因无接触、车辆抱轨、地面同步牵引等天然优点，能够更好地解决提速难题，最高安全运营速度可达到时速600公里左右。正是看中这一点，多个发达国家都对其进行了重点研发。德国的高速磁浮最高试验速度达到时速550公里，日本的高速磁浮实现了时速603公里的试验速度。此前，中国仅有的一条时速400公里的上海磁浮列车属于中德合作的结果。

换句话说，高速磁浮这一技术难度极高的工程系统，一直被垄断在少数发达国家手里。

事实上，磁浮列车所承载的中国人对打造便捷高效交通体系的梦想一直在延续，中车创新团队对磁浮交通技术的国产化和创新研究从未停止。

2018年1月，19名国内知名院士和专家相聚青岛，评审时速600公里高速磁浮交通系统技术方案。评审结果直接关系到项目是否可以进入下一步的施工设计阶段，意义重大。当方案一致通过时，在场的学者都难抑激动的心情：“那个时期，只能艰难选择放弃磁浮。现在我们可以同时发展两种甚至更多的技术，两条腿一起向前奔跑。”大家说。

攻关之战，箭已在弦。

从时速400公里提升到时速600公里，跨越的不仅仅是速度等级的门槛。“所有的控制策略都要改变，运行功率、加速能力、制动能力、抗噪能力、应对气动压力等问题，全部要进行创新设计。”

以中国中车为主体，聚合国内高铁列车、磁浮领域顶级资源，联合高校院所和企业协同攻关，创新团队开始了新一轮的奔波，展开牵引系统、信号系统、控制系统之间的大匹配以及车、地、轨之间的联动设计，抽丝剥茧，一点点啃下高速磁浮的“硬骨头”。

首先是阻力问题。当列车跑到600公里/小时的速度时，超过90%的阻力都是气动阻力。只有设计出合适的“头型”，才能抵消气动阻力对牵引动力的消耗。

还要解决升力问题。快速奔跑的车辆容易“飘”起来，如果气动升力太大，车辆控制能力就会下降，难保不脱轨。特别是在隧道当中，这种问题更加明显，不稳定的升力必须得到抑制。

电磁控制是核心技术问题。车轨之间电磁耦合现象随着速度攀升而急剧变化，速度越高对线路精度要求也越高。

最难解决的是一系列“矛盾”。追求高速度、大载重的磁浮列车必然需要车体轻量化，但是时速达到600公里时，受到的气动压力极大。特别是在狭窄的隧道当中，气动压力有可能是目前时速350公里高速列车的10倍，这就需要车体具备高强度。

…………

把问题一条条梳理出来，精确地让质量分配与整体系统设计相匹配，丁叁叁和团队成员几乎每天都泡在问题里。

台上一秒钟，台下一年功。

动模型试验是测试磁浮列车高速运行中车辆交会、进出隧道时的空气流动特性的特殊试验。试验利用“空气炮”的压缩空气，推动模型高速运行。“空气炮”发力让磁浮列车模型在30多米的距离中，瞬间加速到时速600公里，每次试验的持续时间仅有1秒钟。模型上设置的30个传感器，每隔五万分之一秒采集一次数据，1秒钟的试验中，采集的数据近150万个。

为了这1秒钟，创新团队准备了整整一年。

在最初的试验中，团队发现，由于传感器和软件跟不上模型的速度，后台的数据包里一个数据都未能捕捉到。再次调整传感器，再次修改软件程序，再次试验……功夫不负有心人，1秒钟的试验终于顺利完成，并获取到大量有价值的数据，为列车气动性能提升发挥了重要作用。

梁建英记不得做了多少试验，但清晰地记得磁浮样车第一次浮起来时所有人的表情。

第一次悬浮试验，大家内心充满了期待。“绘制了完整的悬浮试验作战地图，在计算机上做了整个流程的模拟仿真试验，万事俱备，只要按下按钮，车马上就会悬浮起来。”然而，当启动按钮按下后，车辆却什么反应都没有。

现场一片肃静，有怀疑，有焦躁，也有委屈。

“别愣着，赶紧找问题。”五秒钟后，试验总指挥喊了一声。很快，问题找到了。原来技术人员是按照整列车设计的通电系统，而参加悬浮试验的是一节车，逻辑保护机制导致了单节车无法供电。找到症结，连夜修改，再一次试验启动。

第二次试验，单车供电正常，车浮起来了。然而，还没来得及庆祝，车马上落了下去。这次，要修正的是悬浮控制器里的参数。

第三次试验，列车稳稳地浮了起来。然而欢呼声还没有结束，车辆就像喝醉了酒一样，开始左摇右晃。

连续受挫，连续打击。

让列车浮得稳成了摆在团队面前的最大课题。

时间不等人。创新团队展开庞杂的调试工作，反复测试振动传递关系，调整悬浮控制器中电磁铁控制的阻尼参数、电流参数……没有了之前的从容，所有人都在设想着下一次可能出现的问题。

机会从不辜负智慧而又努力的人。这一次，当试验总指挥再去按下这个按钮的时候，车辆终于稳稳地浮起来了！

梁建英感慨，在试验过程中，反反复复也不知道失败了多少次，但我们的创新团队一直有一个信念，哪怕失败了100次，也要去尝试第101次。

2016年7月，项目启动。

2019年5月，高速磁浮试验样车问世。

2020年6月，团队完成了列车低速状态下的全功能的试验测试，试验样车成功试跑，各项关键技术指标均达到预期。

2021年7月20日，具有完全自主知识产权的时速600公里高速磁浮交通系统成功下线，这意味着我国已经掌握和具备了高速磁浮成套技术和工程化能力。

如中国工程院副院长何华武所讲，我国高速磁浮已从研发阶段进入高速试验阶段，将逐步过渡到示范运营、产业化发展阶段。时速600公里高速磁浮交通系统成功下线，标志着已具备了推进线路试验和工程化示范的条件。

未来已来！

"我们相信用不了多久，一城办公，一城安家；半日职场，半日诗和远方，这些美好一定会照进现实。"

穿行者，跨越空间界限让地球村联系更紧密

目前，全球有四大轨距标准：标准轨距1435毫米、俄式宽轨1520毫米、欧式宽轨1676毫米、米轨1067毫米。普通列车在不同轨距的国家间从事跨国铁路运输时需要在过境前更换列车转向架。如何互联互通，甚至突破轨距的束缚自由奔跑，创新团队的穿行者正在打破固有思维，探寻另一种可能。

2020年10月21日，时速400公里跨国互联互通高速动车组在中国中车下线。列车设计运营速度400千米/小时，并且能够在不同气候条件、不同轨距、不同供电制式标准的国际铁路间自由穿行。

又是一个世界首创，其间辛苦，如人饮水，冷暖自知。

"轨距可变还要求高速运行，这个崭新的课题让我们无从下手。如何打破传统轮对结构，实现轮对内侧距变化更是一片技术空白。"刘长青说许多人最开始都觉得这是个"不可能完成的任务"。

决不能墨守成规。

查阅文献、开讨论会、碰撞观点，一次次被否定回原点，一次次重新开始调查研究。

如何实现车轮在车轴横向滑移？车轮滑移时带动哪些部件滑移？滑移后如何定位、滑移前后力如何传递？滑移时各个零部件的配合关系如何选择？

抽丝剥茧、掘地三尺的劲儿使了出来。

颇为大胆的设计方案终于尘埃落定。

然而，把这个全新的产品从图纸落到实物又成了难题。常振臣说，长达几个月的时间里，许多技术人员成了车间里的“钉子户”，一个多月天天“钉”在现场，试制加改、反复拆装。“纯粹是一种发自内心的责任感。”

由于高速变轨距转向架在国内外都是技术空白，验证其变轨功能没有任何标准和规范可依。轮对变轨时变轨力多大，变轨速度和时间定多少，变轨位移如何控制？这都是切切实实摆在面前的难题。

在零下二十多摄氏度的长春，他们靠着信念熬出了成果。

经过持续攻关，创新团队研制出高速动车组变结构走行系统，就像可以七十二变的“孙行者”一样，可以满足不同牵引供电制式和铁路运输标准，在全球90%的铁路网上畅通无阻。

不仅是列车的“七十二变”，可变轨距转向架和配套的地面变轨装置也被赋予了“千里眼”。横向对中技术控制整个列车不靠车轮也能在变轨装置上走直线，使约3米宽的列车在行进过程中，左右偏差仅在0.5毫米内；轨距控制技术精确控制轨距变换到指定数据，偏差小于0.5毫米；垂向承载无冲击转换技术让近500个独立辊子的平顺度控制在0.1毫米内，使乘客毫无颠簸感。

跨国互联互通高速动车组的研发用了4年，却可以节省无数乘客的等待时间;短短30米变轨距离，却能让高铁列车钢铁巨龙走出国门、“飞”得更远。

或许，不久的将来，在跨国联运的铁道线上，乘客将看到中国可变轨距动车组飞驰的身影。当我们乘着高铁驰骋在异国他乡时，赞叹的不仅是异域风光，更是创新团队为国家互联互通所贡献的力量。

灵光一闪，无限穿行。

当跨国互联互通高速动车组还在计划中时，创新团队正在株洲进行另一项重要创新。

“轨道交通是解决城市拥堵非常重要的一种交通方式，要破解现在公共交通难题，传统轨道交通装备制式面临不少难以跨越的障碍。”有没有一种不需要铺设轨道、建设成本低，又能提升运量的新型交通方式呢？“当时脑子灵光一闪，想到将轨道列车和传统公交的优势‘跨界’融合在一起，研发一款适合中国道路的无轨电车。”谈及研发新产品的初衷，冯江华记忆犹新。

这个天马行空的灵光一闪，就是日后颇有影响的智能轨道列车。

当时，跨界智能轨道列车在国内还是一片空白。摆在团队面前的道路只有一条：单打独斗，从零开始。

2014年11月，项目组迎来了第一个里程碑时刻，倾注了项目组无数心血的18米试验样车顺利下线。

为了验证控制算法和执行系统的可靠性，在零下几摄氏度的环境下，创新团队经常在试验车上一忙就是十几个小时。没有地方遮风挡寒，就多穿两件衣服；没有试验场地，就近找停车场解决；没有验证控制精度的轨道，就用粉笔画、胶带贴，甚至还把轮胎上撒上灰、浇上水，想方设法来验证偏离轨道的距离。

“试验车简陋到壳体都没有，但它承载着了世界先进的控制策略技术。”回想第一次试车前的心情，冯江华感慨就像期待十月怀胎的孩子出生一样，欣喜又激动。

经过5年的科研攻关，智能轨道列车揭开了神秘面纱。“我们抢占了多个前沿技术高地。”从灵光一闪，到全球首条智能轨道快运系统示范线试运营，创新团队将一个大胆的想法落地生根，并开花结果……一系列黑科技的“加持”，让智能轨道快运系统为城市交通提供了一种全新交通解决方案。

践行者，将创新进行到底

抓住新一轮科技革命和产业变革的重大机遇，就是要在新赛场建设之初就加入其中，甚至主导一些赛场建设，从而使我们成为新的竞赛规则的重要制定者、新的竞赛场地的重要主导者。

中国高铁从过去引进吸收再创新，到如今推动原始创新、自主创新、集成创新……这一重大变革，印证着中国的发展动力正向创新引擎上切换。

2018年，在德国柏林国际轨道交通技术展上，创新团队发布了新一代碳纤维地铁车辆，实现了轻量化、自动驾驶、智能运维与智慧服务，引起业界轰动。

电动无人驾驶客车获全国首批智能网联汽车开放道路测试号牌，中标工信部数字化车间集成—轨道交通设备项目，“轨道交通车辆智能运维系统大数据融合应用建设”入选国家大数据产业试点示范平台。

站在时代的风口，创新不止于此。

创新团队依托核心技术优势，在风电、高分子复合材料、新能源汽车、环保装备、工程机械、多式联运装备、智能空轨集疏运系统等9个新产业板块形成九大方阵，“一超”与“多强”多足鼎立的业务生态正在集结。

功成不必在我，功成必定有我。

这是中车创新团队的信条，也是他们将创新进行到底的底气。

产业报国　唯有奋斗：让中国高铁工人精神永放光华

此刻，再回过头去看，王军曾经提到的，高铁人应该具备的6种特质，家国之情、创新之性、科学之才、务实之格、奋斗之为、奉献之质。这群沉静而笃定的中车人的身影越发清晰了起来。

有人说，他们是利刃出鞘的出征者，初心滚烫、坚强无畏。

有人说，他们是躬耕不辍的耕耘者，勇于负重、甘于奉献。

有人说，他们是一往无前的拓荒者，敢破敢立、敢闯敢试。

有人说，他们是立德立人的传承者，传递薪火、照亮方向。

他们的骨子里镌刻着振兴民族工业的报国之志。

他们的血液里奔涌着争当时代先锋的红色基因。

他们的心胸中跳动着创造幸福生活的民本情怀。

那是怎样的一种精神？

是对国家和人民最深沉而清澈的忠诚。

是对国家轨道交通事业最炽热和最痴情的热爱。

那就是“产业报国、勇于创新，为中国梦提速”的中国高铁工人精神！

再来讲一些关于他们的故事吧。

——为国家争光，为民族争气，一定要打造出中国品牌。

高度的责任意识激励并鼓舞着一代又一代铁路装备制造者锲而不舍、执着前行，在“国家富强，民族复兴”的时代呼唤中，让“中国造”铁路列车领先世界成为几代人共同的理想和追求，更成为这个团队浓烈的家国情怀。

“不仅要人无我有，更要人有我优！”正是这一目标让一代高铁工人执着追求，完成着看似不可能完成的任务。牵引传动系统是“列车之心”，而永磁牵引系统被业内视为第三代轨道交通牵引技术的未来方向。丁荣军带领团队从零起步，并将系统研制的目标功率从600千瓦主动提升至690千瓦，自2003—2014年，项目团队历经11年1000万次试验，攻克了道道难关，掌握了这一技术的完全自主知识产权，成为继德、日之后又一掌握高铁永磁牵引系统技术的国家，为中国高铁制胜市场再添利器。

2008 年，中国姑娘孙斌斌到德国学习铝焊接技术，通过刻苦的学习，她不仅拿到了国内首个铝焊接教师国际资格资质，其焊接技术在德国也属一流。德国人彻底改变了最初的不屑态度，几家德国企业打算花重金聘请她，都被她一一谢绝："出多少钱我也不愿意留在国外，我的本事得用到中国去！"回国之后的孙斌斌培养出600多名具备国际焊接资质的高级铝合金焊工，这支焊工团队组成了动车组车体焊接的中坚力量之一。

——不畏艰辛，永不止步，在持续超越中不断进取。

"敢为人先、敢冒风险、宽容失败"成为这个团队的鲜明注脚，也成为他们攻下一个又一个高地的制胜密码。

2015 年 6 月 30 日，中国标准动车组样车下线。包括设计师付善强在内的100多人的试验团队，先后辗转北京环铁、大西客专、郑徐客专、哈大客专做线路试验。从开始试验，研发人员每天从凌晨 5 点一直到深夜23点跟车跑，几乎没睡过一个饱觉。为了获得试验数据，历经严寒和酷暑，时而蹲守在 -22℃的冰天雪地里，时而"焖"在40℃高温的车厢里。整个试验过程，历时1年零3个月27天，运行里程61万公里，相当于绕地球赤道15圈。

为了给乘客最舒适的乘车体验，中车长客股份公司首席设计师邓海和研发团队做了大量优化设计，工作量数倍增长，设计、生产、修改、完善，几项工作交错进行，让邓海饱受"煎熬"。劳动节这天，研发团队"破天荒"地休了一天假。邓海人在家里，心在工作上，一个电话打出去，显示已接通，却听不到声音，性急的他反复大声询问对方为什么不说话，换了另一侧的耳朵接听之后才发现，那只耳朵聋了！邓海却没把此事放在心里——这与他出差两年子不认父的心酸相比，算不得什么。耳朵不好使，眼睛还能用，住院半个月，每天通过微信沟通工作。团队成员在心疼他的同时，也对他更加敬重，他们说，"加班加点不算啥，早都习惯了，和老邓相比，我们付出的都还不够啊"。

作为冲高试验设计团队里的少数女性，中车长客股份公司电气主管张国芹负责标准动车组高压电气系统工作。别看她身材娇小，却和男同志一样摸爬滚打。有一次夜深了，大家忙完车上的试验，正准备返回驻地，忽然有人说，"张国芹不见了"，大家连忙拿起手机给她打电话，却提示关机状态。此时的车辆已经断电，于是大家开始摸黑寻找，最后终于在一节车厢座椅旁发现蜷缩的张国芹，她睡得那么香甜。看到此情此景，就连平时不爱动情的硬汉们眼眶都红了……

在与国际巨头的同台竞技中，这个团队用一个又一个的漂亮战役改变着世人对于中国制造的看法。以本土化制造、本土化采购、本土化用工、本土化维保、本土化管理的“五本”模式，扮演好“文化的传译者、人才的孵化器、产业的推进器、社区的好邻居”四种角色，提供“中国智慧”和“中国方案”，持续实现从“走出去”到“走进去”的转变，赢得了全球敬意。

欧洲是火车的故乡，是世界铁路标准最高的地方。由于欧盟标准的保护，欧洲铁路装备企业视欧洲市场为自有地盘，海外产品，特别是高端动车组产品进入其市场极其困难。2014年，欧盟国家马其顿公开招标动车组，要求符合欧盟标准。来自欧盟的一家铁路装备巨头早已经做好准备，把这个订单看成囊中之物。中车团队在与马其顿业主充分沟通的基础上，深入了解对方的需求，拿出了最优的产品设计方案，让马其顿业主对中国方案竖起了大拇指，并最终选择了中国中车。出口马其顿动车组只是中国轨道交通装备“走出去”过程中的一个代表性事例，中国中车依托高质量的产品和服务，不断打造“中国装备”的金牌名片，产品现已出口全球六大洲近百个国家和地区。

在美国马萨诸塞州春田市，中车春田工厂里有一座105岁高龄的红房子。为什么没有将它夷平，再盖一座新大楼，而是将它留下来？原来，当地很多人家祖孙三代都曾在这里工作，普通的红房子承载了当地人对美国工业辉煌时期的回忆。团队经过讨论，决定把这个老房子保留下来，并聘请相关机构，对老房子的安全环保进行了检测，对它修缮加固，当作办公室使用。春田工厂奠基活动当天，来了一位穿着旧式西装的老人。他的祖父和父亲都曾在这座红房子里工作。看到红房子依然是当年的模样，他感慨：“我们的春田终于又迎来了希望。”

——把标准刻进骨子里，把规则化到血液中。

把工作做到极致，把事业做成信仰。以“至拙”的干劲，这个团队打造出天下“至巧”的产品。

制动系统被称为高铁安全运行的“保护神”。34岁的设计师乔峰牵头组织团队成员完成了国内各型号动车组调研，参与制定了动车组制动系统技术标准，完成了制动系统14项零部件统型工作，形成了我国完全拥有自主知识产权的动车组制动系统，完全掌握了制动系统全套软、硬件开发技术，各项技术指标达到国际领先水平。

一列时速350公里的高速动车组有10万多个线路节点，每个节点从制作到完成都要进行5次检查，每列车要经过50多万次的检查把关；铝合金车体焊接，施工难度大、标准高，要求极为苛刻，团队喊出了“万根接线无差错，千米焊缝无缺陷”的豪言壮语。定下规范的标准，拉来先进的管理方式，无数“岗位标兵”奔涌而出。

李万君，中车长客股份公司高铁焊接大师，自创20余项转向架焊接操作法，他摸索出来的“环口焊接七步操作法”，可将600毫米周长的环口焊接一气呵成，不留瑕疵，外国专家赞誉道：“这是当今世界上最高级的焊接机械手都无法完成的动作！”

周勇，中车四方股份公司高级技师，号称“一线工人教授”，通过试验、验证的往复循环，在无先例可借鉴的情况下，编制出技术含量极高的高速动车组调试作业要领书，成为指导现场作业的标准性文件。

——用户第一，把客户需求作为前进动力。

2013年11月29日下午，央视直播了一条“飞机运地铁”的新闻，引起观众的好奇和猜测：这么重的设备为什么要用飞机运呢？岂不是很贵？原来，受强台风“海燕”影响，承运土耳其萨姆松市订购的现代有轨电车的货轮无法按时到港，将影响产品的交付使用。尽管受自然灾害影响并不需要承担延误交货的责任，但是中车团队还是做出决定——用飞机运，兑现了为客户保质按时提供完美产品的承诺，确保低地板现代有轨电车在土耳其萨姆松市按期开通运营。

麦加是伊斯兰教圣地，世界各地前往麦加的朝拜者络绎不绝。如何解决交通问题成为困扰沙特各界的难题之一。中车创新团队结合麦加独特的地理环境、宗教人文特点和集中性超负荷运营的特殊要求，创新设计了朝觐线地铁。除了产品，还有细致周到的服务。麦加朝觐期间，中车轻轨要实现7天168小时不间断运营，中车保障团队也要相应实行7天168小时“不打烊”的运营保障。在这7天里，他们吃住都只能在车上或车站里。2016年朝觐保障结束当天正是农历八月十六，麦加轻轨总裁马斯女士为了表示感谢，专程前往中车驻地为中车团队按中国人的方式补过中秋节。

凡是有“中车造”的地方，就必有中车人的身影。无论是国内还是国外，都有数万名售后服务员工驻守岗位，为“中车造”列车保驾护航。2020年，尽管海外疫情蔓延，一抹亮丽的“中车红”成为戍守海外市场最动人的色彩。“走出国门，我便代表中国。”

看似寻常最奇崛，成如容易却艰辛。

中车创新团队，他们的故事仍在继续。

这是一群多么可爱的人啊！连接世界，造福人类。他们用初心编织梦想，用使命追逐希望，用奋斗奉献着对国家和人民的忠诚与热爱。

960万平方公里的大地上，穿越时空的高速铁路线，纵横黑白的动车组，正穿梭交织成一幅交通强国的锦绣篇章。

遥想109年前，1912年，革命先行者孙中山先生曾说道：“今日之世界，非铁道无以立国。中国地大物博……徒以交通未便，运转不灵，事业难以振兴。”

109年后的今天，一个更加伟大的战略——“交通强国”的宏伟蓝图正在徐徐展开。“要加快建设人民满意、保障有力、世界前列的交通强国！”这是属于中国轨道交通事业的新征程！是属于中车创新团队的新征程！

在艰难困苦中蹒跚起步，他们用坚实的脚步自信地丈量着轨道延伸处的每一寸土地。

在自立自强的渴望中一路追赶，他们以中国创造实现了领先领跑。

自主创新，实现科技自立自强，这始终是“复兴号”高速列车中车创新团队孜孜以求的向往和追寻。

立于历史的坐标上，回望与展望。

140年前的机车汽笛低声呼唤，140年后高铁风笛高声回应，低一声，高一声，回环往复，声声激昂，渐次交响成发愤自强的行进篇章，它激励着我们一路高歌前行，一路披荆斩棘，奔向更加美好的未来。

就像写给他们的一首诗：

从追赶到领跑，
从“万国造”到“复兴号”，
你开路前行的足迹深重，
步步承载国之重器的分量。
从以我为主到博纳百川，
从中国速度到中国标准，
你卷起创新的浪潮澎湃，
千锤百炼国家名片的荣耀。
你让中国创造在大地上奔驰，
更让中国智慧在世界轨道交通天地中闪耀。
乘风好去看山河，
万里写入胸怀间。
百年交通强国，
愿你勇士无畏，愿你行者无疆，
愿你为国家脊梁，
永远行进在民族复兴的大路上。

深耕海外二十载　引领变革显担当

——记中国港湾副总经理、斯里兰卡区域公司总经理张晓强

◎文/中交集团中国港湾工程有限责任公司

序

“连心桥、致富路、发展港、幸福城，镌刻在斯里兰卡1000卢比纸币上，铸就在海外经营模式的奇迹里，你和你的团队勇闯海外20年，让古老的‘东方十字路口’绽放异彩，让世界感受到‘一带一路’倡议的巨大魅力。你是‘一带一路’筑梦人！”这是2020年12月23日国务院国资委在北京举办的第五届“央企楷模”发布活动上，中交集团中国港湾工程有限责任公司副总经理、斯里兰卡区域公司总经理、党委副书记张晓强的颁奖词。

出海！出海！迈向那片蓝海！

一

1998年6月，张晓强从河海大学港口及航道工程专业毕业。这是一所1915年由著名民族实业家张謇创建的，有着百年光荣传统的水利类工科名校。“天下有溺犹己溺，此志毋稍弛。大哉

河海奔前程，毋负邦人期”，今天，在河海大学的校歌中，还传唱着这样的歌词。杰出的无产阶级革命家和理论家、忠诚的马克思主义者、中国共产党早期重要领导人张闻天同志，即毕业于河海大学（时称“南京河海工程专门学校”）；新中国成立后，河海大学为中国水利事业输送的高端人才，占到了行业总数的2/3。而张晓强就读的港口及航道工程专业，更是由近代启蒙思想家严复先生的侄子，中国科学院、中国工程院两院院士严恺创办。

毕业前，四年来一直接受“艰苦朴素，实事求是，严格要求，勇于探索”校训熏陶的张晓强，内心暗自笃定：“到工程一线实践去！到国家最需要的地方去！”他毅然决然地进入了中交第四航务工程局二公司，投身到改革开放最前沿深圳盐田港的建设中。

二

实习期中的张晓强，上进好学，丝毫没有架子，迅速与技术员、工人们打成了一片，白天向他们学习施工技术，晚上则主动找到他们聊天，学习他们的工作经验。“斯里兰卡这个国家，地理位置太好了，咱们老祖先郑和下西洋时，还特地在那儿停过。”“可不是吗？那个国家可是号称海上‘十字路口’，要是能把港口、公路这些基础设施修得好一点，发展潜力巨大啊！”“可惜了，这么多年一直打内战，谁敢去那儿建设啊。”正是从有过海外工作经验的老员工那里你一言我一句的介绍中，他第一次得知了斯里兰卡这个国家的情况。

言者无心，听者有意。毕业之后的张晓强，一直没有停止过学习和思考。那时的他，就已经初步展现了日后对经济环境和行业规律的敏锐触觉。他深知，一方面，国家正在大力提倡“走出去”；另一方面，经过多年发展，中国的港口工程施工技术已逐渐成熟，已经有了在国际舞台上，与国外公司“扳一扳手腕”的底气了。此外，国内基建市场目前虽处于发展大潮中，“不愁吃喝”，但是也必须提前布局海外，提前在广阔的蓝海存量市场布局。“到海外去！到斯里兰卡去！”张晓强拿定了主意，通宵写好了申请，第二天一早就递交到了公司。

在同事和工友眼里，他的这一举动让人难以理解。“跑去兵荒马乱的国外干吗？”项目上的领导也找他谈话：“小张啊，你是河海王牌专业毕业的大学生，工作能力出色，同事中的口碑也好，组织上正在考虑重点培养你，出国申请的这个事情，暂时先放一放。”

可是，下定了决心的张晓强，怎么会轻言放弃？一次不行，那就两次……终于，他的这股子“倔脾气”，打动了领导。“年轻人自愿去艰苦的地方是好事。去吧，闯出你的一番天地！”就这样，2000年，张晓强被分配到了斯里兰卡，担任Feederberth码头项目技术主管。

挺住！挺住！啃下那块“硬骨头”

一

“轰隆隆隆”，经过与乱流的一番斗争后，张晓强乘坐的航班，划破夜幕，降落在了科伦坡国际机场。踏出飞机的那一刻，张晓强舒展了一下身体，头也不回地迈向海关入境处。

“啊，原来是中国朋友。这里可不像你的祖国，照顾好自己，注意安全。”海关官员不失礼貌地苦笑了一下，将盖好入境章的护照还给张晓强，挥了挥手，“下一个。”

迈出海关，张晓强立刻看见了接机的同事。上了车，同事嘱咐司机，“Drive slowly”。张晓强还在回味着海关官员的那番“忠告”，刚想摇上车窗休息一会儿，立马被同事严厉地阻止了。“我特地让司机开慢点，知道为什么吗？前两天‘泰米尔猛虎分裂组织’化装成平民，对郊区发起了偷袭。车开得快一点儿，或者窗户关得严严实实的，肯定被怀疑。你也别东张西望的，免得麻烦。”通过眼角的余光，张晓强看到，夜色中，每隔50米，都有三三两两端着AK-47步枪的政府军，手指按在保险上，警惕地盯着过往车辆。

从军人的眼神里，张晓强看出了疲惫，对现实的失落与无奈。可是，他似乎又看见了这当中，隐藏着一丝对未来的期望。

二

“这里条件比较艰苦，比不上国内，小张，得辛苦你在这条船上暂时将就一下，这就是你的宿舍。”正式工作的第一天，项目经理这样告诉张晓强。

就这样，白天，张晓强跑现场，看图纸，指导施工。可是，国际工程与国内施工，在规范、合同管控、现场管理等方面存在着较大区别。就说最基础的规范，由于斯里兰卡历史上曾是英国的殖民地，在工程施工中通用英国标准，而国内通用国标。就好比让英语教师去教授法语，困难重重。

怎么办？标准吃不透，技术方案就没法校核，没了图纸，现场还怎么审核？作为技术主管，张晓强知道自己责任重大。“就不信没有吃不透的标准！”张晓强下定决心，一个月，一定要把规范吃透、嚼烂、消化掉，保障项目进度。就这样，白天，他跑现场，学技术，把规范学习和实践相结合，加深自己的理解；晚上，同事们下班了，办公室只剩下他挑灯夜战，研读规范，一边学习，一边记下吃不透的地方，第二天，再向老同事请教，去现场实习，弄通搞懂。经常学着学着，一抬头，东方已泛出鱼肚白，他趴在桌上眯一会儿，洗把脸，又投入新一天的工作中。

就这样，一个月后，张晓强对英标做到烂熟于心。在与业主、监理举行会议时，他们特地提出：“你们的技术主管非常专业，正是他的大力推动，才让图纸报审、方案审批顺利进行，我们非常满意！”这一刻，张晓强内心充满了喜悦。“世上无难事，只要愿意下功夫，肯定能做好！”

做好本职工作的同时，张晓强又开始了他的思考。我国的国际工程事业，还处于起步阶段，相对来说，竞争不激烈。相应地，对从业人员的综合能力要求不高。但是，必须未雨绸缪！自己做技术，不能只懂技术，商法、工程管理这些，也必须得知晓。于是，攻克了技术规范这块“硬骨头”，张晓强又利用工作之余，研读FIDIC条款、工程管理类书籍，充分拓展自己的知识面，全面提升自己对国际工程行业的认知。

人们常说：“人类一思考，上帝就发笑。”可是，张晓强正是通过自己的思考，逐渐规划出了自己的职业发展道路。

三

夜晚，岸边的小船就好像摇篮一样，在印度洋微浪的推动下，左右摇晃。

此刻，船上的张晓强，却辗转难眠。受制于当地落后的通信手段，他所在的区域，了解外部世界的渠道，只有一部卫星电话，没有网络，连报纸都没有。已经3个月了，他没怎么和国内的亲朋好友联系，更别说去看看繁华的城市街道了，活脱脱像一个现代版的“鲁滨孙”。

是自己不该出国吗？不，绝对不是！张晓强否定了自己那一闪而过的想法。自己没有走错路，但是没有哪条路是畅行无阻的，这是对自己的考验，而考验过后，更意味着一种提升。“矛盾是事物发展的根本动力！”有了矛盾，有了这种负面情绪，证明自己的时间还没有被充分利用，一定要合理利用。

这时，张晓强的目光被船舱里的一本英文书吸引了。读书！对，读书！自己刚出国，英语口语水平还有待提高，晚上一个人在船上，怎么读，怎么发音，都不会打扰别人。说做就做，他打开书本，大声朗读了起来。一开始，他还是有些羞涩，渐渐地，越读越自然，越放得开，那些烦恼，逐渐烟消云散。他要求自己，不管白天工作多累，晚上回船上，都要读上几页英语，不完成目标不休息。坚持了一段时间后，他的口语水平明显提升，能够自信地和业主、监理进行沟通，清楚地表达自己的所思所想，赢得了他们的一致称赞。

乔布斯曾说，人们不可能从现在的点看到未来，只有回首看时才能看清来龙去脉。当时的张晓强，或许不会想到，自己今日苦练的英语，会为日后在斯里兰卡开拓市场打下坚实的基础。

四

2002年5月，FEEDERBERTH码头项目竣工。张晓强马不停蹄地赶往下一个项目——QEQ打桩项目。由于在码头项目的优异表现，此时他已经被提拔为QEQ项目的生产经理。这一次，仅用时8个月，项目就完工了，再一次让斯里兰卡业主见识了“中国速度”。

2003年1月，张晓强担任了斯里兰卡A5道路改造项目的副经理，对于他来说，这又是一块“硬骨头”：从项目层面上，该道路全线海拔高低差超过1500米；在角色层面上，他不再是一个主管，而是从计划方案的执行者，转变成了制定者，他必须快速适应新角色，学会从领导班子成员的角度去看待项目，布局方案，解决问题。

面对身份的转变，张晓强主动作为。首先，他在项目班子会议上，和项目其他领导充分沟通，明确自己主责和协助办理的任务分工。其次，他与所分管部门的部门经理和员工举行座谈，鼓励大家敞开心扉，畅所欲言，把各自部门面临的问题和需要自己协调解决的难点毫无保留地说出来。最后，他和业主方及各分包单位充分沟通，就自己的职责范围，明确业主方的具体要求，也和分包单位"立法三章"，确保指令从上到下贯通。

张晓强这种厘清逻辑、积极沟通、主动作为的工作态度和做法，获得了各方的一致好评。他就像一剂润滑剂，使项目能顺利运行和得到高质量执行：业主说，"他从来不会不懂装懂，他会弄清每个指令的具体原因和要求"；同事们说，"张经理安排工作能够考虑实际，我们不会为了赶上根本不合理的计划而粗制滥造"；分包单位说，"张总能设身处地为我们考虑问题，能够做到互利共赢"。张晓强在角色转型的道路上迈出了第一步，而且是关键的一步。

有时下班后，站在项目部所在的山顶上，望着远处灯火辉煌的市区，他还是会感到一丝失落。每当这时，他总会想起来斯里兰卡第一天时，那个军人的眼神。是啊，自己是远离了亲朋好友，可是，自己的付出，是有意义的，早日修出这一条条"致富路"，斯里兰卡人民就能早日实现各大城

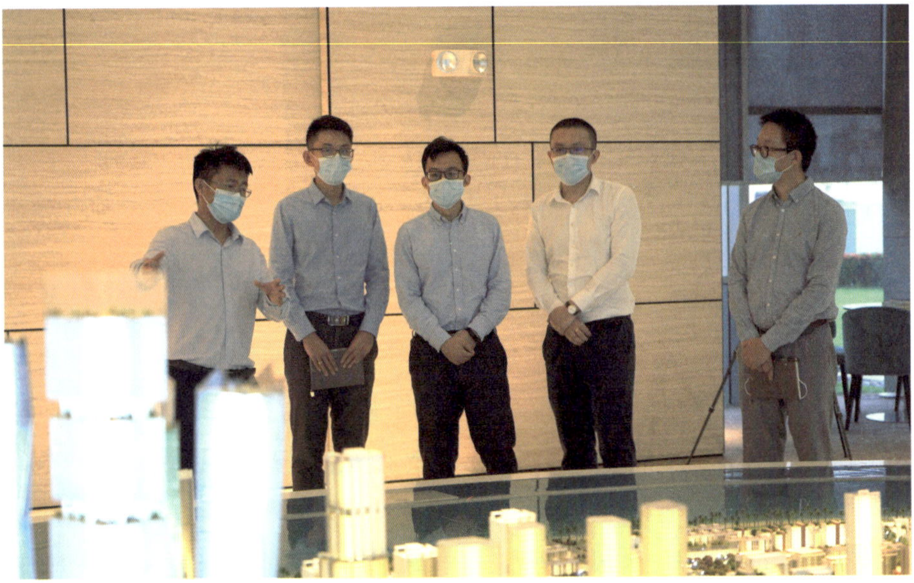

市的互联互通，早日脱贫。这一条条“友谊路”，也代表着国家和公司在斯里兰卡的形象，早一天贯通，中斯友谊就更加坚固。“我出国不仅是为了我自己，更要为国，为公司。”每每想到这里，张晓强就会更加坚定自己要扎根项目部的决心，信心满满地走回宿舍，继续自我精进。

张晓强的努力和付出，最终得到了肯定与回报。他带领团队，通过对施工方案、工艺和设备改造创新，高质量完成了外国承包商不敢做、不愿做的A5道路项目，获得了斯里兰卡全国上下的一致认可，斯里兰卡人民衷心感谢中国政府的援建。为了纪念这段难以忘怀的友谊，斯里兰卡1000卢比纸币上印刷着的图案，就是A5公路的隧道段，而这也是斯里兰卡的第一条公路隧道。

面对“硬骨头”，张晓强又一次交出了满意答卷。

五

2006年5月，张晓强调任卡塔尔国际机场护岸项目经理，他即将面对工作以来最艰巨的一块“硬骨头”。

该项目本身工期短，工程量大，而且由于前期管理不善，分包方认为不可能盈利，已经违约退场，项目存在工期延误风险。同业主之间也由于沟通不畅，导致了外方对我方的不信任，双方关系十分紧张，再不扭转颓势，局面将彻底不可收拾。

到任第一天，在同业主方的见面会上，充满着火药味。果然，监理负责人拿张晓强的年龄做起了文章，不无挑衅地说道：“张，你看上去不超过30岁，你有足够的经验吗？要知道，我在你这个年龄时，还是一名现场工程师！”“监理先生，我不认为一个人的能力与他的年龄有多少关系，我和我的团队，已经在中国及其他国家的多个类似工程中，积攒了足够的经验，我相信我们会按时将工程交付给贵方。”张晓强不卑不亢地回答道。

大丈夫一言既出，驷马难追。出发之前，他向公司立下了军令状：头拱地也要把项目拿下！距离合同约定的工期，只剩200多天了，现场的进度却严重落后于计划；业主、监理，认为自己年轻，对自己的能力充满了怀疑。不解决这些难题，就不可能啃下整个项目这块“硬骨头”。

怎么办？张晓强又开始了思考。施工计划必须重新制订！自己的内在、外表都必须能够“震慑”住业主、监理！说干就干，张晓强立即带领团队，依照现场进度，结合现有人工、材料、施工机具资源，严格按照合同剩余工期，制订了新的施工计划。为了能够让自己看上去不那么“年轻”，张晓强决定，项目不完工不剃胡子，好一个“革命不成功不剃须”！

计划制订完成后，张晓强召集项目部所有员工举行动员会，他向大家说道：“现在我们是一个战壕里的兄弟，我们也退无可退！从今天开始，我们一起把责任压实，把工作做细。谁该到位没到位，我一定追责；我该到位没到位，大家来追责我！大干200天，我们一定把这个项目干完干好，树立我们自己的品牌！”

从那以后，工地上不论何时，总能看见张晓强的身影：每天清早，天刚蒙蒙亮，他就在现场依据施工计划和进度，调整当天施工班组安排；每个夜晚，满天星辰时，他在现场，监督混凝土浇筑、护坡块石安放等工作；现场验收他对施工质量一丝不苟，项目例会他对业主疑问对答如流。渐渐地，在中东烈日和风沙的雕刻下，张晓强脸上的“沟壑”多了起来，胡须也多了起来，活脱脱一个现代版的“阿拉伯的劳伦斯”；渐渐地，业主、资工对张晓强和他的团队信任了起来，他们知道，进度与质量，张晓强的要求比他们还高，放手让他去做就好。

终于，在张晓强和他的团队的努力下，卡塔尔机场护岸项目如期顺利完工，而且扭亏为盈，一举盈利160万美元，业主方面完全认可了中国港湾的履约能力。在竣工那天，监理负责人激动地拥抱张晓强，说道：“中国人，行！张，行！”

张晓强又啃下了一块“硬骨头”！

六

2006年底，张晓强又回到了斯里兰卡，担任南部高速项目副经理。此时，斯里兰卡政府军也对“泰米尔猛虎分裂组织”发起了最后的总攻，叛军也发起了困兽之斗。在各条交通要道的检查站，交火、自杀袭击时有发生。

而项目部正位于通往首都科伦坡的必经之路上。白天、傍晚，附近的枪声、爆炸声，此起彼伏。一次，项目部开车外出的同事，在通过检查站时忘记减速，政府军士兵已经打开枪支保险，准备鸣枪示警，幸亏同事及时停车。项目部员工的生理安全、心理压力，都面临着挑战。

面对这一情况，一方面，张晓强积极做好与政府部门的协调工作，要求政府军加强项目部周围的安全保障，尽最大可能保障公司员工的生命安全。另一方面，他积极做好项目部员工的心理疏导工作，通过开办“自习室”并带头上自习，鼓励员工利用业余时间“自我精进”，学习各种专业知识；通过举办羽毛球赛、篮球赛等体育活动，丰富员工们的文化生活；有空时，他也走进员工宿舍，了解员工们的思想动态，给员工们加油鼓气。就这样，项目部始终处在积极向上的氛围中，为高质量执行项目提供了有力保障。

此外，由于连年内战，斯里兰卡卢比快速贬值。如果没有锁定汇率，按照现有合同额，公司将面临巨额亏损。怎么办？“十年磨一剑”，多年来，张晓强在工作中积累以及自学的商务知识，终于派上了用场。他抓住监理工程师对原设计变更的机会，积极进行商务运作，将9800万美元的合同额，一举提升至1.9亿美元，瞬间扭转局面，维护了公司的正当权益。在补充协议签署的那一刻，张晓强的脑海里，闪过了FEEDERBERTH码头外的那艘小渔船，A5高速路山脚下那灯火辉煌的城市，卡塔尔沙漠中那漫天的黄沙。为了此刻，之前所有的等待，所有的努力，都是值得的。

也在此刻，啃下了又一块项目管理“硬骨头”的张晓强，即将在一个全新的战场，开启一段新的征程。

开拓！开拓！领跑那片市场！

一

2008年底，张晓强调任中国港湾斯里兰卡办事处副总经理。他将暂时离开项目现场管理工作，开始从事斯里兰卡市场的开发工作。

而在2009 年5月，持续了长达25年的斯里兰卡内战，最终以斯里兰卡政府军击败了“泰米尔猛虎分裂组织”收场，实现了斯里兰卡人民长久以来的国家统一与和平的梦想。张晓强也知道，是时候去给当年那个军人失落的眼神，画上一个句号了。

内战结束后的斯里兰卡，百废待兴，基建市场需求巨大。但是张晓强知道，这并不意味着机会唾手可得。一方面，斯里兰卡的国家经济还处在恢复当中，虽然对基础设施需求巨大，但是中国港湾不能全面铺开，必须注重发展质量。这就要以推动斯里兰卡国民经济发展为主抓手，重点跟踪、推动关系国民生计的重点项目，实现双赢。另一方面，自己之前一直从事项目管理工作，对于市场开发，并未具体实操过。作为领导班子成员，自己首先要对这份工作有基础、有想法、有执行，才能真正带领公司团队做好市场开发。

“雄关漫道真如铁，而今迈步从头越。”张晓强深知，留给自己的“窗口期”并不长，短时间内，将会有大量竞争对手涌入斯里兰卡市场，要想抢占先机，必须提前布局，所以自己必须强化对市场开发知识的学习，做到有的放矢。但是，“心急吃不了热豆腐”，“磨刀不误砍柴工”，自己也必须要把市场开发专业和市场调研吃透，争取“中标的项目确保盈利”，保障公司经营质量。

有了准则，张晓强立即开始执行。白天，他积极收集市场、项目信息，与同事们展开“头脑风暴”，并汇总信息，进行合理研判；晚上，他认真学习斯里兰卡的政治、经济、文化、宗教、法律等方面知识，提升自己的综合素质，加强对斯里兰卡的全面认知。每逢节假日，他还抓住机会，去潜在项目所在地提前勘查，并了解当地的风土人情。

二

2011年底，张晓强升任中国港湾斯里兰卡办事处总经理。他深知自己责任重大，作为“管家”，他必须确保办事处的整体战略既切合实际又具有前瞻性，这样才能确保公司在斯里兰卡市场始终处于“第一梯队”。

张晓强又开始了思考，结合这几年市场开发的实践经验和工作经历，他坚信之前自己对于公司发展的研判没有错，要继续摒弃“用发展质量换发展速度”的不可持续发展理念，只有取得战略上的成功，才能保障公司的长久发展，因此，必须将自己之前的想法进一步深化，形成能够在一段时间内指导公司发展的战略。

经过深思熟虑，他适时提出“两个转变”的发展思路：一是放弃机会经营，转变为战略经营，将市场开拓的方向与斯里兰卡基础设施建设的需求相结合；二是在积极参与现汇项目投标的同时，更注重推动政府框架项目经营。中国港湾，不能像游击队一样，“打一枪换一个地方”；不能只顾着利润，而忽视了承担属地社会责任；不能牺牲自己未来的口碑，去换取眼前的利益。

张晓强通过思考，在市场开发这条赛道上，处于领跑位置。

依据这一战略，依托中交集团兄弟单位的内部资源，中国港湾开始无偿为斯里兰卡政府进行港口发展规划，开展前期勘探、项目筹备等准备工作。这意味着，不仅自己不收取斯里兰卡政府一分钱，还要倒贴人员、机械的成本和调拨费用。在一些国外的竞争对手看来，中国港湾和张晓强的所作所为像个“傻子”，简直不可理喻。但是张晓强知道，将“两个转变”的战略坚持下去，必定有所斩获。他的脑海里，时常会浮现出他来到斯里兰卡的第一个夜晚，执勤军人那失落的眼神。斯里兰卡太需要发展了！这个“海上十字路口”已经沉寂了太久，那沉睡的躯体下正孕育着喷薄而出的生机。斯里兰卡土地太需要发展了！这片肥沃的红土已经被内战之刃割得支离破碎。斯里兰卡人民太需要发展了！人人生而平等，谁也无法剥夺他们享受生活的权利。

渐渐地，斯里兰卡政府和人民感受到了中国和中国港湾的真情实意，只有中国港湾这样的中国公司，才是真心实意来帮助他们发展的。“中国，行！中国港湾，行！”当中国人走在斯里兰卡的街头时，总会碰见热情的斯里兰卡人民激动地伸出大拇指。甚至当时，在通过斯里兰卡的海关时，只要说自己是中国港湾的员工，海关入境处都会加速办理。

三

在努力做好斯里兰卡国别开发的同时，张晓强也在思考，未来国际承包商这种跨国公司，要想做大做强，还能只立足于一个国家吗？进攻是最好的防守，未来的发展，必定会以斯里兰卡为中心，向周边国家输出成功经验和模式。必须提前了解当地市场，做好准备。于是，张晓强和他的团队，又提前做起了功课，充分调研周边国家的市场需求和行业现状，随时准备冲入这些新的国别市场。

张晓强通过思考，又一次在市场开发这条赛道上，跑在了前列。

机会总是留给有准备的人。2013年，斯里兰卡从区域公司升级成为中国港湾下属的区域中心，张晓强被任命为区域公司总经理，负责统筹周边十多个国家的市场开发工作。有了前期的准备工作，张晓强和他的团队，开局即冲刺，一口气冲进了这些国家，争分夺秒，整合公司在当地已有的资源，做好市场开拓工作，一时间，在太平洋上，在印度洋上，在喜马拉雅山脉上，都能看见中国港湾斯里兰卡区域的市场开发团队。

在新兴国别市场开发中，张晓强仍然坚持要因地制宜，要结合所在国家实际情况，紧跟政策。不能一股脑儿地签合同，上马项目，只图合同额好看，忽略发展质量。在新巴布亚几内亚，公司坚决服从国家和使馆的统一安排，以框架项目为抓手，以维护中巴两国友谊和促进当地经济发展为主要目的；在马尔代夫，公司结合马尔代夫旅游胜地特点，以马尔代夫政府建设“大马累”首都地区的政策为风向标，紧紧抓住旅游设施建设、民生设施建设这两条主线，并通过在马尔代夫的项目执行，与西班牙知名酒店品牌RIU集团建立长期合作关系，并探索在第三国进行合作；在尼泊尔，中国港湾将工作重点放在首都加德满都和北部高山地区，通过以当地政府优先发展的现代综合交通、市政环保行业为突破点，在别国站稳脚跟……种种战略方针，无不凝聚着张晓强及其团队的心血，正是他们的努力，让中国港湾在斯里兰卡区域下属国别的市场中，基本处于“第一梯队”，在部分国家甚至处于领跑地位。

四

功夫不负有心人。在斯里兰卡十年时间里，经过张晓强和他的团队不懈努力，汉班托塔港、汉班托塔国际机场、汉班托塔国际板球场等中斯政府间大型框架项目逐一落地。中交集团在斯里兰卡市场承接项目80余个，累计合同额60多亿美元，创造出了“小国家、大市场”的经营奇迹。更重要的是，这些重点框架项目，对于促进中斯两国友谊具有重要意义，更极大地促进了斯里兰卡国民经济的发展，帮助斯里兰卡从30年的内战中迅速恢复元气，发展经济，海边小火车、康提佛牙寺、狮子岩这些斯里兰卡的代表性景点，又恢复了往日的生机。

“十三五”期间，在张晓强的带领下，中交集团中国港湾斯里兰卡区域公司新签合同额超60亿美元，完成营业额近30亿美元，实现净利润近3亿美元，在央企海外机构中名列前茅，为高质量推动“一带一路”合作倡议落地做出了突出贡献。更重要的是，中国港湾优秀的履约能力，极大地提升了中资企业在属地的形象；中国港湾与所在国同呼吸、共命运，通过参与政府真正急需的基础及民生设施，帮助其发展经济，提高人民幸福度，与属地政府、社区实现互利共赢，树立了中国政府“负责任、有担当”的大国形象。

从工程师到技术主管，从项目经理到区域公司经理，张晓强在每次转变过程中，都认真思考，提前布局，敢想敢做，一拼到底，一次次实现了蜕变。他也带领着中国港湾斯里兰卡区域公司一步一个脚印，力争上游。

但他没有满足。在他的心中，一个新的、大胆的设想正在逐渐成形。

转型！转型！抢占那片高地！

一

随着市场开发工作的不断深入，张晓强在思考一个问题：中资企业出海多年，施工技术已领跑世界，管理水平也日益提高，可是为什么在普遍利润率不高，甚至一些在执行前被认为“稳赚不赔”的项目，最后在结算时，也面临着亏损呢？想想自己以前经历的那些工程项目，中国公司出人、出材料、出机械，最后却连按时结算工程款都得不到保障；而国外的业主、建设方，在现场的人数，还不到中国公司的零头，却拿走了利润的大部分。

结合自己多年的项目管理、市场开发和公司管理经验，他认为，问题的症结在于，企业在“走出去”的同时，没有做好“走上去”。这些年来，是接了不少项目，也积累了很多经验，但是企业始终没有在国际价值分工链中占据有利位置。多年来，在国际工程行业中，中资企业大多将自己的身份狭隘地定义为“承包商”，处于行业的中下游位置。合同条款签得再好，过程管控得再到位，由于不能在产业链、价值链中占据上游位置，利润率自然不理想。

所以，要实现更高质量发展，必须转型创新！必须在行业价值链中力争上游！必须尽快做好转产、转商、转场“三转”工作，抢占投资高地！

2013年10月，习近平总书记提出建设“21世纪海上丝绸之路”合作倡议，而斯里兰卡正处在这条纽带上的关键一环。张晓强认为，与项目管理、市场开发一样，做投资，做业务转型，也不能一拥而上，不讲方法。他认为，要真正把投资业务做精做细，就必须做到“三个契合”：一是必须契合国家的“一带一路”倡议，投资项目在政策上要以国家战略为导向，对于重点框架项目，要大力推进建营一体化；二是必须契合行业的发展周期，尊重经济基本面和国际工程行业的基本规律，做到顺势而为，使推动投资和做好产业转型升级相辅相成；三是必须契合所在国的发展实际，以深度参与所在国的经济发展和民生改善为基本落脚点，把投资的最终目的，设定为盈利和提供优质服务的互利共赢。

二

张晓强深知，“三个契合”是发展的基本准则，要想发展，还必须从意识和能力上进行提升、创新，为做好投资保驾护航。

在思想意识上，一方面，要注重思维创新，研究新模式，立足于投资，强化能力建设，从而推动产业链向两端延伸。另一方面，港湾人身上始终流淌着工程师的血液。要做好投资，必须围绕主业，围绕核心竞争力，以实现价值创造。中国港湾和港湾人，要以行业板块为核心，形成延伸至投融资模式、国别风险、PPP业务实操、法律法规的网状思维结构。

在能力上，必须“让专业的人做专业的事”。斯里兰卡区域公司成立了投资事业部，通过专业化的团队建设，向投资高地发起冲击。同时，对于商务咨询、投资法律、运营管理等不擅长的领域，要采取开放的态度，积极引进国际一流资源展开合作，要力争“短期靠引进，长期靠培养”，两条腿走路，为投资事业提供有力的人才和组织保障。

找对方向才能走对路。在“一带一路”倡议提出前，中国交建团队敏锐地察觉到，随着斯里兰卡经济的快速发展，首都科伦坡地区对土地的需求即将爆发；但是受制于英国殖民时期的规划，城市中心特别是CBD区域可供开发的土地所剩无几。于是，中国交建大胆设想，要凭借自身强大的海事工程能力，以投建营一体化的方式，为科伦坡从海中吹填出一块用于建设新CBD的土地，设立为经济特区。

作为该设想的一线执行者，张晓强在“一带一路”倡议提出后，立即抓住机会，邀请斯里兰卡政府高层前往中国上海浦东、深圳前海等地考察参观，借机推介科伦坡港口城方案。以多年来中国改革开放的伟大成就向来宾表明，建造港口城并设立经济特区，将为斯里兰卡未来的经济发展，提供新的、强有力的增长极。在令人惊叹的“中国成就”面前和张晓强的大力推动下，科伦坡港口城方案得到了斯里兰卡政府高层的一致认可。

2014年9月，科伦坡港口城举行正式开工仪式。习近平主席出席开工典礼并剪彩。按照规划，科伦坡港口城由中交集团投资14亿美元，通过填海造地形成土地269公顷，开发周期超过25年。作为斯里兰卡有史以来规模最大的外商投资项目，科伦坡港口城在整个开发周期中会为当地创造超过83000个就业机会，被美国《福布斯》杂志评选为“影响未来世界的五座新城”之一。

三

在推动投资项目时，张晓强仍然秉承着“不以速度换发展质量”的理念。对于投资项目，决不能只追求眼前利益，“只投不管”最终会导致投资方和政府两败俱伤。他深知，在PPP项目中，往往会忽视Public这关键一环。因此，在港口城项目实施前，张晓强即带领团队，与斯里兰卡政府就权责进行了明确划分，得到了斯里兰卡政府将会为港口城制定配套特区法律的承诺，并将对港口城从市政、绿化等配套设施进行有限规划，确保了港口城在建成后的持续运营和发展。

有时，逆境更能考验成色。2015年，正当港口城项目建设如火如荼之时，变故突然而至。受斯里兰卡政府更迭影响，港口城项目被无端叫停。部分斯里兰卡、印度媒体刊发多篇针对项目的不实报道，西方媒体遥相附和。当时斯里兰卡国内出现了反对港口城项目，甚至反对在斯中资企业的舆论倾向。面对危机，张晓强和他的团队沉着冷静应对，在国家有关部委、使馆的大力支持下，很快扭转了不利局面。2016年9月，港口城项目全面复工。2019年1月，项目陆域吹填全部完工。2021年3月29日，习近平主席在同斯里兰卡总统通电话时表示，中方愿同斯方稳步推动科伦坡港口城等重点项目，高质量推进共建“一带一路”，为斯里兰卡疫后经济复苏和可持续发展提供强劲动力。两天后，斯里兰卡内阁批准科伦坡港口城经济委员会法案，标志着科伦坡港口城优惠政策落地进入倒计时阶段。

从实现项目扭亏为盈，到带领团队开拓市场，再到进军投资新业务，面对着一次次大考，张晓强从容不迫，认真思考，在南亚这片热土上，带领中国港湾闯出了一片天地。

坚守！坚守！担起这份责任！

一

2021年，已经是张晓强在海外工作的第21年了。那个年轻时心中有团火，一心想要走出去看看的少年，不知不觉间，已成长为久经“沙场”、守土一方的“战士”。

多年来，为了项目升级、市场开发和转型升级，在攻关阶段，张晓强多次主动放弃回国休假，驻守一线，身先士卒，确保各项工作严格按照节点计划完成。

身在异国他乡，随时面临着意外情况。张晓强知道，作为区域公司总经理，面对突发事件，自己不仅要镇定，更要主动担当，站在员工的前面，帮助大家排忧解难，稳定军心。

2019年4月21日，斯里兰卡发生了震惊世界的连环恐怖袭击案，突然而至的爆炸打破了斯里兰卡往日的平静，数十年来一直生活在和平之中的斯里兰卡人民，生活状态仿佛又被拉回了内战时期，街头上军人、警察荷枪实弹巡逻，检查站密布，整个国家如临大敌。而多起恐袭事件的现场，距离中国港湾的办公室、营区和项目现场仅百米，香格里拉爆炸案现场，更是与项目部仅一墙之隔。

面对这一严峻形势，张晓强临危不乱，迅速和领导班子召开紧急会议，研究对策。在第一时间，立即将所有员工收整、编队，实行封闭式管理；与政府部门协商，加强营区、现场周边安保力量，实现24小时巡逻。在做好外部安保的同时，张晓强也注重对员工的心理疏导，尤其是青年员工，很多都是刚走出校门，在海外工作的第一年。张晓强在通行获得许可的情况下，前往各个项目部，与员工展开座谈，了解其内心诉求，帮助其化解内心压力。随着斯里兰卡警方成功破获爆炸案犯罪团伙，斯里兰卡又恢复了往日的生机，公司下属各项目也正常复工，此次危机最终成功化解。

2020年初，突如其来的新冠肺炎疫情席卷全球。在国内疫情最严峻的那段时间，年迈的父母和独自带着两个孩子的妻子身在国内。作为儿子，作为丈夫，作为父亲，他很想回去，但是他不能回去，他知道，在整个中国港湾斯里兰卡区域公司下属还有十多个国别的近千名在册员工及兄弟单位员工，同样坚守在自己的岗位上；区域公司有多个项目，正处于执行或推动落地的关键阶段。自己必须坚守！他只能每天打电话安慰、叮嘱，他的妻子对他十分理解："放心吧，家交给我。待到花开时节，我们在家等你！"

有了家人的支持和理解，张晓强一门心思扑在了前方的防疫工作上。他一边组织员工做好防护，一边在确保安全的前提下推动复工复产。在疫情初始阶段，张晓强积极组织区域公司各下属国别办事处，通过当地采购医疗物资，向国内紧急驰援；当国外疫情蔓延，斯里兰卡防护物资紧缺时，他又从国内筹措物资，捐赠给斯里兰卡政府和有关组织。同时，他还组织斯里兰卡区域公司下属设备站员工，直接参与当地的口罩、防护服等医疗物资的生产工作。为此，斯里兰卡总理专门发表推特点赞表示感谢。

二

驻外21年，张晓强深深感受到，一个企业在市场上的话语权，很大程度上，取决于祖国的实力。这些年来，随着中国的综合实力和国际地位不断提高，中资企业在海外市场上的份额不断提高，这些都离不开祖国这座坚强的靠山。

张晓强深知，吃水不忘挖井人，只有坚持党和国家的领导，才能在业务上真正做大做强。为此，中国港湾斯里兰卡区域公司在各所在国都积极与大使馆、中国商会保持紧密联系，响应各项号召，展现出中国政府负责任的大国形象和中国港湾有担当的央企精神。在斯里兰卡，中国港湾更是担任了中国商会会长单位，配合大使馆，做好中资企业的资源整合、商业合作工作。

2021年3月，为及时向海外有需求的中国公民伸出援手，中国政府启动了“春苗行动”，斯里兰卡也是参与国家之一。张晓强带领中国港湾，主动向使馆请缨，承担起“春苗行动”在斯里兰卡的组织、执行工作。短短一周，张晓强带领团队，精心谋划，认真筹备，从无到有，圆满完成了人员统计、信息录入、场地安排、临场协调、最终注射等一系列工作。

多年来，这样的例子还有很多。张晓强用他的担当，谱写了一曲曲激昂的壮歌。

三

作为团队领头人，张晓强明白，拥有一支强有力的人才梯队，将是未来行业竞争中的“加速器”，因此，他一直把人才培养放在突出位置。他结合自身的成长经历，意识到，青年员工要既懂理论，又会实践；要既精通专业，又具有综合能力；要既能听得见“一线炮火”，也能在后方画出“作战态势图”。因此，他带领团队，依托中国港湾斯里兰卡区域公司人才培养基地，秉承着“项目育人”的理念，打造出一支“国际视野广、外语水平高、业务能力精、综合素质强”的优秀国际化经营管理团队。

同时，他还重视给年轻人机会，“不让年轻人挑担子就没法促进他们尽快成长”，鼓励他们敢闯敢试，倡导举办了论文大赛、商务英语大赛等活动，为青年员工成长成才搭建了广阔平台。目前，在斯里兰卡区域公司中高层管理人员中，35岁以下青年员工占一半以上，为中交集团多个海外机构输送了一大批优秀管理人才，许多人已经成为推动中交海外发展的中坚力量。在张晓强的带领下，斯里兰卡区域公司（办事处）先后荣获全国交通运输系统“优秀五型班组”“中央企业青年文明号”等称号。

20年来，由于出色的工作业绩，特别是在中斯两国高质量共建“一带一路”方面的重要贡献，张晓强先后荣获“中央企业劳动模范”“全国建筑业企业优秀项目经理奖”“中国对外承包工程商会优秀国际工程项目经理”“中交集团暨中国交建优秀共产党员”“中交集团暨中国交建十大杰出青年”等称号。他知道，这是对他工作的肯定，对他坚守的肯定，对他担当的肯定。

而他，将继续坚守担当，为公司，为祖国，为中斯友谊，为描绘好高质量建设“一带一路”的“工笔画”贡献更大的力量！

尾声

从张晓强的办公室窗前望去，科伦坡港口城的风景一览无余。

他看见了，一颗新的“海上明珠”，正在冉冉升起。

他看见了，第一天到达斯里兰卡时遇见的那个军人，眼神里不再失落，而是充满了希望。

他看见了，在那个出发的站台，自己背起行囊时，那23岁少年的模样。

那个少年，挥一挥手，信心满满地登上了开向未来的列车。

我还是从前那个少年
初心从未有改变
无惧任何困难考验
要将美好生活送达世界
这个工程少年
使命永远放心间
面对再多艰险不退却
Say never never give up like a fire!

捍卫公共卫生安全的先锋勇士

——“央企楷模”杨晓明

◎文/国药集团中国生物技术股份有限公司党委

杨晓明，藏族，中共党员，研究员，博士生导师，生物制品学专家，国务院联防联控机制科技攻关专家组成员、国家科技部“863”计划疫苗项目首席科学家、国家联合疫苗工程技术研究中心主任，中国医药集团有限公司旗下中国生物技术股份有限公司（以下简称“国药集团中国生物”或“中国生物”）董事长、党委副书记。

杨晓明投身生物制品事业35年来，潜心科研开发，带领团队先后攻克多项生物制药技术难题、解决制约生物制药行业发展的技术瓶颈，取得包

括百白破联合疫苗、人用多价轮状病毒疫苗、人SARS免疫球蛋白等重大课题成果。“十二五”以来，为解决我国自主创新疫苗从研发到规模化生产等相关的一系列技术难题，杨晓明积极推动国家重大急需新产品的研发工作，在重大新药创制专项支持下，不仅成功研发了脊髓灰质炎灭活疫苗、四价流感疫苗、全球首创自主研发的EV71型手足口病灭活疫苗及二价HPV疫苗等大品种一类新药，同时建立了我国疫苗综合性技术研究开发大平台。这些疫苗关键技术的突破和新产品的应用，标志着我国疫苗高质量研发、规模化产业化技术水平和质量水平大幅提升，我国疫苗产业向世界一流稳步迈进。与此同时，他在担任国药集团中国生物董事长期间，锐意改革创新，在科研体制机制改革、混合所有制改革、选人用人制度改革、薪酬分配制度改革、销售体系改革、股权投资、医药电商等方面创新发展，企业体制机制创新、科技创新和管理创新都取得重大突破，逐步形成了吸引和聚集各类优质创新要素的“强磁场”，国药集团中国生物面貌焕然一新，点燃了加速发展的新引擎。

在抗击新冠肺炎疫情中，他带领国药集团中国生物取得前所未有的“十个率先”重大成果。特别是国药集团中国生物新冠灭活疫苗率先在国内上市，并获世界卫生组织紧急认证，成为第一个列入世界卫生组织紧急使用清单的发展中国家生产的疫苗。疫苗供应国内外80多个国家、地区和国际组织，为中国在全球抗疫中保持领跑地位做出了突出贡献。2020年，杨晓明先后荣获党和国家授予的“全国抗击新冠肺炎疫情先进个人”“全国优秀共产党员”和第二届全国创新争先奖。

写忠诚：他丹心向党，不远万里回国效命

杨晓明出生在甘南自治州一个普通的藏族家庭，1980年考入兰州大学医学院临床医学系，毕业后分配到兰州生物制品研究所。他参与的第一个科研项目是研制新一代百白破疫苗。当时，国家用来预防百日咳、白喉、破伤风3种疾病的疫苗，虽然在预防百白破流行上发挥了很大作用，但是受技术和工艺水平的限制，质控方法复杂，不良反应率很高，产能很小。为

实现技术突破，在组织的选派下，杨晓明先后到日本国立预防卫生研究院、美国食品药品监督管理局短期进修。回国后，他和研发团队不分昼夜地泡在实验室里筛选方案，经历无数次实验和失败，终于在关键技术上取得了重大突破，拿到了第二代百白破疫苗的新药证书。他们研制的疫苗，不但整体上比美国产品质量好，一些技术指标甚至优于当时领先的日本产品，最重要的是不良反应率从过去的60%~80%控制到10%以内。和细菌打的第一场硬仗，赢了！作为疫苗领域的新兵，在疫苗研发的路上，他信心倍增地再次擂起出征的战鼓，吹响了进军的号角。

科学没有国界，但科学家有自己的祖国

杨晓明在百白破疫苗上的研究成果打动了美国人。不久，美国国立卫生研究院邀请他去做高级访问学者。众所周知，百日咳是最难“伺候”的细菌，不好培养，百白破疫苗要进一步提高产量，需要攻克这个难关。恰好，邀请他去的是世界上第一个克隆出百日咳毒素基因的顶尖科学家，这可谓天遂人愿，一拍即合，杨晓明接受了邀请，1997年，他和妻子一同来到了美国国立卫生研究院。通过实验探索，他终于找到一种基因调控的办法，这个技术可以把百日咳细菌驯服成“喝开水都可以长胖”的细菌，它不再“娇贵”，这项科研成果使百日咳疫苗的产量有了大幅度提升，1999年获得美国国立卫生研究院研究成就奖。

荣誉面前，有很多人劝他留在美国。留在美国的好处是实实在在的，从科研角度来说，这里有比国内更好、更先进的研究条件，更容易出成果；从生活待遇来说，在美国他享受的是访问学者待遇，生活条件非常舒适。但杨晓明不这么看，他说：“科学没有国界，但科学家有自己的祖国。我的根在中国。是党把我从一个藏族子弟培养成生物科技人才，我从事生物制品事业，就是为了以身许党、科技报国，就是为了服务中国人民。”

其实，毅然回国的背后，也隐藏着杨晓明的一个梦想，他在美国看到了先进的设备、先进的科技、先进的机制，他想让中国的生物制品事业也得到长足的发展，让中国生物像中国一样，屹立于世界之林。这才是他心中一个党员许党许国、科技报国的样子。

回国之后，他担任武汉生物制品研究所（以下简称“武汉生物所”）常务副所长。没想到的是，这期间遇到了一次重大考验。

斗非典，他一个月跑坏3个轮胎

2003年，SARS病毒突然肆虐，一时间造成全国恐慌。要研制SARS疫苗，远水解不了近渴，能够快速起作用的是制作SARS病毒免疫球蛋白。这就要抽取康复后的SARS患者血浆来作原料。这是一项非常危险且非常困难的工作，连当时武汉生物所所长都不赞成。杨晓明说："如果成功了，功劳算大家的，如果出了问题，你就对上面说这是杨晓明的个人行为，所里不知道。"他带着一名助手和一名护士，开着一辆车跑了全国10个省市，一个月跑破了3个汽车轮胎，最后采集到部分康复者的血浆。这项工作意义重大，开始却不受欢迎，碰壁无数，但他们大无畏的执着精神令人感动。有SARS康复者握着他的手说："只要我的血浆有用，能救别的患者，你就放心地抽我的血浆吧。"靠着自采来的血浆，杨晓明在武汉生物所成功制作出SARS病毒免疫球蛋白，得到国家有关部门的高度认可。他的成果被作为国家技术储备保留下来，解放军302医院姜素椿教授不幸感染SARS，就用过康复者血浆治疗。这个技术还在MERS、甲型流感、埃博拉病毒感染等疫情的治疗中发挥了重要作用。

有的人是因忠生勇，有的人是因忠生智，而杨晓明，则兼而有之。

十天接种一亿人

2010年，杨晓明出任中国生物总裁、党委书记。中国生物是中国生物制品行业一员，也是国家公共卫生领域的"国家队"。既然是"国家队"，就要讲政治、讲忠诚，国家一声令下，就要闻令而动、指哪儿打哪儿。

杨晓明刚刚履新，命令就来了：卫生部决定采取果断措施，在2010年9月11日至20日统一开展一次以全国8月龄至14周岁儿童为主要接种对象的麻疹强化免疫活动。

我国实施儿童计划免疫后，麻疹控制工作取得了显著成绩，20世纪90年代与计划免疫前的1978年相比，麻疹发病率与死亡率均降低了95%以上，其中1995年麻疹报告发病率降至十万分之五的历史最低水平。但由于我国地域广阔，人口众多，地域之间发展极不平衡，进入21世纪后，我国的麻疹发病率上升到十万分之十，连续多年排在世界第一位。为了中国儿童的身体健康，也为了响应世界卫生组织（以下简称“世卫组织”）2012年消除麻疹的倡导，2010年卫生部决定采取这一麻疹强化免疫活动。

全国8月龄至14周岁的儿童有近1亿人！

十天之内，在中国这样广袤的土地上，完成近1亿麻疹疫苗接种！

疫苗在哪里？怎么运？孩子们的安全能不能得到保障？这些都是挑战。这个任务太艰巨了！这在中国防疫史上还是第一次，也是世界上前所未有的。

杨晓明作为中国生物主要负责人，果断接下了这项前所未有的任务。8月11日接到命令的当天他就牵头成立了自任组长的麻疹疫苗强化免疫行动工作领导小组，并由13名专家组成咨询组，建立强化免疫不良反应应对小组，确定了各个现场的负责人，在生产、质量、流通三个方面展开紧急备战，做到对麻疹疫苗的生产、质量、仓储、运输、服务、使用各个环节的全程监控、专人负责。同时，杨晓明安排麻疹疫苗生产实力最强的兰州生物所打主攻，上海生物所、武汉生物所和天坛生物（北京所）同步开足马力。各所接到任务后全所上下紧急动员，生产、质量、储运、销售等部门密切配合，按时完成了任务。

杨晓明深知，保证近1亿人份的疫苗供应只是第一步，有了疫苗送不到、孩子们打不上，也完不成任务。必须将疫苗按时送到指定地点。这次是集中加强免疫，疫苗数量多，各省疾控中心没有足够的冷库可以存放，所以各省要求把疫苗按时直接送到各区、县疾控中心。这比平时送到省疾控中心难度又大了许多。而且疫苗的存储有着严格要求，需要进行冷链运输，温度每时每刻都在记录监督中。杨晓明安排各所将运输任务分包到人，负责运输的同志加班加点，昼夜星驰。上海生物所紧急生产4200万人份的麻疹疫苗后，在上海召开世博会，白天难以通行的情况下，平均年龄超过50岁的9名驾驶员轮流驾驶5辆冷藏车连续奔波，确保疫苗全部准时送达。到9月20日18时，中国生物共为麻疹疫苗强化免疫行动提供疫苗13010万人份，全国各省、自治区（除西藏外）、直辖市麻疹强化免疫累计接种人数为97089968人，占目标儿童摸底人数的96.0%。

近1亿儿童同时接种，按世卫组织报告的异常反应率测算，发生不良反应的病例应该不在少数。而发生一起严重不良反应，都将引发强烈的社会舆论批评，给这次强化免疫行动带来无法估量的阻力。杨晓明高度关注疫苗安全问题，安排团队密切跟踪并科学应对不良反应。麻疹强化免疫到9月14日接种5000万人，发生异常反应约400例，其中大多数是过敏性皮疹并很快恢复，异常反应报告的发生率只有十万分之零点八，低于世卫组织报告的异常反应率。此后，卫生部新闻发言人表示，此次麻疹强化免疫活动，没有与疫苗接种相关的死亡病例发生，没有群体性不良反应发生；异常反应发生率低于世卫组织公布的参考指南，低于既往水平。

在这场前所未有的考验中，杨晓明带领中国生物向党和人民上交了一份合格的答卷！

杨晓明非常善于总结经验。2011年8月，新疆突然发现Ⅰ型脊灰野病毒疫情，这是进入21世纪后首次在中国境内发生输入性脊灰野病毒疫情。有了“十天接种一亿人”的经验，杨晓明不慌不忙、沉着冷静，5天内就保质保量地将强化免疫用的2225万粒脊灰疫苗运送到新疆各地市，疫情最终得到有效控制。2012年4月，世卫组织将中国从脊灰流行国家名单中撤除，并表彰了中国在应对脊灰疫情中的高效行动。

杨晓明的忠诚，不是豪言壮语，而是写在大是大非的抉择上，写在责任担当的肩膀上，写在攻坚克难的征途上。

谋发展：他一腔豪情，推动改革破浪前行

杨晓明回国时，中国生物正为当时的武汉生物所发愁，那里领导班子不团结，人心涣散、人才流失、经济下滑，要派一个人去扭转局面。杨晓明奔赴武汉生物所了解了一下情况，认为虽然比较乱，但基础雄厚，如能大刀阔斧改革，前途无量。他果断决定迎接挑战。中国生物决定派他去武汉生物所当所长，杨晓明却说：“我从未当过领导，还是做副所长吧。”当时他还搞不清常务副所长中“常务”两字的概念是什么，以为和其他副所长是一样的。上任前中国生物怕他到武汉势孤力薄，没有臂膀，允许他从兰州生物所调助手过去，他没同意，说：“我就一个人去。”

那时的杨晓明，虽然有很多先进的理念和管理思想，但由于出国多年，对中国生物的现状了解并不透彻。而当时中国生物虽然仍是生物制品的“国家队”，但战略摇摆带来的动荡、自身结构性存在的矛盾，还有一些体制机制上的问题，导致其发展脚步有所放缓，慢慢失去了昔日的光环。

改革“三板斧”，让落后企业成了“优等生”

武汉生物所成为杨晓明改革的试验田，也是他带领中国生物迈向世界一流的思想摇篮。

杨晓明的“第一板斧”打在了机制改革上。

武汉生物所时任所长非常支持杨晓明的工作。去之前，中国生物领导要杨晓明重点管科研和质量，不要管销售。当时武汉生物所的销售额才8300万元，亏损240万元，连发工资都困难。没有资金投入，科研就无法进行。杨晓明决定先抓质量和销售，有了资金才能上科研。他先来了一次销售员的考核摸底，结果让他大吃一惊。有的销售员连武汉生物所的产品目录都列不全，问哪些产品可以做大，哪些产品有销售潜力？一问三不知。他调查研究了3个月，然后召集中层干部关起门来开会，研究销售。两天会开下来，达成了共识。第一，严把质量关。第二，根据市场需求选择重点产品，加大生产和销售力度，重点产品为“四菜一汤”：无细胞百白破疫苗、乙脑疫苗、狂犬病疫苗、麻腮二联疫苗（“四菜”）和血液制品（“一汤”）。第三，做销售计划，按计划进行考核，实行达标者奖，不达标者罚和末位淘汰制度。如此做了一年，2003年底，销售额达1.35亿元，利润2000万元，一举扭亏为盈。他定下的销售制度被坚持下来，2012年他离开武汉生物所时，销售额达8.9亿元。

杨晓明的“第二板斧”打在了科研创新上。

杨晓明的科研目标就是世界一流。他先梳理了武汉生物所的科研课题，依据市场需求、技术开发进度、人才团队等因素，评估后分为重大攻关课题、重点课题、一般课题三类。员工们说，杨晓明的课题梳理，有四个“高”：一是站位高。重大攻关课题全是世界顶尖，如六价轮状病毒疫苗、四价流感疫苗、抗体研制等，加上无细胞百白破疫苗的工艺研究。可以说项项都是大手笔，做成后就是世界领先。二是标准高。从起步开始就要按通过预认证的要求来，仅是六价轮状病毒疫苗这一项，杨晓明就通过世卫组织，先后请来了八九位国外专家来指导。三是投入高。无细胞百白破疫苗的工艺研究，杨晓明张口就要投入4亿元，他说："要做就要做技术最先进、规模最大的，不能小打小闹，凑凑合合。"在设计时，他选择的发酵罐是5吨，有两层半楼高，把许多人吓了一跳。不仅发酵罐是"巨无霸"，而且全程实现管道化、自动化。新工艺生产线按《中国生物制品规程》（2010年版），最先得到认证，生产出了世界上质量最好的百白破疫苗，一举占据80%以上的市场份额。四是要求高。课题评估立项后要制订进展计划，每两个月考核一次，条件都给了，完不成计划的要受罚。

杨晓明的"第三板斧"打在严格管理上。

在武汉生物所，杨晓明有个外号叫"杨扣扣"，说他扣钱扣得让人心惊肉跳，包括对他自己也不例外。他规定开会迟到1分钟扣600元。有一天，他因故迟到5分钟，当场交了3000元罚款。有位职工在生产场所寻衅滋事，被杨晓明严厉斥责，这位职工居然报了警，谎称"所长指挥打人"。杨晓明对警察说："他在工作场所寻衅闹事，干扰了正常生产秩序，损害了企业利益，作为企业领导者不教训他就是失职。"这件事曾经轰动了武汉生物所，从此那些无事生非、游手好闲之辈要么改邪归正，要么自觉走人。杨晓明到武汉生物所8年，当了6年常务副所长、2年所长，上任时全所1500余人，离任时只有982人，人员减少了500多人，产值却增长了10多倍，从排名倒数变成了前列。

他让中国生物浴火重生、再登巅峰

2010年，杨晓明因业绩出色，被任命为中国生物技术股份有限公司总经理和党委书记。在这个更大的舞台上，杨晓明如鱼得水，大显身手，打出了一套改革发展的组合拳。

杨晓明这样评价中国生物技术股份有限公司："'中国'，就意味着我们要代表中国，走向世界，同美国、日本等世界强国进行竞争，这是我们的目标；'生物'是我们的定位和战略，是国家赋予我们的职责，也是我们的主责主业，我们主要从事生物制品而不是别的，不能什么挣钱做什么；'技术'是我们实现目标的路径，创新是企业的核心竞争力，通过不断的技术创新，保持可持续发展，走在世界前列；‘股份有限公司’是我们的性质，要时刻牢记国企的责任，要常记央企的政治、社会、经济责任，实现国有资本的保值增值。”在这个基础上，杨晓明立足国药集团医药大健康产业发展平台，根据集团发展战略，提出了“6+N”协同发展的战略。“6”指中国生物的疫苗、血制、诊断、动保、医美、资产6大板块；“N”表示未来的各种机遇和可能，通过科技创新、体制改革、投资并购、合资合作等方法，将中国生物不断做大做强做优。

战略确定之后，干部就是决定因素。过去的中国生物各子公司执行总部战略不坚决，经常摇摆不定。“这种情况必须改变！否则中国生物成不了气候！”杨晓明和一班人达成共识。他们从制度入手，推行“良将工程”。子公司领导班子现职人员“全体起立”，公平、公正、公开竞聘上岗。竞聘上岗的首要条件就是认同中国生物的战略，接受总部关于战略执行情况的考核，不认同、不执行中国生物战略的人，不管有多强的能力，一概不予聘用。“不换思想就换人！”杨晓明斩钉截铁地说。这就保证了总部战略的有效落地，把整个中国生物的力量凝聚了起来。

科研创新是中国生物核心竞争力所在，杨晓明关注最多，投入的精力也最大。他本人也一直亲自投身科研，承担科研课题，带教博士、硕士学生，从来没有离开过科研一线。杨晓明常说：“我是一个科技工作者，当行政领导只是更多更好地为科研创新服务。”杨晓明上任之初，中国生物的科技投入比率约3%，杨晓明持续加大研发投入力度，近年来已净增约10个百分点，达到了13%，科研投入水平在全国制药企业中位居前列。

投钱不能浪费，得把好钢用在刀刃上。中国生物六大所的科研课题很多，几乎覆盖了中国生物制品行业大部分产品，怎么判断哪些课题更有价值呢？既要看产品的市场大不大，更要看人民健康生活是不是需要。杨晓明把科研与生产看作一个整体，双管齐下，一起改革。

中国生物的六大所是新中国成立初期，中央按六大行政区划（华北局、东北局、华东局、中南局、西南局和西北局）设立的，目的是保障一个战略方向的公共卫生安全，所以每个所都是“麻雀虽小、五脏俱全”，什么疫苗都研究，不然无法保障一个行政区的防疫需要。杨晓明横向对比了各子公司的产品和课题，要求各所除留下几个拳头产品和有发展前景的课题外，其他的该砍掉就砍掉，该整合就整合，防止同质化竞争；拳头产品两个所互为备份，遇有突发情况时另一个所要迅速顶上。这样既完成了中央赋予的保障任务，又精干了科研力量。科研课题也按照应用研究和基础研究结合、引进和自主创新结合、资本和自主创新结合的思路，从原来的190多个“瘦身”到了110多个。消息一出，中国生物全系统一片震动。上门说情者有之，指桑骂槐者有之，意见纷纷。但杨晓明不为所动，坚决推行，花了几年时间，才把产品线和课题方向理顺。下马的产品和课题相关经费集中起来了，力量也集中起来了，科研和生产的效率更高了。

有的课题研发难度很大，周期很长，怎么办？借鸡生蛋，提高研发实力。联合疫苗是现代疫苗的发展方向之一，杨晓明在武汉就建立了联合疫苗研发平台，到中国生物任职之后，在杨晓明的努力下，2014年被科技部确定为国家联合疫苗工程技术研究中心，这是一个多价、多联新型疫苗研发及生产的开放性通用技术平台。“联苗中心”的工程技术委员会和管理委员会是以院士和全国著名疫苗专家为核心组成的。在当时较为保守的工资体制下，杨晓明力排众议，按照所长工资和待遇率先在世界范围引进知名科学家。短短几年时间，一支支联合疫苗创新团队迅速组建，一个个瞄准世界先进的联合疫苗课题纷纷立项。在他的领导下，国家联合疫苗工程技术研究中心已累计申请临床批件15项，获得临床批件10项，申报新药证书和生产文号3项，获得新药证书和生产文号1项，一举成为中国新型疫苗的创新高地。

杨晓明是从基层研发人员做起的，深知战略的落地、科研的提速，只靠公司领导是不行的，必须把普通员工的潜能激发出来。他与班子成员一起，设计推行了薪考“5+1”制度，围绕上级决策部署贯彻执行、经营预算、重点工作任务完成以及党建、纪检工作落实情况，坚持月度、季度、年度全过程跟踪考核、严格监督，建立正面清单、负面清单，未完成的视情况分级针对性做出奖罚，几种情形叠加的加重处罚，违规违纪、触及安全底线的一票否决，考核优秀的给予奖励、论功行赏、奖罚分明。有的子公司重点任务没有按期完成，年薪一分钱也没拿到，还受到责任追究，但更多完成任务的干部员工拿到了满意的薪酬。

杨晓明积极推动中国生物融入全球公共卫生治理，2011年，中国生物与盖茨基金会签署了全球健康合作谅解备忘录（MOU），重点推动脊髓灰质炎疫苗的扩产及世卫组织预认证，向联合国儿童基金会供应脊灰疫苗产品。乙脑减毒活疫苗作为中国第一家通过世卫组织预认证的产品，批量出口印度等东南亚国家，成为全球卫生治理的“中国亮点”。

这一套组合拳打下来，中国生物发生了质的飞跃。“十二五”“十三五”10年间，11个子公司中有8个单位生产厂区完成了整体搬迁，到了更好、更大的环境，没向国家要一分钱；技术储备和工艺水平实现跨越，如细菌类疫苗，细胞培养用上了大规模的生物反应器、微载体或者是片状载体，自动化程度大幅度提升。目前，全球已经上市的主要疫苗品种中国都有了，在疫苗产业竞争主战场，中国有“跟跑”，有“并跑”，甚至还有了“领跑”项目。

战疫情：他大爱无疆，勇毅扛起爱与责任

2019年底，一个来历不明的幽灵，闯到了武汉，引发了一种怪病：不明原因肺炎。

当务之急是弄清病因。12月31日，杨晓明凭着职业的敏感性，指令中国生物诊断板块上海捷诺公司总经理夏小凯：“立即派人赶往武汉，查明病原。”捷诺公司专攻检测试剂，其生产的试剂盒，对22种呼吸道病毒，只需一次检测即可查明“户口”。2020年元旦，捷诺派出的专家组在武汉检测了一昼夜，发现它既不在人类已知的22种呼吸道病毒之列，也不在50多种消化道病毒之列，是一个没名没姓没上“户口”的新病毒，为最早确定新冠病毒指明了方向。

杨晓明带领中国生物与这个新病毒的战斗就此拉开了帷幕。

既挂帅又出征，打响病毒“可诊”第一枪

一个引发传染病的新病毒对人类的危害，甚至超过一次世界大战。因为它是个陌生的入侵者，人们对它一无所知，以至于一时无药可治！杨晓明向班子提出，投资20亿元，用于新冠病毒疫苗研发、生产，他的提议得

到一致认可。“中国生物要主动作为，在诊断、治疗、预防三个方面都要做出贡献，特别是在疫苗研发上要冲锋在前。”杨晓明向下属单位发出了“预先号令”：指令上海捷诺总经理夏小凯挂帅研制诊断试剂盒；指令天坛生物武汉血制公司副总李策生在武汉生物所所长段凯的统一领导下，采集康复者血浆和制作特异性免疫球蛋白，用于抢救重症病人；指令武汉生物所所长段凯、北京生物所主持工作的总经理王辉分别启动研制灭活疫苗；指令中国生物研究院院长李启明挂帅研制基因重组疫苗……

命令下完，杨晓明并没闲着，他知道，疫情紧急，而疫苗研发通常需要10年时间，要早一点研发出疫苗，必须争分夺秒。但疫苗等抗疫产品研发的关键是拿到病毒。他迅速与武汉生物所所长段凯一起协调中科院武汉病毒所、中国疾病预防控制中心病毒病预防控制所，第一时间拿到了新冠病毒的毒株和基因序列。杨晓明指挥上海捷诺总经理夏小凯的团队仅用48小时就研发出针对新冠病毒2019-nCoV基因的双靶标检测试剂盒（荧光PCR法），用于武汉“前线”。这是世界上第一批新冠病毒核酸检测试剂盒。该试剂盒2020年1月26日通过国家药监局认证后，又获欧盟认证，并被世卫组织列入应急使用清单（现已升级为“七联冠”试剂盒，可一次检测出7种人类已知的冠状病毒，30分钟出结果）。

检测出病毒并不是战胜病毒，这离杨晓明的目标差得很远。他陷入了沉思：最有效的药就是人的免疫力，但危重病人自身的免疫力已经十分低下，该如何对抗凶神恶煞般的新冠病毒呢？

率先找到新冠病毒的“克星”——康复者血浆疗法

康复者的血浆里能产生针对病毒的抗体，把它们注入患者体内，等于是给患者体内阻击病毒的抗体部队增添了一支生力军，大大增加了患者战胜病毒的胜算。杨晓明想起了2003年抗击非典期间深入研究过的康复者血浆治疗方法。用康复者血浆疗法去治疗新冠病毒，之前还没有人想到过。

1月22日，国务院联防联控机制科技攻关组紧急设立第一批科研应急项目，决定由中国生物承担康复者血浆治疗科技应急专项。当天，中国生物新冠病毒恢复期血浆采集小组成立。杨晓明决定从50多个浆站中调集精干力量，组成44个新冠肺炎康复者血浆采集小组，180多名工作人员在全国18

个省（自治区、直辖市）设立50个血浆采集点，战线全面铺开。

采浆小组深入疫区，克服交通管制、社区封闭等重重困难，苦口婆心地动员，终于采到了康复者血浆。但这只是第一步，要用来治疗危重患者，还有很多工作要做。

血浆安全吗？里面有没有其他病原体？万一血浆存在其他病原体，注入患者体内，不仅治不了病，还可能使患者感染上其他疾病，后果不堪设想。

杨晓明主导制定了采集过程“5522”检测标准，即检测血浆是否存在5种消化系统病原、5种血源性病原（艾滋、梅毒、甲肝、乙肝、丙肝）和22种呼吸系统病原，为确保血浆安全，还对30多种病原进行了严格的检测灭活。之后，还要对新冠血浆进行IgG抗体检测，对血浆灭活前、灭活后抗体效价进行比对试验，提供数据支持。杨晓明带领科技攻关团队结合自身研发成果与技术优势，制定了使用康复者恢复期血浆治疗重症患者的临床方案，拟定了《康复者血浆采集和临床治疗方案》《医生培训指南》《临床研究方案》等一系列技术标准，对血浆的采集、分装、速冻、贮存等制备工艺做出了明确规定，对临床使用中的操作程序、使用禁忌、输入剂量、不良反应等提出了严格要求。

习近平总书记在一次重要讲话中指出，要采取恢复期血浆、干细胞、单克隆抗体等先进治疗方式，提升重症、危重症救治水平。恢复期血浆的安全性和疗效很快就得到了临床验证。试验成功后，杨晓明积极协调各方推广这一技术。像竹笋破土一样，血浆疗法得到越来越多的医疗机构和人员支持。科技部、中国红十字会等呼吁在全社会开展“千人献浆救千人”行动。恢复期血浆疗法最终得到了国务院联防联控机制的肯定并载入国家诊疗方案。4月6日，《美国科学院院报》刊发了杨晓明团队的研究论文，受到全球医疗界关注。

疫情期间，全国累计采集康复者恢复期血浆3350人次，临床使用938例患者。使用后48小时监测数据的670例患者中，检测指标或症状改善508例，占75.82%。在对新冠病毒的遭遇战中，前沿阵地救治危重症患者终于有了新的武器。

领跑世界的新冠肺炎疫情“撒手锏”

作为生物制品专家，杨晓明非常清楚，能够消灭疫情的只有疫苗，康复者血浆来源受限，很难作为终结武器。所以在推动康复者血浆疗法的同时，他就同步部署了多条技术路线研发疫苗，综合考量技术安全性、防护有效性、产能可及性、储运便捷性、人群普适性等特点，将疫苗技术路线聚焦到灭活疫苗上来，并同步部署北京、武汉两个生物所研发灭活疫苗，既“背靠背”开展竞赛，又为疫苗研发上了“双保险”。同时，考虑到基因重组疫苗理论上说更适合疫苗的紧急研制，技术上也很先进，杨晓明也部署了基因重组疫苗作为预备队，增加保险系数。

新冠病毒属“乙类病毒，甲类管理”，研制灭活疫苗必须与活病毒为伍，P3（生物安全防护等级三级）实验室是必备前提。而负责研制灭活疫苗的武汉和北京两个生物所都没有P3实验室。杨晓明与病毒病所紧密协调，倡议联合研发。病毒病所团队将两个面积最大的P3实验室贡献出来，用于联合开展新冠疫苗的临床前研究，并第一时间为北京生物所提供了新冠病毒灭活疫苗种子毒株库，合作建立了新冠疫苗三级毒种库，全程与北京生物所联合开展临床Ⅰ期和Ⅱ期灭活疫苗的制备，承担了临床Ⅰ~Ⅲ期临床样本的血清学评价，使新冠灭活疫苗研发全面展开迈出了关键的一步。武汉

生研所也在杨晓明的协调下，与中科院武汉病毒所开展了紧密合作，用武汉病毒所的P3、P4实验室研发新冠疫苗。

科研人员在一线与病毒殊死搏杀，杨晓明在指挥部里也闲不住，他每天都要与一线科研人员通话，了解实验进展情况，解决技术难题，商议实验结果，一天下来手机要充三次电。因为昼夜连轴转，杨晓明长期睡眠不足，先后四次晕倒在办公室，两次被迫住进医院，一次在北京，一次在上海，但除了国药董事长刘敬桢和同在一个班子的党委书记朱京津，包括董事长办公室的人都没人知道他住过院。因为每天都能照常接到他的有关询问和指示，每天晚上领导班子的微信视频会议仍然照开。副总裁、首席科学家张云涛说："我天天都参加他主持的视频会，而且每天都不止一次在电话中研究工作，可他住院的事，我一点没有觉察。"

其实，杨晓明除了身体上的劳累外，还有一块"心病"：其他疫苗的生产车间，符合GMP标准即可，而生产新冠病毒灭活疫苗还必须达到生物安全标准。因此，生产车间的建设就必须与实验室研究同步，这样才能保证疫苗研发成功即可投入量产。但令杨晓明心焦的是：美国都有很多P3、P4车间了，我国却还没有人用疫苗的P3生产车间！这怎么行？我们要是研发了疫苗无处生产，民众打不上，那要让多少人失去生命？

说起来容易做起来难。我国之前从来没有P3、P4生产车间，只有寥寥几个高等级生物安全实验室，生产车间和实验室是完全不同的两个概念，怎么建？按什么标准建？没人知道。

"我们自己来建！"杨晓明骨子里不服输的倔强上来了。这是国家公共卫生安全的短板，我们国企不建，谁建？我们央企不补，谁补？没有标准我们可以自己摸索，哪怕新冠肺炎疫情冬天来了夏天走，建好了用不上，我们也一定要为国家把这个短板补齐！

大年初二，杨晓明就指示北京生物所："选择一个现存的车间，升级改造成新冠病毒灭活疫苗生产车间。"北京生物所总经理王辉选好一个车间，请示杨晓明："是否马上将原有东西拆掉？"答复是"等一天再说"。为啥？因为异议强烈："建一个P3车间，投资上10亿元，如果疫苗研发不成功，或者疫情像SARS那样一下过去了，这么大的投资打了水漂，谁负责？"杨晓明得有时间来做说服工作。他说:“美国的P3实验室那么多,我国却寥寥无几,中国生物是我国疫苗的‘航母’,竟也没有一个。P3车间建了即使这次用不上,也是给国家补短板。何况我们的研发队伍很强,我相信他们是能够做出疫苗来的。”次日,王辉接到杨晓明的指示:“拆!”第三天,杨晓明问:“拆了吗?”王辉说:“拆了。”杨晓明说:“这么快呀!”王辉说:“我不能让你有后悔的时间。”两人都笑起来,说:“破釜沉舟!不留后路。”

自投入抗疫,杨晓明就没有给自己留后路。他的不少决策都与风险相伴,如果失败,难辞其咎。他表示,“习近平总书记、党中央、国务院对疫苗研发寄予厚望,全国人民翘首以盼,他们除了破釜沉舟向前冲锋,别无选择”。就是凭借着破釜沉舟的精神,北京生物所仅用60天时间,就建成了中国也是世界上的第一个新冠疫苗生产车间,创造了奇迹。

奇迹接连出现。武汉生物所与病毒所合作,仅用不到3个月的时间,就研制出新冠病毒灭活疫苗。紧接着北京生物所的新冠病毒灭活疫苗也获得成功。

2020年4月,两款疫苗相继被批准进入临床试验。进入临床试验意味着这两款疫苗将被注射入人体观察效果,而进入临床试验之前,都是在动物身上实验的。但3月23日杨晓明就撸起袖子以身试药,他给自己打了第一支新冠疫苗。

“从数据看,我们的疫苗是全球领先的,”杨晓明自信地说,“新冠病毒灭活疫苗虽然是超常规在短时间内研发出来的,但一点儿没有违背科学规律。我们的研发人员把过去‘串联’的工作改成‘并联’,比如做动物试验,一般是从小到大一项一项‘串联’做过来,这次是各种动物、各项试验‘并联’起来做,虽然工作量成倍增加,但该做的试验一个不少,该走的程序一个不缺,我对疫苗研发的质量很有信心。”

新冠病毒灭活疫苗的确很安全。中国生物与河南省疾控中心合作,两款疫苗第Ⅰ期、第Ⅱ期临床试验在河南开展,接种4064人,无论是儿童还是70岁以上的老人,都无一例明显不良反应,均产生高滴度免疫应答,中和抗体阳转率100%。北京、武汉两所有关论文分别发表在《细胞》《柳叶刀》和《美国医学会杂志》等国际专业期刊上,得到世界公认。

把中国生物的新冠疫苗供应全世界

2020年7月22日，国家有关部门依法将中国生物研发的两款新冠病毒灭活疫苗纳入紧急使用（试用）范围。接种对象为出境人员、医务人员、防疫人员、边检人员以及城市基本运行保障人员等特殊群体。

一家中资企业有138人在新冠肺炎疫情严重的国家工作，因为出国前接种了疫苗，全都安然无恙，而他们的外国同事不少人被感染了。感慨之余，他们穿着印有中国国旗图案的T恤，手抚一面大幅国旗拍了一个视频，说："感谢祖国，让我们戴着护身铠甲出国，请祖国亲人放心，我们一定会平安回家！"这家中资企业特地把上述视频和一面锦旗送给了中国生物。

Ⅰ期、Ⅱ期临床试验之后就是Ⅲ期临床试验了，由于中国国内的疫情已经得到了有效控制，不符合开展Ⅲ期临床试验的要求，只能到国外开展。在国药集团的带领下，杨晓明和中国生物一班人在Ⅰ期、Ⅱ期临床试验展开时就迅速与国际接洽，寻求能够合作开展Ⅲ期临床试验的国家。Ⅰ期、Ⅱ期临床试验一结束，中国生物就派出了"长城项目"团队，飞赴阿联酋开展Ⅲ期临床试验。

在"长城"团队的辛勤努力下，中国生物牢牢稳住疫苗研发的领跑优势，创造了4个世界第一：临床试验志愿者入组人数全球第一；志愿者涵盖125个国籍，覆盖人群及其所属国别量全球第一；入组现场医务人员与工作人员数量全球第一；场地面积与设施投入全球第一。

如今，杨晓明的辛勤付出正逐渐收获巨大的成果，喜讯接连不断：2020年12月9日，中国生物新冠灭活疫苗在阿联酋正式注册上市，也成为全球首个正式获批上市的疫苗；30日，中国生物北京生物所的新冠灭活疫苗在中国被批准上市。2021年2月25日，中国生物武汉生物所新冠灭活疫苗上市；4月9日，中国生物研究院基因重组新冠疫苗获得国家药品监督管理局临床试验批件，成为中国生物第三个获批临床的新冠疫苗，并于4月24日在河南商丘启动了Ⅰ/Ⅱ期临床试验。至此中国生物成为世界上唯一拥有3个新冠疫苗的企业。4月1日，匈牙利国家药品审批监管机构向国药集团中国生物颁发欧盟GMP证书，这是中国历史上首个在欧盟获批使用和欧盟GMP认证的疫苗产品。5月7日，世卫组织总干事谭德塞宣布，国药集团中国生物北京生物所研发生产的新型冠状病毒灭活疫苗（Vero细胞）获得世卫组织紧急使用授权，纳入全球“紧急使用清单”。这是第一个纳入全球“紧急使用清单”的发展中国家新冠疫苗。

为了实现新冠肺炎疫苗“全球公共产品”的郑重承诺，中国生物不仅在北京和武汉扩建了新冠疫苗生产车间和生产线，还利用长春、兰州、成都、上海等六大所的分包装能力来扩大新冠疫苗产能。中国生物新冠疫苗的产能已达到每年50亿剂。

目前，国药集团中国生物新冠疫苗已在全球范围内80多个国家和地区投入使用。几十个国家的政要纷纷到机场迎接中国生物新冠疫苗，并率先接种。阿联酋总理、巴林国王和王储、塞舌尔总统、约旦首相、塞尔维亚总统……许多国家首脑都向我国表示感谢，玻利维亚总统还在全国电视直播中高呼“感谢中华人民共和国的朋友们，感谢中国共产党”。

中国生物新冠疫苗的研发自主性、路线可靠性、技术安全性、防护有效性、产能可及性、储运便捷性、人群普适性、体验舒适性、使用广泛性、价格可负担性等“十项特性”优势全球领先。中国生物在杨晓明的带领下，不仅成为世界抗疫战斗中的“定海神针”，而且提前实现了企业愿景，跨入了世界一流生物制品企业的行列！

“弄潮儿向涛头立，手把红旗旗不湿。”秉持“国之大者”的家国情怀、敢于担当的使命责任、攻坚克难的勇毅精神、爱与责任的价值理念，杨晓明将和中国生物人一起，继续砥砺奋进、勇毅向前，在新时代演绎更为精彩的筑梦故事，书写中国生物制品事业的不朽荣光！

铁的力量

——“央企楷模”王维伟

◎文/中国安能一局合肥分公司　王兆武

引　子

铁，是一种物质，更象征着一种力量。

铁的力量来自它的忠诚、坚硬、顽强、不屈、担当、敢于牺牲、勇于淬炼。

铁的这种秉性，恰与一支队伍的精神契合。

1952年，为响应毛主席“一定要把淮河修好”的伟大号召，华东野战军步兵第九〇师改编为中国人民解放军水利工程第一师，投入治理淮河的战斗中去。从此，新中国水利水电建设现场，就活跃着军人的身影。

1966年8月，中国人民解放军基本建设工程兵第61支队在四川映秀湾电站工地组建，正式拉开了以军事化组织形式参与国家重点工程建设的序幕。

此后，这支队伍屡次攻坚克难，以铁一般的意志与精神，应召而战，应急而上，圆满完成各种应急救援、水电工程、抢修抢建重大任务，被称为中国“水电铁军”。

这支队伍即原武警水电部队，2018年，根据中共中央《深化党和国家机构改革方案》部署，转为非现役专业队伍，组建为国有企业——中国安能建设集团有限公司（以下简称“中国安能集团”）。

铁心向党，铁肩担当，铁胆攻坚，铁骨奋斗，这“四铁”就是这支“水电铁军”的精神。

在这样一支含有“铁元素”的部队里，铁，是象征，是精神，是灵魂。因此，成为一块“铁”，也是每个军人毕生的追求。

“全国抗震救灾英雄集体”原武警水电第四支队六中队中队长，“中国武警十大忠诚卫士”提名奖获得者，武警部队“一等功臣”“抗洪抢险先进个人”，中国安能集团第一工程局有限公司合肥分公司党委常委、纪委书记——王维伟，就是这样一块在“铁军”熔炉里，经过反复淬火、锻打过的发着光的“铁”。

铁心：“我要去当兵”

一

大山，都是重重叠叠的大山。一抬头，那些山石仿佛就顶在鼻子尖上，随时都要坠落下来。

王维伟赶紧缩了缩身子，他问父亲：“我们去的是什么地方？怎么还没有到呢？”一早上从市里出发，一直到傍晚，坐在颠簸的军车上，他实在坐得太累了。

父亲的回答永远是军人风格的那种简洁，他说："我们去的地方叫马窝，快了，再坚持一下就要到了！"

"马窝？有马吗？"王维伟惊喜地问。

父亲摸摸他的头，笑着说："没马，马窝就是个镇。"

王维伟沉默了，他又看了一眼车窗外，仍然是山，一重重的山绵延无尽。对于这样的迁移，他和母亲都已经习惯了。因为父亲是一名水电兵，才4岁的他，就已经在内蒙古、河北两省区生活过，现在，他们一家又随着父亲来到了广西，听说是又要建一个水电站，很大很大的水电站。

后来，长大了一点，王维伟才知道马窝是父亲他们部队的驻地，位于广西壮族自治区百色市隆林县西北方向，距隆林县城40公里，距贵州兴义市约60公里。当时武警水电第一总队在这里驻扎约有2万人，而这些当兵的人，要修建的水电站叫"天生桥"。它可是我国"六五"计划期间的重点建设项目之一，水电站位于广西隆林各族自治县原祥播乡、桠杈镇与贵州省安龙县德卧镇接壤处南盘江的雷公滩段峡谷上。由分期建设、连续施工的二级水电站组成，总装机容量252万千瓦。

入夜，天黑下来了，终于到了镇上，几幢土房子低伏在崖坎上，一条简易的土石路歪歪扭扭地穿镇而过。

"这地方没电！"王维伟叫道。

父亲豪迈地说："我们来了，这地儿就有电了！"

这是1988年春天的一天。王维伟随军在这里驻扎了下来，这一住就住到了1998年，直到14岁的他去县城读高中为止。

二

在马窝，王维伟深切体会到了父亲作为一名水电部队军人的荣光。

部队没来之前，这里的老百姓被大山阻隔，没有路，没有电，他们与世隔绝。

一开始，部队的炊事员去老百姓家买鸡蛋，1个鸡蛋5分钱，给1元钱买20个，老百姓不干了，他们要一个一个地卖，卖一个蛋，收5分钱。

这并非笑话。

随着天生桥水电站的建设推进，山里的路通了，电通了，马窝这个昔日的穷乡僻壤也真正成了一个集镇，现代文明之风也吹进来了，医院、学校、邮局、商店、影院都有了，甚至还有了一个旱冰场。

马窝一直被王维伟当作自己的故乡，虽然他出生在内蒙古，可是在这里他度过了自己的童年和少年，而马窝的这些变化是王维伟亲眼所见的，从此他对父亲和父亲所在的部队有了一种莫名的亲近感。

一天，他在中央电视台的一档节目上看到了一部专题片：《兵驻天生桥》，说的正是父亲所在的部队修建水电站的事。“他们勠力同心，闯溶洞、过暗河、战塌方、治涌水，在地质条件极为复杂的喀斯特岩溶地区建成了百万级的天生桥水电站，擎起了西电东送第一面大旗，这是西电东送南路工程第一个电源点。它让电能奔跑起来，实现了我国西部丰富水电资源输送到东部沿海地区的伟大战略构想。”

随着镜头的转移和主持人的解说，王维伟看得热血沸腾。

原来，父亲参加修建的水电站不仅改变了马窝，还为更多的地方带去了福祉。

后来，王维伟了解到，天生桥二级电站的建设施工中遇到的困难和危险，在世界水电建设史上也是极其罕见的，当时诸多施工单位都在犹豫。国务院会议上，水利电力部直接建议，让基建工程兵第61支队的官兵去承担这项任务。第61支队是一支特别能吃苦、特别能战斗、特别能忍耐的部队。自组建以来，先后完成了映秀湾水电站、潘家口水利枢纽工程、引滦入唐工程等大型水利工程。部队的战斗作风和吃苦精神给全国人民留下了深刻印象。国家计划委员会经过慎重考虑，最后选择了第61支队。

读高中之前的最后一个暑假，王维伟独自来到天生桥水电站施工现场。天刚蒙蒙亮，汽车、推土机、铲运机、压路机、吊车和翻斗车就开始了作业。大山沟里，一片繁忙景象。那些正在参加建设的人都穿着军装。王维伟看看四周没有人，便学着记忆中父亲的样子，悄悄地举起右手，敬了一个军礼，暗暗下了决心：“长大了，我也要成为他们！”

三

王维伟高考成绩不错，填报志愿时，他选择了西华大学（当时的四川工业学院）电子信息专业。四年大学毕业后的2005年5月，大家都以为他肯定是要留在成都，过一种安逸的日子，谁知道，他竟然选择了参军入伍，而且去的是水电部队，那可是注定了一辈子都要钻山沟、驻峡谷啊。

同学和老师都不理解他为什么这样选择，纷纷劝说他留下来，可王维伟就是铁了心，这兵我是当定了！

2005年7月，王维伟在广西柳州历经了为期3个月的新训生活，实现了从一个地方大学生到武警军官的转变。新训结束后，他被分配到了位于四川省雅安市汉源县的武警水电第四支队瀑布沟项目部。到项目部报到后，他先被分到了三中队，在中队先后担任技术员、排长，并负责中队机务组建设、现场施工管理和钻爆工作。

初到工地，王维伟第一次接触到水电站的建设、第一次参与现场管理、第一次当兵“头”，有太多太多的不适应，但他不怕苦不怕累，不怕挫折，正确对待困难，不断加强对本职工作的学习，不断提高自身业务水平。在不断钻研业务的同时还向领导以及有经验的老同志学习施工工程、爆破技术方面的各种知识，认真熟悉本职工作，加强自己的业务能力，以便更好地配合各方面人员的工作，做到有需要时能够及时准确地提供有力方案。对领导交给的工作能主动想方设法完成，汇报工作及时并能提出较好的建议。在爆破技术方面不仅注重自身能力的提高，同时还注重对中队战士的培训，全面提升了中队的整体水平。在他的努力下，排里的各项工作也逐渐开展得有声有色，他所在的排2006年荣立了集体三等功，排里有一名同志荣立个人三等功。

这年年底，母亲接到了他报来的喜讯，不禁高兴地笑了，她说：“小子行，是个当兵的料！”

铁胆：“我要上刀山”

一

午间，喧闹的工地暂时安静下来，营地楼房外的杨树上，一群不知名的鸟突然鼓噪起来，王维伟没有休息，正在攻关项目部的一个技术难题。忽然，他感到大楼摇晃了一下，他以为是自己的错觉，旋即，大楼又摇摆了一下，这次幅度更大了，以一个军人的敏感，他立即意识到：地震了！

营地楼房位于两座大山之间，王维伟奔出屋去，只见山上不时有滚石倾泻而下。作为时任武警水电第一总队四支队六中队中队长，他是这座营地的负责人，他立即吹响了哨子，一边打电话询问情况，一边分配各班组组织施工人员和民工疏散到安全地带。

一开始还能打通外界电话，但都不知道地震发生在哪里，过了约20分钟，所有通信中断了。直到晚间，才知道震得最厉害的在汶川和北川，但汉源也是重灾区之一，其他的具体情况就一概不知了。王维伟一边安排人员清理工地，一边整装，去汉源县城应急救灾。

汉源县城也是一片废墟，王维伟立即与中队人员一起投入抢险。

5月18日下午，正在执行废墟清理任务的王维伟，接到上级紧急命令，立即赶赴唐家山堰塞湖抢险前线集结待命。

那些天，通过各种途径，王维伟知道了唐家山堰塞湖，它地处北川县城西北6公里处，是汶川特大地震形成的最大、最危险的堰塞湖，这如同一大盆水就放在绵阳市及下游地区130万人民的头顶，随时都有可能盆倒水泄，如果处理不好，后果将不堪设想。眼下，它成了全国亿万人民关注的焦点。

二话没说，只用了1小时便集结完结，下午3点半，王维伟带领中队98名官兵从大渡河畔黑马营地出发，昼夜急行向北川挺进。

5月19日，王维伟和战友们翻越泥巴山，经雅安、成都、绵阳、安县到达北川，就驻扎在城外农田里，等待命令。

站在大山上的制高点，看见灾后的北川一片废墟，依稀可见当地幸存百姓背着简易的家当向外撤离，偶尔看到运送遇难者遗体的车辆……一位战友看着这情景，默默地流泪。原来，他家就在这附近几百米处，但是因为有令在身，他不能离开半步。王维伟默默地拍了拍战友的肩膀。

震惊！同情！哀痛！……

王维伟心中油然而生的是压力！是使命！是责任！

此时，因交通中断，连日大雾，直升机无法进山，海事卫星电话也不管用，唐家山堰塞湖的坝体到底有多大，地质情况如何，一概不清楚。

可是，时间不等人。

5月20日，中队正式受领到唐家山堰塞湖排险的任务：第一组，陈全义等3名测量工，跟随支队高级工程师梁启成，到堰塞坝体执行上游水位观测任务；第二组，由王维伟带领62名大型设备操作手，承担坝体导流槽开挖任务；第三组，由胡磊、文涛等33名官兵跟随支队教导队教导员漆文，承担设备、物资、给养输送任务。

临危受命。

使命高于一切！

完成任务第一！

这是水电部队全体官兵的坚定信念！

水位观测组的4名同志，第一批被空运到堰塞湖坝体。21日那天，由于坝体地形复杂，直升机在上空盘旋良久，找不到适合的着陆平台。当距离地面还有3米多高的时候，三级士官陈全义奋不顾身地跳了下去，成为成功着陆唐家山堰塞坝的第一人。

由于持续的阴雨迷雾天气，此后的4天，空中通道受阻，飞机无法进入，通信中断，无法和外界联系。

水位在上涨！

险情在加剧！

天气还是满足不了直升机飞行条件。时间在一分一秒地流逝！所有人都心急如焚。尤其是王维伟，作为中队长，他更是惦记着战友们的安全。这时，先期降到堰塞湖坝体的一位战友爬到一个高点，用手机捕捉到了一点儿信号，给王维伟打电话：我们靠吃野果维持，现在什么都没得吃了！

王维伟对战友说：再坚持一下，我们一定尽最快速度赶来！

放下电话，他赶紧向支队政委汇报了最新情况，请求带队徒步进山。

25日，唐家山堰塞湖抢险工程前方指挥部果断决定，集结的参战官兵，徒步挺进唐家山。

晚上10点半，王维伟奉命带领中队62名突击队员，每人背负近50公斤的给养物资，沿着总队开路先遣队留下的标识，借着手电筒的微光，徒步跋涉，艰难前行。零点时分，走在队伍中间的一级士官秦立振，突然被松散的碎石滑倒，溜出路面5米之下，在距他不到1米的脚下，就是震后形成的一道两尺余宽、深不可测的地表裂缝，战友们不禁倒吸了一口冷气……

俗话说，“上得刀山，下得火海”。现在，王维伟才真切地体会到了什么是“刀山”。震后的大山，乱石嶙峋，悬崖森森。可是，为了下游130万老百姓的生命安全，这“刀山”，必须上。

一路上，躲过余震引发的滚石，踏过刀尖般锋利的乱石，穿过荆棘密布的丛林，蹚过被泥石流覆盖的小道，冒着随时可能跌入悬崖和山体裂隙的危险，行进……

穿越……

攀爬……

匍匐……

手被划破，腿抽筋，脚出泡……

没有一个人喊痛！

1小时，2小时，3小时，没有一个人叫累！

肩并肩，手挽手，心连心，没有一个人掉队！

我们不能停！我们不能歇！下游130万群众等不起了！

挺进！挺进！就是登天也要上！

挺进！挺进！就是爬，也要爬进唐家山！

王维伟一路上不停地给战友打气鼓劲。

连续行进8小时后，伴随着曙光，王维伟和战友们终于到达唐家山堰塞湖坝体。

先期进山的战友已经饿得说不出话来，见到王维伟，眼泪无声地流了出来。

太阳升高了，直升机可以进山了，这也就意味着，决战就要开始！

二

26日上午，天气转好。

王维伟立即组织战士修建人工停机坪，为直升机进来做好前期准备。

中队战士受命吊装设备，兵分两路，一组在北川县擂鼓镇负责起吊，一组在堰塞湖坝体卸载。

巨型“米-26”直升机靠近地面时，发动机产生的轰鸣声震耳欲聋；螺旋桨刮起的风力达到10级以上，让人难以站稳；强气流卷起的沙石打在身上，就是一道道血口；悬吊在空中不停摇摆的钢缆，随时可能会伤及人命。而王维伟和战友们，就是在这样的处境下，为一台台设备缠绕钢丝绳，为一次次设备空运挂钩、摘钩。不知多少次重复受伤，不知多少回死里逃生。

8天时间，王维伟所在中队完成作业189次，吊装设备45台套，油料物资230多吨，最多的一天吊卸36次。

施工机械上去了！

物资油料上去了！

决战的条件成熟了！

26日上午11点6分，王维伟一声令下：唐家山堰塞湖抢险战正式开始！

挖掘车、自卸车、推土车操作手们箭步跨入操作室。他们将机械从停机坪开下，沿着凹凸的坡面，驶向方案设计的出水口，挖下第一铲土石方。

为了抢时间，王维伟临时组建了党员突击队，党员们率先垂范，早晨早干1小时，晚上晚回1小时。

为了抢时间，操作手高强度作业两班倒，做到人歇机不停。

为了抢时间，有的中暑晕倒，输完液继续上，有的裆部溃烂，抹点药膏接着干。

困了，吃瓣大蒜……

饿了，啃口干粮……

渴了，喝口凉水……

尿急了，用空水瓶解决问题……

肚子胀了，提前10分钟报告……

王维伟既是战斗员，又是指挥员，目的就是尽快挖出一条泄流槽，降低堰塞湖水位。他在工地上穿梭往返，不停地观察不同的机械操作情况。

上去的第二天，他正和挖掘机操作手交代任务，突然，山上的飞石砸下来，将挖掘机砸了个大坑，又掉转方向，直奔王维伟。王维伟下意识地一躲，飞散的石块弹到了他的左手臂上，他只觉得一阵钻心的疼痛从手臂上传来，战友要停机，他摆摆手说：继续！

随后，队医为他包扎了一下，对他说，可能是骨折，要下山诊疗！

王维伟说：先打上绷带吧！现在没时间了！他当时心里想的是，一定要和中队的士兵们同进同出，任务不完成，决不下山。

经过6天6夜的艰苦鏖战，一条长475米、底宽7~10米、深13米的引流渠出现在堰塞湖坝体上，部队提前5天超额完成抢险方案确定的目标和要求。唐家山堰塞湖排险取得阶段性胜利！

6月5日，部队撤离到山下，此时，王维伟的左手臂已经肿得厉害。正要到医院治疗，6月6日，又接到上级新的命令，因为气象部门预报，未来两三天将有大到暴雨，堰塞湖必须赶在暴雨来临之前泄洪，也就是说，必须立即加宽加深原来的泄流槽，尽快泄洪。

三

大家几乎没有得到休息，又要重上“刀山”，而这一次，任务更艰巨，时间更紧迫！

王维伟知道情况紧急，立即动员，紧急部署，从重新出发到投入战斗，仅用了短短21小时。

此时唐家山堰塞湖的水量在不断增加，左侧施工面形成了极易坍塌的陡坎，局部甚至出现渗水。

王维伟知道，这次比上一次危险更大。

一是堰塞湖上游有大量漂浮物漂下，特别是以前山上居民储藏的大木头跌落在湖中，像一座座小山，在水中漂浮，堵在了泄流槽进水口。

二是发现上游有一座山体开裂，如果再有较大的余震发生，山体堕入堰塞湖中，将会形成巨大的水浪，巨浪滔天，堰坝上的一切都会被巨浪卷走。

虽然王维伟手中握着信号弹，一旦发生危险，就发送信号，指挥人员撤离，但他知道，很有可能信号弹还没升上天空，就会天崩地裂。

他带头留下遗书，托付后事，誓言“堤在人在”，一定要按要求继续开挖。随后，他和战友们再次开工。

堰塞湖上的条件太艰苦了，尤其是晚上。

入夜后，唐家山堰塞湖起风了。大风把整条山谷刮得呜呜作响，回声在两岸间激来荡去，直穿入堰坝上每个人的心尖。

虽然已是6月，但唐家山夜晚的风仍然冰冷如刀。

王维伟疲倦地走到帐篷前，却发现帐篷底部全湿透了，他摸了摸其他战士的帐篷，也都潮得能拧出水来，他赶紧对战士们说，堰顶上虽然风大，但地上要干一些，我们把帐篷临时搬上去凑合过一夜吧。

王维伟的左臂越来越肿了，疼得他无法入睡，偏偏堰上的蚊子也来凑热闹，这里的蚊子太厉害了，一叮就是一个大包。左右睡不着，他索性悄悄再去工地看看，手电筒照在碎石间，突然，一个黑影在石头间游动，一照，竟然是一条土蝮蛇！

惊魂甫定，突然又下起雨来。王维伟伸出手去，接着雨水，刚好抹了把脸。堰上最金贵的是水，堰塞湖里的水因为受到污染不能用，空运进来的瓶装饮用水只能保命，绝不允许挪作他用，洗澡、洗脸、洗脚、漱口、刷牙全都免了。他在手心里捧着这些雨水，喝了一大口后，又洗了洗脸，便快步向工地走去。他知道，一下雨，险情就又加重了。

滑坡，余震，降雨，涨水，唐家山的夜晚险情不断。

刚爬到堰顶，就听到轰隆隆的声音从对面山谷传来，却不像是施工机械发出的声响。再听，才发现是对面那座山还在滑坡，山石往堰塞湖里滚落的声音。

这时，王维伟已经不知道害怕了，他踩了踩脚下并不结实的地，他知道，其实最危险的还是在自己的脚下。就是它们从对面那座山上垮塌下来，堵塞河道才形成了堰塞湖。人们永远无法知道这下面究竟是些什么东西，这才是最可怕的。有时，正在施工，突然感觉到不仅堰体在摇晃，堰体内部似乎也在咔嚓作响。堰体会不会突然解体，谁也不知道。

王维伟只知道，他的任务与使命就是跟老天爷拼速度、抢进度！

走到堰塞湖坝体侧面的导流明渠开挖的施工现场。从堰顶往下望：

山下开挖现场几十台挖掘机沿着堰塞体导流明渠一字布开，长长的机械铁臂此起彼伏，每台挖掘机上自带的灯光把整条山谷都照亮了，还有不少推土机在来来回回地推土。机器的轰鸣声让人站在堰顶都感觉到震耳欲聋。

王维伟抬起右手，像是安慰受伤的左手似的，来吧！他撸起袖子，又走到了挖掘机前。

自抢险战斗打响以来，王维伟带着中队官兵分成几个班次，每天都是24小时作业从不中断，每个战士每天作业时间都在十五六个小时，很多战士连续几个晚上彻夜未眠，天亮后回帐篷囫囵睡上一小会儿又接着上工地。大家都有一个共同的心愿，多干一分钟，堰塞湖就可以早一分钟疏通，下游的人民群众就少一分危险。

官兵们再次连续奋战86小时后，在堰塞湖坝体右岸成功开辟一条导流明渠。

这时，王维伟带领战士们边挖边撤离。乘坐直升机离开的顺序依次是：当地的老百姓、专家，而王维伟和战友们是最后一批撤离的。

暴雨将至，而湖水已经过流，这是非常危险的，如千钧系于一发。当王维伟和战友们登上最后一辆直升机时，他们在空中看到，水流裹挟着泥石，已经倾泻而下。

6月10日下午15点15分，最大洪峰顺利通过绵阳，人民群众无一伤亡，唐家山堰塞湖排险取得决定性胜利！

得知胜利的消息时，王维伟正在医院治疗那只受伤的手臂，医生惊呼道，再来迟一点，你这只手就废了！你是怎么忍住疼痛的呢？

因为抢险救灾取得决定性胜利，王维伟个人荣立一等功，六中队被武警总部授予“抗震救灾英雄中队”荣誉称号，被中共中央、国务院、中央军委授予“全国抗震救灾英雄集体”荣誉称号。

这段经历让王维伟终生难忘。后来，他代表水电部队参加水利部抗震救灾先进事迹报告巡讲团，在全国大力宣传中队参加抗震救灾的先进事迹，宣讲中，他这样说：

“在决战唐家山的日子里，中队98名官兵，牢记忠诚卫士的神圣使命，坚决把人民利益举过头顶，把自身安危置之度外，把艰难困苦踩在脚下。用智慧、汗水和鲜血，把水电兵的忠诚，镌刻在唐家山巅！

此后，王维伟以一颗铁胆忠心多次奔赴这样的“刀山火海”，一次次重装逆行，将其练就为和平年代的超级英雄。

2013年4月20日，四川雅安芦山发生7.0级大地震，王维伟随项目部快速机动，到达震中地区参加抢险救援工作，在余震不断的情况下，担负芦山到宝兴段公路的抢通、保修、瞭望的任务，其间还协助灾区进行运送物资、食品，搭建帐篷等各项工作。

2015年12月20日，深圳发生特大滑坡事故，王维伟现场组织150余台推挖装设备连续奋战，带领官兵完成了核心区搜索清挖、清运土石方，开辟了一条“黄金救援通道”，经过一个月的艰苦鏖战，圆满完成了抢险任务。

铁骨：“请将我锻打”

一

作为铁军的一员，不仅要有铁心、铁胆，更重要的要炼就一副铁骨，这样才能更好地担当。

炼就铁骨，其实是源自内心对人民的“柔情”。

作为一名军人，王维伟深知“人民”两字的分量，在实际工作中，他始终将人民利益放在心中最重要的位置。

一来到部队，王维伟就投入到热火朝天的工地施工战斗中。2006年6月，他担任瀑布沟项目部三中队排长，主要负责爆破施工。

那是一个烈日炎炎的下午，王维伟正带领爆破班战士在工地布线、安装炸药，等一切程序安排妥当，准备一声令下点爆时，突然，驻地老乡放在山坡上的一群羊闯入了爆破区，一旦炮响，将会让老乡蒙受巨大损失。

时间紧迫，情况紧急，王维伟马上组织战士们把羊驱赶到安全区。尽管没有伤着羊，王维伟还是在第二天特意赶到老乡家里了解情况，告诉他们部队施工的情况，叮嘱他们注意事项。驻地老乡看到王维伟诚恳的态度，细致的工作，非常感激。自那以后，每次爆破，老乡都会主动把自家放养的牲畜赶离爆破区，给施工部门减轻了不少压力。

2009年初，王维伟所在的中队整体搬迁到大渡河上游参加猴子岩电站建设。

一进入营地，王维伟和战友们吃了一惊。

只见大渡河两岸山如刀削直入云天，幽深的峡谷里，飞舞着漫天乌鸦，传来阵阵凄凉的叫声。

正茫然间，在那看似荒无人烟的地方，不知从哪儿钻出来了十几个人，男的个个腰佩刀具，女的个个裹麻戴饰，站在不远处盯着官兵看，看得刚来此地的官兵心里直发毛。

打头阵的官兵介绍说，山上有一个很大的少数民族村庄，他们居高临下，看到部队来这么多人，跑下山来看看热闹，没有恶意的。

项目部安好营后不久，王维伟主动爬上山走访这个村庄，原来这是孔玉乡下辖的一个自然村，叫色龙村，村里住有500多人，过着古老而远离现代文明的生活。村里的小学叫船头小学，茅草房破烂不堪，房子前后全是泥路，简陋的教室里只有几张破旧的桌椅，稚气可爱的孩子眼睛里充满着对知识的渴望……

王维伟看到这些心里很不是滋味，他想起自己在天生桥水电站驻地的清贫生活。之后，他利用休息时间，带领中队战士给小学修缮房屋，修通去往学校的水泥小路，还经常带领中队战士到学校给孩子们上课，讲故事，教他们认识外面的世界。

去的次数多了，船头小学的学生都认识了这位大学生兵哥哥，每次去学校，小朋友们都亲切地叫他“扎西哥哥”，这是当地人对客人最崇高的尊称。

2011年，王维伟调到黄金坪项目部负责施工质量安全工作。黄金坪电站左岸边坡施工任务重、条件差、难度大，边坡施工需要使用驻地村民的一条通村公路，那是一条只有1.5米宽的小公路，也是一条非常危险的盘山小道，却是山上村民进出村寨的唯一公路，也是他们的生命线。

因为施工，道路经常被堵，老乡们生活受到一定的影响，王维伟看在眼里，急在心上，一面向业主汇报情况，一面与驻地政府协调办公室进行协调，在他的努力和带领下，公路拓宽到2米，并铺上砂石，窄小的羊肠小道变成了宽敞的公路，村民进出村的安全得到了充分保障。

铁骨柔情赢得百姓的信任与爱戴，当王维伟带着中队完成任务离开营地时，当地老百姓自发地前来送别他们，他们唱着歌："索马花开一朵朵，红军从咱门前过，红军走的是革命的路哟，革命的花儿开在咱心窝窝……"

那一刻，王维伟的眼里温润了。

二

炼就铁骨，更需要不断补充"营养"。

入伍14年直至2018年转制2年以来，王维伟始终不忘参军报国的初心，始终把学习作为提升自身素质的最好途径，始终把忠诚于党作为人生的信条。

"当兵不习武，不算尽义务，武艺练不精，不算合格兵。"王维伟入伍第一天就牢牢记住了挂在新兵团的这一横幅，也下定决心苦练本领、精武强能做一名优秀的军人。新兵训练结束后，他主动要求到最艰苦、技术工种最多的中队任职。

到中队任排长带队的第一天王维伟就傻眼了：排里32名战士9个不同工种，分散作业在6个不同作战线，还有复杂的施工图纸、施工程序，没有一项是他会的，但是他没有在困难面前低头，没有被难题所征服。

在技术老兵面前，他始终把自己当成一个学生，白天虚心向老兵学习、请教，每个环节、每道程序都亲力亲为，晚上把白天学的技术要点、注意事项、易犯错误写在笔记本上。

功夫不负有心人，9个月后他全部掌握了排里9个工种的基本操作技能，并拿到了爆破工程师初级证。2007年6月，在支队开展的"大干100天"比武中，他带领的爆破班组刷新了支队月爆破方量的纪录，他设计的爆破方案为部队节约成本70余万元，个人获得瀑布沟电站建设年度先进个人荣誉。

2009年，王维伟所在中队要从四川汉源县赶赴四川甘孜州丹巴县参加猴子岩水电站建设。面对繁重艰巨的任务，他毫不犹豫勇挑重担，欣然加入猴子岩水电站的建设中。万事开头难，面对大渡河河畔空荡荡的营房，他迅速规划中队正规化建设，一切从零开始，在不到3天的时间里，他带领中队官兵以最快的速度完成中队的搬迁工作，并快速投入到紧张的施工生产中。在紧急关头经受住了各种困难的考验，因为组织有方、建设到位，得到上级领导和中队官兵肯定。

2011年7月，王维伟被提升为支队后勤处军需营房股股长，因为项目部工作任务的需要，他没有到机关工作，调到了四川省康定县姑咱镇参加黄金坪水电站建设，担任黄金坪项目部质量安全科科长。新项目部组建前期工作千头万绪，线头如麻，王维伟同项目部主官厘清思路，大胆工作，迅速打开工作局面。

项目部质量安全科，工作繁杂，任务艰巨，王维伟找准自己位置，调整工作状态，迅速从中队长的位置上调整过来，积极主动学习施工技术、工艺方面的知识，结合同志、战友的帮扶提高了自身业务水平。同时还向领导以及有经验的老同志学习安全管理、混凝土浇筑的各种知识。

在安全管理工作中，王维伟注重把功夫下在"预防"上，体现了务实的工作作风。在黄金坪电站左坝肩开挖施工中，针对坡陡、路滑，安全隐患突出的实际，抓住爆材管理、车辆运行、边坡危石清理等重点问题不放松，积极抓好方案、措施和管理制度的落实，并根据规范制定了黄金坪《安全管理制度》《施工车辆及驾驶员现场管理规定》。在左坝肩边坡支护施工中，针对施工现场潜藏的安全隐患，本着安全节约的原则提出预防措施和处置方案，并积极组织力量抓好落实，避免了人员和施工设备事故的发生。

2012年7月14日18点25分，黄金坪工地左坝肩由于受到长期降雨及渗水影响，发生大面积垮塌事故，由于提前演练，做好预案，处理及时，未发生人员伤亡、设备财产损坏事故。事发当时专职安全员发现左坝肩滚石，便及时向王维伟汇报，王维伟带领专职安全员立即跑向左坝肩下方通知中队赶快撤离，同时向安全主管项目副主任汇报现场情况，带领中队50人及数台施工设备及时向下游围堰堰体撤离，避免了重大安全事故的发生。

15年来，王维伟参与承建四川瀑布沟电站、四川汉源援建项目、四川猴子岩电站、四川黄金坪电站建设，他干中学，学中干，熟练掌握了爆破、推挖装大型设备操作等多项技能。

2013年，部队调整转型后，王维伟带领部队完成大型练兵3次，其中参加了安徽省水利厅组织的“2015年省防指军地防汛抢险 ”联训联演，得到省水利厅的高度肯定。针对安徽省境内长江、淮河干堤险工险段制定相关处置预案6份，并完善了大队应急抢险工法、战法储备及各类方案预案14份。他结合部队营区练兵特点，积极谋划营区练兵方案，与巢湖市政府协调营区周边空地作为专业练兵场地，练单兵、练技能、练思想作风、练班组、练协同指挥。培养出15名共同课目教练员、16名专业课目教练员，培养各类技能能手64名，5名官兵获得水电指挥部、总队技术人才奖，撰写各类技术教案32份，参与编写抢险战例分析8份，在省部级文刊发表1份。2008年，王维伟被总队评为“总队第一届十大尖兵”，是名副其实的多面手、一专多能的技术尖兵，所带大队被水电指挥部评为“先进大队”“军事训练先进单位”“安全工作先进单位”，成为总队技术精兵的标杆。

2015年1月，王维伟被提升为支队副总工程师。支队技术室的技术干部都在各练兵指挥所做收尾工作，技术室各方面的建设都处于空白状态。他主动向支队党委提建议，谈想法，谋改革。客观分析技术人员结构现状，把配齐、配强技术骨干队伍的建议送交支队党委。在支队党委的大力支持下，技术骨干陆续回到技术室展开工作。技术力量刚刚组建，专业不同、相互磨合不够等问题导致对技术课题研究的计划、安排与实施还不够规范。为此，他充分发挥集体的智慧和力量，引导全体技术骨干提高技术研究的自觉性和积极性，让大家认清科研工作对部队抢险救援的推动作用，逐步使技术室的建设步入正常轨道。

铁肩："这里我负责"

一

2015年，王维伟所在的部队移防到了安徽。

安徽是一个多水的省份，长江、淮河二水穿境，更有多个大湖星罗棋布，加上江南梅雨季节降雨多，因此，历史上一直水灾频发，这无疑给这支以抢险为主责的水电铁军，带来了新的考验。

2016年，王维伟由副总工调任巢湖大队任大队长，驻地所在的巢湖是安徽最大的湖泊，也是中国五大淡水湖泊之一。总面积1.35万平方公里的巢湖流域，三面环山或环分水岭，中间低洼。在有大水时，三面的水都会进入巢湖，这里经常面对山洪冲击、江洪顶托、湖洪浪高、内洪量大的防汛压力。

2016年6月初，长江中下游地区普降暴雨，受降雨影响，到7月，巢湖一直处于超警戒水位，巢湖大堤多处出现渗漏、管涌、裂缝、脱坡等险情，威胁大堤安全。

湖面上，风起浪涌，水浪拍打着堤岸，一只水鸟呆立在被水淹没的树梢上，有点儿凄厉地鸣叫着。

雨又下起来了，王维伟几个夜晚没有合眼，与大队官兵严防死守在大堤上。

暴雨不停，巢湖大堤到处吃紧，最紧张的时刻来了。

7月2日14时许，支队接到驻地政府防汛指挥部汛情通报，巢湖大堤某段堤坝发现裂缝，请求参与处置，支队立即派王维伟前往察看。王维伟到现场一看，吃了一惊，这段堤坝的背水坡处为一废弃水厂的沉淀池，裂缝正发生在沉淀池处，而池中都是淤泥，具体情况又不清楚，这就要求紧急处置，必须立即填实沉淀池，固脚护坡。但现场情况非常棘手，大型工程车辆该从哪里进入施工是个问题。湖滨大道是可以通车，但是大型车辆一进入，万一对这里的路面再次产生重压，造成二次伤害，后果将不堪设想，只能从塌方的背面进入，而背面有不少建筑等障碍物。

时间不等人。作为技术专家和一线指挥员，王维伟立即在现场拿出方案。一是立即拆除背水面所有障碍物，保证抢险车辆顺利进入现场。二是紧急抽调以挖掘机、推土机和自卸车等为主的大型装备18台套，大队官兵80名，兵分两路，一路人马携挖掘机和装载机直奔现场，另一路开着自卸车到数十公里外的料厂运送土石方到堤坝处置现场。

2小时后，部队的设备到了，这个时候，发现原先的裂缝在扩大，堤坝的背水面持续沉降。

十万火急！

王维伟拿起喇叭现场指挥：紧急调运大石块，用大石固脚，抢修一条便捷抢险通道，最大限度节省时间。

时间一分一秒过去，淤泥塘一点点被填满。

雨中，王维伟一直站立在堤坝上，一边指挥，一边观察沉降情况。

晚上10点钟，堤坝还在沉降。

王维伟的嗓子已经喊哑了，更糟糕的是，他的耳朵又开始了剧烈的轰鸣。当年参加瀑布沟和猴子岩项目工程爆破时，造成了双耳爆震聋，右耳几乎完全失聪，左耳也轻度耳聋。2014年，他发现右耳一点儿都听不见了，而且耳鸣得十分厉害，一躺下来，就像是有无数蜜蜂在耳蜗里飞进飞出，十分痛苦，便去医院治疗。医生告诫他，这种病千万不能用力喊叫，千万不能劳累过度。

王维伟已经听不见外面的声音了，世界在他面前像一幕哑剧。但是，他听得见自己内心的声音：坚持！顶住！

他观察着水位，告诉当地的领导，如果到晚上12点裂缝处还继续沉降的话，则一切不可挽回，人员、设备必须马上撤离。

所幸，经过6小时激战，到晚上12点时，随着水池填实，堤坝背水面固脚培厚，沉降不再继续，险情总算控制住了。

王维伟刚刚喘了口气，又接到险情报告，抹一抹脸上的雨水和汗水，他手一挥，出发！

一位战友发现王维伟始终捂着右耳，猜想到他一定是耳病犯了，就劝说他休息一会儿。王维伟摆摆手，只说了三个字："跟我来。"随即，他和战友又走进了雨幕中。

从7月2日到7月中旬，王维伟带领大队先后出动兵力800人次，装备46台套，参与了巢湖市夏阁镇管涌处置、西坝口子堰加高、巢湖大堤湖光水厂段脱坡处置、伍贾圩片区双桥河段抢建2.5公里堤坝二平台和处理渗漏及脱坡等6次重大抢险任务，取得了辉煌战绩，当年他被评为武警部队“抗洪抢险先进个人”。

二

巢湖险情刚除，长江又传汛情。

2016年7月以来，长江岸畔的安徽池州市多地水位居高不下，池州市东至县秋浦河河东圩出现80米长的溃口，池州市贵池区万子圩一连出现5个溃口。大量民房被淹没，大片农田被浸泡在水中。

7月25日，王维伟又接到任务，带领260名官兵，携带147台套各类抢险装备，星夜驰援，赶往池州抢险救灾。

当日中午，王维伟赶到河东圩现场，这里已经成为泽国，天空上一轮毒太阳毫无遮挡地照射下来，室外气温达到40多摄氏度，一下车，汗水立即湿透了衣背。这一天，从抢险现场到驻扎营地，王维伟一刻没停地察看现场。第二天凌晨3点躺下，简单合了一下眼，5点30分他就已经起床带班干部商讨抢险推进方案了。从人员编组到设备调配，从机械施工优化到溃口封堵时间，每一个抢险步骤和要素都必须做到统筹谋划，形成最优方案。

这时，王维伟发现现场抢险最大的问题是缺少物料，尤其是封堵的大石料。只有一个办法，临时就近爆破取料。他立即联系民爆公司，领取炸药。可是，民爆公司不能提供爆破作业，而现场又没有其他爆破工程师，怎么办?

王维伟说，这里我负责，让我来!

一位熟悉他的战友说，你那耳朵不能搞爆破了!

王维伟摆摆手说，特殊时期，没有什么能不能的!

第二天上午10时，地表温度已经突破40℃!

现场如一只大蒸笼，右耳蜗里的那一万只蜂子又在王维伟的耳朵里飞进飞出。

王维伟带领爆破小组如期来到河东圩料场，他亲自装药、连线，手脚并用爬上爬下，不一会儿，脖子上的白毛巾变成灰色，豆大的汗珠湿透衣背，无形地感召激励官兵快速高效完成爆破前的所有准备工作。

轰！轰！轰！

随着一次次精准爆破，截至7月29日，该料场已累计供料11000多立方米，为河东圩决口封堵提供了充足的料源。

在场的人不会想到，这一次次的爆破，带给王维伟右耳的是怎么样的折磨！每一次爆破声，都是对他一次极度用刑，他拼命咬紧牙关，才没让自己呕吐。

此次抢险中，王维伟带领部队官兵合理使用尖端装备，为快速完成防汛救灾提供了有力保证。武警水电部队紧急调运了新型抗洪重器——Q80动力浮桥投入万子圩封堵现场，它能同时运送2台大型挖掘机或3台自卸车，一次运送20立方米石料，大幅缩短封堵时间。

完成东至县河东圩溃口封堵任务后，为尽快帮助灾区群众重建家园，王维伟又紧急协调投入2台“龙吸水”抢险排水车，每小时可抽排洪水3000立方米，对完成剩余溃口封堵任务发挥了巨大作用。

自7月20日巢湖大队官兵进驻池州抢险现场以来，王维伟从没有睡过一个囫囵觉，带领官兵一仗接着一仗打，一仗一仗打胜仗。部队连续鏖战7天7夜，克服溃口多、溃距长、分布散、料源少、进场难、高温烤等难题，圆满地完成了6处决口的封堵任务，创造了“池州速度”。

三

水位，13.43米，破历史极值。

降雨量，829毫米，破历史极值。

蓄水量，59.26亿立方米，破历史极值。

…………

2020年汛期以来，受持续强降雨及上游来水多重因素影响，巢湖水位不断攀升，遭遇了百年未遇的历史高水位。

环湖而立的合肥市及区域内的京福、商合杭等重要高铁大动脉面临着怀抱一桶水的“悬湖”威胁。

巢湖防汛到了最紧要时刻！

迎洪出击，一场保全局、保流域的“悬湖”之战打响！

此时，王维伟早已奔赴在抢险途中。面对汛情，作为资深水电人，他早有预防。虽然单位由部队转成了企业，虽然已经脱下了军装，但险情就是命令，人民生命财产高于一切！“为人民服务”的央企担当没有变，救险的任务没有变，专业技能没有变，抗灾救险的使命也没有变。为此，他时时关注雨情、汛情，要求各单位提前修整工程抢险装备，开展防汛备勤演练。

7月20日晚，巢湖市联指通报，巢湖最低段西坝口若不采取措施，将随时可能漫堤！

凌晨1时，王维伟带着55名中国安能巢湖救援大队队员第一时间抵达现场处置险情。他想起来，2016年夏安徽抗洪时，第一场战役也是在西坝口打响的，那时他们还是武警水电部队。

抢险队伍抵达后，王维伟带头扛起沙袋，有条不紊地组织转运物料、装填砂石、抢筑子堤，队友们也深受鼓舞，鼓足干劲投入到抢险战斗中。

3小时过去了，2000多个沙袋堆上去了，与水平线持平了，5小时过去了，天下起了瓢泼大雨，风浪更大了，堤坝还是不够坚固，王维伟和许多人员的手破了、脚瘸了、肩膀出血了，可依然没有退缩——誓与大堤共存亡！

防洪抢险是个系统工程，人员部署、安全隐患、物资分配……每一个环节都不容忽视。高强度的连续工作，王维伟嗓子喊哑了，在高温的烘烤下，衣服被汗水反复浸湿，湿了又干，干了又湿，困了就在指挥车上躺一会儿，渴了就喝几口矿泉水。

在这样高强度的劳作下，王维伟身上的老伤又复发了，耳朵轰鸣，左臂以前骨折处像扎了钢针，偏偏在这时，他的脚踝又被碰伤了，不断地被雨靴摩擦着，每摩擦一下，就钻心地疼，他索性脱了雨靴，任由一双脚赤裸着整天泡在泥水里。

3小时过去了，6小时过去了，9小时过去了，王维伟带领救援队员用10000多个沙袋、5个装配式防洪子堤，成功抢筑起长达220米的堤坝，比预期提前2小时完成任务，为后续防洪措施的实行争取了宝贵的时间，险情得到有效控制。

巢湖市的一位地方领导紧紧地拉住王维伟的手激动地说："巢湖保卫战，我要给你请头功！"

王维伟微笑着，摇摇头，他已经说不出话来了，从泥水里抬起脚，发现脚踝肿得已经穿不进鞋了，而泡得发白发皱的大拇指早已失去了血色和知觉。

天微微亮，附近的市民送来姜汤、鸡蛋等，一定要塞到救援队员手上，一位老大爷指着"水电铁军"的旗帜，说："我认得你们，4年前也是你们在这里抢险，谢谢你们！"

可是来不及喝一口姜汤，带着伤病，王维伟又带领救援队伍再度出征赶赴一线。因为西坝口险情刚刚排除，伍贾圩、双桥河又接连面临着巨大的防汛压力。

在伍贾圩上一个预留的缺口处，由于河水高涨、两侧水位差过大，滔滔洪水不断从双桥河向圩内涌入，威胁着圩内数万群众的生命财产安全。看到现场情景，王维伟果断下达命令"一定要把这个缺口堵上"！

王维伟乘坐着橡皮艇，现场测量着水深、流量、流速，计算着抢险要用的物料方量等，随后立即拟出了方案："单戗进占，抢占裹头，加固子堤，防渗护坡。"方案一定，安能公司的大型装备赶到现场，推土机、挖掘机、装载机、碾压机、运输车等，可谓"铁军铁甲筑长堤"，他们克服连日作战、地滑路远、道路狭窄等困难，持续守在圩口进行封堵作业，21时16分，伴随着最后一斗土石推入决口，经过21小时的持续奋战，50米的缺口顺利合龙。

刚准备返回营区，巢湖救援大队又接到紧急通报：巢湖市滨湖大道双桥河口段西撇洪沟堤岸，经长时间高水位浸泡，出现多处渗水点，堤岸不稳，急需加固。随时可能出现的塌方、滑坡险情如一把利剑，高悬在市区40万民众的头顶上！抢险队员们马不停蹄转移阵地，在双桥河口再打一场硬仗。

烈日下，风雨中，王维伟带领指挥员、老党员冲锋在前，驾驶员、操作手、调度员、安全员各司其职、忙而不乱，"水电铁军"的战旗映衬着勇士们奋斗的身影。王维伟在与洪魔斗争的日日夜夜里，每天仅有三四个小时的休息时间，醒着的时候，他总站在最前沿、最紧急的堤头指挥工作，把控着施工作业的进度，在突发情况时做出最果断且有效的决策。

经过5天4夜的连续奋战，7月30日早上6点，应急救援大队圆满完成双桥河口段西撇洪沟除险加固任务，紧急构筑起一道宽10米、长510米、高1米的坡脚应急通道，提高了堤岸的稳定性及抗冲击力，打赢了“巢湖保卫战”的又一场战役。

2020年的汛期，巢湖涨水，长江涨水，淮河涨水，作为中国安能集团合肥分公司一线指挥员，王维伟指导带领抢险队伍连续作战，转战安徽4个方向，先后执行淮南高新区应急排涝、安庆安广大堤管涌处置、巢湖西坝口堤防加高、巢湖伍贾圩缺口封堵、巢湖双桥河圩堤加固、庐江同大圩堤加固任务、安庆怀宁决口封堵等7次抢险救灾任务，带领抢险队伍封堵决口3个，填筑加固堤防2200米，运输土石方32500立方米，装填沙袋15000个，确保了汛期最高洪峰期安庆、淮南、巢湖、庐江等多个地区周边居民生命财产安全。

汛期结束后，王维伟耳鸣症更严重了，整夜睡不着觉，到医院一查，右耳的高频功能完全丧失，低频也下降得厉害。

医生说，早警告你了，你这个绝对不能劳累，你不要耳朵了？

王维伟笑笑说，嗨，顾不上！

四

又是一个黎明，早晨5点，在合肥北城郊区，中国安能第一工程局合肥分公司大院内，除了没有了站岗的军人，一切都还留存着军营的模样。王维伟准时醒来，这位老兵好像听到了起床的号声，翻身起床，迅速整理内务，跑步到操场。

这是2021年4月，空气中弥漫着草木勃发的气息；东方，现出了一抹朝阳的橘红色。操场的旗杆上，国旗迎着春风在飘扬，王维伟久久地站立着，习惯性地并拢双腿，收腹，挺胸，立正，敬礼！

铁血再澎湃。

他不由得想到2020年12月23日，国务院国资委在北京举行的“央企楷模”颁奖仪式上，自己穿着橘红色救援服接受荣誉证书的场景。仪式上，他听到了给予他的颁奖词：

铁心向党，为国为民挺身而出。
铁肩担当，危急时刻迎难而上。
铁胆攻坚，满脸忠诚鏖战生死。
铁骨奋斗，铸就救援钢铁长城。
一次次向险而行，一次次化险为夷。
置之生死而度外，只为家国平与安。
阻断灾害链，托起新希望。
你是新时代铁军先锋。

那一刻，王维伟觉得自己依旧是一个兵，光荣的铁军中永远的一块“铁”，而铁军的“四铁精神”则是自己永远的力量源泉。

朝阳喷薄而出，耳边仿佛军歌嘹亮，在这悦耳的内心旋律中，王维伟这位逆行先锋站成了一块更加坚定的铁。